KB062552

황홀한 눈뜸

## 황홀한 눈뜸

1쇄 발행일 | 2015년 05월 07일

지은이 | 주지영
펴낸이 | 정화숙
펴낸곳 | 개미

출판등록 | 제313-2001-61호 1992. 2. 18
주소 | (121-736) 서울시 마포구 마포동 136-1 한신빌딩 B-109호
전화 | (02)704-2546, 704-2235
팩스 | (02)714-2365
E-mail | lily12140@hanmail.net

ⓒ 주지영. 2015
ISBN 978-89-94459-51-6 93810

값 15,000원

# 황홀한 눈뜸

주지영 문학평론집

개미

문학, 이라는 말을 들으면, 대학 시절, 백두산 나무로 만들었다는 강의실에 앉아 시인이신 은사님의 강의를 듣던 봄날의 정경이 떠오른다. 은사님께서 낭랑한 목소리로 낭송해 주시던 시를 들으면 소름이 돋곤 했다. 학생들도 가끔씩 낭송을 하곤 했는데, 내 차례가 되어 목월의 시를 낭송하게 되었다. 막상 시를 낭송하려고 보니, 아득하고, 슬프고, 절절하고, 그리운 그런 감정들이 뒤엉킨 그 시를 대체 어떻게 읽어야 할지 난감했다. 게다가 그 시에서 가장 압권은 "뭐라카노 뭐라카노……" 하는 부분이었는데, 서울에서 태어난 까닭에 구수한 경상도 사투리를 실감나게 읽지 못해서 쩔쩔맸던 기억이 지금도 선명하다.

그때는 내 몸을 일렁이게 하는 감동이 어디에서 오는지 알지 못했다. 또한 오랜 후에 내가 대학 시절 은사님의 시를 비평문으로 쓰게 되리라는 것도, 목월 시인의 자제분을 은사님으로 모시고 대학원에서 공부하게 되리라는 것도 결코 상상하지 못했다. 훌쩍 시간이 흘렀지만, 평론가로 등단하고, 지금은 소설을 쓰면서 지금껏 문학의 주변을 맴돌고 있는 건 그때의 경험이 자양분이 되어 주었기 때문이 아닌가 싶다.

비평은 작가와 독자를 이어 주는 가교 역할을 하면서, 어두운 산길을 홀로 가야 하는 작가의 발밑을 비춰주는 불빛 역할도 도맡아야 하는 것이라고 여겨왔다. 말하자면 비평가는 작품의 첫 독자이자, 독자들에게 작품을 소개하고 안내하는 해설가이고, 날카롭고 비판적인 눈으로 작가와 오늘의 문학이 나아갈 새로운 방향성을 일깨워줘야 하는 독설가이기도 한 것이다.

그렇지만 비평이 짊어져야 할 무엇보다 소중한 역할은 문학을 읽는 즐거움을 발견하도록 이끌어주는 일이 아닐까 한다. 얼마 전, 버스를 타고 가다가 건물 외벽에 걸린 대형 걸개에서 시 한 구절을 본 적이 있다. 비도 오는 우울한 날씨였는데, 버스에서 내릴 때까지 머릿속을 맴돌던 그 구절을 곱씹고 있노라니 우중충한 거리가 봄비에 젖은 조그마한 연두색 나뭇잎으로 화사하게 반짝이는 것이 아닌가.

한 편의 작품을 읽은 뒤 책을 덮어도 작품 속 구절이 머릿속에서 떠나지 않을 때가 있다. 그 한 구절 덕분에 내가 미처 보지 못하고 지나쳐버린 것들이 내 눈에 들어오기도 하고, 잊고 살았던 소중한 것들이 떠오르기도 한다. 그래서 내 자신이 부끄럽기도 하고, 때론 가슴 환하고 따뜻해지기도 하고 또 먹먹해지기도 한다. 그 소중하고도 황홀한 눈뜸, 그것이 바로 문학하는 즐거움이리라.

문학의 길로 나를 이끌어 주신 은사님을 비롯한 모든 분들께 감사드린다. 그리고 흔쾌히 출판을 맡아주신 도서출판 개미의 식구들에게 진심으로 고마움을 전한다. 당연히 가족들의 사랑과 배려가 없었다면 이 길에 서지 못했을 것이다. 무엇보다 내 가슴을 떨리게 만들어 주었던 그 소중한 한 구절을 위해 무수한 밤들을 하얗게 밝혔을 작가들에게 머리 숙여 감사의 인사를 드린다.

2015년 5월
주지영

| 차례 |

작가의 말 · 004

## 01 문학이여 고통을 말하라

### 대가의 빈자리, 그리고 고백하지 않는, 고백하는 · 012
1. 어두운 밤 산길 가기   2. 다문화 시대의 초상
3. 일상으로부터 일탈하여 진정한 정체성 찾기   4. 인간존재의 본질 찾기
5. 우리 시대의 소설 쓰기, 그리고 대가의 빈자리

### 문학이여, 고통을 말하라 · 033
1. 문학이 서야 할 자리   2. 불모의 현실에서 이상세계로, 그 강렬한 지향성
3. 정보사회의 본질적 모순에 온몸으로 부딪치기   4. 장밋빛 미래를 위하여

### 걸어가라, 꽃 핀 길과 얼음판을 지나서 · 045
1. 길(道) 아닌 길   2. 부평초의 길 찾기   3. 들소의 묵중한 걸음

### 영혼을 홀리는 세 가지 중독 · 056
1. '피터 팬'적 마니아들, 그 절반의 입사식
2. 문학의 독창성을 찾는 험난한 도정   3. 21세기, 이율배반의 풍속도

### 외물에 사로잡힌 관음증의 시대, 사라지는 부끄러움 · 072
1. 관음증 시대와 외물   2. 부끄러움 상실의 시대
3. 외물의 현혹에서 벗어나기

## 02 신화 찾기, 그 존재의 황홀

### 신화가 사라진, 우리 시대의 신화 찾기: 이청준 · 084
1. 문학의 수명  2. 창작의 중핵을 이루는 두 벌의 밑그림  3. 혼돈의 역사를
치유하는 마음보  4. 마음 속 동행자이자 앞길의 등불이 되는 소설

### 바다를 품은 하늘, 하늘을 닮은 바다: 한승원 · 093
1. 바다를 품은 작가  2. 한, 어디에서 왔는가, 또 어디로 가는가
3. 바다, 관능적 생명력의 거대한 자궁  4. 하늘의 별, 영혼의 구멍을 메우다
5. 진흙탕 속의 연뿌리에서 만개한 연꽃

### 이중적 기억과 폭력의 긴장이 낳은 전설의 현재화: 이동하 · 113
1. 폭력을 다루는 작품세계의 세 단계 변용  2. 유년기의 전쟁에 대한 '기억의
현재화'  3. 어린 화자를 통한 이념대립에 대한 비판과 그 극복
4. 사회제도적 폭력과 그 폭력이 일상화된 도시에 대한 비판
5. 유년기의 순수 영혼의 기억과 전설의 현재화

### 삶이라는 심연에 오작교 놓는 방식: 서영은 · 131
1. 탈일상, 일상의 길항  2. 혼으로 집짓기: 산다는 것은 무엇인가  3. 사랑:
무엇을 위해 살 것인가  4. 가족 만들기, 혹은 연대하기: 어떻게 살 것인가
5. 존재의 내밀한 심연으로 향하는 오작교

## 비천과 황홀 사이, 그 마음 그릇의 들끓음: 송기원 · 147

1. 변신인가, 내적 필연성의 발로인가   2. 사생아이자 장돌뱅이로서 문학하기
3. 또 다른 자기의 꼭두놀음   4. 얼음 속의 불
5. 자기(self) 혹은 붓다 만나러 가는 길   6. 하르르, 황홀하게

## 죄의식의 탐구를 향한 글쓰기의 도정: 이승우 · 170

1. 죄의 메커니즘
2. 고귀한 것과 천한 것의 대립적 인식을 통한 죄의식의 내면화
3. 죄의식과 글쓰기, 그리고 자유로운 영혼의 갈망
4. 용서라는 타자의 자리와 글쓰기에 대한 인식
5. 역사에 대한 참회, 또 다른 이야기의 시작

## 인간의 상처를 보듬어 안는 '고집멸도'의 글쓰기: 박상우 · 192

1. '그녀들'   2. 좌표의 부재와 유폐된 자아   3. 선악의 경계 균열과 정신적
불구   4. 이분법의 해체와 불완전성의 긍정   5. 인간의 인간다움을 위한 소설

## '여수'에서 식물성의 세계로, 그 타자 찾기: 한강 · 206

1. 잃어버린 타자를 찾아서   2. 관념으로서의 여수(旅愁), 행(行)
3. 맨얼굴에 담긴 관(觀)의 사유   4. 식물성을 향한 욕망의 존재론
5. 텍스트의 독법, 타자를 향하여

## 03 사리의 시학

**'대낮'과 '저녁'의 사유에서 초월적 사유로: 김윤성 · 226**
1. 들어가며   2. 자기중심적 시선에 의한 '대낮'의 사유
3. 자기성찰에 기반한 '저녁'의 사유와 무욕(無慾)적 태도
4. 순환론적 시간의식에 의한 초월적 사유   5. 나오며

**시를 위한 엽치, 그 부끄러움의 미학: 이근배 · 249**
1. 시를 위한 부끄러움   2. 조선왕조 선비의 정신을 모방하기
3. 부끄러움의 근원적 자리   4. 다시, 시를 위한 부끄러움을 잃지 않기 위하여

**은빛 도정이 빛나는, 사리의 시학: 허영자 · 270**
1. 시는 '사리'다   2. '무녀'의 사랑 같은 가혹한 생명력   3. 존재의 변성을
향한 영혼의 담금질   4. 맑게 트이는 영혼의 눈   5. 몸의 말, 영혼의 말

**배밀이 하듯, 한없이 낮은 자세로, 온몸을 열어: 신달자 · 288**
1. 일필휘지를 향한 배밀이   2. 입을 닫아라   3. 귀를 열어라   4. 눈을 열고
배꼽의 생명력을 품으면   5. 한 줌도 되지 않는, 그 시를 위하여

**'창(窓)' 너머로 트이는 영혼의 눈: 강우식 · 309**
1. 창 너머의 시학   2. 고독한 운명의 굴레   3. 사랑을 향한 갈구
4. 트여오는 영혼의 눈과 본질 인식

# 문학이여 고통을 말하라

# 대가의 빈자리, 그리고 고백하지 않는, 고백하는

## 1. 어두운 밤 산길 가기

일상을 지배하는 권력은 개인의 시선에 포착된 사물의 의미까지도 규정한다. 사물은 더 이상 제 본연의 의미를 간취해 줄 의미인을 만나지 못하며, 미시적인 부분에까지도 작동하는 거대 권력의 의미망 속으로 파열되고 만다. 그러한 상황에서 진실은 결코 이야기될 수 없다. 묵계의 사슬을 끊어내고 사물을 그 자체로 놓아둘 때 비로소 사물은 제 빛을 발할 수 있다. 권력의 의미망 밖으로 사물을 내어놓을 수 있는 자, 그가 바로 작가이다.

작가는 시대의 아픔을 껴안아야 한다. 작가는 현실의 모순이 무엇이며, 그것을 작동시키는 초월적 권력의 실체는 무엇인가를 파악하기 위해 치열한 고투를 벌여야 한다. 그렇지 않으면 문학은 초월적 권력의 꼭두각시 노릇밖에 할 수 없다. 진정한 작가는 무엇보다 치열하게 현실의 모순과 부딪쳐야 한다. 부서지고, 마모되고, 파열되는 위험을 무릅쓰고 현실을 견디는 가운데 현실의 모순은 뼈저린 아픔으로 다가오고, 그 아픔은 글로 승화될 수 있게 된다. 따라서 작가는 온전히 자신을 그 고통스러운 늪 속으로 던질 각오가 되어 있어야 한다.

작가의 임무는 고통과 직면하여 고통의 환부를 파악하고 그 고통이 어디에서 연원하는가를 살피는 일에서 끝나지 않는다. 그 고통을 어떻게 극복할 것인가라는 문제가 남아 있기 때문이다. 그러나 환부를 극복할 방법을 찾는 일은 결코 쉽지 않다. 대작가 이청준이 자신의 글쓰기를 빗대어 표현했던 "어두운 밤 산길 가기"가 바로 그 국면을 가장 잘 보여주는 것이 아니겠는가. 달빛 조차 자취를 감춘 그믐밤이라면 그 상황이 더욱 열악하리라. 우리가 지금 처해 있는 상황은 그믐밤에 가까운 날이 아닐까. 작가는 그 밤길을 함께 가는 자이다. 진창을 구르고 견디면서 환부를 찾아내고, 또한 그 상처를 치유할 길을 마련해야 하는 것이 이 시대가 요구하는 진정한 작가의 임무이다.

그럼에도 불구하고 현 단계 우리 문학판은 문학을 상업화하는 꼭두각시 놀이판을 기웃거리는 '작가 아닌 작가'들에 의해 오염되고 있다. 그들은 각종 '문학상'(실제로는 상업적인 대중문학상이다)을 제정하여 꼭두각시들에게 그 상을 나누어주면서, 그 상을 받은 글들이야말로 본격문학이라고 외친다. 그렇지만 그들은 우리 문학을 더 짙은 어둠에 휩싸인 그믐밤으로 만들 뿐이다. 그들로 부터 문학 본연의 몫을 지키면서, 진정한 문학정신을 계승하고 발전시키는 것 이야말로 오늘 우리 문학이 지향해야 할 빛이자 인간다운 세계로 비상하기 위한 아름다운 날갯짓이 아니겠는가.


## 2. 다문화 시대의 초상

세계화, 지구촌의 시대라고 떠들고 있지만, 또 우리의 삶 곳곳에서 말과 피부색과 문화와 관습이 서로 다른 이들을 만나게 되지만, 정작 우리의 삶의 질서는 그들을 '우리'라는 언명 안으로 끌어들일 엄두조차 내지 못할 만큼 배타적이다. 아시아의 각국으로부터 건너 온 많은 외국인 노동자들이 있고, 국제결혼을 해서 한국 가족의 일원이 된 여성들이 있다. 강산도 변한다던 오랜 시간을 한국에서 살아왔지만, 그들은 여전히 이방인으로 취급된다. 아시아의 각국으로부터 건너 온 그들이 우리 문학의 새로운 화두로 자리한 것은 꽤 오래전의 일이지만, 최근에는 그러한 문제의식이 보다 본질적인 목소리로 불거지고 있다는 점에서 주목할 만하다. 구효서의 「TV, 겹쳐」(『저녁이 아름다운 집』, 랜덤하우스코리아, 2009), 강진의 「흰 바퀴벌레 이야기」(『너는 나의 꽃』, 자음과모음, 2011), 전성태의 「이미테이션」(『늑대』, 창비, 2009)에서 그 목소리를 들어보자.

구효서의 「TV, 겹쳐」는 세 가지 사건과 관련된 TV 장면을 중심으로 하여, 고3 때 머리를 다쳐 13세 지능으로 돌아간 '나'의 시선에 포착된 영주 누나의 일생을 그리고 있다. 첫 번째 사건. 1970년대 어린 영주 누나가 기차의 진동으로 화면이 겹치는 TV를 보면서, TV에 등장하는 미국으로 대표되는 서구문화를 무조건 욕망한다. 두 번째 사건. 박정희 정권 시절 여공이 된 영주 누나가 데모를 하다 공권력에 의해 무자비하게 진압되는 장면이 TV에 나온다. 세 번째 사건. 두 번째 사건으로 직장을 잃고 힘들게 살아가는 누나가 착한 매형을 만나 결혼한 후, 외국인 노동자를 보살피고 그들의 권익을 위해 고투하는 대모(외국인 노동자들이 영주 누나를 누나라 부르며 따른다)로 활동하다 급기야 위암에 걸려 죽는다. 장례를 치른 직후, 그동안의 누나의 활동상을 담은 3분짜리 비디오 화면이 '나'의 눈물로 인해 겹친다.

꿈 많은 누나가 노동운동가가 되어 죽음에 이르는 과정을 다루는 이 작품에서 주목할 것은 외국인 노동자들이 처한 상황이다. 1970년대에 영주 누나가 노동운동을 하면서 노동자를 억압하는 사회체제에 의해 고통을 받듯이, 현재 외국인 노동자들 역시 외국인을 차별하는 한국의 사회체제에 의해 고통 받는다. 그러나 그런 고통으로부터 벗어날 수 있는 방법은 현실적으로 전무한데, 그것은 화장을 해서 바다에 뿌려지기를 바랐던 영주 누나의 유언이 지켜지지 않는 것에서 확인된다. '바다'는 영주 누나가 꿈꾸는, 억압과 폭력이 없는 일종의 유토피아적인 공간이다. 그러나 영주 누나는 유교적 장례의식으로 인해 바다에 뿌려지지 못하고 매형의 선산 무덤의 사각형의 답답한 공간에 갇힐 뿐이다. 결국 이 작품은 1970년대 영주 누나가 겪은 노동자로서의 고통이 지금의 외국인 노동자들이 한국에 겪는 고통과 등가라는 것, 한국사회가 외국인 차별을 없애고 그들과 함께 공존할 수 있는 사회(바다와 같은 사회)가 되는 것은 현실적인 억압 요소들로 인해 불가능하다는 것을 강조하고 있다.

강진의 「흰 바퀴벌레 이야기」는 1인칭 독백체 형식의 작품으로, 일종의 변신 모티브가 주를 이루고 있다. 두 명의 인물이 등장한다. 하나는 한국인 '나'. '나'는 남편과 사별하고 아이를 홀로 키우면서 평화시장 가죽도매 공장 점원으로 어릴 때부터 지금까지 가난하게 살아온, 왼쪽 팔이 의수인 여성이다. 다른 하나는 네팔인 노동자 '당신'. 1주일에 한 번 가죽원단을 트럭에 싣고 오는 인물로, '나'의 방에서 자고 가기도 한다. 그러다가 가죽공장에서 무두질을 하다가 그만 가죽더미에 깔려 죽고 만다.

두 인물의 관계 맺기를 통해서 이 작품은 '검은 바퀴벌레'가 '흰 바퀴벌레'로 변신하는 것을 다루고 있다. 퀴퀴한 냄새가 나는 반지하방에서 가난하게 살아가는 '나'의 삶과 외국인 노동자로서의 '당신'의 삶은 '검은 바퀴벌레'와 같은 삶이다. 검은 바퀴벌레처럼 빛을 보지 못하고 어둠을 자양분으로 삼아 살아가다가 짓밟혀 '내장과 알'이 터져 죽는 것, 그것이 두 인물이 지금까지 살아온 삶이다.

두 인물은 그런 검은 바퀴벌레와 같은 삶에서부터 '흰 바퀴벌레'와 같은 삶으로의 변신을 갈망한다. "어둡고 음습한 곳으로 기어드는 바퀴벌레가 아니라 희고 얇은 날개를 하늘거리며 사뿐히 날아오르는" 흰 바퀴벌레로의 변신은, '태풍'이 휘몰아치는 열악한 현실과 대비되는 곳, 곧 '당신'의 고향인 '안나푸르나의 흰 눈의 세계'로 '비상'하도록 이끈다. 그곳은 '당신'이 스스로를 희생하여 당신의 팔로 '나'의 의수를 대체할 수 있는 곳이고, '나'가 '야, 밥 차려' 할 때의 '야'가 아닌 '수연'이라는 이름을 가진 진정한 존재로 거듭날 수 있는 곳이다. 인간존재가 진정한 존재의 가치를 지니면서, 서로를 위하고 사랑하며 공존할 수 있는 곳이 바로 '안나푸르나'가 상징하는 세계이다.

그러나 그곳을 지향하기 위해서는 죽음을 대가로 치러야 한다. 그것은 '한 붓 그리기'와 '가죽 벗기기'로 제시된다. 한 번 지나온 선은 되돌아가지 못하면서 다섯 개의 정사각형을 그리는 '한 붓 그리기'. 그러나 그것은 '반드시 손을 떼어야' 완성될 수 있다. 그렇듯, '나'와 '당신'은 흰 바퀴벌레가 되어 안나푸르나의 흰 눈 위를 비상하기 위해서는 삶의 한 지점에서 그 궤적을 떼어야 한다. 그것은 한 마리 짐승이 목숨을 내주고 남긴 가죽 안에 '살이 채워지고 핏줄이 온몸을 타고 이어지며' '온전한 한 생명'으로 거듭 태어나는 것과 같다.

바퀴벌레가 우글거리는 현실의 삶, 그 삶으로부터 흰 바퀴벌레가 되어 안나푸르나의 흰 눈 위를 비상하고자 하는 갈망, 그러나 그 갈망은 죽음을 담보로 한다는 것. 이를 통해 이 작품은 열악한 현실에서 비참하게 살아가는 외국인 노동자의 절망적인 삶을 한국인 여성의 눈으로 아프게 묘사하고 있다.

전성태의 「이미테이션」은 보수적인 혈통중심의 민족주의가 지배하는 한국 사회에서 혼혈인으로 살아가는 것이 얼마나 어려운 것인가를 이야기한다. 주인공 '게리'는 한국인 부모 밑에서 나고 자랐으나, 외양으로 인해 학창시절 선생님이나 친구들로부터 혼혈인으로 오인되어 봉변을 당하곤 한다. 그러다가 한국에서 미국으로 건너 가 막장인생을 살다가 강제출국을 당해 다시 한국으로 돌아온 '게리 존슨'이 '뉴요커'로 행세하면서 달라진 인생을 살게 되었다는 사연을 접한 뒤 아예 혼혈인 '게리'로 행세하기로 한다. 신도시의 영어 강사가 된 '게리'는 그곳에서 다문화가족을 만난다. '게리'는 그들의 아이가 자신과 같은 처지에서 힘겹게 살아가게 될 것을 예감한다.

'게리'의 이러한 변신은 보수적인 한민족 혈통 이데올로기가 지배하는 한국 사회에서 혼혈인이 살아남기 위한 비극적 삶의 한 방식을 보여준다. "생김새가 서로 같고 같은 말과 글을 사용하는 단일민족"이라는 교과서의 논리는 우리 사회를 지배하는 배타적인 민족 이데올로기의 핵심에 다름 아니다. 그런 '단일민족' 이데올로기에 의해, 한국전쟁 이후 미군과 한국인 어머니 사이에서 태어난 혼혈인이었던 '게리 존슨'이나, 혼혈인으로 오인된 '게리'는 철저히 배척되고 소외된다. 작가는 게리의 변신을 통해, 배타적인 혈통 이데올로기가 지배하는 한편으로 서구지향성이 만연한 한국사회의 구조적 모순을 강하게 비판한다. 그러면서 신도시에 살고 있는 필리핀인 아내와 한국인 남편 사이에서 태어난 아이를 통해, 그런 구조적 모순이 현재의 다문화가정에도 그대로 적용되고 있다는 점을 강조한다.

혼혈인으로서 겪는 소외와 배제를 극복하기 위해 '게리'는 가짜(이미테이션) 인생을 선택한다. 그러나 그러한 방법은 임시방편적이고 도피적인 방식이지 문제를 근본적으로 해결할 수 있는 방식은 아니다. 그렇지만 현재로서는 그 방법이 두터운 민족혈통중심주의로 중무장한 이데올로기 속에서 살아남을 수 있는 유일한 방법처럼 보인다. 혼혈인들을 한국인으로 받아들이기 위해서 얼마나 많은 '게리'들이 상처입고, 정체성까지 잃은 채 방황해야 할 것인가, 작가의 염려는 바로 그 자리에 놓여 있다.

그러나 그러한 작가의 염려가 보다 큰 감응을 얻기 위해서는 작가의식이 보다 심화되어야 한다. 그러기 위해 작가는 단일민족 이데올로기, 무조건적인 서구지향성, 아시아인 노동자를 노예로 취급하는 폭력적인 주인의식 등이 지배하는 한국사회와 역사의 구조적 모순에 대해 깊이 천착해 들어가야 한다. 이는 현재 외국인 노동자를 비롯한 다문화사회를 다루는 작품들이 질적으로 비약하기 위해 반드시 나아가야 할 자리라는 점에서, 전성태를 비롯한 여타의 다른 작가들에게도 대단히 중요한 문제라 할 수 있다.


## 3. 일상으로부터 일탈하여 진정한 정체성 찾기

인간은 반복되는 일상에 길들여져 자신들을 제도의 구획에 맞춘다. 그로 인해 존재의 진정한 욕망은 은폐되고 억압된다. 일상을 작동시키는 거대한 힘을 통틀어 제도라고 하자. 그 제도에 의해 우리의 시선은 제도의 뒷면에 감추어진 본질적 모순을 꿰뚫는 시선을 상실한다. 제도를 경유한 시선은 사물이나 사건의 속성이나 성격을 일방적으로 재단하고 고정한다. 문학은 그러한 제도와 언어의 힘을 끊임없이 의심하고 뒤흔드는 가운데 모든 것을 본래의 자리로 복원시킨다. 백가흠의 「그런, 근원」(『힌트는 도련님』, 문학과지성사, 2011), 조현의 「옛날 옛적 초능력을 배울 때」(『누구에게나 아무것도 아닌 햄버거의 역사』, 민음사, 2011), 정한아의 「휴일의 음악」(『나를 위해 웃다』, 문학동네, 2009), 이혜경의 「그리고, 축제」(『너 없는 그 자리』, 문학동네, 2012)에서 그 고민을 살펴보도록 하자.

먼저 백가흠의 「그런, 근원」에서 일상은 비인간화된 정보사회의 메커니즘이 지배하고 있다. 이 작품은 그러한 일상을 비판하면서, 일상의 논리에서 벗어나 자신의 진정한 정체성을 찾는 과정에 주목한다. 주인공 '근원'은 아버지가 집을 나가고 어머니마저 개가하자 동생 '근본'과 함께 어렵게 살아간다. '근본'은 어릴 적부터 소년원을 들락거리다 살인을 하고 교도소에 수감된다. '근원'은 검정고시로 고등학교를 마치고 신문배달, 우유배달, 서빙, 각종 음식배

달 등을 하며 성실하게 살아간다. 그러다가 '근원'은 기획사 사장의 눈에 들어 '캐쉬'라는 예명을 가진 가수의 매니저 노릇을 하게 된다. 그러던 중, 죽어가고 있다는 어머니의 전화를 받는다. 얼마 후 '캐쉬'가 다른 기획사로 떠나자 매니저 일을 그만두고 엄마를 찾아간다.

이 작품에 드러나는 일상은 상품가치가 지배하는 정보사회의 논리에 깊숙이 오염되어 있다. '캐쉬'라는 예명을 가진 스타, 기획사 사장에 해당하는 자본가, 자본가의 명령에 따라 중견 노릇을 하는 매니저, 이들의 시스템은 비인간화된 상품물신주의가 지배하는 정보사회 메커니즘의 알레고리이다. 그 시스템 안에서 '근원'은 '캐쉬'와 다른 매니저들의 명품 소비행태를 모방한다. 이러한 타인지향성으로 인해 '근원'의 내면은 상품가치를 소비하지 않는 자에게 부끄러움이나 수치를 느끼도록 조장하는 타인의 시선에 종속된다. 그럼으로써 이들은 자본의 상품가치를 끊임없이 생산해야 하는 노예로 전락한다. 그 결과 하나의 상품이 되어 일거수일투족을 감시받는 '캐쉬'나, 그녀를 그림자처럼 따라다녀야 하는 매니저 '근원'의 삶에서 인간다운 삶은 사라진다.

길들여진 욕망에서 벗어나는 방식으로 이 작품은 두 가지를 제시한다. 하나는 어머니를 찾아가면서 만난 벚꽃이다. 벚꽃은 밤 깊은 산길에서 길을 잃은 '근원'에게 갈 길을 알려주는 등불 역할을 한다. 그는 도심의 휘황찬란한 네온사인의 불빛이 아니라 자연이 안내하는 길을 따라 간다. 그렇지만 그 길은 결코 수월하지 않다. 잊었던 과거의 아픈 기억들이 속속 되살아나면서 죄책감을 느끼거나 그리움에 휩싸이기도 한다. 그렇지만 지나온 삶을 되돌아보는 과정을 통해서 타인지향적이고 무주체적인 모방의 욕망에 찌든 내면을 벗게 된다. 벚꽃은 인간다운 삶의 길을 안내하는 등불인 것이다.

다음으로 어머니이다. 어머니의 전화를 받고 난 이후 사장의 명령과도 같은 말에 불복종하기 시작한 '근원'의 태도에서 짐작할 수 있듯이, 모성에 대한 갈구는 인간의 가장 내밀한 욕망이라 할 수 있다. 그 욕망과 맞닥뜨릴 때 비로소 자본의 질서에 길들여진 욕망이 허무한 것임을 깨닫는다. 그럼으로써 모성은 영혼의 진정한 가치를 추구하도록 이끈다. '근원'이 벚꽃이 핀 집에서 우연히 발견한 낯선 할머니의 시신을 묻어주려는 까닭도 그러한 가치추구에서 나온다.

조현의 「옛날 옛적 초능력을 배울 때」는 '사랑'을 중심축으로 하여, 남성중심주의 이데올로기가 지배하는 일상의 삶을 비판한다. 주인공 '현'은 천문 동아리에서 만난 'S'와 사랑에 빠진다. 그러다가 S가 여성이 아닌 남성의 몸을 갖고 있다는 것을 알고 헤어진다. 그 상처를 극복하고자 간 영성수련원에서 현은 초능력 훈련을 받는다. 최면술조차 익히지 못하고 실패하지만 현은 그 경험에서 터득하게 되는 시적 상상력으로 S를 차츰 이해하게 된다.

먼저 이 작품은 신체의 표지를 통해 가시화되는 관습화된 '성차(性差)'의 개념에 주목한다. 육체는 '성차'를 표출하는 이데올로기에 지배되는 일종의 기표이다. 남성중심주의 이데올로기에 의해 우리 사회에서 남성과 여성은 생득적이고 신체적인 특성에 의해 그 사회적 존재의미가 분류된다.

그러나 한 사회 속에서 남성은 수많은 인간들 중의 한 개체에 불과하며, 나아가 남성과 여성은 모두 평등하면서도 고귀한 인간존재이다. 그럼에도 불구하고 남성중심의 논리에 의해 여성을 남성중심의 사회를 존속, 번영시키기 위한 수단이자 도구로 폄하한다. 그러한 폭력적인 차별은 "인류의 메신저가 처음으로 머나먼 미지의 행성과 마주쳐서 어렵사리 전송한" "수성의 크레이터" 사진을 보고 "아름답지 않소? 마치 베트남에 B-52가 폭격을 한 것 같군!"이라고 말하는 것과 결코 다르지 않다.

우리 사회에 만연한 남성중심의 폭력은 우주 전체로 확산된다. 광활한 우주를 구성하는 작은 점에 불과한 지구, 그 지구에 사는 보잘것없는 인간이 자신만을 우주의 중심으로 여기고, 그들의 논리를 우주 전체에 투사하고 있다. 이러한 인식은 남성중심의 논리에 의해 여성을 재단하는 것과 동일한 폭력적 인식일 뿐이다.

그러한 폭력적인 편견에서 벗어나는 방식으로 제시된 것이 바로 '시적 상상력'이다. "시는 아무런 편견 없이 사물의 본질을 그 자체대로 보아"주기 때문이다. 그것은 곧 "사물의 이면을 바라보는 상상력"이자 "우주의 어둠을 바라보는 상상력"이다. 그러한 시선을 통해 현은 폭력적인 남성중심의 논리에서 벗어난다. 그 논리에서 벗어날 때, 남성과 여성, 나아가 남성도 여성도 아닌 S

와 같은 인간도 모두 동등한 인간존재가 되며, 그런 동등한 인간존재의 자리에 설 때 주인공 현과 S의 진정한 사랑이 가능하다.

이 작품은 사랑에도 이데올로기가 폭력적으로 작용하고 있다는 것을 보여줌으로써 일상 속에서 관습화된 폭력을 비판한다. 그러나 문제는 S와의 사랑을 이야기하면서 작가는 '사랑'이라는 '관념'적 언어 위에 방점을 찍고 있다는 점이다. 사랑의 '감정'이나 '사건'이 아닌, 사랑이라는 '관념'에 초점을 맞춘 결과, 서사는 사변적 성격이 짙게 묻어난다. 또한 작중인물들이 겪는 현실적인 고통을 담아내지 못한 까닭에 주제가 구체적인 형상화에 이르지 못하고 있다는 점도 문제이다.

정한아의 「휴일의 음악」은 할머니와 손녀가 각각 자신의 일상에서 자아의 진정한 정체성을 찾아나가는 과정을 보여준다. 할머니는 바람처럼 떠돌던 할아버지에게 이혼당하고 혼자 생계를 꾸리며 살아가던 중 할아버지가 다른 여자에게서 낳은 아들의 손녀를 맡아 대학공부까지 시킨다. 그러다가 관자엽 이상으로 인해 현실을 지각할 수 없게 되는 병을 앓으면서 요양원에서 지낸다. 할머니는 병이 완치될 수 있는 수술을 거부하고 노래만을 부른다. 한편 리서치 회사의 조사원인 손녀 '나'는 공연 기획사의 간부인 '윤'의 집에서 동거 중이다. 그런데 '윤'의 아내와 아이들이 주말마다 찾아오게 되면서 '나'는 주말을 요양원에서 보내게 된다. 할머니로부터 수술을 거부하는 까닭을 듣고 서울로 돌아온 '나'는 단란한 '윤'의 가족을 뒤로 하고 '나'만의 노래를 찾고자 한다.

평생 동안 할머니는 항상 누군가에게 종속되어 살아왔다. 바람처럼 떠도는 할아버지를 기다리는 삶, 또 할아버지가 다른 여자에게서 본 아들의 손녀들을 양육하는 삶으로 인해 할머니의 생은 버려진 채 희생을 강요당한다. 한편 주말 동안 '윤'의 아내를 위해 집을 비워줘야 하는 '나'는 "일주일에 이틀을 임시로 사는 기분" 속에서 주말을 박탈당한다. 일상의 관습에서 작동하는 윤리의 잣대를 들이댈 때 '나'는 동숙자가 아니라 일종의 기식자로 전락한다. 그런 '나'는 스스로를 삶의 주체로 세우지 못한다는 점에서 할머니와 다르지 않다.

제 삶의 주체가 되고자 한다면 어떻게 해야 할까. 이 작품은 그 방법으로

'자신의 노래 찾기'를 제안한다. 휴일은 반복된 일상에 길들여진 삶을 반성하고, 잃어버렸던 자신의 정체성을 회복할 수 있는 유일한 시간이다. 그런데 '나'가 조사한 '휴일의 여가활용'에 대한 답변들이 보여주듯, 많은 이들이 그러한 휴일을 무의미하게 보내고 있다. '나' 역시 그러하다. 그러다가 할머니를 통해 '나'의 진정한 정체성을 찾는 방법을 깨닫는다.

할머니에게 있어 노년의 삶이란 지금까지 희생당하면서 살아온 삶으로부터 벗어난 일종의 긴 휴일과도 같다. 그 휴일의 시간에 할머니는 치료를 거부하고 '노래 부르기'를 지속한다. '노래 부르기'는 할머니의 진정한 정체성 찾기와 관련이 있다. 할머니는 휴일의 시간에 '할아버지'에게 얽매여 살아온 잘못된 삶을 반성적으로 되돌아본다. 그러면서 그 삶에 내재된 자신만의 삶, 곧 홀로 생계를 꾸리고 배다른 손녀를 키워온 일에서 자신의 진정한 정체성을 발견하고 노래를 부르면서 그 기억을 반추한다. '나'는 그런 할머니를 통해, 그리고 휴일의 여가활용에 대한 이상한 답변들, 가령 돌멩이 씻기나 구름의 모양 기록하기, 버려진 구두 찾기 등을 떠올리면서, 유부남 '윤'과의 생활을 청산하고 자신만의 노래를 찾고자 한다.

작가는 '자신의 노래 찾기'가 일상에 종속되는 삶에서 벗어나 제 삶의 주체가 되는 '일탈'이라는 점을 강조한다. 그렇지만 일상을 작동시키는 힘에 대한 작가의 진지한 고민이 동반되지 않는다면 이러한 시도는 의미를 갖기 어렵다. 세상을 바라보는 작가의 시선은 작품에서 느껴지는 것처럼 따뜻하고, 연민에 가득 차 있다. 그런데 그 따뜻함이 보다 감동적이기 위해서는 공중에 붕 뜬 '연꽃'이 아니라, '더러운' 진흙 속에서 자라면서도 때묻지 않은 고귀함을 발산하는 '연꽃'과 같은 것이어야 하지 않을까.

이혜경의 「그리고, 축제」는 여성의 삶을 고통스럽게 만드는 일상의 폭력에 주목하면서 그 폭력에 의해 유린된 자아와, 그 자아의 상처를 극복하는 방식에 대해 이야기한다. '나'(강지선)는 어렸을 적 숙모의 집에 놀러갔다가 고시를 준비하던 숙모의 남동생에게 강간당하는데, 그 사건이 주는 고통에서 벗어나고자 다음 네 가지 방법을 시도한다. 첫 번째, 자전거 타기. 중학생 때, 격한 운동으로 처녀막이 손상될 수도 있다는 얘기를 듣고 자전거를 타다 무릎에 흥

터를 남긴다. 두 번째, 한국에서 떠나기. 서른 살 무렵 잡지사를 그만 두고 인
도네시아로 유학 가지만 테러가 일어나자 한국으로 돌아온다. 세 번째, 고통
을 털어놓기. 돌아오는 비행기에서 만난 남자와 결혼한다. 그런데 사촌의 결
혼식에서 성공한 외교관으로 잘 살고 있는 숙모의 남동생과 마주친 뒤 다시
고통에 휩싸인다. '나'는 남편에게 그 기억을 털어놓는다. 네 번째, 술과 약에
의지하기. 술과 약에 기대어 몽롱하게 지내던 '나'는 자신을 위로하는 남편의
마음을 받아들이지 못하고 별거한다.

먼저, 이 작품은 여성의 삶을 고통 속으로 몰아넣는 것이 무엇인가에 주목
한다. 그것은 강간이나, 폭탄 테러, 가진 자의 횡포 등으로 제시되지만, 그 이
면에 놓인 메커니즘은 그리 간단치 않다. 그 사건이 벌어지는 사회의 문화와
관습에 따라 고통의 깊이가 달라지기 때문이다. 가령, 한국사회에서 강간사건
은 공론화될 수 없는 사적 비밀로 간직되어야 한다. 그렇지 않으면 외설적인
언어의 폭력에 의해 고통이 가중되는 상황도 감내해야 하며, 관습적인 윤리의
잣대에 의해 주홍글씨를 가슴에 새기고 살아야 한다. 여전히 보수적인 성 윤
리는 여성을 이중의 감옥 안에 가둔다. 그렇다면 어떻게 해야 할까.

작가는 이 작품에서 고통에 대응하는 여성의 네 가지 삶의 방식을 제시한
다. 발리의 '작가 페스티벌'에서 '아시아, 그녀들은 썼다'라는 주제로 열린 섹
션에 참가한 세 명의 작가와 페스티벌의 총책임자인 '앨리스'가 각각의 층위
에 대응된다. (i) '캐슬린'의 방식은 고통을 회피하는 쪽에 있어 결코 고통을
극복할 수 없는 것처럼 보인다. 삶은 늘 해피엔드가 아닌데도 해피엔드인 것
마냥 작품을 쓸 것 같은 그녀의 문학은 대중성에 기울어져 있다. (ii) 반면 '이
다'의 방식은 캐슬린과는 대극을 이룬다. 고통과 싸우면서 그 고통을 양산하
는 권력과 이데올로기에 대항하고자 한다. 그러한 이다의 방식은 또 다른 투
쟁을 낳는다. 그녀의 방식에서 비극은 또 다른 비극을 불러온다. 이는 적극적
인 삶의 방식이기도 하지만 또 다른 희생을 예비하고 있다는 점에서 상처도
깊을 수 있다. (iii) 이 둘의 중간에 위치한 것이 '로사리오'의 방식이다. 죄 없
는 사람을 죽인 부자의 불의를 자기만이라도 기억하는 것, 그것이다. 자신에
게 고통을 준 세상에 소극적으로나마 맞서고자 하는 방식에 다름 아닌 것이

다. (iv) 그런데 로사리오의 방식에 수긍하던 '나'는 축제의 총책임자인 앨리스를 통해 비극으로 인한 상처를 치유하는 새로운 방식을 보게 된다. 그것은 '너'의 고통과 '나'의 고통을 가르고 나누는 방식이 아니라, 고통을 우리의 것으로 받아들이고 그 상처를 치유하기 위해 함께 노력하는 것이다.

이 작품은 일상의 어떠한 힘에 의해 내 안의 자아가 깨어지고 유린당하는 고통을 겪게 되는가, 또 그것을 극복하기 위해 어떻게 해야 할 것인가를 진지하게 묻는다. 이 작품에서 제시된 네 가지 극복방식은 비단 여성의 삶에만 해당되는 것이 아니라 이 땅의 주변인들과 더불어 살아가는 방식에 대한 고민으로 확장된다. '나/너'로 구분하지 않고 '우리' 안에서 고통을 나누는 공존의 삶을 모색하는 가운데 그 답을 찾고자 하는 작가의 행보는 처절한 고통에서 길어 올린 것이기에 더 아름답다.


## 4. 인간존재의 본질 찾기

일반적으로 인간존재에 대한 물음은 존재가 숙명적으로 맞닥뜨리게 되는 결핍, 혹은 숙명적으로 짊어져야 하는 운명 등의 문제와, 한편으로는 왜 사는가, 그리고 어떻게 살 것인가 등과 같은 삶의 방법론적인 질문 속에서 간취된다. 이러한 존재론적 측면에 대한 접근은 우리 문학에서 매우 드물게 제출되고 있다. 설령 이 측면을 다룬다 하더라도 그 본질적인 지점으로 나아간 작품을 만나기가 어렵다. 그만큼 이 영역은 문학이 다룰 수 있는 가장 깊은 자리에 있다. 그러기에 이 측면은 우리 문학의 질적 깊이 확보 문제와 관련된 것이라는 점에서 매우 문제적이라 할 수 있다. 이 영역을 다루는 작품들을 통해, 우리 문단에서 발견할 수 있는 존재론적 물음들은 무엇이며, 또 그것은 지금 우리에게 어떠한 문제의식을 던져주는가를 살펴보도록 하자.

정미경의 「타인의 삶」(『프랑스식 세탁소』, 창비, 2013)은 '나'의 시선에 포착된 타인의 고통을 다룬다. 신문기자인 '나'는 특종기사를 놓친 일로 부장에게 질책을 받는다. 논문까지 준비하느라 정신없이 바쁜 '나'는 외과의사인 '현규'가 모르핀을 몰래 사용한 것이 감사에 걸려 병원을 쉬게 되었다는 사실도 알지 못한다. 그가 절에 들어가겠다고 선언했을 때 비로소 그의 사정을 알아보고 설득하려 하지만 고요한 평화로 가득한 그를 보면서 그의 결정을 받아들인다.

'나'에게 '현규'는 '시스템형 인간'으로 간주된다. 자신의 일상도 흐트러짐 없이 관리하는 '현규'는 "오만과 자만으로 똘똘 뭉쳐 있고, 그 오만에 합당한 실력까지 갖춘" 대학병원의 흉부외과 의사로 "어느 부모에게라도 미니어처로 만들어 머리 위에 올려놓고 싶은 눈부신 트로피"처럼 여겨진다. 그는 이 시대가 내세우는 가장 이상적인 인간의 지위를 차지한다.

그런데 수술실에서는 '신'과 같은 존재로 군림하는 '현규'에게도 고통이 존재한다. 시스템에 철저히 종속된 인간일수록 존재의 불안은 더 가중된다. 시스템이 요구하는 대로 따르다보면 시스템 안에서 해결해 주지 못하는 한계에 부딪칠 때 영혼이 감당해야 하는 절망의 폭은 더욱 깊게 마련이다. 그 절망이 약물로 치유될 수는 없는 법이다. 기술만능의 시대에 과학은 인간의 질병을 치유하는 신의 지위를 차지할 수 있지만, 고독이나 절망과 같은 존재의 정신적 결핍까지 치유하지는 못한다. 그럼 과학기술만능주의가 지배하는 시스템 안에서 벗어난다면 도저한 정신적 결핍에서 벗어날 수 있을까.

'나'의 생각은 다르다. '나'는 인간이란 숙명적으로 정신적 결핍을 짊어질 수밖에 없는 존재라고 생각한다.

"어느 선승이 있었어. 도에 이르기 위해 금식을 하며 정진하다가 사흘째 되는 날 그만 허기를 참지 못하고 죽을 먹어 버렸대. 옆에 있던 그의 스승이 그걸 보고는, 숟가락을 들고 같이 죽을 떠먹기 시작했어. 아무 말 없이. 한 사람의 번뇌와 고통은 몸 속 어딘가에, 너무도 교묘히 감추어져 있어서, 꺼내 보여 줄 수도 누가 어루만져 줄 수도 없다는 걸 알았던 거지. 어린 제자가 그만 죽을 허겁지겁 떠먹기 시작했을 때 옆에서 같이 죽을 떠 먹어주는 것, 그걸 해 줄 수 있을 뿐이지." (147쪽)

인간의 삶에서 촉발되는 고통과 번민이란 다른 사람들과 함께 어울려 살아가는 동안에 생겨난다. 혼자 살아가는 삶이 아니기 때문에 고통스러운 것이

고, 또 그 고통을 함께 나눌 수 있기 때문에 살아갈 수 있는 것이 아닐까. 고통
과 번민이란 혼자 떠안아야 하는 무거운 짐이겠지만, 사람이라면 누구나 갖고
있을 수밖에 없는 존재의 숙명적인 결핍이다. 속인의 경우에만 그러한 것이
아니라 수도승에게도 그것은 존재한다.

이 작품에서 작가는 고통과 번민을 짊어져야 하는 인간존재의 숙명을 드러내
는 가운데 시스템이 갖고 있는 모순을 적절히 배치한다. 육체의 질병을 고치는
의사가 정신의 공허함을 다스리지 못하는 상황, 그래서 종교에 귀의하게 되는
과정은 고통에서 벗어나려는 인간이 보편적으로 밟게 되는 수순처럼 보인다. 그
것을 표층에 내세우고, 그 심층에서 결핍을 가진 인간존재의 숙명을 이야기하
는 작가의 시선이 아릿하게 가슴을 저미는 까닭은 무엇인가. 그것은 불완전한
존재의 한계를 깨닫지 못하고, 오만한 이성으로 신의 지위를 자처하는 인간이
얼마나 어리석은가를 보여주고 있기 때문은 아닐까. 그래서 서로의 부족한 부
분을 메워주는 타자(他者)가 되는 일, 그것이 어리석은 인간이 도달할 수 있는
최고의 경지라는 것, 이 숙연한 목소리를 작가는 들려주고 있다.

김연수의 「케이케이의 이름을 불러봤어」(『세계의 끝 여자친구』, 문학동네, 2012)는
미국인 소설가와 한국인 통역사의 만남을 통해 존재의 본질이란 무엇인가를 묻
는다. 미국인 여성작가인 '나'는 작가대회의 초청으로 한국에 온다. '나'는 자
신의 애인이었던 '케이케이'가 착한 마음을 가졌던 탓에 흑인 폭동의 두려운 열
기를 이기지 못하고 죽었다고 생각한다. 그런 '케이케이'를 잊지 못하는 '나'는
통역자로 온 '해피(혜미)'에게 '케이케이'가 어릴 적 수영을 했다던 '밤메'로 안
내해 달라고 부탁한다. 산업화로 인해 오염된 밤메의 냇물을 보며 '나'는 자신
의 말을 이해하지 못하는 해피에게 화를 낸다. 해피는 '나'의 마음을 이해한
다면서, 고통스럽게 울기만 하는 자신의 어린아이가 왜 고통스러워하는지를
몰랐고, 그러다가 결국 그 아이가 죽게 되었으며, 이후 타인과의 교감을 위해
동시통역사가 됐다고 이야기한다. 서울로 돌아가는 도로에서 교통사고를 목
격한 이들은 운전사의 안위를 걱정하며 환송만찬이 열리는 장소로 향한다.

먼저 인물들은 사랑하는 사람의 고통을 이해하지 못해 괴로워한다. '해피'
는 아이가 왜 울어대는지, 어디가 아픈지 알지 못하는 까닭에 고통스러워한

다. 또한 '나'는 케이케이가 왜 두려워하면서도 폭동이 일어난 도시에서 눈을 떼지 못했는지, 그리고 그가 왜 죽게 되었는지 알지 못해 괴로워한다. 사랑하는 사람의 고통조차 이해하지 못하는 이들이 서로의 마음을 이해하기란 더욱 어려운 일이다.

타인이나 대상은 그것의 본질에 대한 이해 없이 폭력적으로 규정되는 가운데 오인된다. 그러한 자기중심적인 생각에 의해 타인이나 대상의 본질은 은폐된다. 그런 이유로 인해 타인의 고통을 이해하지 못하는 것이다. 가령, '나'가 찾아달라고 부탁했던 '케이케이'의 고향 '밤메'는 정신적 측면과 관련된 마음의 고향을 의미하는데, '해피'는 그것을 지리적 공간개념으로 받아들인다. 오염된 '밤메'라는 곳에서 '케이케이'의 가장 아름다운 시절을 발견하지 못한 '나'가 '해피'에게 화를 내는 까닭은 그 때문이다. 그와 마찬가지로 대개의 외국인들은 한국을 『론리 플래닛』에 씌어있는 대로 "무엇도 영원한 것이 없는, 스쳐 지나가는 것들로 가득한, 좌충우돌의 도시"로 받아들인다. 한쪽에서는 국제적인 행사를 치르면서 세계화를 부르짖지만 한국적 사고에서 벗어나지 못하고 자국중심의 이익에만 골몰하고 있고, 또 다른 한쪽에서는 세계화를 빌미로 사회, 문화적 차이를 인정하지 않는 폭력적 규정을 일삼는다.

작가는 '케이케이'를 내세워 그와 같은 자기중심적인 시선에서 벗어나 타인의 고통을 이해하는 방식, 즉 진정한 인류애를 보여준다. '케이케이'의 삶은 '자카란다 꽃'으로 비유된다. 맑은 날은 푸른빛을, 흐린 날은 보랏빛을 띠는 자카란다 꽃처럼 한 인간의 삶에도, 또 세상에도 빛과 어둠이 공존하기 마련이다. '케이케이'는 흑인 폭동이 일어난 도시에서 타인에게 믿음을 전파하는 멕시코 여인을 만난다. 그녀의 얼굴에 '빛과 어둠이 공존하는 불안감'이 서려 있는 것을 발견하고 거리의 사람들에게 한 번도 준 적이 없었던 돈을 그녀에게 건넨다. 그런 '케이케이'의 태도는 동정이 아니다. 그것은 공포, 두려움, 불안에 허덕이는 사람들의 고통을 공유하고자 하는 마음에서 비롯된 것이다. 그가 무서워하면서도 '폭동의 불들'에서 눈을 떼지 못하는 까닭도 그런 마음에 연원한다. 그럼으로써 '케이케이'는 국가나 민족을 초월한 진정한 인류애가 가능한 세계를 지향한다. '케이케이'의 지향은 '나'에게, 그리고 '해피'에게 이어진다.

작가는 이처럼 서로의 마음을 이해하고 고통을 나눌 수 있는 세계를 궁극적인 지향점으로 제시하고 있다. 그 세계는 산업폐수로 오염되기 이전, '케이케이'가 아름다운 시절이라고 회상하던 '밤메'와도 같다. 그러나 그 곳에 이르는 길은 불분명하다. 다만 우리가 알 수 있는 것은 그 곳이 우리가 지향해야 하는 세계이며, 인간을 인간이게 만들어 주는 존재의 본질이라는 것이다. 이 작품은 사랑의 구체적인 몸피를 인류애로 형상화함으로써 한국적 특수성을 벗어나 보편성을 획득하기에 이른다. 따라서 이 작품을 통해 우리는 한층 깊고 풍부해진 소설의 지평을 얻게 된다.

김사과의 「정오의 산책」은 자본주의 일반의 메커니즘에 대해 비판하면서, 한 인간의 대승적인 깨달음 속에 녹아 있는 존재의 본질에 주목한다. 주인공 '한'은 어려서 아버지를 잃고 어머니마저 떠나간 이후, 조부모 '정'과 '회'와 함께 살아간다. 늘 피곤한 일상에 찌들어 있던 '한'은 어느 날 점심식사를 마치고 산책을 하던 중 하늘을 쳐다보다가 낯선 경험을 하고 세상을 지배하는 거대한 힘의 움직임을 간파하게 된다. 회사를 조퇴하고 집으로 돌아온 '한'은 고통에 허덕이는 인간들을 자유롭게 만들어주고자 한다.

먼저 이 작품은 자본주의 사회에서 살아가는 일반적인 방식을 문제 삼는다. '한'은 자신의 등록금을 마련하기 위해, 폐암으로 고생하는 '회'를 위해, 그리고 '정'과 '회'를 부양하기 위해 소처럼 일을 해서 돈을 벌어야 한다. 그러기 위해서 '한'은 세상의 질서에 철저히 복종하고, 돈에 자신의 삶 전부를 옭아맨다. 돈이야말로 세상을 움직이는 힘이기 때문이다. 그런 세상에는 경쟁과 폭력과 전쟁이 난무한다. 그래서 인간은 당면한 현실의 고통과, 다가올 미래에 대한 불안에 휩싸여 존재를 갉아먹는다. 그런 인간은 "멍청하게도 좀더 죽음에 가까워"지는 바퀴벌레와 다를 바 없다.

다음으로 정오의 산책, 즉 깨달음 이후의 시간을 통해 삶의 본질에 대해 이야기한다. 정오의 산책에서 '한'은 "거대한 힘이 몸을 통과하는 느낌"을 경험하고 사물 간의 관계, 그리고 과거와 현재와 미래를 직관적으로 이해하는 능력을 얻게 된다. 깨달음에 의해 사물을 바라보는 인식이 변화한 것이다. 그러면서 타인의 슬픔과 고통에 대해 관심을 기울이며, '전쟁'과 '돈'이 야기하는 고통에서 해방되어 자유와 구원을 얻을 수 있도록 타인들을 이끌어주고자 한다. 그것은 일종의 삶의 본질에 대한 자각으로, 이른바 니체의 표현을 빌자면 "정오"의 자각에 해당한다. 그것은 세상은 물질이 지배한다는 믿음에 정신마저 종속되고 있었다는 것을 깨닫는 것이고, 그 깨달음을 통해 정신의 해방, 자유가 얼마나 중요한 것인가를 깨닫는 것에 해당한다.

이처럼 이 작품은 니체의 "정오" 개념에 빚지고 있다. 깨달음의 순간을 "정오"로 상정해두고, 그 깨달음 전과 후를 비교함으로써 인식의 전환이라는 큰 주제를 형상화하고자 했다. 그런데 작품 안에서 '한'이 소처럼 일해 왔던 것을 수도승의 고행에 비유하고 있는 점은 다소간 돌발적이고 비약적인 구석이 없지 않다. 수도승의 고행이란 물욕을 버리고 구도를 위해 나아가는 수도의 일종이다. 그것은 '한'이 속해 있던, 깨달음 이전의 세상 속에서는 결코 얻어질 수 없다. 왜냐하면 그 세상은 돈과 경쟁을 추구하는 세상이면서 모든 가치를 상품으로 환원시키기 때문이다. 정신의 자유나, 물질적인 욕망의 거부가 그 안에 들어 설 자리가 없다는 것은 분명하다.

그럼에도 불구하고 이 작품은 한국적 특수상황과 니체의 '정오'의 철학을 결합하여 자본주의 사회의 일반적인 빛과 그늘을 적절히 작품 속에 용해시켜 내고 있다. 그러한 점에서 이 작품은 존재론적 측면에 대한 문학적 형상화와 관련하여 우리 문학이 세계적 보편성으로 나아가기 위해 취해야 할 문학적 방법이 무엇인지에 대해 하나의 시사점을 제공한다.


## 5. 우리 시대의 소설 쓰기, 그리고 대가의 빈자리

우리 문학은 문학의 상품화와 산업화 논리로 많은 상처를 받고 있다. 그럼에도 불구하고 지금까지 살펴본 작품들을 통해, 우리 문학이 여전히 그리고 치열하게 문학이 갖는 본래적 몫, 즉 사회의 모순을 비판하고 인간다운 세계를 지향하는 그 몫을 충실히 수행하고 있음을 확인할 수 있다. 하지만 문학의 상업주의는 앞으로 더욱더 기승을 부리면서 문학 본래의 몫을 왜곡시키려 들 것이다. 그런 상황에서 우리 문학이 나아가야 할 자리는 무엇인가. 이승우의 「오래된 일기」(『오래된 일기』, 창비, 2008)와 대가 이청준의 작품세계를 연결해 그 자리를 짐작해 보자.

부모님을 일찍 여읜 '나'는 큰댁에서 자라게 된다. '나'는 큰댁 아들 '규'와 는 쌍둥이 형제처럼 자라지만, 모든 것에서 우월한 '나'로 인해 '규'는 늘 피 해를 본다. 이후 '나'는 소설가가 되고, '규'는 간암에 걸려 죽게 된다. 죽기 직전 '나'는 '규'로부터 '나'의 오래된 일기(등단작)를 되돌려 받는다. '규'는 나의 일기를 훔쳐가서 '나' 몰래 잡지사에 투고를 해서 '나'를 작가로 당선시 켰고. 애초에 '규'는 '나'보다 먼저 소설을 쓰기 시작했고, 소설에 관심이 없 던 '나'는 어느 날 우연히 소설을 쓰기 시작했다. '규'는 그런 나의 첫 소설을 몰래 읽어보고, 스스로 소설쓰기를 그만두면서 '나'의 소설을 훔쳐서 사라졌 던 것이다.

왜 '규'는 소설 쓰는 것을 포기한 것일까. 이 물음은 우리 시대에 소설의 본 질은 무엇인가를 묻는 것과 다름이 없다. '규'는 소설쓰기를 포기하면서 '나' 의 소설에 대해 다음과 같이 말한다.

나는 소설을 쓰지 않기로 했다. 아니, 쓸 수 없다는 걸 깨달았다. 무얼 어떻게 쓰 느냐가 아니라, 물론 그것도 필요하겠지, 그렇지만 그게 근본이 아니고, 심지어 그 까짓 것 아무것도 아니고, 그 글을 쓰려고 하는 순간의 의식의 꿈틀거림? 그런 걸 정신의 핍절함이라고 하나? 암튼 그런 거 말이야, 그런 게 중요하다는 게 느껴지더 라. 그런데 나에게는 그런 게 없더라고. 손끝의 재주로 쓰는 게 아니라는 걸 알게 되 었다는 말씀이지. 더불어 내 손끝의 재주가 대단치 않다는 것도…… (22~23쪽)

'규'의 고백은 진실이 아니다. 그의 고백은 역설적으로 '나'의 소설을 비판 하는 것이다. 여기서 '정신의 핍절함'과 '손끝의 재주'란 무엇을 의미하는 것 일까. '나'의 소설은 "드러내려는 욕구와 은폐하려는 욕구가 치열하게 싸우" 는 것이다. '나'는 어릴 적 학교 앞 가게에서 구슬 몇 개를 훔쳤고, 같은 반 친구가 그것을 우연히 보았다. 그리고 아이스크림을 사먹기 위해 아버지의 주머니에서 몰래 천 원을 훔쳤다. 그런 사실들이 밝혀지는 것이 두려워 친구와 아버지가 죽기를 원했다. 그리고 실제로 아버지는 그런 '나'의 원을 들어주는 것처럼 돌아가셨다. 그런 '나'의 절절한 경험에 밑바탕을 두고, 그 경험 속에 내재된 욕구를 드러내는 한편 그것을 은폐하는 것이 '나'의 소설이다. '규'가 말하는 '정신의 핍절함'이란 '나'의 어릴 적 경험에 기반을 둔 절절한 측면을 '나'의 소설이 담고 있다는 것을, '손끝의 재주'는 드러냄과 은폐의 욕구를 교묘하게 위장하는 기술을 지니고 있다는 것을 의미한다. 그렇다면 '규'가 쓰고자 했던 소설은 무엇인가. 그 답은 그의 삶에서 유추할 수 있다.

그 순간, 아무도 자기를 이해해주지 않는 세계에서 평생을 살아온 규의 외로움이 손에 잡힐 듯 선명하게 전해져왔다. 감전된 듯 온몸이 찌릿찌릿했다. 규는 자기가 이해할 수 없고, 자기를 이해해주지 않는 세계에서 살았다. 자기를 이해해줄 수 없는 세계에서 그가 취할 수 있는 아마도 유일한 존재방식이 부유(浮遊)였다는 것이 어렴풋하게 깨달아졌다. 존재의 최소한의 방식, 유령이 되지 않기 위해 그는 부유하는 방식을 택했을 것이다. (32쪽)

'규'는 어릴 적부터 "종교적 영향이든 뭐든 규범이나 도덕에 대한 훈육이 남달리 엄한 집안 분위기"에서 자라면서, 그 분위기로부터 일탈해서 '머리를 기르고 여학생과 사귀고 시를 쓰는 등 고등학생 신분에 어울리지 않는 파격적인 생활'을 했다. 그 생활이 연장되고 심화되어 죽기 직전까지 그는 일상의 삶에 적응하지 못하고 세상을 부유했던 것이다. 자기를 이해해주지 않는 세계에서 유령이 되지 않기 위해 부유하는 삶, 그런 삶과 관련된 소설이 '규'가 지향하는 소설이다.

반면 '나'의 소설은 '내 영혼의 자유를 위해 그를 의도적으로 선 밖으로 몰아내는' 것이다. 그(규)는 엄격한 집안 분위기와 '돈'만을 중시하는 사회적 제약으로부터 자유로운 삶을 갈망한다. '나'는 그런 그를 동경하면서도, 늘 집안 분위기와 사회적 제약으로부터의 일탈이 가져오는 '징벌'이 두려워 "드러내려는 욕구와 은폐하려는 욕구 사이"에서 갈등한다. 그리고 '나'는 그것을 소설로 썼다. 그것은 '나'의 개인사적 체험에서 우러나온 것이기에 '정신의 핍절함'을 지녔고, 체험을 교묘하게 위장하고 은폐하는 것이기에 '손끝의 재주'를 지녔다.

그런데 그것은 진정한 소설이 아니었다. '나'는 그것을 '규'의 삶과 죽음과 그가 건네준 '나'의 일기를 통해 깨닫는다. 그 깨달음은 운명을 달리한 한 대작가의 일기(소설)에서 엿볼 수 있다.

(처음 소설을 쓰게 된-인용자) 직접적인 계기는 규의 권유가 아니라 그 무렵 내가 읽은 어떤 소설이었다. 어떤 소설의 내용이 아니라 그 소설을 읽을 때 내 마음속에서 일어난 어떤 감정의 진동이었다. 소설을 왜 쓰는가, 하는 질문에 대답하는 형식의 그 소설에서 소설 속의 인물인 소설가는 자신의 글쓰기의 기원인 복수심과 지배욕에 대해 집요하게 이야기했다. 현실에서 당한 억울한 일에 대한 소설가의 복수는 현실 밖에서 이루어졌다. 지배의 방식도 현실의 기제인 권력과는 도무지 상관이 없었다. 그는 심지어 자유의 질서로 지배한다고 말했다. 그 소설가가 강변하는, 자유의 질서로 지배함으로써 독자를 해방한다는 소설의 공적 역할에 사실 나는 별로 공감하지 못했다. 내 신경의 어떤 부분을 건드린 것은 소설 속의 소설가, 나아가 그 소설을 쓴 소설가가 그 지루하고 장황한 자기변명을 끈질기게 되풀이함으로써 얻어내려 하고 있는, 마침내 얻어냈을 효과였다. 확실하고 또렷하게 그 효과의 이름을 부를 수는 없지만, 그 순간 나는 소설을 왜 쓰는지 온전히 이해했다고 느꼈다. 어떤 의식의 반영이었는지 분명치 않은 채로 나는 문득 그 소설을 한권의 일기장처럼 인식했다. (19~20쪽)

'어떤 소설가의 일기장'. 여기에서 '소설가'는 2008년에 타개한 대가 이청준을, '일기장'은 이청준의 작품 「지배와 해방」을 지칭한다. 이청준의 소설작품을 '나'가 '일기장'이라 지칭하는 이유는 무엇인가. '나'가 볼 때, 그 작품은 작가 이청준의 작품세계에 대한 작가 스스로의 내밀한 고백을 담고 있기 때문이다('나'의 등단작이 일기장인 것은 '나'의 개인적 체험을 그대로 담고 있기 때문이다. 이 점에서 '나'와 이청준의 작품은 대비된다).

그렇다면 이청준의 소설은 어떤 것인가. '자유의 질서로 지배함으로써 독자를 해방하는 공적 기능'을 중시하는 것, 그것이 그의 소설이다. 이청준의 이런 소설관을 밝히자면 또 다른 지면이 필요하다. 여기서는 '나'의 소설과 관련해서 언급해 보기로 하자. 주지하다시피, '어둠 속의 전짓불'로 표상되는 폭압적인 군사독재정권에 정면으로 맞서 모든 억압과 지배를 극복하고, 선학동 하늘을 자유롭게 나는 비상학처럼 진정한 인간존재의 자유로운 비상을 지향하는 것, 그것이 이청준의 소설이다. 전짓불 뒤에서 정체를 드러내지 않는 고문관(독재정권)과 맞서기 위해 당대의 억압적인 정치, 경제, 문화의 제반영역은 물론이고 폭력적인 말(언어체)의 영역에까지 폭넓고도 깊게 고문관의 실체를 파고든 작가. 그리하여 모순으로 점철된 실체를 비판하고 자유를 강렬하게 지향한 작가. 그것이 거대한 산맥으로 우뚝 솟은 이청준의 문학이다.

　그런데 그토록 거대한 이청준 문학에 비할 때, 고작 개인사적 체험에 바탕을 두고, 심지어 욕구를 드러낼 것인지 말 것인지를 망설이는 '나'의 소설은 얼마나 볼품없는 것인가. 진정한 소설은 현실의 모순에 절망하고 끝없이 자유를 찾아 부유하는 '규'와 같은 독자를 해방시켜주는 것이다. '규'는 '나'에게 그런 소설쓰기를 암묵적으로 강요하면서 죽어간 것이다.

　죽음에 직면한 '규' 앞에서 "나는 무서웠다. 나는 죄를 짓는 것 같았다."라고 속으로 절규하는 것은 우리 곁을 떠난 이청준이라는 대작가에 대한 작가 이승우의 최고의 존경심의 표현이 아닐 수 없다. 그것은 『미궁에 대한 추측』 등을 발표하면서 신화적 상상력을 통해 시대의 모순을 극복하려 한 작가 이승우만이 할 수 있는 표현이다. 그러니만큼 그가 '규(이청준)' 앞에서 '무서워하거나 죄를 지었다'고 자책할 필요는 없다.

　'무서워하고 죄를 지었다'고 고백할 자들은 도리어 등단부터 지금까지 개인사적 넋두리를 읊조리는 글쓰기를 되풀이하고, 상업적인 글쓰기를 무한반복하면서 우리 문학에 심한 악취를 풍기고 있다. 물론 그런 자들이 자신들의 죄를 고백을 할 리는 만무하다. 이청준의 문학정신을 이어받아 자신의 문학으로 승화시키려는 작가만이 그 고백이 갖는 의미를 헤아리고 실천할 수 있을 터. 그런 고백이 하나 둘씩 쌓일수록 우리 문학의 질도 한층 깊어지지 않겠는가.

# 문학이여, 고통을 말하라

## 1. 문학이 서야 할 자리

모든 인간은 살아가면서 고통을 느낀다. 개인적으로 누군가를 만나 사랑하고 헤어지고 하는 과정에서 고통을 느낄 수도 있고, 자신의 삶의 목표를 설정하고 그 목표를 이루는 과정에서 상처를 입고 고통스러워 할 수도 있다. 우리가 직면하는 이런 고통은 개인으로서의 '나'가 사회 역사적 존재로서 규정되었다는 점에서 결코 피할 수 없다. 어떤 사회가 아무 문제없이 완벽하다거나, 혹은 한 개인이 완벽하다면 고통은 있을 리 만무하다. 문학은 그러한 고통을 다룬다. 어느 시대, 어느 사회든 완벽한 개인도, 완벽한 사회도 없다. 따라서 고통은 늘 존재하기 마련이고, 그래서 문학이 필요하다.

작품에 드러난 고통이 작가 개인의 사적인 영역에 한정된 넋두리 같은 것이라면 독자의 공감을 기대하기 어렵다. 독자의 공감을 얻고자 하는가. 그렇다면, 작품에서의 고통은 작가의 개별적 영역(개별성)을 넘어서 사회 일반의 보편적 영역(보편성)과 연결되어야 하고, 그러면서 그 작가만의 고유한 심미성의 세계(특수성)가 확보되어야 한다. 그 공감의 자장 내에서 문학작품은, 개인의 실존적 문제와 관련하여 고통스러워하는 인물을 다룰 수도 있고, 사회적 모순으로 고통스러워하는 인물을 다룰 수도 있으며, 역사적 사건으로 고통스러워하는 인물을 다룰 수도 있다.

그렇다면 작가가 이러한 고통을 다루고자 할 때 요구되는 전제조건은 무엇인가. 다음 두 가지를 통해 살펴보도록 하자. 첫째 자신이 살아가는 사회의 모순을 폭넓고 깊이 있게 파악해야 한다. 작가는 사회적 문제로 여겨지는 현상의 일면에 주목해서는 안 된다. 겉으로 보면, 일견 서로 관련이 없고 이질적으로 보이는 현상이라 할지라도, 그 심층으로 파고 들어가면 하나의 카테고리로 묶여지는 현상들이 있고, 그렇게 묶인 현상들을 배후조종하는 본질적인 요인이 존재하기 마련이다. 작가는 그 본질적인 요인으로까지 파고 들어가야 한다. 그런 노력들이 쌓여야 비로소 그 사회의 모순을 총체적으로 인식할 수 있다.

둘째, 사회적 모순에 대한 총체적 인식을 바탕으로 해서 그 모순을 극복할 수 있는 새로운 세계를 지향해야 한다. 새로운 세계는 현실에 기반을 두지 않은 추상적, 환상적인 세계여서는 안 된다. 그 세계는 현실의 모순에 의해 은폐되거나 억압되어 있어 그 실체가 쉽게 파악되지 않는다. 그렇지만 그 세계는 우리가 그것을 강렬히 욕망할 때 우리 앞에 현현한다.

이 두 가지 전제조건을 갖춘 작품이 독자 앞에 주어진다면, 독자는 그 작품을 통해 그동안 알지 못했던 사회모순을 깨달을 수 있고, 진정 인간다운 삶이 가능한 사회가 무엇인지를 파악할 수 있다. 훌륭한 작품에는 반드시 고통이 존재하기 마련이고, 그 고통이야말로 문학을 문학답게 하는 핵심요소라는 점은 강조되어야 한다.


## 2. 불모의 현실에서 이상세계로, 그 강렬한 지향성

우리 시대는 욕망의 획일화 내지 욕망 과잉의 시대라고 명명된다. 욕망은 정신적 측면의 욕망과 물질적 측면의 욕망으로 나뉜다. 잘 알다시피 자본주의 사회는 물질적 측면에 대한 욕망이 지배적이다. 이러한 물질적 측면에 대한 욕망을 속물근성이라 하거니와, 그러한 속물근성은 오늘날 정보사회에 이르러서는 그 정도가 한층 심각해진다. 이전에 타인을 통해 모방되던 속물근성이 정보매체가 지배하는 정보사회에 이르러서는, 타인은 물론 각종 대중매체와 광고산업 등에 의해 그 정도가 더욱 심각해진다. 그 결과 우리 시대의 욕망은 개성을 상실한 채 획일화된다.

우리 시대는 욕망의 획일화와 함께 또 다른 측면에서 욕망을 과잉생산한다. 과잉생산되는 욕망은 컴퓨터의 가상현실과 관련이 있다. 현실에서는 실현불가능한 일들이 가상현실에는 가능하다. 현실의 '나'의 정체성과 관련된 신원(身元), 곧 직업, 신분, 지위 등을 가상현실에서는 얼마든지 원하는 대로 바꿀 수 있다. 현실의 '나'를 가상현실에서처럼 바꾸고 싶다는 욕망, 그러한 욕망이 넘쳐나는 시대가 바로 오늘날이다. 과거의 '나'와 미래의 '나'가 조우하고 싶은 욕망, 현재의 '나'가 죽고 또 다른 새로운 '나'로 태어나고 싶은 욕망, 자유롭게 변신하고 싶은 욕망 등과, 여기에 덧붙여 가상현실이 가지고 있는 잔인하고 엽기적인 행위를 발산하고 싶은 욕망 등이 모두 여기에 속한다.

위의 두 가지 욕망은 서로 이질적이거나 상반된 것이 아니다. 그것은 동전의 양면과도 같은 것이다. 우리 사회의 문제를 조금이라도 인식하는 작가라면 당연히 문학적으로 문제의식을 가지고 그러한 욕망들을 비판대상의 목록에 올려야 한다. 그럼에도 불구하고, 오늘 우리 문학은 이 두 욕망을 전면적으로 다루는 경우가 빈번하게 발생하고 있다. 한편에서는 보다 나은 집, 보다 나은 상품, 보다 나은 자동차를 욕망하면서 그런 욕망을 부추기는 우리 사회를 교묘하게 찬양하고, 유희적으로 추수하는 작품들이 있다. 또 다른 한편에서는 현실에서 실현불가능한 욕망을 가상현실에서나 볼 수 있는 환상이나 공상, 망상을 통해 추구하는 작품들이 있다. 그러한 욕망으로 인해 발생하는 주인공의 고통은 우리 시대의 문학에서 요구하는 진정한 고통이 아니다.

진정한 고통은 진정한 욕망에 기초해야 한다. 여기서 진정한 욕망은 정신적 욕망과 관련이 있다. 이른바 정신적 이상세계에 대한 욕망이 그것이다. 획일화되고 실현불가능한 욕망들이 난무하는 현실에서 인간답게 살아갈 수 있는 세계를 욕망하는 것이야말로, 우리 시대의 문학이 진정으로 추구해야 할 욕망이다. 이 욕망이 구체적 현실세계의 모순과 팽팽한 긴장관계를 유지하면서 강렬해 질 때, 독자로서의 우리는 현실의 불모성에 절망하고 잃어버린 이상세계에 대한 형언할 수 없는 향수로 아득해진다.

그런 도저한 절망과 아득한 향수를 한강의 작품에서 맛볼 수 있다. 첫 소설집 『여수의 사랑』(문학과지성사, 1995)에 등장하는 인물들은 원인 모를 구토나 결벽증에 시달리거나, 자살 충동에 휩싸이는데, 이는 주인공의 욕망이 아직 구체화되지 않았음에 연유한다. 그러다가 현실에 대한 작가의 인식이 점점 깊어지고, 이에 비례하여 욕망이 구체화되고 심화된 결과, 작가는 진정한 욕망을 추구하면서 고통스러워하는 인물을 전면에 내세우기에 이른다. 그것이 『채식주의자』(창비, 2007) 연작 세 편이다. 이 연작의 중심인물은 영혜이다. 영혜는 식물적 상상력에서 추동된 식물성의 세계를 강렬히 욕망하면서, 그 욕망을 억압하는 현실세계의 동물적 측면에 대해 비판을 가한다.

"아버지, 저는 고기를 안 먹어요."
순간, 장인의 억센 손바닥이 허공을 갈랐다. 아내가 뺨을 감싸 쥐었다. (중략) 처형이 외치며 장인의 팔을 잡았다. 장인은 아직 흥분이 가시지 않은 듯 입술을 실룩거리고 있었다. 한때 성깔이 대단했다는 것은 알고 있었지만, 장인이 누군가에게 손찌검하는 광경을 직접 본 것은 처음이었다.
"정서방, 영호, 둘이 이쪽으로 와라." (중략) "두 사람이 영혜 팔을 잡아라." (중략) "한번만 먹기 시작하면 다시 먹을 거다. 세상천지에, 요즘 고기 안 먹고 사는 사람이 어디 있어!"(「채식주의자」, 49쪽)

육식을 거부한다는 이유로 뺨을 때리고, 양쪽에서 영혜의 팔을 붙잡게 한 뒤 억지로 입을 벌려 탕수육을 집어넣는 행위가 가능한 세계, 그것이 한강이 바라보는 오늘의 현실이다. 이러한 권위적이고 이기적인 인간들에 의한 유형 무형의 학대, 구타와 같은 폭력적 행위들은 여전히 우리의 삶 곳곳에 만연해 있다. 더불어 문명이나, 혹은 이성(실상은 도구화 된)과 같은 고상한 가치로 무장한 정신적인 폭력행위도 일상화되었다고 해도 과언이 아니다.
동물적 폭력이 난무하는 현실에 절망하고, 그런 세계와 맞서서 싸우고, 또 그런 세계를 이겨낼 수 있기 위해, 한강의 인물은 식물성의 세계를 향한 욕망을 치열하게 표출한다.

내가 믿는 건 내 가슴뿐이야. 난 내 젖가슴이 좋아. 젖가슴으론 아무것도 죽일 수 없으니까. 손도, 발도, 이빨과 세치 혀도, 시선마저도, 무엇이든 죽이고 해칠 수 있는 무기잖아. 하지만 가슴은 아니야. 이 둥근 가슴이 있는 한 난 괜찮아. (「채식주의자」, 43쪽)

죽이고 해칠 수 있는 무기가 아닌 둥근 젖가슴으로 살아가는 세계, 그 세계를 작가는 식물의 세계에 비유한다. 나무들을 보며 "모두 형제같"다고 말하는 영혜의 표현에서 짐작할 수 있듯, 그 세계는 폭력성이 제거되고 햇빛과 공기와 물과 같은 자연의 혜택만으로 자족하며 더불어 사는 공동체적인 사회를 의미한다.

그러나 식물성의 세계에 대한 욕망은 동물적 폭력이 횡행하는 현실세계에서 절대로 용납될 수 없는 금기이다. 그 금기를 위반하고 욕망을 추구할 때, 인물은 정신병원에 감금될 수밖에 없다.

나, 내장이 다 퇴화됐다고 그러지, 그치. (중략) 나는 이제 동물이 아니야 언니. 중대한 비밀을 털어놓는 듯, 아무도 없는 병실을 살피며 영혜는 말했다.
밥 같은 거 안 먹어도 돼. 살 수 있어. 햇빛만 있으면.
그게 무슨 소리야. 네가 정말 나무라도 되었다고 생각하는 거야? 식물이 어떻게 말을 하니. 어떻게 생각을 해. (중략) 언니 말이 맞아……. 이제 곧, 말도 생각도 모두 사라질 거야. 금방이야. (「나무불꽃」, 186~187쪽)

영혜는 정신병원에 갇혀 있음에도 불구하고 식물성으로 표상되는 세계를 향한 욕망을 절대로 포기하지 않는다. 그로 인해 영혜는 현실세계로부터 영원히 추방당한다. 먹는 것을 거부하면 거식증으로 몰려 병원에 감금되고 치료를 받아야 한다. 그러다가 다시 음식을 받아들이면 사회의 일원으로 복원된다. 그러나 영혜는 그 과정을 거부할 뿐만 아니라, 나아가 공동체가 공유할 수 있는 "말과 생각"마저도 거부함으로써 자신의 전 존재를 걸고 진정한 욕망을 지켜내기 위해 처절한 사투를 벌인다.

식물성의 세계를 향한 작가 한강의 욕망은 강렬하다. 그렇지만 작가가 지향하고자 하는 세계는 우리가 존재하는 세계와 끝끝내 하나가 될 수가 없다. 그럼에도 불구하고 한강이 그려내는 세계와 그 세계를 추구하는 과정에서 겪을 수밖에 없는 고통은 인간으로서, 다시 말하면 인간다운 인간의 삶을 영위하기 위해서 당연히 감당해야 하는 존재의 숙명과도 같은 것이다. 두 세계의 불일치에 의해 발생하는 고통은 지향하고자 하는 세계가 실현불가능한 것에 가까울수록 더욱 심화된다.

## 3. 정보사회의 본질적 모순에 온몸으로 부딪치기

정보사회를 두고 '적이 사라진 시대'라고 흔히 말한다. 이 명명에는 1980년대의 군사독재정권과 같은 거대한 적이 1990년대 이후에는 더 이상 존재하지 않는다는 의미가 담겨 있다. 그리하여 문학에서 적에 대항할 수 있는 거대이념은 사라진다. 거대이념이 사라진 자리를 다음 두 가지 경우가 대체한다.

먼저, 개인의 사적인 넋두리가 자리 잡는 경우이다. 싸워야 할 거대한 적이 사라진 시대에 작가는 현실에 대한 인식을 거두어들이고 작가 개인의 내밀한 삶의 영역으로 인식을 좁혀 들어간다. 이 협소해진 자리에서 작가는 지금까지 살아오면서 겪은 자질구레한 일들을 파노라마처럼 펼쳐 놓는다. 물론 문학은 작가의 사적인 측면을 통해 공적이면서도 보편적인 공감대를 형성해낼 수도 있다. 그런데 작가의 사적인 측면을 다루는 요즘의 작품들을 보면 그야말로 작가 개인의 일기에서나 담아낼 법한 사적인 넋두리가 넘쳐난다. 그런 작품에도 고통은 있다. 그러나 우리는 그런 작품을 통해 작가 개인이 살아오면서 겪은 개인의 고통만 발견할 수 있을 뿐이다. 개인의 넋두리 같은 그 고통은 독자에게 보편적인 공감대를 형성해내지 못한다.

다음으로, 현실에 대한 단편적인 인식을 하는 경우이다. 이러한 인식을 견지한 작가들은 거대한 적은 사라졌지만, 여전히 문학이 싸워야 할 미시적인 적은 존재한다고 판단한다. 따라서 앞선 작품들과는 달리, 이들 작품에서는 현실모순 비판이라는 문학 본래의 몫과 관련해 다소간 긍정적인 측면을 발견할 수 있다. 그러나 이들 작품들에 나타나는 현실인식은 현상의 단면에 초점

을 맞춘 것이어서 현실의 제반모순을 총체적으로 포착해내는 데까지 이르지
는 못한다. 현실문제와 관련된 현상적이고 단편적인 인식으로 인해 작품에 제시
된 현실문제는 그 실체를 짐작할 수 없을 정도로 파편화되어 있고 심지어 왜
곡되어 있기까지 하다. 그리고 그 요소들은 미로처럼 뒤얽혀 있는 까닭에 우
리 사회의 모순을 총체적이고도 본질적으로 파악하는 것을 불가능하게 한다.

우리 사회를 관류하는 본질적이고도 핵심적인 모순은 분명히 존재한다. 다
만 그것이 가시적으로 포착되지 않기에 우리는 알지 못하는 것일 뿐이다. 그
러한 모순을 인식하기 위해서는, 사회의 제반모순 속에 온몸으로 부딪쳐야 하
며, 그럼으로써 상처 입고 절망하는 과정을 되풀이해야 한다. 온몸이 만신창
이가 되도록 사회의 진흙 밭을 구르고 나면 비로소 사회의 총체적인 모순에
대한 인식이 가능할 것이다. 그 자리에 정미경의 작품이 놓여 있다.

정미경의 작품은 사회의 모순을 겉으로 드러난 현상적 측면이나 하나의 단
편적 측면에서 다루지 않는다. 그의 작품은 정보사회의 본질적 모순에 끊임없
이 파고들어 이를 형상화해 낸다. 그 방법은 사회적인 문제를 담고 있는 여러
국면을 끌고 와서 그것을 삶과 인생의 윤리적 측면과 연결시켜 다루는 것이
다. 정미경의 작품에 등장하는 인물들은 광고 기획자, 애널리스트, 무대 감독,
다큐멘터리 감독, 보험사정인 등의 직업을 갖고 있다. 작가는 이들의 직업윤
리와 그것을 작동시키는 사회적 메커니즘에 초점을 맞춰 우리 시대의 문제의
본질로 접근해 들어가고자 한다. 그리고 주어진 사회적 조건 하에서 각 인물
에게 발생하는 고통을 이야기하는 한편, 그 고통을 어떻게 극복할 것인가를
문제 삼는다.

「성스러운 봄」(『나의 피투성이 연인』, 민음사, 2004)을 보자. 이 작품에서 고통은
두 가지 방식으로 제시된다.

입원 기간이 길어지면서 딸아이는 주사를 너무 맞아 팔에 굳은살이 생겨 정맥을
찾을 수가 없었다. 링거용 바늘을 교환할 때마다 전쟁이었다. 척수 검사를 끝내고
나면 아이는 내 품에 안겨 젖은 빨래처럼 늘어졌다. 고통을 호소할 기운마저 없어
그저 바르르 떨기만 했다. 내가 가장 견딜 수 없었던 건 그 아이의 등이 내 무력한

손바닥 안에서 바르르 떨리는 그 느낌이었다. 마지막 무렵 아이는 몸의 여러 군데에 튜브를 꽂고 카데터를 삽입해야 했다. (중략) 나는 그때 교환하는 걸 지켜보고 있었는데도 그 장면을 잘 기억할 수가 없다. 내 영혼은 그 장면을 외면하고 싶어 했고 기억하고 싶어 하지 않았다. 아이는 끝내 팔다리를 늘어뜨리며 까무러쳤다. 내 몸을 마취 없이 찢어대는 것 같았다. 간호사가 피로 얼룩진 시트를 교환해 주었다. (151~152쪽)

카데터를 교환할 때마다 혼절하는 딸의 고통을 두고, 주인공은 더 이상 카데터를 교환하지 않겠다고 결심한다. 주인공은 카데터 교환의 비용을 감당하지 못해서 그런 결심을 한 것이 아니다. 그는 딸에게 더 이상의 고통을 주기보다는 영원한 안식을 주는 것이 딸을 진정으로 위하는 것이라고 생각했다. 그러한 생각의 결과 주인공은 두 가지 측면에서 고통을 겪는다.

하나는 '아내'와 관련된 고통이다. 아내는 카데터를 교환하는 비용 때문에 딸을 저 세상으로 보낸 비정한 아버지라며 주인공을 비판한다. '아내'의 비판으로 대표되는 이 시선은 물질적 가치만을 최우선으로 삼는 우리 사회의 한 단면을 보여준다. 주인공은 딸을 사랑하는 아버지로서 딸의 고통을 감당하기 어려워 그러한 결정을 내린 것이다. 그럼에도 불구하고 물질적 가치가 팽배해 있는 사회적 시선은 그를 '돈' 때문에 자식을 죽인 비정한 아버지로 몰아간다. 이로 인해 주인공이 겪게 되는 고통은 아이를 버렸다는 결과론적 상황이 빚어낸 죄책감과 결부되면서 더욱 배가된다.

다른 하나는 '교수'와 관련된 고통이다. 보험사정인인 주인공은 BMW를 몰고 가다 사고를 낸 교수의 손배처리를 하는 과정에서, 교수의 감추어진 실상을 알게 된다. 외도를 하다가 그것을 감추려한 교수는 자신의 비밀이 폭로되자 그로 인해 고통스러워한다. 주인공은 그런 교수의 고통을 보면서, 아이를 저 세상에 보내고 삶의 가장 밑바닥에까지 떨어진 자신이 겪는 고통과 교수의 고통이 어떻게 다른지를 폭로한다. 이러한 상황적 대비 속에서 우리 사회 지식인들의 위선과 기만적인 행위가 충격적으로 드러난다.

이 작품은 딸의 죽음과 교수의 사고를 중심으로 이야기를 펼쳐낸다. 그리고 그 저변에 진정한 삶은 무엇인가라는 윤리적 전제를 깔아 놓고 이를 교직해냄으로써, 우리 사회에 만연한 문제의 핵심이 무엇인지를 파고들어가고 있다. 그럼으로써 이 작품은 현 사회의 병폐를 극복해 나가기 위해 우리가 지녀야할 윤리, 도덕이 어떤 것이어야 하는가를 가슴이 저릴 만큼 슬프게 그려낸다.

「무화과나무 아래」(『발칸의 장미를 내게 주었네』, 생각의나무, 2006)는 이라크 전쟁으로 시선을 확대해 우리 사회의 문제점을 윤리적 측면과 연결해서 파악해 들어간다. '나'는 다큐멘터리가 상업적 목적으로 왜곡되는 상황을 쉽게 받아들이지 못한다. 인도에서 그러한 갈등에 부딪친 '나'는 상업적으로 편집되는 다큐의 속성과, 그 속성과는 전혀 다른 인도의 비참한 실상에 비애를 느낀다. 게다가 그곳에서부터 앓기 시작한 신장은 급속히 악화되어 이식을 받아야 할 정도가 된다. 비밀리에 외국에서 신장이식을 받고 돌아온 그는 분쟁지역 전담이라는 꼬리표가 붙을 정도로 위험한 전장을 찾아다닌다. 그는 상업적인 편집기술이 충분히 발휘된 이라크 전쟁 다큐로 상을 받는다. 그리고 상의 후광 덕분에 요청받은 다큐를 찍기 위해 더 위험해진 이라크 전장으로 향한다. 이 줄거리에서 '나'의 고통은 두 가지 측면에서 그려진다.

먼저 직업윤리와 관련된 고통이다. '나'는 이라크 전쟁을 다큐로 찍으면서 감독으로서의 소명을 "인간이 가장 야만스러운 피조물임을 증명하는 그 땅에서 일어나는 일들을 기록"하는 것에 둔다. 주인공은 다큐를 통해, 이라크 전쟁이 어느 한쪽의 논리로 설명됨으로써 비밀스러운 역사의 한 자락으로 숨겨지는 것을 막고, 또 어쩔 수 없이 전쟁에 참여해야 하는 이라크인들의 절망적인 상황을 보여주고자 한다.

그러나 문제는 고통까지 상품화하려드는 다큐 그 자체에 있다. 영화에서와 마찬가지로 다큐 역시 "현실과의 먼 거리", "순간적인 일상의 망각"을 원하는 관객의 요구에 충실해야 한다. 충격적인 타인의 삶에 비해 자신의 삶은 안전하다는 것을 확인하는 방식으로서, 그리고 일종의 시뮬레이션 게임에 불과한 관음증적 유희로서 이라크 전은 미디어 속에서 되살아난다. 그 과정에서 '나'가 이라크에서 직접 느꼈던 죽음에의 공포, 이라크인들의 소박한 평화에 대한 바람 등은 상업적 이익에 기반을 둔 상술에 의해 편집되어 사라진다. 대신 다큐멘터리의 상술은 대중의 요구에 철저히 영합하면서 과장된 잔인함과 처절한 고통과 평화를 향한 의도된 메시지까지 들어가야 한다고 요구한다. 바로 그 자리에 이미지의 상품화라는 상업적인 논리가 끼어들고, '나'의 직업적 소명은 오간데 없어진다.

다음, 장기이식과 관련된 고통이다. '나는 누구인가', 주인공이 그 문제를 끊임없이 고민해야 하는 까닭은 알지 못하는 외국인의 죽음을 담보로 신장을 얻었기 때문이다. 그때부터 '나'는 이미 존재하지 않으며, 자신도 알지 못하는 사람의 삶을 대신하여 사는 것이라 생각하고, 위험한 분쟁지역만을 찾아다닌다. 그곳에서 무수한 죽음과 맞닥뜨리면서, '나'는 다음과 같은 질문을 던진다. 누군가의 죽음을 담보로 삶을 이어나가야 할 만큼 '대단한' 존재란 과연 있는가, 있다면 누가 그것을 판단한단 말인가. 그리고 그 대단한 누군가를 위해 죽어야 할 존재는 또 누구인가. 가령 그것이 인간 이하의 존재라고 하더라도 그것은 누가 되어야 하는가. 무용한 죽음을 맞이한 제3국의 어떤 빈민인가, 혹은 인권을 보장받지 못하는 사형수인가. 과연 누가 그것을 함부로 결정할 수 있다는 말인가. 이런 질문을 통해, '나'는 자신만이 살아남기 위해 남을 죽이는 인간의 이기적인 측면과 함께, 장기마저 상품화하는 자본의 잔혹한 논리 앞에서 심한 고통을 느낀다.

이 작품은 정보사회에서의 다큐 제작이 갖는 상품 이미지화의 측면, 이미지의 뒷면에 가려진, 인도와 이라크를 비롯한 제3국의 비참한 실상, 장기매매에 드러나는 잔혹한 자본의 논리 등을 다루면서 그것을 삶의 윤리적 측면과 연결시켜, 우리 사회의 본질적인 문제점을 파악해 들어간다. 그러면서 그 고통을 극복하는 방식을 보여준다.

그 극복은 두 과정을 통해 제시된다. 먼저 수명과의 사랑이다. 주인공이 신장이식을 받아야 하는 상황에 놓이자 수명은 자신의 신장을 떼어주고자 한다. 수명의 이러한 태도는 "부부라고 쉽게 제 살 한 점 떼어"주지 않는 현실에서는 보기 어려운 이타적인 사랑이자, 육체를 초월한 영혼의 사랑에서 우러나온다. 주인공은 그런 수명과의 사랑 속에서 소년과도 같은 맑고 순수한 영혼으로 돌아간다.

다음, 하산과의 만남이다. '코드 레드'의 이라크에 들어간 주인공은 무화과 나무 아래에서 춤을 추면서, "이렇게 살아 있으면서 노래를 하고 춤을 추고 오늘처럼 차를 타고 여행을 할 수 있다는 게 얼마나 행복해요?"라고 말하는 아홉 살 소년의 천진난만한 영혼과 조우한다. 그러면서, 주인공은 "돈이면 귀신도 움직이"는 사회에 길들여져 온 자신에 대해 심한 부끄러움을 느낀다. 그 부끄러움을 통해 자본의 논리에서 벗어나면서, 선악이 구분되기 이전의 태초의 인간처럼 부끄러움 없는 삶을 살고자 한다.


## 4. 장밋빛 미래를 위하여

지금 우리는 정보사회의 인공지능 시스템에 푹 젖어가고 있다는 것을, 그래서 우리의 사고는 다양한 데이터를 투입해도 획일적인 처리결과밖에는 산출하지 못할 지경에 점점 가까워지고 있다는 것을 상기해야만 한다. 고통을 감각해야 하는 예리한 촉수는 기능을 상실해 가고, 그에 반비례해서 고통에 노출되는 상황은 빈번해지고 있다는 것 또한 상기해야 한다.

고통 없는 장밋빛 사회를 원하는가, 그렇다면 현실을 뼈아프게 직시해야 한다. 반성과 성찰이 전제되어야 나아갈 올바른 방향을 제대로 정립할 수 있다. 가령, 정보사회의 획일화된 욕망에 철저히 길들여진 결과 우리는 너나 할 것 없이 물질적인 잣대를 들이대어 장밋빛 미래를 꿈꾸기에 이르렀다. 또 마구잡이로 재생산된 이미지들이 판을 치는 상황에서 정보사회가 만드는 가상현실의 환각에 젖어 그것을 무비판적으로 추종한다.

문학에서 고통이 사라지는 이유가 여기에 있다. 일반대중이 지금의 사회가 고통이 없는 사회라고 착각하는 건 어쩔 수 없다 하더라도, 문학은 그것이 착각이라는 것을 일깨워주어야 한다. 그럼에도 불구하고 우리 시대의 문학은 고통을 외면하고 지배체제가 구축한 공고한 성 안에 안주하고 있다. 그렇다면 문학이 존재할 필요가 있겠는가.

작가는 우리 사회가 나아갈 방향을 '예언하는 자'(이청준)이다. 작가는 그 소명을 성실히 수행하는지에 대해 늘 자기검열을 행해야 한다. 그 검열의 과정은 고통스러움을 동반하기 마련이다. 소명을 망각한 자, 창작의 고통을 망각한 자는 문학인이 아니다. 그런 작가적 고통과 더불어, 개인적 실존문제로 인한 고통과 사회·역사적 문제로 인한 고통이 작품 속에 어우러져야 한다. 그랬을 때 독자로서 우리는 그 고통에 가슴 아파하면서, 동시에 형언할 수 없는 감동의 물결에 우리 자신을 내맡길 수 있다.

거듭 말하지만, 문학은 모순된 사회의 지배적 가치를 재생산하는 기술복제품이 결코 될 수 없다. 문학은 사회가 만들어내는 문제에 끊임없이 도전하고 그 문제를 극복하는 데 주력해야 한다. 새삼 고통 많은 시대에 고통 없는 문학이 범람하는 상황에 비애를 느낄 수밖에 없는 까닭, 그래서 고통 많은 시대에 고통을 이야기하는 문학에 대해 말하고자 하는 까닭이 여기에 있다.

# 걸어가라, 꽃 핀 길과 얼음판을 지나서

## 1. 길(道) 아닌 길

여행을 떠난다거나, 혹은 모르는 길을 찾아갈 때, 가고자 하는 목적지까지 가장 잘 안내해 주는 최첨단의 안내지도가 내비게이션이다. 목적지에 이르는 지름길은 물론이고 시시각각 바뀌는 도로의 형편을 위성으로 송신하여 안내해주는 친절한 내비게이션이 있는 한 길을 못 찾아 헤맬 일은 없을 듯하다.

인생에도 내비게이션이 있어 삶의 갈래마다 더 빠른 길, 덜 고생스러운 길을 알려 준다면 어떠할까. 참으로 편리할 것이다. 그런데 인생의 내비게이션이 매스미디어가 생산해내는 감각적이고 일회적인 각종 욕망들로 가득해 있다면, 그래서 그러한 내비게이션을 무작정 좇아간다면, 인생은 사물화된 삶이 이끌고 지시하는 쪽으로만 나아가게 되지 않겠는가. 정신을 마비시킬 정도로 휘황한 매스미디어의 이미지들을 따라 물질적인 가치만을 추구하며 이기적으로 살아가는 삶이 내비게이션이 지시하는 최종 귀착지이다.

그 귀착지가 황홀하고 아늑하기는커녕 각박하고 황폐한 곳이라는 것을 깨달은 자, 그는 그 길을 거부하고 또 다른 길을 찾아 나설 것이다. 그 길은 밤하늘의 별이 우리 영혼의 별이 되어 우리가 가야할 길을 안내하는 길이다. 내비게이션과 같은 삶의 지도에 익숙해져 우리가 잊고 있던 영혼의 목소리, 그것이 만들어 내는 내면의 울림이 인도하는 길, 그 미지의 길이 이끄는 귀착지는 무엇일까? 구자명의 『날아라 선녀』(이마주, 2008)와 정미경의 『내 아들의 연인』(문학동네, 2008)을 통해, 영혼이 안내하는 길의 귀착점으로 따라가 보자.

## 2. 부평초의 길 찾기

작가 구자명이 두 번째 창작집 『날아라 선녀』를 내놓았다. 이 작품집에서 작가는 물질적 가치가 팽배한 일상을 비판하고 우리가 망각해 왔던 정신적 가치들을 찾아 길을 떠나는 인물들을 전면에 내세우고 있다. 이러한 측면은 이미 『건달』(나무와숲, 2003)에서부터 예견된 것이었다. 작가는 『건달』에서 생산제일주의를 배격하고 주체적인 삶을 살아가는 '건달'을 탄생시켰다. 가공할 속도가 지배하는 경쟁사회의 요구대로 살아가는 삶을 거부하고, 그런 삶으로부터 일탈하여 자기가 진정 원하는 대로 살아가는 삶이야말로 주체적인 삶이라는 것이다. 『날아라 선녀』가 그려낸 세계 역시 그 연장선상에 놓인다. 『날아라 선녀』에는 여섯 작품이 실려 있다. 이들 작품들 중 「호야 이모」와 「귀로」를 통해 그런 작가의 생각을 따라가 보자.

「호야 이모」의 병삼은 하루아침에 신용불량자로 전락한다. 사업하는 형의 대출보증을 섰다가 형의 사업이 망하는 바람에 그는 자신의 월급과 아파트까지 잃게 될 위기에 처한다. 또 어렵게 사는 여동생의 부탁으로 신용대출을 해주었다가 부동산 사기를 당하고 최고장까지 받게 되자 그는 절친한 친구인 필구에게 돈을 빌리게 된다. 그런데 필구가 협박성 빚 독촉을 해오기 시작한다. 필구를 만나고 마음이 울적해진 병삼은 이른 새벽 어릴 적부터 한 가족처럼 지내왔던 호야 이모를 찾아간다. 그곳에서 병삼은 자식도 있고, 성질도 고약한 노망난 할매에게 밥을 차려주는 호야 이모를 보고 못마땅해 한다. 그래서 아침을 차려주겠다며 붙잡는 호야 이모 몰래 병삼은 도망치듯 빠져나온다. 삶의 의욕을 잃고 돌아가는 그의 앞에 호야 이모가 누룽지 보퉁이를 들고 나타난다. 필구의 돈을 일 년쯤 늦춰 갚을 수 있도록 해주겠다는 호야 이모의 말에 안도하며 병삼은 누룽지 보퉁이를 들고 회사로 향한다.

이 과정에서 병삼과 호야 이모의 삶의 방식이 대립된다.

"그란데, 다리도 불편하신 이모가 혼자 끓이 잡숫기도 힘들 낀데 저 할매 밥을 언제까지 책임질라 카십니꺼? 보이까 성질도 더럽는데 이제 고마해주시이소. 의지할

데 없고 성질이 착하다 캐도 어려블 일인데, 가족도 멀쩡하이 있으믄서 저래 고약시리 구는 할매를 뭐하러 챙기주십니꺼?"

"지 정신이 아이니까 그 카제. 착하기나 말기나 그거는 내 소관이 아이고……. 내는 그냥 배고픈 사람 밥 주믄 그 뿐이라. 예수님이나 부처님이나 그냥 배고픈 사람 밥 주라 카싰지, 어데 착한 사람만 밥주라 카싰나?" (33쪽)

호야 이모는 어떠한 조건도 없이 더불어 사는 삶을 지향한다. 호야 이모는 해방 전에 조산원 학교를 졸업하고 산파노릇을 하며 살아가는 인물로, 부지런히 일해서 얻은 것들을 모두 다른 사람들을 위해 쓰고자 한다. 호야 이모는 소아마비를 앓아 한 쪽 다리를 쓰지 못하지만, 방치된 농지를 경작하여 생산한 쌀을 어려운 이웃을 돕는데 쓰라고 성당에 보내기도 한다. 자신이 살던 집마저 복지단체에 넘겨주고, 생활보호대상자에게 주는 보조금으로 살아간다. 기본적인 의식주만 해결되면 그뿐, 베푼다는 행위에 어떤 의도도 목적도 두지 않는다.

그런데, 더불어 살기는커녕 형제애도, 의리도 모두 동강난 병삼에게 세상은 각자 살아가기도 어려운 곳이다. 세상으로부터 버림받았다고 생각하면서 병삼이 호야 이모를 찾아가 구하고자 한 것은 한 끼의 밥보다 애정이었다. 그런데 노망난 할매를 위해 밥을 차리는 호야 이모를 보며, 그는 이모가 습관적으로 자선을 베풀고 있으며, 자신 역시 그런 습관적 자선의 대상일 뿐이라 생각하는 것이다.

호야 이모로부터도 버림받았다는 생각에 삶의 의미까지도 상실한 채 돌아가는 병삼에게 호야 이모는 누룽지 보퉁이와 함께 따뜻한 마음 나눠주기를 잊지 않는다. "니가 진 빚 말다. 그거 필구가 한 1년쯤 늦차 받으믄 되겠나?"라고. 그러면서 이렇게 덧붙인다. "안 늦차줄라 카믄 지 어매가 내한테 빌리가가 띠묵은 돈 받아내서 갚아뿌지, 뭐." 호야 이모가 나눠 준 것은 물질적인 것보다 더 든든한 따뜻한 마음이다. 작가는 이러한 호야 이모의 삶을 통해 각박한 이 시대에 '진정한 베풂'의 의미와 '더불어 사는 삶'의 의미가 무엇인지를 제시한다.

병삼의 삶과 호야 이모의 삶은 「귀로」에서 '고속도로'의 삶과 '국도'의 삶으로 치환된다. 이 작품은 갈등과 증오, 미움 등과 같은, 낱낱이 흩어져 외따로이 도는 마음의 응어리들을 풀어내고 화해와 사랑으로 화합하는 방식에 대해 이야기한다.

동식은 어머니와 아내, 아들과 함께 친척의 결혼식에 들렀다 자동차를 타고 서울을 향해 올라간다. 다음 날 아침 연구발표 수업이 있는 아내 재희는 서둘러 올라가자고 하지만 동식은 인생의 진미를 맛보자며 국도로 길을 잡는다. 바닷가와 항구에 들러 낭만적인 여행을 만끽하던 동식의 가족은 날이 어두워지자 서둘러 귀경길을 잡는다. 아내 재희는 지도를 펼쳐놓고 고속도로에 빠르게 진입할 수 있는 길을 찾기 시작한다. 일은 그때부터 벌어진다. 1997년도 판 지도였던 것이다. 고속도로를 타기 위해 지방 국도를 헤매던 가족들은 조금씩 대립의 각을 세운다. 그런데 일행이 잡아가는 길은 이상하게도 자꾸 우회한다.

여우 같은 여자를 만나고, 곰 같은 여자를 만나면서 길안내를 받아 가는 그 길은, 동식이 여덟 살 무렵 바람나 집을 나간 아버지의 묘가 있는 팔봉면으로 그들을 인도한다. 접어드는 길마다 아버지를 생각나게 하는 징표들이 꼬리를 물고 나타나자, 어머니는 조금씩 아버지의 이야기를 꺼낸다. 처음 동식은 일찍 가족을 떠나 다른 살림을 차려 살던 아버지에 대한 증오, 미움과 같은 감정들에 휩싸여 발끈 화를 내지만, 팔봉면으로 자꾸만 다가드는 행보 속에서 그러한 감정들을 조금씩 누그러뜨려 간다. 귀경을 재촉했던 아내 재희도 동식으로 하여금 아버지의 묘가 있는 곳으로 길을 잡아 가도록 배려한다. 그러한 아내의 모습에 동식도 변화한다. 그러면서 어머니가 아버지를 향해 갖는 애틋한 감정들도 조금씩 이해해 나간다.

귀경길을 놓고 벌어지는 갈등이 해결되는 과정에서 '고속도로'의 삶과 '국도'의 삶이 대립한다. 서울로 가는 빠른 길인 '고속도로'로 상징되는 삶은 성장제일주의 내지 속도제일주의의 세계관이 지배한다. 쳇바퀴처럼 물려 돌아가는 일상, 시간에 쫓겨 하루하루를 내달리기에 바쁜 그러한 삶은 물질적 가치에 휘둘리면서 '성장'이라는 미명하에 앞만 보고 경쟁적인 속도로 치달리는 고속도로와 같다. 그런 삶은 자신의 옆에 있는 타인이나, 뒤쪽에 있는 자신의 뿌리 혹은 정신적 본향에 대한 배려를 불가능하게 하면서, 오로지 서로 대립하고 갈등하고 증오하게 만들 뿐이다.

반면에 국도는 고속도로를 달리는 삶에서 잊고 있었던 것들을 상기시킨다.

가족애와 공동체의 개념, 영혼, 일탈, 느림, 사랑, 배려 등의 키워드로 표상되는 것이 바로 국도와 같은 삶이다. 국도를 따라가는 이들 일행의 행보는 아버지의 영혼이 안내하는 길이자, 서로에 대한 배려와 사랑의 마음들이 모여 이끄는 길로 수렴된다. 그 길로 가면서 이들의 갈등도 하나둘 해소된다.

결국 제목이 의미하는 귀로(歸路)는 진정한 '인간의 집'으로 가는 길이면서 동시에 우리의 영혼을 황폐화시키는 속도에서 일탈함으로써 따뜻한 교감을 나누는 길이 된다. 그리고 그 길은 어차피 숙명적으로 죽음을 맞이할 수밖에 없는 우리에게 어떻게 살아야 할 것인지를 깨우쳐주는 길이기도 하다.

> 자그도 짧은 인생살이, 기왕이믄 입맛대로 재미시룹게 살고 즈퍼 용을 뺀 굿일 텐디. 맴 묵은 대로만 풀레주지 않능 게 시상살이고, 다 잘 아능 거 같으도 증말은 아무도 모르능 게 시상 이치여. 긍게 누구혼티 잘못 살았다고 사람을 탓흘 수만은 읎는 일이여. (69쪽)

아버지의 묘소를 찾아가는 길 위에서 어머니는 회심곡 한 자락을 펼쳐놓는다. "세상만사 헤아리면 묘창해지일속이라…… 단불의 나비로다…… 뿌리 없는 부평초라……." 넓은 세상에서 인간은 하나의 작은 미물에 지나지 않는다. 일껏 욕심내서 산대도 한평생이고, 욕심 없이 에둘러 돌아가도 한평생이다. 이를 통해, 이 작품은 속도제일주의, 성장중심주의에 휘둘려 서로 대립하고 갈등하는 '고속도로'와 같은 삶을 살아갈 것인가, 아니면 인생의 맛과 멋을 즐기며 쌈질도 하고 악다구니도 쳐가면서 따뜻한 교감을 나누는 '국도'와 같은 삶을 살아갈 것인가를 묻고 있다. 속도로부터 일탈한 마음이 이끄는 대로, 그런 영혼이 안내하는 대로 삶의 종착점을 향해 나아가는 것이 진정한 귀로가 아닐까.


## 3. 들소의 묵중한 걸음

당신은 인생의 갈림길에서 어떤 길을 선택하는가. 내가 지금까지 누려온 부와 명예와 물질적 풍요로움을 계속 향유하기 위해, 혹은 지금은 없지만 그런 것들을 앞으로 얻기 위해 아등바등하면서 '이 길'을 선택할 것인가. 아니면 그런 것들로부터 벗어나, 진정한 인간존재로서의 '나'가 진정으로 가야 할 길을 찾고, 그 목표에 도달하기 위해 '저 길'을 선택할 것인가. 대부분은 주저없이 전자를 선택한다. 그러나 그러한 선택이 실상은 우리의 영혼을 피폐하게 만든다는 것을 정미경의 작품은 아프게, 그리고 감동적으로 일깨워준다.

정미경은 생의 갈림길에 선 인간군상들을 통해 인간존재의 삶의 방식에 대해 진지하게 탐색해 들어간다. 작가는 지금까지의 작품들을 통해, 물신을 숭배하는 획일화된 욕망들, 그 욕망에 의해 전도된 가치들이 세상을 움직이는 핵심동력으로 작동하고 있다고 비판해 왔다. 그러면서 동시에 우리들이 잊고 있던 아름다운 영혼의 울림을 천상의 음률로 들려주고 있다. 그 연장선상에서 『내 아들의 연인』은 현대사회를 살아가는 인간들의 속물근성과 그 안에서 명멸하는 욕망에 주목한다. 다음 세 작품 「너를 사랑해」, 「매미」, 「들소」를 통해 정미경 식의 성찰을 따라가 보자.

이 작품집에서 작가는 우리가 살아가고 있는 세계를 소돔과 고모라에 비유한다. 이 비유 속에 돋보이는 것은 우리가 살아가고 있는 사회에 대한 작가의 야멸친 야유이다.

저 구름만큼은 아니어도, 지표면에서 조금만 날아올라 이 도시를, 도시 속을 분주히 오가는 사람들을 내려다보게 된다면, 그들은 혐기성 박테리아처럼 보일 것 같다. 썩은 공기, 죽은 물, 선반 기계처럼 영혼을 갈아대는 소음에 파묻혀 꼬물거리며, 뒤엉기며, 분열하며, 날뛰다 소멸하는 뻘 속의 존재들. (「너를 사랑해」, 51쪽)

정미경은 우리의 삶을 부패의 냄새가 질기게 피어오르는 주거지 옆의 하천에 비유한다. 타락한 욕망이 썩어 내뿜는 냄새에 어느덧 익숙해지다 보면, 그것이 부패한 것이라는 판단조차 흐려지게 마련이고, 그런 부패한 것들을 자신도 모르게 확대재생산하기 마련이다. 그러면서 힘겹게 지켜왔던 고귀한 정신적 가치들을 찰나적 쾌락이나 물질적 욕망 앞에 힘없이 내동댕이친다.

롯의 아내는 왜 소금기둥이 되었을까. 그녀는 자신이 그동안 익숙하게 누려 왔던 물질적 풍요로움에 대한 미련 때문에 뒤돌아보았고, 그래서 소금기둥이 된 것이 아닌가. 정신적 가치를 추구하지 않으면 소금기둥이 된다는 이 믿음이 부패한 도시에는 통하지 않는다. 오히려 물질적 욕망과 순간적 쾌락을 거부하는 자야말로 소금기둥이 될 뿐이다. 작가는 소돔과 고모라의 일화를 뒤집어 보임으로써, 전도된 가치가 만연하는 이 시대의 부패한 도시를 신랄하게 비판하고 있는 것이다.

그런 세상에서 당신은 어떤 길을 택하겠는가. 「너를 사랑해」에서 작가는 '소금기둥'이 되지 않기 위해 속물적 타협을 하고 현실에 안주하려는 인물을 제시한다. W와 Y는 자신들이 처한 위기 상황을 넘어서기 위해 사랑 대신 돈을 택한다. W는 자신이 자산관리를 해주는 영감에게 자신의 여자친구인 Y를 소개시켜 준다. Y는 그런 W를 "마누라도 팔아먹을 놈"이라고 비난하지만, 교수가 되기 위해 2억이 필요한 Y로서도 W와 한 패가 되는 수밖에 다른 길은 없어 보인다. 이들은 남들보다 더 잘 먹고 잘 살기 위해 사랑도 버릴 수 있다고 생각한다.

반대로 「매미」의 인물은 세상을 좀 다른 방식으로 살아간다. 「너를 사랑해」의 Y처럼 주인공 역시 고학력 실업자이다. 독일에서 학위를 받고 돌아온 그는 취직도 하지 못하고 친구가 경영하는 출판사에 나간다. 거기서 아무 할 일도 찾지 못한 그는 결국 교정업무를 배우기 시작한다. 그때부터 귀 안에서 매미가 울어대는 이명에 시달린다. 이명은 이기적이고 물질적인 욕망으로 가득한 세상의 늪에서 그런 욕망을 달성하지 못하게 되자, 세상이 불합리하다고 원망하면서도 결코 그 세상을 떠나지 못한 채 스트레스를 받은 자의 병적 징후에 해당된다. 그런 그는 절름발이에다 아무 때나 쓰러지는 병을 안고 살아가는 여자를 만나면서 그 이명으로부터 벗어나는 방법을 배우게 된다.

"너무 예민해서 그런 게 아닐까요? 우주는, 우리가 들을 수 없는 무수한 소리들로 가득 차 있다고 하잖아요. 너무 작아서 들을 수 없는, 혹은 너무 커서 들을 수 없는 소리. 예를 들면 꽃이 피는 소리, 매미가 허물을 벗는 소리, 지구가 자전하는 소리, 두 개의 별이 충돌하여 폭발하는 소리, 고래의 울음소리 같은 것들. 뭐 그런 게 그쪽

귀엔 전부 들리나봐요." (178쪽)

여자는 우주의 소리를, 꽃과 매미와 별의 소리를 듣는 존재이다. 그런 여자는 물질적 가치가 지배하는 세상의 질서에서 벗어나 있는 존재이다. 자칫 여자는 '소금기둥'이 될 수 있는 위험한 존재이다. 아니 여자는 소금기둥이 된 존재이다. 절름발이가 그것 아닌가. 황폐한 현실에서 우주와 별과 꽃과 매미의 소리를 듣는 여자야말로 우리가 망각하고 있던 영혼의 아름다움을 천상의 음률로 전해주는 존재이다. 그는 그런 여자를 통해 이명을 극복할 수 있는 단서를 마련한다. 그러나 그는 끝내 물질적 가치에 대한 욕망의 끈을 놓지 못함으로써 더욱 더 이명에 시달리게 되고, 결국 여자를 죽이려 한다.

이들 두 작품 속 인물들은 여전히 물질적인 욕망에 사로잡혀 있어서 자신의 순수한 영혼을 발견하고 그 영혼이 이끄는 대로 삶을 살아가기란 아직 어려워 보인다. 이들 작품을 통해 작가는 물질적 가치에 대한 욕망이 횡행하는 현실의 부조리하면서 병적인 측면을 비판하고, 「들소」를 통해 그 극복방식을 제시하고 있다.

「들소」에는 수혜, 명조, 하윤이라는 세 명의 인물이 등장한다. 명조는 수혜의 애인이고, 하윤은 수혜의 남편이다. 개인적인 만족과 행복만 있으면 삶을 편하게 누릴 수 있을 것 같은 명조, 북한 돕기에 자신의 사재와 수혜가 전시회에서 작품을 팔아 번 돈까지 밀어 넣을 정도로 개인적인 욕심을 부릴 줄 모르는 하윤. 수혜는 처음 하윤의 이타적인 성향에 끌려 결혼한다. 그러다 개인적인 욕망이 전혀 없는 하윤을 더 견디지 못하고 그에게 이혼을 요구한다. 공교롭게도 그 이후 하윤은 암으로 앓다가 죽는다. 수혜는 명조와 헤어지고, 하윤을 위한 기념비로 들소를 빚어 전시회를 연다.

작가는 이 작품 안에 두 개의 중요한 상징을 던져 놓는다. '검은 관 같은 돌'이 그 하나이고, 다른 하나는 '들소'이다.

(i) 바닥에 드러누운 직사각형의 돌이 걸음을 흐트러뜨린다. 도대체 무지막지하게 커다란 돌덩이를 길 가운데 던져놓는 이따위 아이디어를 낸 건 누구란 말인가.

불길한 운명을 봉인해놓은 관처럼 생긴 그 검은 돌들을 사람들은 이리저리 피해 걸어다닌다. (56쪽)

(ii) 공기는 끈적이고 거리는 더러웠다. 가게들이 내놓은 쓰레기봉투들이 돌덩이 옆에 쌓여 있고 오후의 거리에 가득하던 흥분과 열기 대신 삭은 알코올 냄새가 떠돌았다. (87쪽)

(iii) 일회용 용기들이 함부로 버려져 있는, 검은 관 같은 돌을 사이에 두고 수혜는 명조를 쳐다보았다. 다시 만나는 일은 없을 거라고 말하는 눈빛이었다. (89쪽)

'검은 돌'은 명조의 시선에 포착된다. '불길한 운명을 봉인해놓은 관'처럼 여겨진 그 돌은 사람들이 이리저리 피해 다니는 장애물이자, 길 가운데 던져놓아 사람들을 불편하고 짜증스럽게 만드는 걸림돌이다. 인생에 있어 걸림돌이나 장애물은 무엇일까. 자신이 욕망하고자 하는 것을 실현하지 못하게 방해하는 어떤 것이 아닐까. 그 궁극에는 병과 죽음도 있을 터, 인간이라면 누구나 피하고자 하는 것, 사람들은 그것을 일러 '절대적 운명'이라 한다.

가령, 오후 6시의 인사동처럼 자신의 존재증명의 욕망으로 부글거리는 거리에서 불길한 운명을 봉인해 놓은 '검은 돌'은 결코 부딪치고 싶지 않은 짜증나고 불편한 어떤 것이다. 개인적인 욕망조차 없는 이타적인 하윤에게 수혜는 자신을 위해, 그리고 딸을 위해 자신이 번 돈을 쓰고 싶다면서 짜증내고 미워하고 화낸다. 그런 수혜에게 하윤의 이타적인 삶의 방식은 '검은 돌'로 여겨졌을 것이다. 그런데 헤어지자면서 자신의 밑바닥 감정까지 다 드러낸 수혜가 하윤의 암 투병을 지켜보며 그를 살리려고 애쓸 때, 수혜에게 '검은 돌'은 하윤을 고통스럽게 세상 밖으로 내몬 불길한 운명이었을 것이다.

반면 오후 6시의 부글거리는 욕망이 빠져나간 인사동의 늦은 밤거리는 사뭇 다르다. 온갖 쓰레기와 함부로 버린 일회용기가 검은 돌 주위에 쌓인다. 거리에는 삭은 술 냄새만 떠돈다. 존재증명의 욕망으로 부글거렸던 도시가 그 욕망이 다 빠져나가자 황폐해진다. 도시를 뜨겁게 달구는 욕망이라는 것은 한낱 부질없고 일회적인 것이어서 더럽고 악취 나는 쓰레기만을 남길 뿐이다. 욕망의 허망한 실체를 확인한 순간, 모든 것은 공허해진다. 수혜가 하윤이 죽고 난 뒤 느꼈던 감정이 바로 그것이다. '구멍이 휑하니 뚫린 것 같'은 텅 빈 공허, 그것을 수혜는 '절대의 공허'라고 말한다.

그러나 명조에게 '검은 돌'로 상징되는 절대적 운명은 피해가고 싶은 걸림돌에 불과하다. 그 앞에서 명조는 함께 넘어지지도, 그렇다고 씩씩하게 극복하려 들지도 않는다. 수혜는 그러한 명조를 두고 자신과 닮았다고 말한다. 예전의 자신, 즉 하윤과의 삶에서 짜증 내고 화 내던 자신이었다면 역시 명조처럼 그러했을 것이란 말이다. 그렇지만 욕망의 허망함과 생의 공허함을 맛본 수혜는 그런 명조를 떠나간다. 명조와 결별함으로써 예전의 자신으로부터도 떠나고자 한 것이다. 명조가 수혜의 결별선언을 피부로 느끼면서 떠올리는 들소의 이미지. 곧 "뜨겁고 축축한 이 도시가 도무지 적응이 되지 않는다는 듯 뚱한 표정의 짐승 한 마리가 서 있다. 바람이 불어 현수막이 흔들리자 그놈은 어디론가 걸어가는 것처럼 보인다."(65쪽)라는 이미지는 수혜의 현재 상태를 그대로 비춰준다.

자신 역시 절대적 운명으로부터, 그리고 절대의 공허로부터 결코 자유롭지 않음을 자각한 순간 수혜는 인간은 누구나 우주만한 추위를 이고 사는 존재라는 깨달음을 얻게 된다. 그것이 바로 들소이다. 하윤도, 하윤이 그토록 도와주고자 애썼던 북한의 사람들도, 그리고 하윤이 떠나간 공허를 온 몸으로 감당해야 하는 수혜도 모두 그러한 존재론적 숙명으로부터 자유롭지 못하다. 그것을 자각한 자, 비로소 들소가 된다.

그가 가고 나서야, 우리는 모두 우주만한 추위를 이고 사는 존재임을 알게 되었다. 빙하기를 살아갔던 들소들처럼. 어디서, 왜 왔는지는 모르지만, 거기 그렇게 내던져져 온몸으로 추위를 견디며, 얼음 위를 걸어야 하는 것들. 그가 떠나고 나를 사로잡은 건 슬픔이 아니라 추위였다. 유난히 오염에 민감한 지표식물이 있듯, 그는 타인의 추위를 제 것처럼 느끼는 사람이었다. 들소는 왜 제가 두꺼운 얼음과 끝없는 눈의 벌판 위에 던져지게 되었는지 끝내 알지 못한다. 아득한 시간을 건너 이 들소들 사이를 거닐어보고 싶다. (70쪽)

이기적이고 교활한 욕망을 추구하는 것은 일회적이고 순간적인 만족만을 가져다 줄 뿐, 인간이 숙명적으로 짊어져야 하는 추위를 결코 덜어주지 못한다. "제 속주머니 털어서 빈 구멍 메우는 바보" 같은 하윤과 달리 "이기적이고 졸렬하고 제 식구나 챙기는 쪼잔한 남자"를 원했던 수혜는 이기적이고 교활했던 그 욕망들이 절대적 운명 앞에 얼마나 허약한 것인가를 자각한다. 그러면서 수혜는 절대의 공허로부터 벗어나는 방식을 스스로 구한다.

"떠나고 나서야 뒤늦게 깨달은 사랑, 그런 건 아니야. 근데 말이야. 짜증내고 미워하고 화내던 거, 털어내면 날아갈 거 같던 그 것들이, 그 쪼잔한 조각들이 나였나봐. 구멍이 휑하니 뚫린 거 같았어. 손톱만큼 자잘한 나무토막들을 이어붙여 뿔을 높이 세우고 둔하도록 커다란 몸뚱이를 한 점 한 점 메워나가면서 물어보았어. 얼음을 딛고 선 날들을 어떻게 견디었냐고, 어떤 뜨거움을 품어야 숨이 멈추는 순간 얼음덩이로 변하는 절대적 공허를 견딜 수 있냐고."
"들소들이, 뭐래?"
피식 웃으며 수혜는 새삼스럽게 제 손바닥을 들여다본다. 아물지 않은 생채기가 붉다.
"걸어가라더군. 얼음과 초원과 꽃과 사막과 돌무더기를 지나 그냥 걸어가래." (88~89쪽)

삶은 가혹해서, 우리에게 감당하기 힘든 일들을 던져놓는다. 그래도 앞으로 걸어가야 한다. 그 길에 도시의 더럽고 악취 나는 이기적이고 교활한 욕망은 비집고 들어설 틈이 없다. "꽃 핀 길이라고 멈출 수도, 얼음판이라고 건너뛸 수도 없다." 절대적 공허를 견디기 위해서라면 상처투성이가 될 것을 각오하고, 자신의 전 존재를 다해 걸어가야 한다.
그러다 보면 쓰레기 같은 욕망의 잔해가 부글거리는 이 도시의 한복판에 들소가 내딛는 발걸음이 땅울림으로 전해져 오지 않겠는가. 비록 남들보다 더 풍요롭고 안락하게 사는 것이 최고의 선(善)이 되어버린 이 땅에서 그 들소가, 그리고 멈추지 않고 걸어가는 들소의 의지가 소금기둥과 같은 악(惡)으로 여겨진다고 한들, 존재론적 숙명으로부터 한 걸음도 벗어날 수 없는 비루한 인간들의 생각이 무슨 상관이겠는가.

# 영혼을 홀리는 세 가지 중독

## 1. '피터 팬' 적 마니아들, 그 절반의 입사식

김중혁의 두 번째 창작집 『악기들의 도서관』(문학동네, 2008)을 읽노라면 첫 창작집 『펭귄뉴스』(문학과지성사, 2006)를 가득 채웠던 마니아적인 열정이 여전히 그득하다는 것을 알게 된다. 두 작품집에 공통분모인 "치료가 불가능한 편집증 환자"가 풍기는 마니아적인 면모는 아마도 김중혁만의 독특한 목소리를 느끼게 해 주는 중요한 특징이 아닐까 한다.

『펭귄뉴스』에서 지도, 타자기, 라디오, 자전거 등 사라져가는 것들에 대한 향수가 물씬 풍겨나는 마니아적 열정을 발견할 수 있었다면, 『악기들의 도서관』에서는 그렇게 퍼져있던 관심이 '음악 마니아'로 집중되어 거듭나고 있다는 것을 확인할 수 있다. 작가는 왜 '음악'에 주목하는 것일까. 아마도 작가 자신이 잘 알고 있는 '음악'을 매개로 하여 소설에 대한 자신의 생각을 우회적으로 드러내기 위해서일 것이다. 이 작품집에서 작가의 소설관은 「자동피아노」와 「비닐광 시대(vinyl狂 時代)」 두 작품의 간극 속에 놓인다.

「비닐광 시대」에는 디제이가 되고 싶어 하는 '나', 그리고 음반을 CD로 불법복제하여 판매하는 '남자'가 등장한다. 남자는 디제이들이 만들어내는 리믹스 음반을 경멸한다. 그래서 남자는 자신이 소장하고 있는 음반을 사기 위해 찾아온 '나'를 음반창고에 가두고 자신의 생각을 '나'에게 강요한다. 그러던 중 남자는 불법CD 제작 건으로 경찰에 붙잡히게 되고, 창고에 갇혀 있던 '나'는 풀려난다.

여기서 작가는, '리믹스'는 새로운 시대에 걸맞은 작품이다, 라는 주장을 표나게 내세우고 있다. 그런데 그런 견해에 대해 '리믹스'는 다른 작품을 훔치고 베낀 것을 제 것으로 만드는 것이라서 그 작품에는 영혼이 담겨 있지 않으며, 기교만 있을 뿐이라고 반박할 수도 있다. 그런 반박에 대해 작가는 이렇게 말한다. 누군가의 영향을 받지 않는 완전히 새로운 창조는 없으므로 '리믹스'도 훌륭한 창작품이 될 수 있다, 그리고 그것은 원작을 불법복제해서 상품화하는 것보다 낫지 않은가, 라고 말이다.

그래서 작가는 리믹스 소설을 쓴다. 「무방향 버스-리믹스」, 「고아떤 뺑덕어멈」」이 그것이다. 리믹스라는 명명을 내건 이 작품에서 작가는 김소진의 작품을 가져와 조립, 응용하여 자신의 것으로 재탄생시킨다. 그런 '리믹스' 소설에서 우리는 무엇을 얻을 수 있을까. '리믹스'란 일종의 패러디나 혹은 혼성모방과도 같은 것일지 모른다. 1990년대 이후 우리 문단에 등장한 혼성모방이나 패러디(흉내내기가 아닌 진정한 것일 경우)는 전통적인 소설형식을 파괴하고 현실에 대한 비판의식을 강렬하게 드러냄으로써, 기존의 권위적인 질서를 전복하는 데 그 목적을 두고 있는 소설적 장치로 활용되어 왔다. 작가가 주장하는 '리믹스'가 패러디나 혼성모방처럼 '새로운 창작물'로서의 의미를 가질 수 있으려면 현실의 모순에 대한 인식이 전제되어야 한다. 그렇지 않을 경우, '리믹스'는 '새로움'이란 미명하에 자행되는 유희적 글쓰기 혹은 표피적인 스타일의 복제에 지나지 않게 된다. 그럴 때 소설은 '작품'이 아니라 '상품'에 불과한 것으로 전락한다. 그 자리에서 '리믹스'도 창작이다, 라고 주장한들, 실상 그러한 주장은 문학이 갖는 본래적 역할(현실비판)에 충실하지 못하면서 빈곤한 상상력으로 글을 쓸 수밖에 없고, 그러면서 그것을 상품화할 궁리나 하는 작가들이 궁여지책으로 내놓는 글쓰기에 대한 자기합리화일 뿐이다. '리믹스'도 소설이다, 라는 주장은 그러한 자기변명에 가까운 것이어서 대단히 위험하다.

그럼에도 불구하고 다행스러운 것은 작가 김중혁이 그러한 위험성을 간파하고 있다는 사실이다. 「자동피아노」에는 그 위험성에 대한 작가의 자각이 녹아 있다. 이 작품에는 '나'와 '비토 제노베제'라는 두 명의 피아니스트가 등장한다. '나'는 청중의 환호를 즐기며 연주회장에서 공연을 한다. 반면 '비토'는 음악에 다른 불순한 요소들이 끼어들어서는 안 된다고 생각하면서 청중 앞에서 연주하는 것을 거부한다. 전화기를 통해 '비토'의 연주를 듣게 된 '나'는 그런 '비토'의 생각에 공감한다.

이 작품에서 작가가 드러내고자 하는 소설관은 무엇일까. 피아니스트와 청중의 관계를 통해 짐작해 보자면, 작가는 청중, 즉 독자의 취향에 맞게 소설을 창작함으로써 상품화하려는 태도를 비판하고 있는 듯하다. 독자의 취향에 영합하기 위해 가볍고 자극적인 내용을 다루면서, 인터넷, 만화, 영화 등에서 콘텐츠를 차용하여 화려하게 포장해서는 안 된다는 것이다. 단 한 명의 독자라 할지라도 그 독자를 위해, 그리고 소설가 자신을 위해, 소설 본래의 몫인 현실 비판에 충실한 작품을 쓰는 것이 진정한 창작의 태도라는 것이다.

그렇지만 이러한 소설을 쓰기 위해서는 작가가 현실에 대한 깊이 있는 인식을 통해, 현실의 모순을 간파하고 그것을 비판할 수 있어야 한다. 그럴 때 자신만의 독창적이고도 개성적인 원본이 탄생한다. 그러한 인식조차 없을 때, 그러면서도 소설은 써야 할 때, 작가는 '리믹스'의 위험성에 다시 노출될 수밖에 없다.

김중혁만의 의미 있는 원본이 탄생하자면 아직 넘어야 할 산이 많아 보인다. 그 중에서도 현실에 대한 인식이 전혀 없는 '마니아'적 인물들은 작가가 선결해야 할 중요한 과제이다. 작가가 그려내는 '마니아'적 인물들의 신상명세서를 보면 문제가 더욱 선명하게 드러난다. 그들은 독신의 남자이고, 책임져야 할 가족이 없고, 자신의 취향과 관련된 직종에 종사하고, 간혹 직장이 없더라도 돈이 없어 쩔쩔매거나 자신이 좋아하는 일을 포기하지도 않는다. 그래서 "치료가 불가능한 편집증 환자"로서 돈도, 가족도, 직장도 중요하게 생각하지 않는 그들을 통해 현실에 대한 인식을 드러내는 것은 거의 불가능하다. 그들은 외부를 향한 촉수를 거둬들이고 자신이 재미있어 하는 일, 좋아하는 일에만 몰두해 있을 뿐이다.

말하자면 김중혁 표 '마니아'적 인물들의 세계는 어른이 되기를 거부하는 '피터 팬'이 주름잡는 '네버랜드'와 같다. 설령 '마니아'적인 인물이 아니라

해도 작품에 등장하는 인물 중에는 기성세대가 전혀 없다. 그런 까닭에 기성세대와 청년세대의 갈등이 작품의 핵심 구성원리로 작동하지도 않는다. 기성세대의 질서가 배제된 '마니아'만의 자족적인 '네버랜드'에서 '좋은 것', '훌륭한 것'은 '마니아'만의 재미의 유무에 따라, 혹은 취향에 따라 결정된다. 그래서 그들이 하는 일은 프로보다 아마추어에 가깝다. 아마추어들은 기성세대의 질서를 "딱딱하게 경직돼 있는 조직사회"이거나, "상상력이 부족한 사회"로 상정할 뿐, 그 모순의 실체를 파악하고 그것을 전복시키려는 어떠한 시도도 하지 않는다. 다만 그들은 기성세대의 질서를 자신들과는 무관한 것으로 내팽개쳐버리고, 자신들만의 재미와 취향을 추구할 뿐이다.

따라서 '피터 팬'들이 영위하는 재미와 농담, 그리고 장난으로 점철된 유희적 삶은 우리의 현실 어디에서도 찾아보기 어려운 낭만적 환상에 불과하다. 그것이 진정한 유토피아가 될 수 없는 까닭은 그 공간이 현실의 모순과 치열하게 부딪치면서 얻어 낸 것이 아니기 때문이다. 우리가 편하고 재미있게 김중혁의 소설을 읽을 수 있는 이유, 또 한편으로 작가 역시 '리믹스'라는 일종의 유희적 장치로 글을 쓸 수 있는 이유는 바로 그 점에 있다. 그래서 '피터 팬'의 '네버랜드'는 기껏해야 일회성의 '유리방패'만 제공해 줄 수 있다.

그렇지만 김중혁은 그 자리에 머물러 있지 않고 현실로 나올 준비를 하고 있다. 작가는 「엇박자D」에서 '피터 팬'들이 어떻게 현실로 나오게 되는가를 보여준다. 그것은 일종의 입사의식을 통한 성인되기이다. 「엇박자D」는 '음치'는 합창을 할 수 없다는 편견을 벗기고자 노력하는 인물의 이야기를 담고 있다. D는 고교시절 음정과 박자가 다르다는 이유로 합창반 선생으로부터 립싱크를 강요받는다. 그는 그 기억을 잊지 못하고 음악을 멀리하면서, 다른 한편으로는 음치들의 목소리를 채집하기 시작한다. 그러다가 이더빙이라는 차세대 스타의 공연기획을 맡게 된다. D는 그 공연에서 음치들의 노래로도 멋진 하모니를 만들어낼 수 있다는 것을 보여준다.

작가는 콤플렉스에 시달리는 한 인물을 표면에 내세움으로써 비로소 작품 안에 현실의 모순을 담아낼 수 있게 된다. 이 작품에서 D는 '음치, 박치'라는 콤플렉스에 시달린다. 그가 합창에 참여하고자 한다면 선생의 명령대로 노래를 불러서는 안 되고 립싱크를 해야 한다. 명령을 어기고 노래를 부를 경우 합창을 엉망으로 만든다. 여기서 '선생의 명령'은 현실의 권위적인 질서를, '음치'는 그 질서에 적응하지 못하는 개성적 측면을 의미한다. 획일화된 전체의 질서를 위해 그 질서를 무너뜨릴 수 있는 있는 개성을 희생해야 하는 것, 그것이 현실이다. 자족적인 세계에 머물러 있던 '피터 팬'들은 그런 기성의 질서에 의해 자신들의 세계가 균열되는 것을 경험하면서, 그 질서와 대결한다. 그 과정은 어린아이가 성인이 되는 입사식에 다름 아니다. 이제 소년들은 성인이 되어 현실의 소용돌이 속에 휩싸이게 된다.

결국 『악기들의 도서관』 프로젝트가 얻은 성과는 바로 '피터 팬'적 소년들의 입사식에 있다. 그 결과 김중혁은 '유희적 글쓰기'에서 벗어나 자신만의 의미 있는 원본을 찾는 길로 들어서게 된다. 그 길에 들어설 때, 독창적이고 훌륭하고 세련된 것은 기존 질서의 틀에 억압되어 획일화되는 것을 거부하고 각 개인의 개성이 조화를 이룰 때 생겨난다는 작가의 생각도 설득력을 가지게 될 것이다. 기존의 질서의 틀에 얽매여 어쩔 수 없이 립싱크를 해야 하지만, 늘 '엇박자'의 꿈을 잃어버리지 않고 결국 자신만의 '엇박자' 기획을 성공시키는 「엇박자D」의 'D'처럼, 작가 김중혁은 기존의 권위적인 질서의 틀로부터 이탈한 자의 기획, 바로 그것을 소설 안에서 감행하는 자리로 중요한 걸음을 내딛고 있다.


## 2. 문학의 독창성을 찾는 험난한 도정

문학작품의 독창성은 작가의 개성 있는 목소리에서 드러난다. 그것은 문체이거나, 구성방식이거나, 주제의식이거나 혹은 그 모든 것들이 어우러져 뿜어내는 작가 나름의 독특한 빛깔에 의해 좌우될 것이다. 그러나 무엇보다 그 빛깔을 결정짓는 핵심요소는 작가의 상상력이다. 여기서 작가의 상상력은 문학사적 전통의 흐름과도, 또 동시대적 문학적 감수성과도 동떨어진 전혀 새롭고 이질적인 어떤 것일까. 그러니까 한 작가에게만 귀속되는 유일무이하고 전무

후무한 어떤 것이 될 수 있는가 말이다.

김경욱은 바로 이 점에서 제동을 걸고 있는 듯하다. 대개 작가의 상상력이란 자신이 속한 세대의 정치, 사회, 경제, 문화적 유산들로부터 결코 분리될 수 없다. 또한 작가의 상상력은 작가가 접해왔던 책이며, 영화며, 그림, 음악 등 다양한 장르의 예술로부터 결코 자유로울 수 없다. 그런데 독창성이란 바로 그러한 것들이 표방하는 주류의 질서와는 변별되는 지점에서만 존재하는 것일까. 김경욱의 소설들은 그런 질문을 쏟아내게 한다.

김경욱의 『위험한 독서』(문학동네, 2008)에는 8편의 단편이 담겨 있다. 「위험한 독서」를 표제작으로 내세우고 있는 이 창작집에서 작가는 글쓰기에 대한 자신의 고뇌를 드러낸다. 여기에서 글쓰기에 대한 작가의 고뇌는 '독창성'이라는 것은 과연 무엇인가라는 물음과 맞물려 제시된다. 김경욱은 자신의 글쓰기가 오로지 자신의 상상력 안에서 표출된 것이라고 말하지 않는다. 그는 인터넷의 자료로부터, 그리고 영화나 다른 예술장르로부터 영향 받았다는 사실을 결코 숨기거나 부인하지 않는다.

그렇다면 모든 작가의 작품은 그런 장르의 재조합에 지나지 않는다는 말인가. 그렇다고 먼저 말해두자. 어떤 작품이든 다른 작가의 작품으로부터, 혹은 다른 장르의 영향으로부터 온전히 자유로운 것은 없기 때문이니 말이다. 그럼 독창성은 무엇을 일컫는 것일까. 그 질문은 달리 말하자면 무엇이 김경욱의 작품을 그만의 것으로 만들어 주는가라는 물음이 될 것이다. 이 질문을 먼저 던지면서 창작집을 읽어보자.

작가가 관심을 두고 있는 것은 자본주의의 질서 안에서 균질화된 일상과 인간군상이다. 「달팽이를 삼킨 사나이」, 「고독을 빌려드립니다」, 「게임의 규칙」에서 균질화된 인간의 일상을 엿볼 수 있다. 「달팽이를 삼킨 사나이」는 직장을 잃고 신용불량자로 전락해 대리운전기사가 된 '나'와 지하 셋방에서 벗어나고자 대리출산을 하려는 아내가 등장한다. 이들은 빚을 갚고, 해가 들어오지 않는 지하 셋방에서 벗어나기 위해 '대리' 인생을 선택한다. 이러한 대리 인생은 숙주의 몸에 기생하는 달팽이와도 같다. 주인공이 밥을 먹다가 달팽이를 삼킨 후 달팽이가 자신의 몸 안에서 기생한다고 느끼는데, 여기에서 달팽이는 주인공 자신이고, 주인공은 자본의 질서를 의미한다. 자본의 질서는 달팽이를 삼킨 '나'의 상황이 암시하듯 '나'와 아내를 숙주 삼아 거대하게 팽창하려 한다.

그러한 상황은 비단 인간의 육체를 잠식하는 선에서 끝나지 않는다고 작가는 말한다. 자본의 질서에 종속된 정보사회의 가상공간은 인간의 영혼까지도 잠식한다. 「고독을 빌려드립니다」에서 주인공이 대여할 수 있는 것의 목록에는 '고독'도 포함된다. 자본의 상술은 인간의 육체를 상품화하는 것에 그치지 않고 이제는 고독, 너그러움 등과 같은 정서까지도 상품으로 기획하고자 한다. 정보사회의 가상현실에 의해 육체뿐만 아니라 영혼까지도 잠식당하게 된 상황. 홈쇼핑 고객 관리부 특별관리팀의 팀장인 '나'는 기러기 아빠가 된 K를 통해, 정보사회의 가상현실이 지배하는 일상에서는 느낄 수 없는 고독이나 너그러움 등의 정서를 "대여" 사이트를 통해 즐긴다. 그러다가 사이트가 제공하는 정서란 진정한 정서가 아니라 가상현실에 의해 조작되고 통제되는 것임을 깨닫는다.

옥죄어 오는 일상으로부터 벗어나고자 꿈꾸는 일탈마저도 가상현실은 상상하고 기획해낸다. 그리고 그것을 자본의 상품으로 가공하여 판매한다. 행복이나 사랑, 고독, 너그러움 등의 정서는 인간영혼의 고유한 영역이다. 그런데 육체뿐만 아니라 영혼까지도 자본의 논리에 잠식당해 그것마저 상품으로 전락하는 순간, 인간은 삶의 중요한 가치를 상실하고 조작된 일회성의 가상을 향유하는 기계로 전락할지 모른다. 알약 한 알로 호르몬을 조절하여 인간을 통제하는 헉슬리의 『멋진 신세계』가 우리 사회의 곳곳에서 여러 징후로 포착되고 있음을 작가 김경욱은 예리하게 감지해낸다.

그렇다면 그러한 가상현실의 기획에 의해 인간의 영혼까지도 송두리째 잠식당하지 않기 위해서 작가는 어떠한 방법을 내세우고 있는가. 그것은 '독창성'이다, 라고 작가는 말한다. 어떠한 점에서 '독창성'은 자본주의의 질서에 의해 균질화된 일상에서 벗어날 수 있는 전략으로 작동할 수 있을까.

「게임의 규칙」을 보자. 어렸을 적 천재라는 소리를 듣고 자랐던 주인공 김광수는 기존 세상의 질서를 뛰어넘는 어떤 것을 갈망한다. 그러나 자라면서 정보사회의 획일화된 교육적 이데올로기에 길들여져 그 꿈을 상실한 채 범인(凡人)이 되어간다. 그러다 퀴즈대회에 출전해서 한 야구선수(장명부 선수)의 별명을 묻는 질문에 성급하게 앞서 그 야구선수의 승패기록을 답하여 틀리게 된다.

그런데 이 패배를 통해서 주인공은 획일화되고 계량화된 일상현실의 이면에 감추어진 삶의 진리를 깨닫게 된다. 곧 '장명부'라는 한 인간은 별명이나 승패의 기록이 아니라 그 기록의 뒤에 있는 인간으로서의 삶의 고뇌, 비애, 희망과 절망, 그 모든 것들의 총체라는 것을 깨닫는다.

그 순간 "세상에 하나뿐인" 아버지의 미소의 의미를 알게 된다. 아버지는 획일화된 삶을 거부하고 자신만의 독창적인 삶을 힘들게 살아왔고 그래서 그 삶은 신산할 수밖에 없었다. 계량화되고 획일화된 일상의 이면에 감추어진 진실을 추구하는 삶, 획일화된 틀과 규범을 거부하는 삶, 그런 삶이야말로 독창적인 삶이라는 것을 주인공은 깨닫는다. 그리고 그 독창성이야말로 자본주의의 경쟁논리라는 음험한 욕망의 질서를 교란시키는 촉매가 되는 까닭에, 천재를 혹은 제 나름의 독특한 개성을 가진 인간을 범인으로 획일화하는 획책으로부터 벗어날 전술임을 자각한다.

'독창성'이라는 것을 삶의 영역에서 문학의 영역으로 확장시키면 어떠할까. 「천년여왕」에서 작가의 고민을 짐작해 보자. 이 작품의 주인공은 소설가 지망생이다. 소설가로서의 재질을 발견한 '나'는 직장을 그만두고 아내와 시골로 내려간다. '나'는 아내에게 작품을 보여주지만 번번이 비슷한 작품이 존재한다는 것을 확인한다. 아내에게 독창적인 소설을 보여주기 위해 골몰하던 '나'는 어렸을 적 보았던 만화영화 '천년여왕'과 아내의 이야기를 결합해 소설로 써야겠다고 생각한다.

매번 주인공의 원고를 퇴짜 놓는 아내, 이 설정에는 작가 나름의 창작방법에 대한 고민이 담겨있다. (A) 작가는 어떠어떠한 소설을 쓴다. 작가는 그 내용으로 「게임의 규칙」이라는 작품에서 보듯 일상에 함몰되지 않는 독창적인 삶을 다루고자 한다. (B) 방대한 양의 독서지식을 보유한 '아내'가 그 작품이 다른 작품과 유사하다고 비판한다. 작가들이라면 누구나 (B)와 같은 우려에서 벗어나기 어렵다. 그런 의미에서 「천년여왕」은 작가 김경욱이 고민하는 작가적 자의식의 한 단면처럼 여겨진다. '아내'라는 상징은 바로 그러한 작가의 자의식을 옭아매는 바로미터이자, 지금까지 알려진 저작물들의 총합이다. 후자(B)로부터 전자(A)는 결코 자유로울 수 없다. 독창적인 소설은 후자(B)를 넘어설 때라야 비로소 만들어진다. 그것을 누가 모르겠는가. 그렇지만 작가 앞에 서 있는 아내라는 바로미터가 점점 더 눈부시게 빛이 날수록 작가는 초라해지고 볼품없어져 간다.

그렇다면 어떻게 해야 할까. 작가는 이 물음을 던져 놓고, 아주 속 시원히 대답한다. (C) 아내와 '천년여왕'을 결합하면 된다고. 작가가 '아내'로 상징되는 거대한 저작물들의 바다에서 자유로울 수 없다는 것을 인정한 순간 '아내'라는 검푸른 바다는 작가의 자유로운 놀이터가 된다. 결국 작가는 거대한 저작물들의 창고를 뒤져 무한한 상상력을 충전시키는 방식을 선택한다. 그러면서 작가는 이렇게 말한다. "독창적인 세계를 구축하기 위한 길에는 두 가지가 있다. 한 권의 책도 읽지 않든가 모든 책을 다 읽든가." 작가는 후자를 통해 문학의 독창성을 확보하려 한다. 그래서 작가는 기존의 서사나 콘텐츠를 빌려온다. 그리고 거기에 자신의 상상력을 불어넣으면서 이렇게 외친다. '이것이 나의 방식이다'라고.

그런데 과연 그것이 독창성을 담보해 줄 수 있을까. (B)를 넘어서기 위해 (C)의 형식을 강조하기보다는 (A)를 더 심화시키는 것이 그에 걸맞은 형식을 창조하기 위해 필요한 것이 아닐까. 작가가 관심을 두고 있는 문제, 즉 일상과 인간군상을 획일화하는 자본의 질서에 맞서 그것을 교란하는 전략을 찾는 일에 더 주력한다면, 굳이 (C)의 방식을 차용하지 않아도 될 일이다. 왜냐하면 (C)의 방식이란 글쓰기에 대한 반성적 성찰로 도출된 결과가 아니라 외부에서 차용한 형식이기 때문이다. 이럴 경우, 외부 텍스트에는 현실을 비판하는 요소가 있는 경우도 있지만, 만화적 상상력이나 인터넷적 상상력과 같은 경우에서 보듯 거의 대부분이 자본의 논리에 함몰된 경우가 많다. 따라서 외부 텍스트를 무비판적으로 차용할 경우 인터넷의 일회적인 글쓰기와 다를 바 없는 재활용, 재생산의 글쓰기로 전락할 가능성이 농후하다.

김경욱의 이번 작품집이 도달한 (C)의 자리 역시 인터넷적 텍스트를 무비판적으로 차용하는 것은 아닐까? 그렇다면 김경욱의 작품은 오늘날 인터넷적 요소를 끌고 들어와 아무 의미 없는 내용을 결합시킨 채, 그것을 새로운 측면이라 목소리 높여 외치는 보잘것없는 작품들과 전혀 다를 바가 없을 것이다. 하지만 다행스럽게도 김경욱은 외부로부터 새로운 형식을 탐구하되, 그것을 비판적으로 받아들이면서 자신만의 것으로 질적으로 변용하는 자리로 나아가고 있다. 곧 김경욱은 (A)의 심화와 (C)의 주체적 수용을 통해, 자신만의 독창적인 문학을 개척하려 고군분투하고 있다. 문학사적 안목에서 볼 때, 아마도 그 고된 과정을 지나야 비로소 김경욱만의 내용에 어울리는 새로운 형식이 탄생하게 될 것이다. 그것이야말로 문학의 참된 독창성이 아니겠는가. 지금 그 험한 준령을 넘어서려는 도정에 김경욱이 있다. 그런 의미에서 김경욱의 앞으로의 행보가 주목되고 기대된다.

## 3. 21세기, 이율배반의 풍속도

성석제의 『지금 행복해』(창비, 2008)는 창작집의 제목만 보더라도 최근 작가의 관심이 어디에 있는가를 쉽게 짐작할 수 있다. 총 9편의 작품이 실린 이 창작집에서 작가 성석제는 우리 시대에 진정한 행복이란 무엇인가, 또 어떻게 사는 것이 행복한 것인가를 묻는다.

「여행」에는 두 그룹의 여행자들이 등장한다. 한 그룹은 유전여행을, 또 한 그룹은 무전여행을 하는 중이다. 이들 중 누가 더 행복할까. 작가는 여기에 조건을 하나 내건다. 이들의 여행은 1970년대를 배경으로 한다는 것이 그것이다. 유전여행을 하는 그룹이 무전여행을 하는 그룹을 초대해 저녁을 함께 먹는다. 그러다 술기운이 거하게 돌자 무전여행을 하는 이들은 유전여행을 하는 이들을 향해 조금씩 적대감을 품는다. 된장과 고추장과 간장에 밥을 비벼 먹고, 푸성귀를 뜯어 반찬 삼는 무전여행자들의 눈에 불고기며 양담배, 양주를 먹고 외제처럼 보이는 빨간 차를 끌고 다니는 유한계급의 대학생들이 고깝게 보일 수밖에 없다. 그런데 유전여행을 하는 이들은 중앙정보부에 끌려가 고문 당하고 그 후유증으로 죽은 친구 때문에 삶이 그리 즐겁지 않다. 무전여행자들은 그들을 애국도 모르는 빨갱이라고 몰아붙인다. 그래서 두 그룹의 여행자들은 밥을 잘 나눠 먹고도 서로를 이해하지 못해 싸움질을 한다. 무전여행자들은 유한계급의 대학생들을 두들겨 패고 무사히 빠져나왔지만 돌아가는 길이 즐겁지가 않다. 세 명에서 담배 한 갑을 공평하게 나누는 일로 싸우다가 한 명이 담배를 개천에 집어 던졌기 때문이다. 그것을 빌미로 무전여행자들 세 명은 각자 다른 길로 갈라선다. 우정이 아니라 담배 한 갑을 지키려할 때 여행은 깨지게 마련이다. 그들에게 서로를 배려하고, 또 용서하고 화해하는 법은 자취를 감춘다. 정신적으로도 물질적으로도 풍요로움을 누리지 못했던 유신시대의 초상화는 이처럼 잿빛으로 물들어 있다.

1970년대보다 물질적인 측면이나 정신적인 측면에서 풍족해진 지금, 독재와 빈곤이라는 결핍의 키워드로 요약되는 1970년대를 부대끼며 살아낸 그들은 어떻게 살아가고 있을까. 연일 신문이나 뉴스를 통해 보도되는 오늘날 이 사회에서 벌어지는 일들은 끔찍하고, 추잡하고, 더러우며, 놀랍다. 그런 형용사들을 굳이 동원하지 않더라도 일상사는 공포와 두려움을 조장하는 관계 그물망으로 점철되어 있다. 그래서일까, 우리는 일상생활에서 타인과의 관계 맺기에 대단히 소극적이 되어간다는 것을 느끼곤 한다. 그런 관계를 일러 개인주의라는 이름으로 포장하기도 하지만, 어쨌거나 누군가의 만남이나 관계를 일회적인 관심, 혹은 영속적인 무관심 내지 빈번한 적대감 속에 방치한다는 이 새로이 익힌 습성은 쉽게 바뀌지 않을 것처럼 보인다.

「톡」은 그러한 현대인들의 풍속도를 예리하게 포착해낸 작품이다. ㄱ과 A는 "운전면허가 없거나 정지된 사람이 운전하는 차와의 충돌사고"를 통해 먹고 산다. 그러다 ㄱ은 ㄴ때문에 앞차를 들이받는다. ㄴ은 오토바이를 훔친 죄로 붙잡혀 있다가 법원에서 탈출한다. 그는 오토바이를 타고 도망치다가 ㄷ의 양복에 흙탕물을 끼얹는다. ㄷ은 여자로 착각한 트랜스젠더에게 지하철에서 성추행을 시도하다가 다가오는 지하철 수사대를 피해 도망치는 중이었다. 그는 황급히 택시를 잡으려고 차도에 내려섰다가 벌금을 물게 된다. ㅁ은 단란

주점의 콜걸로 일하면서 데이트 강간용으로 사용되기도 하는 '여성의 원활한 성생활을 위한 보조제'를 판매하는 사이트를 운영한다. 미용실에서 나오던 ㅁ은 K에게 소매치기를 당한다. ㄹ은 B의 밭작물을 포대에 담다가 B에게 발각된다. 인심 사납다며 신고해보라고 ㄹ이 소리치자 B는 증거사진을 보여주며 탁경장에게 전화를 건다. 포장마차 사장 ㅂ은 옌볜에서 온 여종업원 ㅈ이 손님에게 바가지를 씌웠다며 싸운다. 그 사이 손님 ㅊ은 옆 테이블에서 흘리고 간 달러를 집어 들고 가게를 빠져나가다가 ㅂ에게 잡힌다. 노숙자 ㄹㄱ은 편의점에서 물건을 절도하다 편의점 종업원 ㄲ에게 붙잡힌다. ㄲ은 ㅌ에게 전화를 건다. ㅌ은 ㅍ, ㅉ과 도박장 근처에서 잠복중이다. ㅌ은 대낮에 갈비집 옥상에서 벌이는 도박판을 급습한다. ㅊ은 점유이탈물 횡령죄로 벌금 50만원 형을 선고받는다. 9호선 전동차 안에서는 사람들이 모두 쳐다보는 가운데 강아지 한 마리가 "톡. 또독" 똥을 눈다.

「톡」의 여러 장면들에 등장하는 인물들은 ㄱ, A 등의 이니셜로 명명된다. 신문의 기사를 따왔음직한 명명법과 각 사건의 인물들이 우연찮게 얽혀있는 것을 보고 있노라면, 작가가 작품의 배경을 201×년으로 설정했음에도 불구하고 마치 현재 우리나라에서 하루 동안 일어난 사건사고를 조망하고 있다는 생각을 부인하기 어렵다. 미풍양속이나 인정미담은 전혀 끼어들 자리가 없는 이 사건들에서 우리는 한 사회의 질서, 윤리, 도덕 등이 균열을 일으키는 지점, 그 틈새를 짐작하게 된다. 윤리와 질서가 균열된 지점에서는 기준을 상실한 양심이 이기주의와 야합하며, 타인의 불쾌를 담보로 한 도착적 쾌락이 손쉽게 행복의 등가물로 치환된다. 한쪽에서는 인정과 타협하여 범법자를 방조하고, 다른 한쪽에서는 인정이라는 풍속을 볼모로 자신의 범법행위를 합리화하려 한다. 그래서 더럽고 악취 나는 이니셜들의 풍속도는 단연코 이 작품의 마지막 한 장면, '우아한 강아지의 우아하지 않은 똥 누기'에 비유될 수밖에 없다.

그럼 어떻게 살아야 할까. 작가는 세 편의 작품에서 다양한 인물들을 통해 행복이란 무엇인가를 묻는다. 「내가 그린 히말라야시다 그림」에서는 예술가를, 「깡통」에서는 상인을, 「지금 행복해」에서는 온갖 '중독'을 일삼는 아버지를 내세워, 이 시대의 행복이란 무엇인가를 타진해본다.

먼저 「내가 그린 히말라야시다 그림」은 한 사건을 둘러싼 두 인물의 행보를 담아낸다. 백선규는 성공한 화가이다. 백선규는 어렸을 적 군(郡)에서 주최하는 사생대회에 나가 장원에 당선된다. 그런데 그 그림은 자신의 그림이 아니라 번호를 잘못 기재한 다른 사람의 작품이었다. 그 이후 의심과 좌절, 불안감에 시달리면서 그림에 몰두한다. 그 결과 백선규는 명망 있는 예술가로 성공한다. 다른 한 인물은 장원에 당선된 그림을 그린 장본인으로 사건의 진위를 밝히는 일이 귀찮다며 그냥 덮어둔다. 부유한 집에서 태어나 평탄한 삶을 사는 그녀는 거리에서 화가로 성공한 백선규를 발견한다. 그녀는 자신과 백선규는 갈 길이 다른 사람이라 생각하며 지난 일을 굳이 밝히려 하지 않는다.

성공한 예술가의 삶은 물질적으로 풍요로우니까, 명예로우니까 행복하다는 것이 일반적인 생각이다. 그렇지만 백선규는 그리 행복해 보이지 않는다. 의심과 불안과 좌절을 거듭하는 가운데 원죄의식과도 같은, 지난 행위에 대한 자괴를 견뎌내야 하는 백선규로서는 행복을 누리는 일이 요원한 일일지 모른다. 그렇지만 다른 한편으로 본다면 그의 예술은 의심과 불안, 좌절을 극복하고 예술로 승화시킨 결과이다. 끊임없는 노력과 정진 가운데 도달하는 예술적 성취가 행복의 일종이 될 수 있겠지만, 백선규는 여전히 그 사건을 곱씹으며 지난날의 행위에 대한 합리화와 죄의식 사이에서 갈등한다. 성공의 이면에 놓인 원죄의식과 어긋난 윤리의식이 부각된 이 작품에서 누구의 삶이 더 행복한가를 묻는다면, 아마도 그 답은 백선규의 삶보다 장원에 당선된 그림을 그린 여자의 삶이 되지 않겠는가. 그렇다면 이들의 삶에서 행복의 조건은 무엇이 될까. 자신의 행위에 대해 부끄러움이 없는 삶, 죄의식 없는 삶이 그 조건에 가장 적합할 듯 보인다.

그런데 작가는 행복의 조건으로 인물의 내면에 자리 잡은 윤리의식만을 문제 삼지 않는다. 작가는 이들의 삶이 처한 조건 가운데에 은밀하게 물질적인 편차를 던져 놓는다. 부유함과 가난함이라는 물질적인 조건의 대립으로 인해 이들의 삶의 가능성은 무한하거나 혹은 제한되거나 한다. 아리스토텔레스는 행복의 조건으로 헤르메스의 지팡이로 상징되는 미덕과 풍요의 뿔로 상징되는 물질적 안락을 꼽았다. 아리스토탈레스 시대부터 물질적 가치는 행복의 중요요소였지만, 물질적 가치로 삶의 모든 가치를 환산할 수 있는 시대에 살고 있는 지금에 이르러 물질적 가치는 모든 가능성의 원천이자, 만족의 근원이고, 행복의 절대적 잣대로 작동하고 있다. 그런데, 작가는 정말 그러한가라고 되묻는다. 그럼, 어떻게 사는 것이 행복인가를 다시금 묻지 않을 수 없다. 어떻게 하면 우리는 '강아지 똥 누기'와 같은 상황이 미만한 현실에서 행복을 맛볼 수 있을까.

「깡통」을 보자. 세 명의 친구가 모여 그림을 사러갔다가 국수집에 들른다. 그들은 국수집 벽에 붙은 한 사연을 보게 된다. 바로 그 국수집 주인이 노숙자에게 따뜻한 마음을 베푼 까닭에 그 노숙자가 해외로 나가 성공하여 돌아왔다는 이야기였다. 소설가인 '나'는 그 이야기를 소설로 엮어낸다.

어느 가게에서도 받아주지 않았던 노숙자에게 국수집 주인은 따뜻한 국수 한 그릇을 대접하고, 돈을 내지 못해 도망가는 노숙자를 향해 "뛰지 말아요. 넘어지면 다쳐. 천천히 걸어가요!"라고 따뜻한 마음까지 건네준다. 이 이야기는 물질적 풍요가 행복의 충분조건일 뿐 필요조건이 될 수는 없다는 명제를 충족시켜준다. 그럼에도 우리는 행복의 필요조건으로, 아니 필요충분조건으로 물질적 풍요를 꼽고 있는 것은 아닌지.

이 작품을 읽으면서 이런 이야기를 소설로 써 내야 하는가, 라는 반문을 하다가, 문득 이런 작품을 쓸 수밖에 없는 작가의 절박함을 느끼게 된다. 연말연시가 되면 '나눔'이라는 말이 쏟아져 나오지만, 우리 시대에는 그 '나눔'까지도 수치화되어 계량적으로 환산되고 있다. 그래서 작가가 배려와 용서로 점철된 국수집 주인의 삶을 빌어 우리 시대의 정서적 궁핍을 메우기 위해 이 소설을 쓴 듯하다. 그러나 '자본'이 모든 인간적인 따뜻한 것들을 얼어붙게 만드는 혹한의 시기에 '따뜻한 국수 한 그릇' 같은 '꽃'을 피우는 일이 가능할까. 그럼에도 불구하고 이 동토의 땅에서 작가는 어떻게든 '꽃'을 피워보려고 안간힘을 다하는 듯 여겨져 안쓰럽기까지 하다.

「지금 행복해」에서는 온갖 중독에 빠져 허우적대는 아버지와 고3 아들이 등장한다. '나'의 아버지는 부유했던 집안의 가산을 술과 노름으로 탕진하고,

결국에는 대마초 사범으로 지목되어 감옥에까지 가게 된다. 감옥에서 나온 아버지는 '나'와 친구처럼 살자고 한다. 연탄공장에 들어가 운전기사로 일하는 아버지는 다른 사람 도와주는 일에 중독된다. 그러다 엄마와 이혼하는 일로 괴로워하며 술을 마시다 술에 중독된다. 알코올중독 치료요양시설로 들어가던 중 아버지는 아들과 헤어지는 것을 아쉬워하며 눈물을 흘리더니 눈물 중독자가 된다.

중독이 되려면 이쯤은 돼야 하지 않을까 하는 생각이 드는 한편으로, 이토록 낭만적인 작가의 상상력이 슬프도록 애처롭게 느껴지는 까닭은 우리의 일상이 이율배반으로 점철되어 있기 때문일지 모른다. 우리에게 '아버지'는 가족을 부양하는 자이면서, 가족의 법 혹은 질서로서 권위를 갖고 있는 자였다. 그러나 그 '아버지'의 권위는 효용가치를 점차 상실해 가는 가부장질서와 함께 과거의 저편으로 밀려나고 있다. 그럼에도 불구하고 가족부양의 책임을 짊어진 아버지는 '기러기'라는 수식어를 뒤집어쓰고 가족으로부터 분리되기 일쑤다. 이러한 상황이 미만한 사회에서 가산을 탕진하고 감옥까지 갔다 온 주인공의 아버지는 아들과 '친구'로 지낼 수 있을까. '친구'이고자 한다면 '아버지'로서의 권위를 버려야 한다. 그럴 경우, 주인공의 아버지는 '아버지'라는 보편성이 짐 지우는 굴레에서 벗어나 욕망을 가진 '인간'으로서 되살아날 수 있다. 그런데 주인공의 아버지가 새롭게 갖게 되는 욕망은 술, 노름, 마약 등과 같은 물질적인 가치가 아닌 봉사와 눈물 같은 정신적인 가치에 있다. 그런 중독을 물려줄 수 있는 아버지라면 친구가 아니라 진정한 '아버지'가 되지 않겠는가.

「기적처럼」에서 주인공은 어머니로부터 아버지가 '그 집을 죽을 때까지 팔지 않겠다'고 말한 것이 동티가 되어 죽었다는 소리를 듣고 자란 장손이다. 어머니는 늘 사고를 일으키는 동생 진두에게는 꼼짝 못하면서 정작 어머니를 모시고 사는 '나'에게는 밥을 주지 않는다며 늘 '나'를 타박한다. 식구들을 먹여 살리기 위해 '나'는 매일 일을 나가야 하지만, '나'가 나가는 회사는 번번이 얼마 지나지 않아 부도가 나거나 망한다. 회사 대신 산으로 향하던 '나'는 똥물에 적셔진 흙더미 위로 꼬꾸라지지만 내쳐 산으로 올라간다. 무당 일행이기도를 하던 바위 꼭대기로 올라가려는 '나'에게 그들은 천둥날벼락을 맞을 거라고 했지만, '나'는 무사히 신령님 "마빡" 위에 도달한다. 그 절벽에서 추락의 위기를 모면하고 집으로 돌아간 '나'는 어머니의 욕설을 들으며 눈물을 흘린다.

가까스로, 혹은 기적처럼 죽음의 위기를 모면한 주인공은 이제 어머니가 주문처럼 외우는 그 많은 요구와 구박을 견디어 낼지 모른다. 어머니는 땅과 집을 팔아 기독교, 불교, 무속에 대한 믿음을 확인하고, 돈을 요구하는 동생의 폭력 앞에 무릎 꿇으며, 순종하는 주인공에게 장손의 부양책임을 다하지 않는다며 욕설로 대응한다. 주인공은 어머니의 그 모든 행위를 작동시키는 전도된 이데올로기로부터 벗어나고자 한다. 비록 다니던 회사가 번번이 망하고, 어머니의 욕설도 그치지 않지만, "신령님의 마빡"을 넘어서고도 살아남았으므로 '나'의 운명은 도전할 만한 것으로 변화될 것처럼 보인다. 그렇지만 물질적인 욕망이 정신적인 가치마저 계량화하고 지배하는 자본의 질서는 삶의 요소요소마다 깊게 뿌리내리고 있어 우리가 그 주술로부터 벗어나기는 쉽지 않다. 그럼에도 삶을 압박하는 주술로부터 벗어나 미덕과 배려의 정서가 깃든 영혼을 되찾기 위해서라면 감히 자본의 질서의 '마빡'을 가로지르는 모험을 무릅써야 하지 않을까.

이 시대의 영혼을 홀린 주술, 우리 앞에 놓인 "신령님의 마빡"은 물질중심주의와 황금만능주의를 무성생식을 하는 자본의 논리가 아닌가. 그것은 실체가 보이지 않지만, 능히 공포와 두려움을 조장하고, 인간을 숙주로 제 몸을 불려가는 거대한 괴물에 다름 아니다. 그래서 물질중심적인 자본의 논리가 호령하는 주술, 즉 우리의 삶을 획일화하는 한편으로 일상에서 벗어나고자 꿈꾸는 일탈마저도 상품가치로 환원시키고야 마는 주술로부터 풀려나는 길은 요원해 보인다. 그러나 그 위압적인 마력으로부터 벗어나는 방법이 전혀 없는 것은 아니다. 배려의 미덕이 가득한 '국수집 주인'과 국수에 중독된 소설가와 봉사와 눈물에 중독된 아버지가 있다면 말이다. 그리하여 질문은 다시 되돌아온다.

지금 행복해?

# 외물에 사로잡힌 관음증의 시대, 사라지는 부끄러움

## 1. 관음증 시대와 외물

너나없이 손바닥에 스마트폰을 올려놓고 고개를 숙이고 있는 것이 요즘 지하철 풍경이다. 귀에 들리는 소리도 넘쳐나고, 눈에 보이는 이미지도 넘쳐난다. 넘쳐나는 정보의 홍수 속에서 어디까지가 사실이고 어디서부터가 거짓 정보인지를 즉각적으로 가려내는 것은 거의 불가능하다. 어느 새 손가락은 글보다는 사진을, 사진보다는 동영상을 클릭하면서 더 실감나고, 더 자극적인 것을 찾기 위해 인터넷을 뒤지고 있다. 그러는 동안 눈과 귀는 충격적인 자극에마저 무감각해진다. 그래서 밥상머리에 앉아 전쟁이나 테러로 인해 지구촌의 한 마을이 잿더미로 변하는 끔찍한 순간을 텔레비전으로 보면서도 마치 영화의 한 장면을 보는 것처럼 아무렇지 않게 밥을 먹고 있는 자신을 발견하는 일은 그리 어렵지 않다. 비단 그 뿐일까. 날마다 자신의 일거수일투족을 사진으로 찍고, 동영상으로 촬영하여 올리기도 한다. 익명의 다수에게 자신의 일상이 적나라하게 드러나는 것도 괘넘치 않는다. 그야말로 이미지 중독, 관음증의 시대이다.

손 안에 세계가 담기는 착각을 불러일으키는 스마트폰을 들고 시시각각 밀려드는 정보를 즉각적으로 확인하고 재생산하는 현대인의 일상을 보고 있자니, 문득 박지원의 『열하일기』의 「일야구도하기」가 떠오른다. 연암 박지원은 「일야구도하기」에서 "소리와 빛은 모두 외물(外物)이다. 이 외물이 항상 사람의 귀와 눈에 장애가 되어 바르게 보고 바르게 듣는 능력을 잃어버리게 만드

는 것이다."라고 하였다. 귀와 눈을 믿고 세상을 보는 자를 경계하는 언급이
다. 연암은 강을 아홉 번 건너면서 '외물'이 주는 병통을 깨닫는다. 그리고 이
렇게 말한다. "마음을 차분히 다스리는 사람은 귀와 눈이 그에게 장애가 되지
않으나, 귀와 눈만 믿는 사람은 보고 듣는 것이 자세하면 자세할수록 더욱 더
병이 되는 것이다."

　　현대사회의 병통은 바르게 보고 바르게 듣는 능력을 잃어버린 데에서 오는
것이 아닐까. 한국사회의 근대화 과정에서 비롯된 물신화된 자본의 해악은 도
처에서 다양한 증상으로 발병하고 있다. 그 대표적인 증상 중의 하나가 부끄
러움의 상실이다.

　　연암은 「일야구도하기」의 마지막 부분에서 '세상을 재주껏 살아가면서 스
스로 자기가 총명하다고 믿는 자'에 대해 경계한다. 그들은 육신의 눈과 귀로
보고 듣는 것들에 사로잡혀 세상살이의 병통을 키운다는 것이다. 이러한 연암
의 처세는 21세기를 살아가는 현재에도 유효한 것으로 보인다. 물신화된 자본
이 보여주는 허상에 경도되어 마음의 성찰을 하기는커녕 말하기와 사유, 판단
마저 무능해진 상태, 그 심각한 폐해가 한국사회에 만연한 지 오래인 듯하다.
박완서의 「부끄러움을 가르칩니다」는 그 폐해의 근원적 자리로 거슬러 올라가
는 여정을 통해 '외물'에 매여 벗어나지 못하는 원인과 과정을 보여준다. 지
금 왜 우리에게 부끄러움의 감각을 회복하는 것이 필요한가를 이 작품을 통해
확인할 수 있을 것이다.


## 2. 부끄러움 상실의 시대

　　박완서의 「부끄러움을 가르칩니다」(『나목, 도둑맞은 가난』, 민음사, 1981)는 한국
의 근대화 과정에 주목하여 '외물'에 사로잡혀 부끄러움을 상실한 인물들을
조명한다. 세 번째 결혼으로 서울에서 신혼살림 중인 '나'는 옛 동창들의 전
화를 받고 약속장소로 나간다. 각자 입고 나온 옷차림과 액세서리 등을 통해,
동창들은 '나'의 형편을, '나'는 동창들의 형편을 서로 탐색하느라 바쁘다. 그

러던 중 고위층에 속하는 남편을 둔 경숙이 자신의 집으로 동창들을 불러들인
다. '나'는 경숙이 학창시절과 다름없이 부끄럼을 많이 탄다는 이야기에 기대
를 갖고 그녀의 집을 방문하지만, 그 부끄러움이 포즈로 전락한 것을 보고 실
망한다. 고위층을 든든한 '빽'으로 삼을 기대감에 부푼 남편의 종용으로 '나'
는 경희가 다니는 일본어 학원에 다니기로 한다. 학원 주변의 각종 입시학원
에서 학생들이 쏟아져 나오자 일본인 관광객을 데리고 그 앞을 지나가던 관광
안내원이 소매치기에 주의하라는 말을 일어로 속삭인다. '나'는 그 말을 알아
듣고 심한 부끄러움을 느낀다.

이 작품에서는 '부끄러움'과 관련하여 네 가지 상황을 제시하고 있다. 첫째,
부끄러움이 사치스런 감정으로 여겨지는 상황이다. 전쟁이 터지고 '나'는 어
머니와 동생들과 함께 피난을 떠나 그곳에서 무상배급을 받아 간신히 끼니를
연명한다. 산 너머에 미군 부대가 들어서고 동네에 기지촌이 자리 잡자 어머
니는 동생들을 먹여 살리겠다고 양갈보 노릇도 마다하지 않는다. 그 노릇마저
뜻대로 되지 않자 어머니는 '나'를 양갈보 삼겠다고 덤벼든다.

어느 날 어머니가 발작적으로 울음을 터뜨리더니 가슴을 풀어 헤치고 맨살을 드
러냈다. 희끗희끗 비늘이 돋은 암갈색의 시들시들한 피부가 늑골을 셀 수 있을 만
큼, 가슴에 찰싹 달라붙어 있고 어중간히 매달린 검은 젖꼭지가 몇 년 묵은 대추처
럼 초라하니 말라비틀어져 있었다. 어머니는 그 가슴을 손톱으로 박박 할퀴며 푸념
을 했다. 누웠던 비늘이 일어서며 흰 줄이 가더니 드디어 붉게 핏기가 솟았다. 끔찍
한 모습이었다.

"이년아, 똑똑히 봐둬라. 이 인정머리없는 독한 년아. 이 에미 꼬락서니를 봐두란
말이다. 어디 양갈보짓이라도 해먹겠나. 어느 눈먼 양키라도 뎀벼야 해먹지. 아무리
해먹고 싶어도 이년아, 양갈보짓을 어떻게 혼자 해먹니. 우리 식군 다 굶어 죽었다,
죽었어. 이 독살스러운 년아, 이 도도한 년아. 한강물에 배 떠나간 자국 있다던? 이
같잖은 년아."

나는 무서워서 온몸이 오그라드는 것 같았다. 아마 그 순간 내 내부의 부끄러움을
타는 여린 감수성이 영영 두터운 딱지를 붙이고 말았을 게다. 제 딸을 양갈보짓 시

키지 못해 눈이 뒤집힌 여자를 어머니로 가진 여자, 그 가슴의 그 징그러운 젖을 빨고 자란 여자가 어떻게 감히 부끄럽다는 사치스러운 감정을 간직할 수 있을 것인가. (389~390쪽)

먹고 사는 문제가 가장 절박할 때, 부끄럽다는 감정은 사치스러운 것이 된다. 제나라 재상 관중은 '사람은 창고가 차면 예절을 알고 옷과 양식이 풍족하면 영광과 치욕을 안다'고 했다. 인간의 존엄성마저 붕괴되는 전쟁 앞에서 예절이며 치욕은커녕 '자존'조차 부질없는 것이 된다. 전쟁의 참상을 겪고, 폐허가 된 땅에서는 하루하루 연명하는 것조차 생존을 건 싸움이 될 수밖에 없다. 그러한 상황에서 부끄러움의 감정마저 압도당하고 만다.

둘째, 부끄러움을 전혀 알지 못하는 상황이다. 전쟁이 끝나고 물질적인 궁핍이 어느 정도 극복되었음에도 불구하고 돈에 대한 탐욕은 더욱 강해진다. '나'의 첫 번째 남편, 두 번째 남편, 세 번째 남편은 모두 '돈에 기갈이 들린' 인물들이다. 이 인물들은 '외물'에 사로잡혀 있어 스스로의 마음을 들여다보지 못한다.

   (i) 신랑은 무식하고 교만했다. 나는 여지껏 자기의 무식과 자기의 돈에 그렇게 자신을 가진 사람을 본 적이 없다. 그는 자기 외의 딴 사람의 삶에 대한 상상력이 철저하게 막혀 있었다. (390~391쪽)

   (ii) 그러나 나는 곧 내가 속았다는 걸 알아야 했다. 그는 겁쟁이이고 비겁하고 거짓말쟁이였다. 순엉터리였다. 그의 본심은 돈과 명예에 기갈이 들려 있었고 T시와 T대학 강사 자리를 지긋지긋해하고 있었다. 그는 자기가 이런 곳에서 썩긴 너무 아까운 존재라고 억울해했고, 서울의 일류 대학에서 자기의 명성을 흠모하고 모시러 오지 않는 것에 앙심을 품기도 했다. 그의 명성에 대한 자신이란 것이 또 사람을 웃겼다. 자기의 전공 공부에는 게으르고 자신도 없는 주제에 잡문 나부랭이나 써가지고 지방신문을 통해 매명(賣名)을 부지런히 해쌓는 것으로 그런 엉뚱한 자만을 갖는 것이다. 더욱 웃기는 것은 그는 그의 글을 통해 결코 도시, 돈, 명예에 대한 그의 절실한 연정을 눈곱만큼도 내비치는 일이 없이 늘 신랄한 매도를 일삼는다는 거였다.

도저히 구제할 수 없이 비비꼬인 남자였다. (392쪽)

(iii) 그가 장사꾼이란 것도 마음에 들었다. 이윤을 추구하는 게 떳떳한 본분이니 대학 강사님 같은 위선은 필요 없을 게 아닌가. 과연 그는 그의 철저한 배금(拜金)주의를 조금도 위장하려 들지 않았다. "한밑천 잡아 잘 살아 보자", 그의 동분서주는 이 한마디에 요약됐다. (393쪽)

첫 번째 남편(i)은 중농 정도의 농사를 짓는 토박이 시골 부자로 자신의 돈에 자신감을 가진 인물이다. 두 번째 남편(ii)은 지방신문에 칼럼을 기고하는 대학강사로 글을 통해서는 도시의 삶과 돈과 명예를 매도하면서, 실상은 돈과 명예에 기갈이 들린 인물이다. 세 번째 남편(iii)은 능란한 허풍과 처세술과 고위층의 뒷배를 바탕으로 일본과 기술제휴 한 전자회사를 차리고 한 밑천을 잡아보려는 사업가이다.

이들 인물은 한국사회의 근대화 과정에서 배금주의가 만연하게 된 과정을 적나라하게 보여준다. '딴 사람들의 삶에 대한 상상력이 철저하게 막' 혀 있는 중농의 농사꾼, 지식을 출세의 방편으로 삼는 지식인, 거짓말과 능란한 허풍과 인맥을 치부의 수단으로 삼는 사업가 등은 당대 사회의 분위기를 압축적으로 제시한다.

셋째, 부끄러움의 알맹이가 사라지고 포즈만 남게 되는 상황이다. 경희는 학창시절 총각 선생님의 질문에 대답을 못하고 얼굴이 붉어지는 부끄럼쟁이였다. 이제는 이름만 들으면 알 만한 고위층 인사의 부인이 된 경희는 집에 손님이 찾아와서 나가지 못했다며 자신의 집으로 친구들을 불러들인다. 그런 경희에게는 예전의 부끄러움은 사라지고 부끄러움의 껍데기 포즈만 남아 있다.

경희넨 집도 컸고 정원도 넓었지만 난 별로 눈부셔하지 않았다. 내 집보다 규모가 크고, 좀 더 휘번드르르한데도 어딘지 내 집과 비슷했다. 편리한 양옥 구조가 다 그렇듯이 그저 그렇구 그랬다. 세간도 그랬다. 하긴 경희네 안방 자개 문갑과 내 집 자개 문갑이 같은 값일 리 없고, 그 문갑 위에 놓인 청자가 우리집 것과 같은 육백 원짜리 가짜일 리는 만무하다 하겠다. 그러나 경희나 나나 이런 가장집기들에게 약간의 용도와 금전적 가치와 전시 효과 외엔 특별한 심미안이나 애정을 두지 않긴 마찬가지일 테니, 그것들이 무의미하기도 마찬가지일 게 아닌가. 나는 조금도 위축되거나 비실비실하지 않았다. 경희는 품위도 우정도 잃지 않을 한도 내에서 절도 있게 나를 반가워했다. 그리고 나서 남편은 뭐 하는 사람이냐고 물었다. 영미가 약간 입을 비죽대며 "뭐 일본과 기술 제휴한 전자회사 사장이라나 봐" 했다. 곧 이어 희숙이 "글쎄 그 사람이 애 세 번째 남편이래지 뭐니." 하고 덧붙였다.

경희는 정숙한 여자가 못 들을 망측한 소리를 들었다는 듯이 얼굴을 곱게 붉히더니 "계집애두." 하며 손을 입에 대고 웃었다. 덧니가 부끄러워 비롯된, 그녀의 손으로 입 가리고 웃는 버릇은 이제 덧니의 매력까지를 계산하고 있어 세련된 포즈일 뿐이다. 뱅어처럼 가늘고 거의 골격을 느낄 수 없는 유연한 손가락에 커트가 정교한 에메랄드의 침착하고 심오한 녹색이 그녀의 귀부인다운 품위를 한층 더해 주고 있다. 아름다운 포즈였다. 그러나 부끄러움은 아니었다. 노련한 연기자처럼 미적 효과를 미리 충분히 계산한 아름다운 포즈일 뿐이었다. 부끄러움의 알맹이는 퇴화하고 겉껍질만이 포즈로 잔존하고 있을 뿐이었다. 나는 실망과 안도를 동시에 느꼈다. (395쪽)

얼굴을 붉히고 손을 입에 대고 웃는 것은 부끄러움을 가리려는 버릇의 일종이었지만, 고관부인이 되고 난 다음 경희의 그 버릇은 품위와 아름다움을 강조하기 위한 계산된 포즈에 불과하다. '규모가 크고 휘번드르르한' 집이며 자개문갑과 청자 같은 '가장집기'들은 고관의 집에 걸맞은 전시효과를 누리기 위한 필요로 선택된 것들일 뿐이다. 경희는 교양을 갖추기 위해 일본어를 배우는 것도 남편의 출세를 위한 내조의 일종으로 여긴다. 고관의 크고 화려한 집과 집기는 사업가의 그것과 다를 바 없다. 다만 다른 것이 있다면 부끄러움이 남아있다는 것인데, 그것마저도 버릇처럼 몸에 밴 포즈로만 남았을 뿐이라는 것이 경희를 통해 드러난다.

넷째, 마비되었던 부끄러움이 통각으로 돌아오는 상황이다. 전쟁 전까지만 해도 '여학생의 부끄러움은 애교요 예절'로 여겨졌다. '나'는 더구나 '부끄러움에 과민한 병적인 감수성'을 가진 인물이다. 그런 부끄러움은 피난지에서 끼니를 연명하자고 '제 딸을 양갈보짓 시키지 못해 눈이 뒤집힌 어머니'에 대한 무서움으로 인해 사치스러운 감정이 된다. 전쟁이 끝나고 시집을 간 다음에도 배부르다는 것에 만족해서 온갖 드난을 견디고 살았고, 세 번째 결혼을 한 다음에는 '개가' 했다는 말도 비록 유쾌하진 않지만 동창들에게 자랑스럽게 내뱉을 정도가 된다. 그런 '나'에게 부끄러움이 통증으로 되돌아온다.

어느 날 어디로 가는 길인지 일본인 관광객이 한떼, 여자 안내원의 뒤를 따라 이 거리를 지나고 있었다. 어느 촌구석에서 왔는지 야박스럽고, 경망스럽고, 교활하고, 게다가 촌티까지 더덕더덕 나는 일본인들에 비하면 우리나라 안내원 여자는 너무 멋쟁이라 개 발에 편자처럼 민망해 보였다. 그녀는 멋쟁이일 뿐 아니라 경제제일주의의 나라의 외화 획득의 역군답게 다부지고 발랄하고 긍지에 차 보였다. 마침 학생들이 쏟아져 나와 관광객과 아무렇게나 뒤섞였다. 그러자 이 안내원 여자는 관광객들 사이를 바느질하듯 부비며 소곤소곤 속삭였다.

"아노— 미나사마, 고치라 아타리카라 스리니 고주이 나사이마세."(저 여러분. 이 근처부터 소매치기에 주의하십시오)

처음엔 나는 왜 내가 그 말뜻을 알아들었을까 하고 무척 무안하게 생각했다. 그러다가 차츰 몸이 더워 오면서 어떤 느낌이 왔다. 아아, 그것은 부끄러움이었다. 그 느낌은 고통스럽게 왔다. 전신이 마비됐던 환자가 어떤 신비한 자극에 의해 감각이 되돌아오는 일이 있다면, 필시 이렇게 고통스럽게 돌아오리라. 그리고 이렇게 환희롭게. 나는 내 부끄러움의 통증을 감수했고, 자랑을 느꼈다.

나는 마치 내 내부에 불이 켜진 듯 온몸이 붉게 뜨겁게 달아오르는 걸 느꼈다.

내 주위에는 많은 학생들이 출렁이고 그들은 학교에서 배운 것만으론 모자라 ×× 학원, ○○학관, △△학원 등에서 별의별 지식을 다 배웠을 거다. 그러나 아무도 부끄러움은 안 가르쳤을 거다. (397~398쪽)

부끄러움이 통각으로 다시 돌아오게 된 계기는 경제제일주의가 지식까지도 수단화하고 있다는 깨달음과 밀접하게 연관된다. 일본인 관광객이 찾아올 만큼 서울은 경제적으로 발전한 관광도시가 되어 있었으나, 경제제일주의의 나라에서 입시경쟁에 시달리며 학교교육뿐만 아니라 학원까지 다녀야하는 학생들은 남의 금품을 훔치는 짓에도 부끄러움을 느끼지 못하는 '소매치기'가 되어가고 있었다.

중농의 농사꾼이나, 대학강사나, 사업가나, 심지어 고위층 인사까지도 철저하게 배금주의에 사로잡힌 상황에서 지식마저 돈과 출세를 위한 수단으로 전락해 버렸다. 이름만 대면 알만한 고관의 부인인 경희는 집에 찾아온 '귀한 손님'에게서 '와이로'를 받는다. '나'의 남편은 고위층의 도움으로 일본과 기술 제휴를 할 생각에 들떠 '아는 것이 힘'이라며 '나'에게 경희가 다닌다는 일어 학원에 다니라고 성화를 한다. '나'역시 '일제 때 배운 일본말'을 '자립의 밑천'으로 삼아보겠다고 일어학원에 다니며 다시 일어를 배우고 있다.

부끄러움도 모르는 기성세대는 다음 세대의 학생들에게 돈과 명예를 얻고자 한다면 수단과 방법을 가리지 말라는 것을 가르쳐 주었을 뿐이었다. 그러한 지식에는 타인의 삶에 대한 몰이해는 물론이고, 치욕의 역사를 돈이나 기술로 보상받으려는 것, 또 남의 것을 갖은 수단을 동원하여 빼앗는 것 등에 대한 부끄러움 따위가 들어설 틈이 없다. '나'는 그런 '나'의 모습을 관광안내원에게서 소매치기로 명명되는 학생들에게서 본다. 그제야 '나'는 부끄러움을 온몸으로 느끼게 되는 것이다.


## 3. 외물의 현혹에서 벗어나기

아렌트는 『예루살렘의 아이히만』에서 나치에 충성하여 유대인을 수용소로 수송하는 일을 담당했던 아이히만이 법정에서 보여준 태도를 통해 악의 평범성(banality)을 언급하면서 이로부터 세 가지 무능을 이끌어낸다. 말하기의 무능, 생각의 무능, 타인의 입장에서 생각하지 못하는 판단의 무능이 그것이다. 아이히만은 자신이 속한 조직의 명령을 어떠한 성찰도 없이 그대로 받아들였고, 이를 충실히 수행했다. 그에겐 오직 출세가 중요했을 뿐이다. 그의 임무가 유대인에게 어떠한 결과를 초래할 것인가에 대해 그가 숙고할 이유가 전혀 없었던 것이다.

박완서의 「부끄러움을 가르칩니다」에 등장하는 인물들 역시 아이히만처럼 말하기의 무능, 자신의 마음을 들여다볼 줄 모르는 생각의 무능, 타인의 입장에서 생각하지 못하고 옳고 그름을 분별하지 못하는 판단의 무능을 보여준다. 세 남편이 그 대표적 예이다. 무식하고 교만한 데다 자기 외의 딴 사람의 삶에 대한 상상력이 철저하게 막혀 있는 첫 번째 남편은 생각의 무능을 보여준다. 첫 번째 남편의 관심은 오로지 돈을 어떻게 불릴 것인가에 집중되어 있을 뿐이다. 두 번째 남편은 자신의 글을 통해서는 도시와 돈 그리고 명예에 대해 신랄하게 비판하지만 삶에 있어서는 기갈 들린 사람처럼 그것들을 간절하게 원하는 판단의 무능을 보여준다. 두 번째 남편의 글에 매료되어서 결혼을 하게 된 '나'의 진심은 아랑곳하지 않고 오히려 처덕으로 출세를 해야 하는데 밥만 축낸다며 '나'를 닦아세운다. 세 번째 남편은 거짓말과 허풍을 일삼으면서 고위층과의 인맥으로 한 밑천 잡을 생각에 부푼, 말하기의 무능을 보여준다. 이윤을 추구하는 사업가이므로 적어도 '위선'은 없을 것이라고 여기고 '나'는 세 번째 결혼을 한다. 하지만 남편은 능란한 허풍으로 '나'로 하여금 남편이 많은 유명인사와 유력인사를 알고 있으며, 그들과 함께 하려는 '사업의 참모본부'가 '나'와 함께 살고 있는 화곡동 전셋집과 전세 전화라는 착각을 하도록 만든다.

일찍이 박지원은 이러한 인물들을 일컬어 '외물'에 사로잡혀 있으면서도 그걸 깨닫지 못하고 '세상을 재주껏 살아가면서 스스로 자기가 총명하다고 믿는 자들'이라 언급했다. 박지원은 「일야구도하기」에서 다음과 같이 말한다.

강물을 건널 때에 사람들이 모두 고개를 들고 하늘을 우러러 보고 있기에, 나는 모두 그들이 고개를 들고 하늘에 소리 없이 기도를 올리는 것이려니 생각했다. 그러나 그 뒤에야 안 일이지만, 그 때 내 생각은 틀린 것이었다. 강을 건너는 사람들이 강물이 소용돌이치거나 용솟음치면서 탕탕히 흐르는 것을 바라보게 되면, 몸은 마치 물살을 거슬러 오르는 것 같고, 눈은 물살을 따라 내려가는 것 같아서, 갑자기 현기증이 나서 물에 빠지게 된다. 그러므로 고개를 쳐든 것은 하늘에 기도를 올린 것이 아니라, 차라리 강물을 피하여 보지 않기 위함이었다. 또 목숨이 경각에 달렸는데 어느 겨를에 기도할 수 있었으랴!

그건 그렇다 치고, 그 위험이 이와 같았는데도 강물이 흐르는 소리는 듣지 못했다. 일행들은 모두 "요동의 들이 하도 넓고 평평하기 때문에 강물이 성을 내어 울지 않는다."고 말했다. 하지만 그것은 강을 잘 알지 못하는 데서 나온 말이다. 요하는 일찍이 울지 않은 때가 없었다. 다만 밤중에 건너지 않아서 듣지 못했을 뿐이다.

낮에 강물을 건너는 자는 소용돌이치고, 용솟음치는 강 물살을 보고 두려움과 공포를 느끼게 마련이다. 그렇지만 낮에 강물의 위험함을 보고 강을 건너가는 이들에게 강물 소리는 들리지 않았다. 강물이 울지 않아서가 아니라 눈에 보이는 두려움에 사로잡혀 듣지 못했던 것이다. 밤에 강물을 건너는 경우에도 마찬가지의 상황이 벌어진다. 눈으로는 위험한 광경을 보지 못하므로 온 신경이 청각에 집중된다. 그래서 귀로 들려오는 소리가 만드는 두려움과 공포에 휩싸이게 되는 것이다. 시각과 청각은 명징한 인식을 세워주지 못하고, 공연한 허상으로서 서로 기만한다.

이 경우 보고 듣는 사람의 마음 상태에 따라 보이는 것이나 들리는 것이 달라진다. '청아하다'고 생각하면 '깊은 소나무 숲에서 바람이 불 때 나는 것 같은 소리'로 들린다. '교만하다'고 생각하면 '뭇 개구리들이 다투어 우는 듯한 소리'로 들린다. '성 나 있다'고 생각하면 '수많은 축이 번갈아 가며 울리는 것 같은 소리'로 들린다. '뭔가 의심스럽다'고 생각하면 '문풍지에 바람이 우는 듯한 소리'로 들린다. 마음속에서 생각한 바에 따라 귀에서 소리를 만들어 내는 것이다.

연암은 이러한 '외물'의 현혹에서 벗어나 마음을 차분히 다스리는 방법을 다음과 같이 제시한다.

어제 나의 마부가 말한테 발등을 밟혀 걸을 수 없으므로 그를 수레에 실어 놓고, 나는 말 재갈을 풀어 주어 강물에 뜨게 한 다음, 두 무릎을 바싹 오므리고 발을 모아 안장 위에 앉았다. 그러니 한 번 말에서 떨어지면 바로 강물에 빠져죽을 판이라, 그래서 강물을 땅으로 여기고, 강물을 나의 옷으로 여기며, 강물을 나의 몸으로 여기고, 강물을 나의 성정(性情)으로 여기기로 하였다. 이렇게 하여 마음속으로 한 번 말에서 떨어질 것을 각오하자, 내 귓속에서는 강물소리가 마침내 사라지고 말았다. 그리하여 무려 아홉 번이나 강을 건넜는데도 걱정이 없고 태연한 것이, 마치 안석과 자리가 있는 방안에서 앉았다 누웠다 하는 것과 같았다.

마음을 차분히 다스린다는 것은 보이는 것과 듣는 것에 현혹되지 않고, 제 마음을 바로 보고 성찰하는 것, 곧 명심을 의미한다.

바르게 보고 바르게 듣는 마음을 다스리지 않은 채, 눈에 보이고 귀에 들리는 것을 스스로 갖고 있는 변변치 못한 총명함으로 넘어선다는 것은 인간의 지식에 대한 과신이고 오만일 뿐이다. 연암은 바로 지식의 삐뚤어진 행태와 작용을 경계한다. 자연의 이치를 깨닫고, 현실세계의 참된 현실성을 직시할 때, 비로소 '외물'에 현혹되고 휘둘리지 않고 마음을 명징하게 성찰하고 다스릴 수 있게 되는 것이다. 연암의 혜안은 이미지에 홀린 관음증의 21세기에도 여전히 빛난다.

**02**

# 신화 찾기, 그 존재의 황홀

# 신화가 사라진, 우리 시대의 신화 찾기: 이청준

## 1. 문학의 수명

작가의 수명은 어디까지인가. 1965년 「퇴원」으로 등단한 후, 마지막 작품집
『그곳을 다시 잊어야 했다』(열림원, 2007)를 출간하기까지 40여 년 동안 이청준
(1939~2008)은 많은, 그러면서 위대한 작품들을 우리 앞에 상재했다. 작가는
지금 우리들 곁을 떠났지만, 마지막 작품집 『그곳을 다시 잊어야 했다』에서
나는 작가의 거대하면서 영원한 문학적 숨결을 느낄 수 있었고, 그래서 책을
집어 든 손이 잠시 휘청 했다.

작가는 군사독재정권이 지배하던 1970~80년대를 지나, 문민정부가 들어
선 1990년대를 거쳐, 문학이 외면당하는 2000년대의 정보사회에서도 흔들림
없이, 외곬으로 창작을 해왔다. 웬만한 원로 작가들이 작품 활동을 중단하거
나, 아니면 비슷한 주제를 동의반복하거나 혹은 시류에 편승해 통속적 역사물
로 나아가는 상황을 염두에 둘 때, 그리고 작가 이청준이 마지막 작품집을 발
간할 때 육체적으로 핍진할 정도의 극한 상황에 처해 있었다는 점을 염두에
둘 때, 이청준의 작가적 행보는 단연 주목된다.

그는 출발점에서부터 하나의 일관된 관점을 가지고 역사의 질곡과 현실의
삶의 모순에 치열하게 부딪치면서 그것을 돌파하려고 사투를 벌여 왔다. 그러
면서 끊임없는 자기갱신 속에 질적인 변용을 꾀하면서 문학세계를 넓게 확장
하고, 깊게 심화시켜 왔다. 그의 소설은 늘 새로운 이야기 거리를 담아내고 있
다. 그의 새로운 이야기는 작가가 일관되게 추구해온 문학적 세계관과 함께,

시대적 변화를 앞서 읽어내려는 치열한 자기갱신의 결과물에 다름 아니다. 그래서 그의 작품들은 일견 전혀 다른 이야기를 다루는 것 같지만, 그 심층에서는 하나의 뚜렷한 주제의식으로 연결되면서 이청준의 문학세계라는 큰 산맥을 이루고 있다.

## 2. 창작의 중핵을 이루는 두 벌의 밑그림

한 작가의 작품은 그 작가의 창작을 추동하는 중핵의 한 줄기에 놓이면서, 동시에 당대 사회를 읽어내는 작가의 인식이 반영된 자리에 놓인다. 창작집 『그곳을 다시 잊어야 했다』 역시 이청준의 작품이 엮어내는 씨줄과 날줄의 좌표 속에서 읽어냈을 때 비로소 그 진면목을 드러낸다.

1960년대에 이청준은 당대 현실을 어떻게 바라볼 것인가를 두고 고민했다. 그 고민을, 그는 젊은 세대들의 환부는 무엇인가라는 문제에 담아낸다(「퇴원」, 「병신과 머저리」). 그리고 1970~80년대에는 '전짓불'을 들이대는 군부정권에 맞서 '말의 타락'과 창작하기의 어려움을 토로하는 한편으로 '이데올로기'와 '권력'의 상관관계를 정밀하게 파고 들어간다(『소문의 벽』, 『당신들의 천국』). 그러면서 이청준은 모순으로 점철된 당시의 사회를 비판하고, 다른 한 편으로는 그러한 사회를 이겨나갈 수 있는 방식을 모색한다. 그 결과 두 줄기의 창작의 분수령에 도달한다(「언어사회학서설」 연작, 「남도사람」 연작). 1990년대로 건너와서는 어머니의 마음을 여실하게 그려내는 한편, 그것을 민초들의 애환 서린 삶으로 확장시키고, 질곡의 역사를 극복하는 한 방식으로 의미화한다(『흰옷』, 『축제』). 그리고 2000년대에 와서는 역사의 질곡과 그것을 극복하는 방식으로서의 신화를 결합시킨다(『신화를 삼킨 섬』).

이러한 다양한 변모와 자기갱신 속에서도 이청준 작품세계를 이끌어 가는, 변함없이 지속되는 하나의 핵이 존재한다는 점은 강조되어야 한다. 저 유명한 「눈길」(1977)에서 그 핵은 자신의 등신대를 드러낸다. 아들을 걱정하는 '어머니의 마음', 그것이다.

이청준 소설은 그의 어머니를 마음 밭으로 삼는다. 이를 일러 김현은 "제 어미를 팔아 소설을 쓴다."라고 했고, 김윤식은 '어미=고향'이라 할 만큼 그의 문학은 어머니로부터 흘러나오고, 어머니에게로 흘러들어간다고 했다. 그만큼 이청준 문학에서 '어머니'가 차지하는 중핵의 자리는 무척이나 중요하다. 「퇴원」의 '광'이나, 「서편제」의 '소리', 『축제』의 걸쭉한 '사투리' 등은 모두 '어미=고향'의 자장 안으로 흘러들어간다. 그렇게 많은 것들이 흘러들어간 결정체로서의 어머니란 기실 이청준의 소설에 등장하는 '노모'의 모습에만 한정되는 것은 아니다. 그 노모는 이 땅이 '어머니'라 이름 짓는 모든 이들에게서 항상 발견된다. 그런 어미의 마음은 곧 고향이고, 또 질곡의 역사 속에서 신음하는 민초들을 달래주는 『신화를 삼킨 섬』(열림원. 2003)에서의 아기장수 '신화'이다.

이청준은 '왜' 그토록 어머니를 형상화하기 위해 애를 썼던 것일까. 그 어머니가 도대체 어떠한 것이기에, 시종일관 어머니를 그려내고 있는가. 『그곳을 다시 잊어야 했다』를 펼치기 전에 우선 이 물음부터 던져놓고 시작해 보자.

이청준에게 있어 역사와 신화는 하나의 쌍으로 엮인다. 그것은 지금까지의 창작을 바탕으로 그가 도달한 지점이기도 하다. 이데올로기의 대립이든, 폭력적인 억압이 난무하는 부조리한 현실이든, 세대 간의 단절이든, 그것이 어떤 현실로 독해되든 상관없이 현실은 저만치에 서서 우리를 조롱한다. 우리를 조롱하는 현실의 정체는 무엇인가. 그 도저한 현실의 두께를 헤쳐 나갈 방법은 무엇인가. 그것을 고민하는 것에서부터 이청준의 이번 소설집은 시작된다. 그 모든 고민들은 모조리 그의 '지하실' 속에 담겨 있다. 역사의 여러 사건들이 켜켜이 쌓여 있는 곳, 바로 그곳에서 이 창작집의 문제의식이 발원한다. 그리고 그 모든 '지하실'의 양화와 음화들은 '천년의 돛배'로 귀결된다. 이처럼, 이번 소설집에서 '지하실'과 '천년의 돛배'는 아주 걸맞은 한 쌍으로 작동하고 있다. 곧 역사 쪽에 무게중심이 놓여 있는 '지하실' 계열과 신화 쪽에 무게중심이 놓여 있는 '천년의 돛배' 계열은 이번 소설집을 지탱하는 두 벌의 그림이다.

먼저, '지하실 계열'의 그림으로, 역사가 전경에 배치되는 경우이다. 역사의 자리에는 일제 식민지 치하의 노예교육을 피해 나라를 떠나야 하는 삶이 놓이거나(「그곳을 다시 잊어야 했다」), 임진왜란 때 왜국에 노예로 팔려가거나, 혹은 1900년대 초반 멕시코의 에네켄 농장에 노예로 팔려간 삶이 놓이거나(「태평양 항로의 문주란 설화」), 6·25 전란 시 목숨을 부지하기 위해 '지하실'로 숨어들어가야 하는 상황이 놓인다(「지하실」). 이러한 사건들이 전경에 배치되고 있지만, 작가는 그 사건이 벌어진 당대의 시간과 공간에 그 사건을 놓아두지는 않는다. 작가는 그 사건을 다시 현재의 상황으로 이끌고 와서 현재의 시각으로 그 사건의 의미를 되새긴다. 그럼으로써 그 사건을 통해 현재의 우리가 나아가야 할 방향성을 찾고자 한다.

다음 '천년의 돛배' 계열의 그림으로, 역사가 후경으로 사라지는 경우이다. 이 경우에는 「눈길」에서 읽을 수 있는 어미의 마음이 도드라진다. 어미의 마음자락은 의식을 잃고 누워 있는 인물이 깨어나기를 바라는 식구들의 마음(「부처님은 어찌하시렵니까?」)에서, 파랑새가 그렸다는 전설의 불화를 볼 수 있는 마음(「이상한 선물」)에서, 그리워하면서도 만나지 못하고 죽어 간 어머니와 딸을 위해 돌배 섬에 돛을 꽂아주는 사람들의 마음(「천년의 돛배」)에서 살아난다.

역사가 전경에 배치되는 그림의 경우는 과거 우리가 살아왔던 역사와 현재 우리가 살고 있는 현실을 묘파한다. 반면, 역사가 후경으로 사라지는 그림의 경우는 현실을 극복해나가는 민초들의 마음을 담아낸다. 제대로 된 그림 한 벌이라면, 그러니까 현실에 발 딛고 선 인간이 어떻게 살아가야 하는가를 담아내자면 이들 두 벌의 그림이 한데 어울려있어야 할 것이다. 따라서 우리는 이청준의 소설을 읽으면서 두 벌의 그림이 만들어내는 하모니에 주목하지 않을 수 없다.


## 3. 혼돈의 역사를 치유하는 마음보

'지하실' 계열의 작품을 구체적으로 살펴보자. 「지하실」은 예순이 넘은 주인공이 자신이 살던 옛집을 복원하는 과정에서 지하실에 얽힌 과거의 기억을 떠올리고, 그 기억에 고정된 자신의 오해를 풀면서 지하실 복원을 향한 열망을 옛 기억과 함께 덮어버린다는 이야기를 담고 있다.

이야기 속 '지하실'은 일제 말기 공출이 자행될 무렵, 일제 만행에 조금이라도 도움이 될 만한 물건을 감추어 두는 비밀창고로 쓰였고, 경인년(1950년) 전란 때에도 위급한 사람들에게 피난처가 되어주었다. 주인공의 어린 시절 기억에 그곳은 일족의 어른에서부터 인민위원장을 했던 윤호 아버지까지 많은 이들이 거쳐 간 곳으로 남아 있다. 바로 그 지하실과 관련된 여러 사건을, 주인공은 세월이 한참 흘러 예순도 넘길 무렵에서야 기억의 표면 위로 떠올린다.

일족의 어른이 지하실로 몸을 숨긴 직후 그 집 머슴인 병삼이 사람들을 이끌고 와서 지하실을 뒤진다. 다행히 어른은 병삼에게 발각되지 않아 목숨을 건진다. 주인공 '나'의 기억은 그렇게 사건을 떠올린다. 그러나 그 기억이라는 물건이 그러하듯 사건은 사실의 한 단면만을 드러낼 뿐이다. 여러 사람들의 기억을 종합한다 할지라도 사건의 진실은 결코 그 모습을 제대로 보여주지 않는다. 단면적인 기억을 중심에 두고 옛집의 지하실을 복원하겠다는 '나'의 열망은, 일족 어른의 손자였던 성조 씨를 통해 병삼의 행태가 어른을 고발하기 위한 것이 아니라 어른을 살리기 위한 설레발이었음을 알게 되자, 다면체로 둘러싸인 과거 사건의 기억을 감당해내지 못하고 무너진다. 한편 인민위원장이라는 감투를 썼던 윤호 아버지 역시 목숨을 부지하기 위해 기척도 없이 지하실로 숨어든다. 그러나 그는 이내 지하실을 버리고 자신을 처형하기 위해 모여 있던 사람들에게로 가서 처형당한다. 그가 왜 숨어들었다가 제 발로 다시 나왔는가, 그것은 아무도 알 수 없다.

공출 위기의 모든 물건을 숨겨주고, 사람들의 목숨을 부지해주었던 지하실은 말하자면 역사의 소용돌이를 묵묵히 지켜보았던 산증인이다. 지하실은 이런저런 사연들이 그 양화와 음화를 동시에 내보이는 곳이다. 바로 그곳이야말로 이청준이 창작을 할 수밖에 없었던 밑그림이기도 하다.

「그곳을 다시 잊어야 했다」에서 일승 씨는 일제 식민지 시기 노예교육을 피해 여덟 살 어린 나이로 먼 이국땅에 흘러 들어간다. 갖은 고초 끝에 우즈베크에 정착하게 된 일승 씨는 한국에서 개최된 월드컵에 맞춰 일전에 헤어졌던 가족과 상봉한다. 그러나 다시 제 삶의 터전으로 되돌아가기 위해 고국을 잊고자 한다.

「태평양 항로의 문주란 설화」에서 프란시스코 꼬로나의 조부 역시 조국으로부터 잊혀진 인물이다. 멕시코 이민 일 세대로서 에네켄 농장의 일꾼으로 평생을 살았던 그의 조부는 고향을 기억하고자 자신의 성(姓)인 '꼬로나'를 '고로나'라고 의식적으로 발음하면서, 고향의 꽃이었던 문주란이 멕시코 한 해변에 군락지어 있는 곳에 자신의 유해를 뿌려줄 것을 당부했던 인물이다. 죽어서 꽃씨로라도 함께 흘러 고향으로 돌아가고자 했던 조부의 뜻을 받들어 프란시스코는 한국인들에게 조부의 이야기를 전하고 싶어 한다.

일승 씨나 프란시스코의 조부 등은 환난의 소용돌이 가운데에서 희생양으로 바쳐진 인물들이다. 눈에 보이지 않는 국가, 이데올로기, 역사 등의 거대한 대상을 향해 그들이 구원(舊怨)을 내보이는 까닭은 그들이 처한 현실이 자신의 정체성을 모조리 뒤흔들어 놓을 만큼 크고 깊은 심연으로 존재하기 때문이다. 그래서 작가는 인물의 입을 빌어 이렇게 말할 수밖에 없다. "우리에게 그 나라라는 게 대체 무엇이었으며, 무엇이어야 하는지."(「태평양 항로의 문주란 설화」, 231쪽)

다음, '천년의 돛배' 계열을 살펴보자. 앞서 이야기한 일승 씨나 프란시스코의 조부 등이 혼돈의 역사를 헤쳐 나가는 힘은 마음보에 있다. 그 마음보란 '어미의 마음보'이자, 「이상한 선물」에서 파랑새가 그렸다는 전설의 불화를 볼 수 있는 마음보이자, 「천년의 돛배」에서 돛을 꽂아주는 사람들의 마음보이기도 하다.

「이상한 선물」에서 기태 씨는 고향마을의 안 선생으로부터 이상한 선물을 받는다. 안 선생은 마을에서 아이들의 공동벼루로 쓰였던 '심지연'을 가진 사람이 마을에서 가장 출세한 기태 씨여야 한다는 사람들의 믿음을 벼루 속에 담아 그에게 주고자 한 것이다. 비록 벼루라고 준 것이 '숫돌판'일지언정. 그러나 정작 중요한 것은 그 벼루를 향해 품은 사람들의 믿음이 그 물건에 담겨 있다는 사실이다. 눈동자를 그리려는데 파랑새가 날아가 버렸다는 부처님 그림을 보러 무위사에 들른 젊은이들에게 스님은 이렇게 말한다. "제 맘속에다

그걸 지녔으면 눈에도 보일 수 있었겠제."(「이상한 선물」, 183쪽)

「부처님은 어찌하시렵니까?」에 담긴 마음보 역시 사람들의 그 믿음과 다르지 않다. 가족을 위해 희생해왔던 이송의 형이 의식을 잃고 깨어나지 못한다. 그러자 가족들은 그를 위해 그간 자신들이 지녀왔던 마음자락들을 목소리로 담아 그에게 들려준다. 빨리 깨어나서 가족의 품으로 돌아오기를 기원하는 가족들의 마음이 절절한 만큼 그는 조만간 의식을 되찾을 수 있지 않을까.

그러한 마음이 「천년의 돛배」에서는 돛배처럼 생긴 섬에 무수히 꽂힌 흰 돛폭으로 휘날린다. 외딴 섬에 살던 모녀가 있었다. 딸은 섬을 떠나 뭍으로 시집가기를 원했다. 그렇게 딸이 뭍으로 시집가자 혼자 남은 어머니는 험한 뱃길 돛배로라도 건너오라는 자신의 마음을 딸에게 전한다. 뱃길이 험해 딸은 오지 못하고, 결국에는 산후통으로 먼저 세상을 떠난다. 그 사실을 모르는 어머니는 딸을 기다리며 세월을 보내다가 생을 마감한다. 어머니의 마음인 듯, 딸의 마음인 듯, 뱃사람들은 배의 형상을 한 돛배 섬에 흰 돛폭을 꽂는다.

이들 이야기에 담긴 마음보는 이미 이청준의 장편소설『신화를 삼킨 섬』에서 아기장수를 기다리는 민초들의 은근한 바람 속에 담겨 있었던 것이다. 아기장수 신화를 믿고자 하는 사람들의 마음은 그들을 갖은 환난고초에 몰아넣은 역사의 소용돌이와 맞물려 끊임없이 되살아난다. 언젠가는 그들의 삶을 구원해 줄 아기장수가 나타날 것을 믿고자 하는 마음이 역사의 소용돌이로부터 그들 자신을 지켜낼 수 있게 하는 동력이 된다. 흰 돛폭에 실린 마음이 아기장수를 기다리는 마음과 무엇이 다르겠는가. 그렇지만 그 마음을 추동하는 것은 오욕의 역사일 터.

## 4. 마음 속 동행자이자 앞길의 등불이 되는 소설

역사의 한 사건에는 다양한 사실이 존재한다. 국가와 민중 사이에서, 혹은 민중과 민중 사이에서 역사는, 그리고 역사의 한 사건은 사실과 또 다른 사실 사이에 오해와 비밀을 둘러쓰고 '지하실' 속에 오롯이 묻혀 있다. 험난한 역사의 수레바퀴에 치여 본 사람들은 알 것이다. 모든 사람이 희생자가 되었으면서도, 또 가해자가 되기도 했다는 것을. 윤호 아버지를 처형해 놓고 또 우르르 몰려가서 윤호네의 조문객이 되어야 하는 것이 당시 지하실 안에 켜켜이 쌓인 흔적들이 감당해야 하는 비애이다. 그리고 그 비애는 그 참상을 어찌할 도리 없이 감당해야 했던 사람들에게 마음의 빚으로 고스란히 전가된다. 사실이 무엇이고 진실(진상)이 무엇이고를 가릴 수조차 없도록, 그들에게는 무엇보다 살아내는 것이 중요했다.

신화는 어떠한가. 현실과 이상의 낙차 속에 신화가 존재한다. 그것은 마음의 빚으로 불구가 된 사람들 사이에 소통의 다리를 놓아주는 힘이자, 삶을 지속시켜주는 힘이다. 모든 사람이 역사의 희생자가 되더라도, 또 지난한 역사의 소용돌이에 다시 휘말릴지라도, 사람들은 살 수밖에 없고, 그리고 살아가야만 한다. 그런 밤 산길 가는 사람들에게 맘속 동행자가 되어주는 것이 바로 신화이다. 신화는 사람들의 맘속에 존재하는 웅숭깊은 보따리, 즉 마음보는 아닌가.

그렇다면 역사와 신화는 어떤 관계를 맺는가. 「그곳을 다시 잊어야 했다」, 「태평양 항로의 문주란 설화」에 등장하는 이민자들의 삶은 간난고초의 세월로 점철된다. 이 땅 역사의 소용돌이에 휘말려 국가의 인신공희의 제물로 바쳐진 그들은 철저하게 버려지고 소외되어 왔다. 그런 그들에게 비정한 역사를 극복토록 한 마음보는 무엇이었을까. 원망과 증오가 아닌, 사람들의 기억 속에나마 남아서 그들의 삶의 비원을 이해받고자 하는 소박한 바람은 아니었을까. 그리고 우리는 그들의 비극을 경유하여 올림픽이며 월드컵 개최라는 경제대국의 혜택을 향유하게 된 것은 아닌가. 이에 동의한다면, 우리가 그들의 소박한 바람을 이렇게나마 위무하면 어떨까. 재승 씨처럼. "그 약동하는 삿대질과 거대한 함성의 응원 물결 속에 재승 씨 자신도 목청껏 '대한민국'을 함께 섞어나갔다. 대한민국! 대애한민국! ……마치 그 자신이 형 일승 씨가 되고 만 듯이"(「그곳을 다시 잊어야 했다」, 83쪽), 그렇게. 비록 그 향유의 근원이 어디에서 연유하는지조차 깜깜한, 철모르는 세대로부터 "웬 정신 나간……! 요즘 붉은 악마 셔츠나 때한민국은 늙은이들한테도 유행인가?"(「그곳을 다시 잊어야 했다」, 83쪽)

라는 비웃음을 바로 면전에서 들을지언정 말이다.

그리하여 모든 것은 다시 마음보(신화)로 되돌아온다. 그 세계는 '지하실'에 이미 존재해 있었으면서, '천년의 돛배'로, 혹은 '이상한 선물'로 되돌아온다. 「그곳을 다시 잊어야 했다」의 한가운데에는 만세를 부르는 두 인물이 있다. 한 인물은 공화국 치하에서 공화국 만세를, 그리고 대한민국 치하에서 대한민국 만세를 부르며 총살 위기를 모면하고자 한다. 또 한 인물은, 총살당했던 그 사람의 마음을 대신하여 외따로이 그 무덤 앞에서 그 사람이 진정으로 부르고 싶어 했을 대한민국 만세를 부른다. 죽지 않고자 만세를 부르지만 총살당할 수밖에 없는 한 인물. 그것을 이청준은 비극의 역사로 파악한다. 그리고 그렇게 죽어간 인물의 비원(悲願)을 달래고자 하는 또 다른 인물을 이청준은 신화에 담아 그려낸다.

인간이 있음으로 인해 비극(역사)은 시작되고, 또 그 비극은 인간의 마음 한복판에서 또 다른 화해의 계기, 풀림의 계기(신화)를 맞이한다. 인간으로 인해 시작되었으면서, 또 인간에 의해 풀리게 되는 이상한 마법의 매듭, 그것이 바로 이청준이 이번 소설집을 통해 드러내고자 하는 밑그림이 아닐까.

사실이 진실을 왜곡하지 않고, 현실이 곧 이상과 일치하는 그런 세계에서 더 이상 소설은 필요치 않다. 그러나 현실과 이상이 당연히 불일치할 수밖에 없는 현 상황에 고통스러워하는 우리들에게 소설은 마음속 동행자가 되어야 하고, 막막한 앞길을 밝혀주는 등불이 되어야 한다. 신화가 사라진 시대에 신화를 찾아 치열한 고투의 길을 외롭게, 힘들게 걸어가는 이청준의 작품을 우리가 읽을 수밖에 없고, 읽고 나면, 둔중한 울림이 잠들어 있는 마음보를 강타하는 이유가 바로 여기에 있다. 작가여, 영원하시라. 그래서 오래오래 우리들 마음보에 신화의 등불을 밝혀주기를.

# 바다를 품은 하늘, 하늘을 닮은 바다: 한승원

## 1. 바다를 품은 작가

한승원은 바다를 품은 작가이다. 그의 작품 안에는 산하를 핏빛으로 물들이는 노을이 있고, 나지막하면서도 쉼 없이 들려오는 해조음이 있고, 김 양식장을 오가는 채취선과 김발을 뜯고 있는 아낙들이 있다. 고즈넉하고 한적한 정경인 듯하나, 실상 그의 작품에 담겨 있는 남해 한 바닷가 마을의 사연이란 그리 녹록치 않다. 바다가 그러하듯, 바다를 품고 사는 사람들의 삶은 잔잔한 듯하나 쉼 없이 요동치고 때론 폭풍에 무참하게 시달리기도 한다.

작가 한승원은 그러한 어촌 사람들의 삶을 고스란히 담아낸다. 그곳에는 폭풍우 치는 바다처럼 피의 살육을 불러오는 역사의 회오리가 있고, 그러면서 원초적 생명의 근원으로서의 바다처럼 끈적거리면서도 관능적인 인간의 사랑이 있다. 역사의 소용돌이에 휘말려 피의 살육장이 된 그곳에서 처절한 '한(恨)'이 배태되지만, 그 한은 '인간의 사랑'을 통해 풀어지고 녹아내린다.

남도의 바다를 향한 한승원의 한결같은 행보는 지금까지 지속되고 있다. 그의 작품세계의 전개과정을 보면, '남도 바다'가 여러 가지 장치로 작품 속에서 다양하게 변주를 일으키고 있지만, 그 본질적 핵심에는 '남도의 바다'와 그 바다가 품고 있는 '삶의 애환'이 자리 잡고 있다. 한국소설사에서 오영수의 「갯마을」 이후 '바다'와 바다의 '삶'을 다루는 작품을 찾아보기는 힘들다. 그런 '바다'를 단순히 소재적 차원을 넘어 '삶'의 영역으로 끌고 들어와 소설사적 보편성의 영역으로 승화시킨 작가가 한승원이다. 그의 소설에는 항상 바다가 거대한 하나의 등장인물로, 공간적 배경으로, 그리고 주제로서 자리하고 있다. 그래서 한승원의 소설 안에는 바다와 더불어 살아가는 남도 사람들의 풍속과 풍물, 자연의 생태, 그리고 설화와 역사가 살아 숨 쉰다. 이 글에서는 문이당에서 간행한 한승원 중단편 전집 6권과『포구』(중원사, 1984),『희망사진관』(문학과지성사, 2009)을 중심으로 한승원의 작품세계의 특질을 살펴보고자 한다.

## 2. 한, 어디에서 왔는가, 또 어디로 가는가

한승원에게 주어진 첫 화두는 남도인의 가슴에 응어리진 '한(恨)'이다. 그는 이 화두를 여인네들의 삶에서 찾아내고자 한다.「한」연작을 보면 자식들과 아등바등 살아가는 홀어미가 중심인물로 등장한다. 아비나 아들은 징용 나가 죽거나, 여순반란 사건으로 인해 죽거나, 육이오의 전란에 휘말려 죽는다. 시대적 배경이 후대로 내려올 경우에는 월남에서 죽거나, 간척사업에 나가 돌을 나르다가 사고로 죽기도 한다.

이러한 사건들은 모두 역사적 사건과 관련이 있다. 말하자면 작가는 누군가의 죽음의 원인을 역사적 사건의 소용돌이 속에서 찾고 있는 것이다. 그런데 정작 작가가 주목하는 것은 소작농의 억울함을 호소하는 것이나, 무자비한 살육의 희생양으로 전락한 사람들의 신원을 회복시켜주는 것이나, 가진 자의 부당한 착취로 목숨을 잃은 자를 통해 부조리하고 열악한 노동현장을 고발하는 것에 있지 않다. 그의 시선은 살아남은 자의 삶의 애환에 향해 있다.

한은, 말하자면 삶과 죽음의 경계에서 배태된다. 죽음이 분노와 같은 격렬한 감정을 폭발시킴으로써 피의 살육을 불러오는 것이라면, 삶은 공포에 시달리면서도 울분을 지질러 가라앉히면서 지속되는 것이다. 이러한 삶과 죽음이 되풀이되는 동안 한은 조금씩 응어리진다. 그것은 오로지 살아남은 자의 가슴에 형체 없는 덩어리로 머물면서 제 존재를 확인하고 증식시킨다. 홀로 남겨진 어미는 남편과 아들을 잃고 슬퍼할 겨를도 없다. 남겨진 자식들과 살아갈 방도를 찾아야 하기 때문이다.

　그렇지만 그런 삶을 살아가는 과정에서, 삶의 고비마다 늘 자신의 보호막이자 버팀목이 되어주던 남편을 잃은 자신의 처지를 되새기도록 만드는 일들에 부딪치게 된다. 남편이 실종되거나 죽은 후, 아내는 생전에 남편에게 원한을 품고 있던 이들에 의해 겁간을 당하거나 윤간당하고, 심지어 죽음을 맞이하기도 한다. 또는 생계를 꾸려보겠다고 아득바득 뛰어다니다가 뱃삯이라도 아낄 요량으로 남정네의 배를 얻어 타기라도 하면, 정을 통했다고 이웃으로부터 손가락질 당하기 십상이다. 혹은 기껏해야 장터나 읍내까지를 삶의 터전으로 보듬고 살아가면서 연좌제로 인해 자식의 출세 길이 막힐 것도 알지 못하고, 홀어머니의 자식으로 취직하는 것이 얼마나 어려운지도 알지 못한다. 다만 자식의 앞날이 평탄치 않을 때마다 어미는 응어리진 한을 숙주 삼아 울분과 회한을 번식시킨다.

　작가는 그러한 한을 홀어머니의 삶, 여성의 삶에서 간취한다. 그들은 비극적인 상황을 운명으로 받아들이고, 그것을 한으로 맺는다. 울분을 참고 견디며 삭이는 것만이 삶을 지속시킬 수 있는 유일한 방식이 되는 부류는 사회의 약자, 여성일 것이다. 가부장제 사회에서 여성이 할 수 있는 일은 자식을 낳고 키우는 일밖에 없다. 그러한 관습이 엄격하게 남아 있는 촌락에서 자식들을 거두며 살아가는 일은 결코 쉽지 않다. 그래서 살아가면서 부딪히는 험난한 고비마다에서 여성은 가족들이 짊어진 모든 잘못과 불행과 오욕들을 자신의 탓으로 돌리고, 그것을 운명이라 여기며 감내한다. 한승원 소설의 여성인물들의 삶은 대개 그러하다. 「극락산 1」의 순덕은 그 대표적인 인물이다.

　(i) 울부짖는 어머니의 목소리가 우지직 뚝딱 하고 타는 불소리 저쪽에서 들려왔다. 만수가 순덕이의 허리를 끌어안은 채 어머니를 소리쳐 부르면서 울어댔다. 순덕이는 울지 않았다. 이를 문 채 몸을 한 번 부르르 떨었을 뿐이었다. 순덕이는, 이날 밤 집은 이렇게 불에 타고, 어머니는 저렇게 끌려가고, 만수와 자기만 남도록, 일이 이미 오래 전부터 정해져 있었던 듯만 싶었다. 그것은 자기의 드센 살(煞)과, 자기한테 붙어 있는 거지 귀신 때문일 것이라고 그녀는 생각했다. (전집 4권 16쪽, 이하 4: 16쪽으로 표기)

(ii) 그 남자는 그런 순덕이의 저고리 옷섶을 잡아 낚아챘고, 순덕이는 모로 쓰러졌다. 쓰러지면서 순덕이는 이날 이 무렵에 일이 꼭 이렇게 될 것이라는 걸 자기가 오래 전부터 미리 점치고 있었던 것만 같은 생각을 했다. 눈을 감은 채 몸을 떨었다. 그녀는 반항하지 않았다. (4: 23쪽)

(iii) 순덕이는 또, 이날 밤 이 눈길을 이렇게 가다가 송장 뜯어먹는 미친개를 만나게 되고 그 개한테 만수가 물리게 되도록, 미리 마련되어 있었을 것만 같은 생각을 했다. (4: 27쪽)


하룻밤 사이에 아버지가 죽고 집이 불타고 어머니가 끌려가자 순덕과 만수 남매는 극락산 자락에 살고 있다는 할머니를 찾아 길을 떠난다. 도중에 순덕은 윤간을 당하고 만수는 개에게 물리고 만다. 불행이 닥쳐올 때마다 순덕은 드센 살과 거지 귀신 때문에 주위에 있는 사람들이 다치게 될 것이라던 할머니의 말을 떠올리며, 불행을 자신의 운명으로 고스란히 받아들인다. 폭력적인 현실 앞에 순덕이 견딜 수 있는 방식은 그것밖에 없는 것이다. 비극적 운명의 수락, 한은 바로 그곳에서 배태되기 시작한다.

그렇지만 작가는 여기에서 멈추지 않는다. 이들의 삶 속에서 한을 풀어내는 방식을 찾아낸다. 먼저, 자식들이 원한을 갚아주기를 바란다. 일종의 한의 대물림이라 할 수 있다. 그것은 비극적 운명의 수락을 대물림하는 결과를 낳기 마련이다. 「한 1-어머니」에서는 소작을 하던 아비가 마름의 횡포에 대해 최주사에게 하소연하다가 그의 발에 얻어맞고 늑막염으로 고생을 하다 죽어간다. 어머니는 아들들을 앉혀 놓고 자신의 억울한 사연을 하소연함으로써 자식들이 자신의 한을 풀어주기를 기대한다. 그렇지만 그 방식은 다시 아들을 범죄자로 내모는 결과를 낳는다. 그리하여 한은 가슴에 응어리지다 못해 발작적인 기침으로 번지고 만다. 옥살이를 하는 아들을 찾아 면회를 가지만 어머니는 아들이 목포로 이감되었다는 소리를 듣고 주저앉는다. 이러한 방식은 이들의 삶에 맺힌 한을 풀어낼 수 있는 근원적인 방식이 되지는 못한다. 복수는 또 다른 복수를 낳기 마련이며, 한은 더욱 깊어지기 때문이다.

다음으로, 대개의 홀어머니가 택하는 방식인 자식 교육이다. 자식이 대학교육까지 마치고 금의환향하면 업신여김을 받던 자신의 삶 앞에 마을 사람들이 무릎을 꿇을 것이라 믿는다. 「한 2-홀엄씨」와 「한 3-우산도」에서 어머니는 자식을 교육시켜 훌륭하게 만듦으로써 자신의 한을 풀어내고자 한다. 그렇지만 논밭 팔아 고등교육을 시켰던 자식들은 훌륭하게 성공하여 고향에 돌아오기는커녕 어머니가 가진 재산을 야금야금 가져다 쓰기 바쁘다. 또한 형들 뒷바라지 하느라 변변히 학교도 못 다니고 고향에서 간척사업일을 도와 논을 얻어 보겠다고 바쁘게 돌아다니던 아들이 간척지에서 목이 부러지는 사건이 벌어진다. 어머니는 고향에서 함께 살던 그 아들을 잃고 가슴에 응어리진 한을 주체하지 못한다.

말 죽는 강은 있어도 소 죽는 강은 없다는 말이 있을 만큼, 소는 헤엄을 잘 친다고 하기는 했다. 말못하는 짐승도 제 새끼를 못 잊어 죽음을 무릅쓰고 십 리 가까운 바다를 건너갔단다. 그런데 나는, 나는 무엇이냐? 어머니는 아들의 무덤을 향해 걸어가며, 두 주먹을 부르쥐고 앙가슴을 치기 시작했다. 흡사 목구멍 속이 퉁퉁 부은 디프테리아 환자처럼 이따금 한두 번씩 "흥으으"하고 숨을 쉬면서, 가슴 두들기기만을 계속할 뿐이었다.
그런 어머니는, 기어이 벌겋게 충혈된 눈을 까뒤집은 채, 이날 밤 내내 이를 으등 물고, 북이라도 두드리듯, 겨울 바람벽에 걸린 시래기 잎사귀처럼 말라 비틀어진 젖통이 붙어 있는 앙가슴을 두드리고만 있었다. (1: 295쪽)

「우산도」의 어머니는 사고로 죽은 아들의 병원비를 갚기 위해 송아지를 판다. 그런데 어미소가 새끼를 찾아 우산도로 건너가는 것을 보고 자식을 구하지 못한 자신을 원망한다. 이러한 어머니의 가슴에 응어리진 한은 자식에 대한 사랑, 주체할 수 없는 모성애로 인해 더 커가기 마련이다. 이처럼 죽음과 밀접하게 결부되어 있는 비극적 운명관은 이후 '어둠', '구멍', '굴', '자궁' 등의 이미지와 결부되면서 "무상한 혼돈의 세계"에 대한 인식을 심화시킨다.

(i) 말하자면, 아직 철이 제대로 들지 않은 상태에서 해방이라든지, 여수 순천 반

란사건이라든지, 6·25라든지, 4·19라든지 하는 소용돌이 속에서 눈알을 뒹굴리며 살아온 우리 세대가 모두 엄살쟁이라는 이야기일지도 모르겠다는 것이야. (「기찻굴」, 3: 96~97쪽)

(ii) 결국 송아지는 질식해서 죽고 말았다. 너무 오랫동안을 뒷다리 하나만 내어놓은 채 거꾸로 들어 있었으니 그럴 수밖에 없는 일이었을 것이다. 인공호흡을 시켜보았지만 허사였다. 죽은 송아지를 꺼내놓고 상처 입은 소의 자궁 속에 약물을 넣어주었다. 이때 나는 소의 자궁이 시꺼먼 어둠으로 가득 차 있고, 그것은 생명을 낳는 구멍이 아니고 죽음을 낳는 구멍인 것만 같은 생각이 들었다. (「기찻굴」, 3: 104쪽)

(iii) 늙은 어머니는 휑하게 깊어지고 넓어지는 구덩이를 보면서 눈살을 찌푸렸다. 그 구덩이 속에서 진한 먹물 같은 어둠이 솟아나오고 있었다. 강바닥에서 달려 올라온 바람이 상수리나무숲에 덮인 어둠을 흔들어 떨면서 지나갔다. 강바닥에 뜬 별떨기들이 조각조각 깨지고 있었다. 늙은 어머니의 가슴에 흙구덩이 하나가 크게 패고 있었다. 아들의 가슴에도 꼭 그런 시꺼먼 것이 넓고 싶게 패고 있을 듯싶었다. (「가을 찬바람」, 3: 192쪽)

(iv) 「잘해버렸다……. 운동횟날 모래 가마니 들고 달음박질인가 뭣인가를 해갖고 저것을 타왔을 때부터 늘 마음이 켕기더라. 저놈의 삽가래가 우리집에 들어와 갖고 시방까지 구덩이를 몇 개나 팠냐? 막 타갖고 와서 며칠 있다가 새끼 하나 파묻었지, 영숙이네 당숙 파묻었지, 썰렁하게 살아서 꾸물거리는 제비새끼들 파묻었지……. 저놈의 삽가래 더 놔두면은 금방 또 누구 들어갈 구덩이를 파게 될지 어떻게 알겠냐?」(「가을 찬바람」, 3: 193~194쪽)

「기찻굴」은 사라진 매형을 찾아다니면서 매형이 왜 아이를 갖지 않으려고 하는가와 관련된 사연을 풀어나가고 있다. 산부인과 의사를 하던 매형은 수의사로 직업을 바꾼다. 그러면서 죽음을 낳는 자궁이라는 두려움(ii)에 시달린다. 그러한 매형의 인식은 피의 희생을 불러왔던 암울한 역사적 사건(i)에서 비롯된다.

「가을 찬바람」은 젊은 부부의 아이가 태어난 지 얼마 되지 않아 죽어가는 일이 반복되는 상황을 이야기한다. 벌써 몇 번째 아이를 묻고 돌아오는 길에 아들은 아이 묻을 구덩이를 팠던 삽자루를 강물에 던져 버린다. 늙은 어머니와 아들의 가슴에 응어리지는 슬픔(iii)은 비단 아이의 죽음과 관련되어 있는 것만은 아니다. 여순반란 사건이나 6·25와 관련됨직한 죽음이 그 이전에도 있었음을 위의 인용문(iv)을 통해 확인할 수 있다.

이들 인물의 뇌리에 박혀 있는 인식은 태어나는 것 자체가 역사의 희생물을 예비하는 것이라는 생각에 가깝다. 곧 살아 있는 한 누군가는 어떤 사건에 휘말려 죽어갈 것이다, 저 자궁은 생명을 낳는 곳이 아니라 죽음을 낳는 곳이다, 라는 생명 자체에 대한 부정적인 인식이 깊게 깔려 있는 것이다.

> 억수는 작은아버지의 말들이 현실로 느껴지지 않았다. 그러면서도 그는 몸서리를 쳤다. 은빛 달 조각들 저쪽에 도사리고 있는 검은 어둠을 생각했다. 바위 뒤쪽과 소나무들 아래쪽에 웅크리고 있는 어둠을 보았다. 작은아버지와 자기를 그 여자의 자궁 속에 함몰시킨 이 작위적인 사건을 연출한 것은 무엇일까. 그는 몸을 일으키면서 생각했다. 저 어둠이라는 것이다. 할아버지와 아버지, 그리고 수많은 사람들을 함몰시킨 저 무상한 혼돈의 세계다. 작은아버지가 건져내고 또 건져내도 다함이 없는 밧줄 뭉쳐진 것의 시커먼 가닥처럼 무한한 혼돈이다. 그는 자기가 헤쳐나가야 할 대상이 눈앞에 펼쳐져 있는 어둠, 바로 그것임을 혀끝을 물어 확인했다. 그는 밀가루 먼지같이 보얀 해무에 감긴 채 모래밭을 비틀거리며 걸어갔다. 해신제의 제단 근처에서 풍물소리가 자지러지고 있었다. (「미망하는 새」, 4: 193쪽)

「미망하는 새」에도 비극적인 인식이 작품의 분위기를 지배한다. 억수는 제각에 가지 말라는 작은아버지의 당부를 무시하고, 제각에 들어와 사는 젊은 여자에게 매력을 느끼고 여자와 하룻밤을 보낸다. 나중에 억수는 작은아버지로부터 그 여자가 억수의 고모, 즉 작은아버지의 배다른 동생이며, 작은아버지 역시 그 사실을 몰랐을 때 여자와 사랑에 빠져 동침을 했었다는 놀라운 이야기를 듣게 된다.

여기에서 '어둠'의 정체는 두 가지로 제시된다. 하나는 "할아버지와 아버지, 그리고 수많은 사람들을 함몰시킨 저 무상한 혼돈의 세계"이며, 다른 하나는 "작은아버지가 건져내고 또 건져내도 다함이 없는 밧줄 뭉쳐진 것의 시꺼먼 가닥처럼 무한한 혼돈"이다. 전자는 앞서 언급했던 것처럼 역사적 사건, 가령 여순반란 사건과 6·25전쟁에 기인한다. 그리고 후자는 새끼를 꼬아 만드는 대신 나일론 밧줄로 김발을 엮으면서 빚어지는 비극적인 일과 관련된다. 큰 바람에 부서진 발이 떠밀려와 엉키면서 스크루를 감아 배를 뒤집기도 하고 그로 인해 사람들이 여럿 죽어갔는데, 마을 사람들은 밧줄 뭉친 것을 괴물이라 칭하며 바다에 나가기를 꺼려한다. 문명의 이기로 자연을 황폐화시켜놓고도 사람들은 자신의 잘못을 깨닫지 못하고 오히려 그것을 초자연적 현상이라 믿고 두려워하는 것이다.

인간에 의해 추동되는 역사적 사건으로 인해, 혹은 인간중심의 문명의 이기로 인해 무고하게 죽어가는 이들이 도처에 널려 있다. 그 모든 것은 인간만을 위해 인간이 벌이는 이기적인 상황극이다. 그렇지만, 정작 사람들은 그 사건을 운명으로 여기고, 그저 비극적인 인생관에 사로잡혀 그것을 넘어서려는 시도조차 하지 않고 포기한다. 민초들은 역사가 자신들을 희생양으로 삼고 있는 것도 전혀 알지 못한 채 다만 살아남기 위해 몸부림친다. 그 처절한 몸부림은 슬프다 못해 희극적이기까지 하다.

## 3. 바다, 관능적 생명력의 거대한 자궁

인간에 의해 모든 것이 황폐화되었으나, 한승원은 여기에 절망하지 않는다. 인간은 자연을 닮았음을, 삶의 터전이자 모태인 바다를 닮았음을 잘 아는 작가는, 인간으로부터 그 바다와 닮은 모습을 발견하고 그것을 통해 황폐화된 삶의 이곳저곳을 되살려내고자 한다. 그 중에서 주목할 것은 '바다를 닮은 사랑'이다. 작가에게 있어 그 사랑은 자식을 향한 어머니의 사랑, 남녀 간의 사랑, 이웃 간의 사랑으로 확장되지만, 그 가운데서도 가장 중요한 것은 모성애이다. 삶을 지속할 수 있도록 해 주는 원동력으로서의 생명력, 그리고 관능적인 마력을 뿜어내면서 풍요로움을 구가하는 다산성, 그것이 바로 한승원의 모성애이자, 바다를 닮은 사랑이고, 한을 풀어낼 수 있는 방식이다.

「덮어놓은 흙을 자꾸 걷어내고 들여다보면 안 돼. 적어도 한 삼 년은 안 걷어내고 그대로 둔 채 뜨물만 하루도 빠짐없이 부어줘야 된단다. 또, 뜨물을 주는 사람은 손을 깨끗이 씻어야 쓰고, 나쁜 짓거리를 안해야 쓰고, 불쌍한 사람들한테 좋을 일을 해야 쓴다. 안 그러면은 돌이 안 큰단다.」 (「당신들의 몬도가네」, 4: 286쪽)

그때 나는 언젠가 본 영화 「몬도가네」의 한 장면이 생각났다. 어미새들이 하얀 알을 품고 있었다. 그 알은 원폭실험 때 방사능을 쐬어 죽어버린 알들이라고 해설자는 말했다. 그것을 아는지 모르는지 알을 품은 채 눈을 끄먹거리고 있는 어미새들의 참담한 모습을 보면서 나는 가슴이 아프게 뭉클해지는 것을 느꼈었다. (「당신들의 몬도가네」, 4: 305쪽)

한승원이 말하는 모성애는 우리가 흔히 떠올리는 그런 모성애와는 다른 차원에 놓여 있다. 모성애는 자신의 죽음을 두렵게 여기지 않을 만큼 맹목적인 아집을 동반하기도 하지만, 한편으로는 모든 것을 너그럽게 품어 안을 수 있을 만큼 넉넉한 포용력으로 발현되기도 한다. 「당신들의 몬도가네」에서 그러한 모성애는 돌멩이를 묻고 쌀뜨물을 부어 차돌기둥들이 자라게 하는 일과 유사하다. 삼 년을 의구심도 없이 견디면서 몸과 마음을 정갈하게 하고 다른 사람들을 위해 자신이 가진 것을 베풀고 나누어야 차돌기둥이 자라난다는 이야기는, 방사능에 쐬어 죽어버린 알인지도 모르고 그 알들을 품고 있는 어미새의 참담한 모습과 닿아 있다. 어떠한 회의도 없는 온전한 믿음과 정성이야말로 모성애의 가장 근본이다.

한데, 당신은 그걸 알고 있는 것 같아. 육지에 살고 있는 것들은 모두 바다에서 기어나왔다고 누군가가 그랬지. 그러니까 우리의 가장 원초적인 고향은 바다인데, 우리집에서는 당신이 바로 그 바다란 말이야. 당신은 놀라운 여자라고. 피임이 개발되지 않은 때에 여자 노릇을 했다면, 당신은 아마 한 해에 꼭 아들이든지 딸이든지 하나씩을 생산해 냈을 거야. 나는 그걸 배웠어. 나는 가끔 허물어져 가는 집, 무너진

돌담, 내려앉은 다리, 부서진 배, 누더기, 겨울철의 해수욕장, 공동묘지, 화장터, 탄광촌, 노인들, 시장바닥의 아낙네들, 잡초 무성한 웅덩이 따위를 곧잘 그리곤 하지만 그것들 속에는 당신의 다산성(多産性)이 감추어져 있단 말이야…… 빌어먹을, 날 좀 풀리면 애들 데리고 당신네 고향 바다에 가요. 텐트 쳐 놓고 며칠이든지 살 준비해 가지고 갑시다. 당신 같은 풍요의 여신을 키워 낸 바다를 한번 그려야겠어. (「포구의 달」, 『포구』, 101쪽)

바다를 닮은 자궁에 그 기원을 두고 있다고 할 수 있는 이 사랑은 앞서 언급한 '자궁'과는 다르다. 인간이 짓고, 인간이 벌하는 '죄', 즉 비극적인 역사적 사건과 같은 '죄'를 잉태하는 어둠으로서의 '자궁'이 아니라, 그 '죄'까지도 품어 안으면서 '생명'을 낳고 '풍요'를 구가할 수 있게 하는 자연을 닮으려는 '자궁'이기 때문이다. 허물어지고, 무너지고, 내려앉고, 그러면서 죽어가는, 가진 것 없고 보잘 것 없는 민초들이지만, 그럼에도 그들의 삶은 후대로 끈질기게 지속된다.

　(i) 바닷물은 부두를 넘을 만큼 가득 밀려들어 있었다. 껌껌한 먼바다에서 밀려온 잔물결이 부두 끝과 부두 뒤쪽의 허리를 가만가만 훑듯이 쓰다듬듯이 찰싹거릴 뿐이었다. 부두 안의 수면은 잔잔하게 일렁거렸다. 거기 뜬 별떨기들이 물 속 궁전에 휘황하게 빛나는 등불들 같았다. 줄타기나 널뛰기를 하는 노랑저고리들처럼 일렁거렸다. 아니, 어쩌면 바야흐로 무더운 이 여름의 어둠발을 타고 내려온 별들과 해수와의 은밀한 혼례가 벌어지고 있는 것인지도 알 수 없었다. 마녀처럼 음탕한 바다였다. 시꺼먼 빛깔의 한없이 큰 입과 끝없이 넓고 깊고 부드러운 자궁을 가진 바다는 탐욕스럽게 별들을 품에 안아 쌀을 일 듯 애무하고 있었다. 거무스레한 해무를, 머리카락처럼 산발한 밤바다의 찰싹거림은 어쩌면 별들을 핥고 빨고 입맛다시는 소리였다. (「낙지 같은 여자」, 2: 95쪽)

　(ii) 머릿속에 두 마리의 검은 구렁이가 그려졌다. 허벅다리처럼 굵고 소나무 껍질같이 거무스레한 비늘이 엉긴 구렁이는 암수 한 쌍이 바다에 산다던 것이었고, 그것들은 늘어져 얽히고설킨 드렁칡처럼 한번 얽히어지면 이틀 밤낮을 꼬박 지낸 다

음이라야 풀린다던 것이었으며, 그렇게 얽히여 있는 동안 그 구렁이 주변에는 짚불 연기 같은 안개가 자욱하게 끼어 있다던 것이었다. 그럴 때 바다는 암내 낸 미친 여자가 바위나 기둥을 끌어안고 몸부림치며 울어대거나 앓아대는 듯한 소리로 아악아악 하고 운다던 것이었고, 그러면 이튿날부터는 어김없이 샛바람이 기어들고 큰비가 내린다던 것이었다. (「아리랑 별곡」, 2: 126쪽)

바다는 모두 남녀의 에로틱한 성애와 관련되어 묘사된다. (i)에는 별과 밤바다의 관계가 그려져 있으며, (ii)에는 바다와 관련된 설화가 그려져 있다. 두 인용문 모두 섹슈얼리티를 흠뻑 발산하는 듯한 바다의 모습을 담고 있다. 자연의 현상은 사랑에 빠진 인간들처럼 정념에 몰두하기도 하고, 그리하여 격렬한 정사를 벌이는 것처럼 몸부림치기도 한다. 그처럼 바다는 인간의 무의식적이고도 원초적인 본성을 자극하고 그것을 드러내 보여준다. 「울려고 내가 왔던가」의 홀레바위에 얽힌 설화나 「달의 회유」에서 장사바위에 얽힌 설화 역시 자연이 간직하고 있는 지극한 자연스러움이 인간의 원초적인 욕망과 얼마나 닮아 있는가를 시사한다.

그렇지만 바다는 비단 인간의 원초적인 욕망으로서의 성과 관련된 것들에만 관련되어 있지 않다. 바다에 끼는 안개와 바다에서 들려오는 해조음, 까치노을 등은 바다와 더불어 살아가는 사람들의 한까지도 품어 안는다.

(i) 걸음을 재촉해서 재를 내려갔다. **안개** 속에 묻힐 일이 겁났다. 난리가 난 뒤부터 안개가 끼면 묘한 울음소리가 들리곤 한다더라고 형이 말했었다. 안개 낀 날 아침나절에 강도령묘 끝에 사람 뼈 건지는 것을 구경 갔다가, 형은 분명히 무슨 소리인가를 들었다는 것이었다. 열두어 살쯤 먹은 남자아이가 '아악' 하고 피맺힌 소리를 지르는 것 같기도 하고, 나발소리 같은 것이 산모퉁이를 돌고 등성이를 넘고 골짜기를 흘러서 아득하게 메아리 쳐오는 것 같기도 하더라는 것이었다. 그리고 형은 그런 소리가 들리는 까닭을 설명해 주었다. 소리라는 것은 원래 물체가 울려 생겨지는 것인데, 그것은 결국 이 대기 가운데로 아득하게 사라져간다는 것이었다. 그런데 안개가 끼면 대기 속으로 사라져 없어진 듯했던 소리들이 다시 살아난다는 것이었

다. 그것은 대기 속에 흩어진 채 그 소리의 요소들을 간직하고 있던 잘디잔 물방울 이라든지 먼지라든지가 한데 어우러지면서 만드는 소리라고 했다. 그것은 반드시, 풀지 못한 원한을 가슴에 차돌멩이같이 품은 채 죽은 사람의 소리에 한한다고 했다. 구상호 씨가 살았을 때 잘 불었다는 나발소리와, 그의 아들 구정식이 짚가마니 속에 처박힌 채 울부짖었던 그 소리가 안개 낀 강도령묘 끝의 연안 근처에서 다시 들리는 것은 당연하다고 했다. (강조-인용자, 「꽃과 어둠」, 2: 373~374쪽)

(ii) **까치노을**이 떴다. 그것은 바다와 하늘의 마지막 울부짖음 같은 빛살이었다. 어둠에 대한 거부의 빛살이었다. 하눌재 꼭대기에 두 여인이 나란히 앉아 그 빛살을 내려다보고 있었다. 한 여자는 중년 여자 종희였고, 다른 한 여자는 마른 북어 껍질 처럼 **빡빡** 늙은 노파였다. 그 노파는 죽은 영수의 어머니였다. 그들의 가슴속에 그 까치노을빛 같은 슬픔과 회한이 담기어 있었다. (강조-인용자, 「까치노을」, 5: 288쪽)

(iii) 그 노파하고 함께 가고 있는 영수의 저 자유를 위하여 내가 할 수 있는 일은 무 엇일까. 그녀의 가슴속으로 앞메 잔등에 걸려 있는 해조음이 기어들고 있었다. **빡빡** 늙은 한 노파의 청승스런 흐느낌 같기도 하고 흥타령 같기도 하고 넋두리 같기도 하고 어떤 병든 짐승의 신음소리 같기도 한 **해조음**이었다. (강조-인용자, 「까치노을」, 5: 342쪽)

바다는 그것을 품고 살아가는 사람들의 삶을 모두 품어 안는다. 그런 바다 의 일상은 늘 잔잔하기만 한 것은 아니다. 안개가 자욱하게 끼어 앞도 분간할 수 없도록 만들지만, 그렇게 시야가 지워진 상태에서 살아나는 것은 소리들이 다. "잘디잔 물방울"이나 "먼지"와 같이 대기 중에 사라져 없어져 버릴 미물들 이 간직하고 있는 소리들을 바다는 살려내는 것이다. 잊어버린 아픔이나 묻어 버린 한과 같은 것들조차 미물에 의해 기억되고 간직되고 있었다면, 안개가 자욱하게 낀 날이면 그곳 사람들은 으레 죽어간 사람들을, 그들의 원한을 곱 씹고 기억할 수밖에 없게 된다.

안개뿐만 아니라 까치노을, 해조음 역시 슬픔과 회한을 담고 있다. 까치노 을은 "어둠에 대한 거부"이자 "마지막 울부짖음 같은 빛살"로, 그리고 해조음 은 "청승스런 흐느낌"이나 "흥타령", "넋두리", "병든 짐승의 신음소리"로, 그 렇게 한 서린 빛깔과 한스런 소리를 보여주고 들려준다. 실상 바다가 그러한 정서를 품고 있었다기보다는, 바다를 보는 사람들의 마음에 그러한 정서가 깃들어 있다는 표현이 더욱 적절할 것이다. 그러한 정서는 바다와 산하의 곳곳에 얽힌 설화에 아로새겨지고 이야기로 거듭 전승되면서 그곳에 사는 사람들의 슬픔과 회한을 어루만져주고 있었던 것이다.

(i) 만수가 자기 때문에 죽은 것이라고 울부짖어대고 싶었다. 그녀는 이를 악물면서 가슴속에서 뭉쳐져 가지고 목구멍으로 기어 올라오는 울음 덩어리를 삼켰다. 배가 고팠다. 아랫배 속이 꿈틀하고 움직였다. 그 속에 새까만 어둠이 가득 들어 있을 것이라고 그녀는 생각했다. 그 어둠으로 날아가 꽂히는 화살 같은 빛살이 눈앞에 보이는 것 같았다. 소름을 치면서 그녀는 얼른 커서 시집을 가야겠다고 생각했다. 아기를 낳고 낳고 또 낳으리라 하고 이를 악물었다. 스물이고 서른이고 마흔이고 낳으리라. 그녀가 낳은 아기들로 이 세상을 가득 채우리라. 그 아기들이 밤하늘의 별들처럼 반짝거리게 하리라. (「극락산 2」, 4: 64~65쪽)

(ii) 산란장에서 부화된 새끼새우들은 그 자리에서 여름과 가을을 보내고, 연안 수온이 섭씨 20도 밑으로 떨어질 무렵에 떼를 지어 남쪽으로 이동한다. 이듬해 1월경에는 제주도 서북쪽 해역에 이른다. 이때쯤에는 그 새우들이 벌써 어미가 되어 있고, 그들 속에는 알이 차 있다. 그들은 2월 중순쯤부터 자기의 산란장을 찾아 북쪽으로 옮기어 가기 시작한다. 물론 저를 낳아준 어미가 간 길을 따라가는 것이다. 우리는 누대에 걸친 그 새우들의 회유도(回遊道)를 지도 위에 쉽게 그려넣을 수 있다. (「달의 회유」, 『포구』, 231~232쪽)

(iii) 성진은 늙은 소나무 속에 영혼을 숨겨 놓은 동생 장사와 자기의 머릿속에 영혼을 그대로 간직한 형 장사가 석 달 열흘 동안 벌였다는 피나는 싸움을 생각했다. 자기의 영혼을 장경철의 뼈다귀 속에 묻어 놓고 싸운 이재필은 살아남고, 그 영혼을 제 속에 지니고 싸운 박창길은 죽어 갔을까. 나는 그런 싸움에 뛰어들면 내 영혼을 어디에다든지 감추어 놓을 수 있을까. 있다. 천불사 공양주보살의 가슴에 묻어 놓을 수 있다. (「달의 회유」, 271쪽)

(i)과 같이 다산성으로 풍요를 갈구하는 바람은 (ii)와 (iii)의 방식을 동반하

지 않으면 안 된다. 왜냐하면 "아기들이 밤하늘의 별들처럼 반짝거"릴 수 있기에는 세상이 너무 타락했기 때문이다. 그래서 (ii)처럼 어미의 바람을 기억하고 그것을 따라 제 삶의 지도인 "회유도"를 만들어가야 한다. 그렇지만 바다가 있는 고향으로 돌아와도 여전히 "별들처럼 반짝"이는 삶을 살기는 어렵다. 험난한 세상이 자신을 이기적인 삶으로 이끌 수도 있고, 형제간의 다툼으로 피의 참극을 불러올 수도 있기 때문이다. 그리하여 "다산성"으로 바다를 닮아가려는 한승원의 행보는 "별"과 같은 영혼의 순결성에 대한 지향으로 이어진다.


## 4. 하늘의 별, 영혼의 구멍을 메우다

한승원이 말하는 "하늘의 별"과 같은 사람이란 어떠한 사람을 말하는 것인가. 그 방식은 두 가지 정도로 추려볼 수 있다. 먼저 욕심을 비우는 것이다. 물질에 대한 욕심, 명예에 대한 욕심 등과 같은 허망한 욕심을 비워야 하는 것이다. 다음으로 자신이 잃어버린 것이 무엇인가를 아는 것이다. 그것은 한승원의 표현을 빌자면 '사랑'이다. 사랑에 대한 갈망의 끈을 놓아서는 안 된다. 욕심을 비우고, 그 자리를 사랑으로 채우는 것, 그럴 때 비로소 영혼의 구멍은 메워질 수 있다.

> 시대가 뚫어댄 구멍에다가, 홀어머니와 살아오면서 스스로 자학을 하듯이 뚫어댄 구멍들과, 서울 와서 남동생 넷 여동생 셋 키워서 대학 보내고 장가들이고 시집보내고 집 사주고 그러느라고 뚫린 구멍들에다가, 가짜 외설소설 써내느라고 억지로 뚫어댄 구멍들이 제각기 소리들을 내곤 했다.
>
> 그 구멍들을 메워보겠다고 그는 고향 마을에다 거처 하나를 마련한 것이었다. 양생(養生)이었다. 어려서 마시던 생수를 마시고, 퍼덕거리는 고기를 회 쳐 먹고, 공해 없는 채소를 먹고 그러면서 파김치같이 짓물러진 육신을 재건해 보려고 했다. (중략) 그는 자기의 병을 잘 알고 있었다. 그의 병은 육신에 뚫려 있는 구멍 때문이 아

니었다. 영혼에 뚫려 있는 구멍 때문이었다. 그것을 메우는 길은 그 스스로 욕심을 버리고 침잠하는 길이었다. 스스로의 고요[靜]를 찾는 길이었다. 그의 속에서는 이런 욕심[靑] 저런 욕심들이 서로 싸우[爭]고들 있었다. 오래 살고 싶은 욕심, 좋은 글을 써서 세상에 남기고 싶은 욕심, 모아놓은 재산을 지키고 싶은 욕심 들이 그를 들볶아댔다. 거기에 억울하고 분한 생각이 그를 못견디게 했다. (「돌아온 사람들 1」, 5: 184쪽)

「돌아온 사람들 1」에서는 돈과 명예를 걸머진 윤희순이라는 인물이 등장한다. 그는 모든 것을 이룬 대신 건강을 잃고 양생을 위해 고향으로 돌아온다. 그곳에는 어릴 적 같은 동네에 살았던 정동초와 이찬동도 돌아와 있었다. 원한관계로 얽힌 세 사람은 고향에 돌아와 뒤늦은 화해를 한다. 그 계기는 이찬동의 아버지 이쩔뚝배기의 묘비 제막식에서 마련된다. 서울에서 엄청난 성공을 하고 돌아와 자신의 아버지의 묘지를 그럴 듯하게 장만하는 것을 보며 씁쓸해하지만, 묘지석에 쓰인 비문을 보면서 이천동의 심회를 짐작하고 이해하는 것이다.

「여기 평생을 궂은일만 하던 이쩔뚝배기라는 가엾은 남자가 누워 있다. 그는 몇년도에 어디에서 태어난 줄을 모른다. 여기저기를 구름같이 떠돌다가 이 덕도로 흘러 들어왔다. 이경호 면장댁의 도움으로 부엌일을 하던 여자에게 장가를 들어 아들 하나를 두었는데 그가 이천동이다. 가난과 박해 속에서 살다간 자들의 표본을 삼고자 조그마한 돌 하나를 그 아들 이천동이 놓았다. 지나가는 사람들아, 아직도 그가 생전에 받은 천대와 박해가 부족하다 싶으면 이 무덤과 비석에 침을 뱉고 오줌을 갈길지어다. 아들 이천동이 그의 한을 조금이라도 풀어드리기 위해 여기 무덤을 마련하고 이 돌에 글을 새겨 단기 432×년 상달에 세우다.」 (5: 203쪽)

한의 대물림, 그것은 이천동도 예외일 수 없다. 그는 비천한 아버지 밑에서 태어나 어렵게 자랐지만 서울에서 성공한 사업가가 된다. 그 뒤에는 자식을 통해 원통한 속을 풀어내고자 했던 부모의 바람이 있었을 것이다. 결국 이천동은 성공을 했고, 당당히 귀향한다. 그렇지만 그는 아버지의 한 맺힌 삶을 허

황된 비문으로 덧칠하지 않는다. 으레 훌륭하고 대단한 것으로 윤색된 비문이 그곳에 쓰여 있으리라 생각했을 모든 사람들의 예상을 뒤엎고, 그는 아버지의 삶을 그대로 자신의 삶으로 이어받으면서 아버지가 생전에 맺었을 원한관계를 풀어내고자 한다.

지금까지 욕심을 비웠다면, 이제 사랑을 채울 차례이다. 그런데 대체 무엇을 향한 사랑이어야 하는가. 작가는 그저 바다를 닮으면 된다고 말한다. '바다'라는 말 안에는 바다가 품는 모든 자연이 포함되는 것은 물론이다. 「유자나무」는 그러한 삶에 대해 이야기한다.

봄날 우리집에서 바라보면 그 모래등을 따라 높아진 갯벌밭 한쪽에 울긋불긋한 거대한 담요 같은 것이 깔려 있습니다. 그것은 소금기를 좋아하는 나문재라는 풀입니다. 그것이 어렸을 적에는 뜯어다가 나물을 해먹기도 합니다.

나문재밭 속에서는 꽃게나 송장게나 고둥들이 살고 있고, 오리와 물떼새 들이 물벼룩이나 짱뚱어 새끼 들을 잡아먹습니다. 황새나 두루미도 날아와 나문재밭에서 사냥을 합니다.

할아버지는 그 나문재밭으로 들어섰습니다. 나문재는 회갈색으로 변해 있었습니다. 바다에는 키조개 캐는 배들 대여섯 척이 떠 있었습니다. 낙지잡이 배들이 흰 거품을 일으키면서 달려갔습니다. (6: 384쪽)

바다는 인간만을 위해 존재하는 자연물이 아니다. 바다는 나문재와 꽃개, 송장게, 고둥, 오리, 물떼새, 물벼룩, 짱뚱어, 황새, 두루미, 그리고 인간을 위해 자신을 내어준다. 그곳에서 그 모든 것들은 공존하고 공생한다. 하나가 다른 하나를 이용하고 착취하는 것이 아니라 서로가 서로를 위해 자신을 내어주는 공생의 공간인 것이다.

바다의 사랑은 그와 같다. 그래서 「유자나무」에서 그 바다와 함께 살아왔던 할아버지는 자신이 가진 것을 모두 이웃에게 나누어주고 깨끗하게 살다가 신선이 되어 돌아갔다고 하고, 그 할아버지를 닮은 아버지는 서울로 올라가 거지들과 함께 모든 것을 나누는 생활을 하며, 그 아들인 화자는 그들을 닮고자 한다.

바다는 꿈을 꾸고 있습니다.

　저도 신을 벗어놓고 물을 밟으며 들어가 보았습니다. 검은댕기두루미가 나문재밭 끝머리에서 한쪽 다리로만 서 있습니다. 그 두루미도 꿈을 꾸고 있습니다. 거지들은 추위에 벌벌 떨면서도 별이 되는 꿈을 꾼다고 했습니다. 욕심 없이 살다가 죽은 사람은 별이 된답니다. 저도 별이 되고 싶습니다. 사랑합니다, 아버지. (6: 385쪽)

　'별이 되는 꿈', 그것은 바다를 닮았다. 모든 것을 나누고, 사랑하며, 욕심 없이 사는 삶이야말로 바다가 품은 별의 모습이 아닐까. 그것은 아마도 '하해 (河海)와 같은 사랑'일 것이다.


## 5. 진흙탕 속의 연뿌리에서 만개한 연꽃

　하늘을 닮은 바다일까, 아니면 바다가 품은 하늘일까. 하늘과 바다는 각각의 본성이 있기 마련이다. 한승원 소설에서 바다는 생명력과 관능미를 겸비한 다산성과 풍요를 상징하고, 하늘은 깨끗하고 맑은 영혼을 상징한다고 할 수 있다. 말하자면 바다는 육체를, 하늘은 정신을 표상한다. 그 두 요소가 조화롭게 공존할 때 비로소 육체와 정신 혹은 영혼이 하나의 형상 안에 깃들게 된다. 그것이 한승원이 말하고자 하는 참된 삶이자, 인간이 아닐까. 작가는 그것을 일컬어 "우주의 원리"라고 말한다. 이미 「유자나무」에서 그는 "우주의 원리"와 관련된 사유를 펼쳐내고 있다.

　유자나무는 뿌리를 땅에 박고 살면서 날마다 밤마다 하늘로 달려가고 있습니다. 그것은 그 나무만 알고 있는 우주의 원리 같은 사유의 가락입니다. 제가 율산 바닷가에서 미역 냄새 나는 바람을 마시고 살면서도 늘 아버지에게로 달려가고 있듯이. (6: 369~370쪽)

"유자나무"를 통해 "우주의 원리"를 말하던 작가는 2009년에 간행한 창작집 『희망사진관』에서 「시인과 농부」, 「산목련꽃」, 「나무의 길」, 「내 서러운 눈물로」 등을 통해 그 사유를 더욱 깊게 펼치고 있다. 「시인과 농부」에서는 화자인 시인이 우사 주인에게 돈을 주어 우사를 헐게 한다는 이야기를 담고 있다. 우사 주인은 자신이 우사에 소를 키웠다면 냄새도 나고 벌레도 끓었을 터인데, 그동안 시인을 생각해서 우사를 빌려주지 않았다고 말하면서 이제 우사를 허물려고 하니 비용을 내어달라고 요구한다. 한미 FTA로 인해 질 좋고 값싼 미국산 쇠고기가 들어오게 되는 까닭에 소를 키우던 사람들도 폐업하려는 상황이었다. 그렇지만 시인은 흔쾌히 비용을 내어 놓는다. 작가는 여기에서 우사 주인의 삶과 시인의 삶을 대비시켜, 공격적인 남근의 삶과 모든 것을 포용하는 우주적인 자궁의 삶을 이야기한다. 시인이라는 이름을 명분처럼 내세우며 자신의 요구를 관철시키고자 하는 우사 주인의 태도는, 자신의 본모습을 감추고 가면을 통해 새로운 이미지를 획득하고 그럼으로써 이익을 얻고자 하는 더러운 정치인의 태도와 닮아 있다. 그것을 일러 한승원은 "공격적인 남근의 삶"이라고 한다. 반면에 "우주적인 자궁의 삶"은 시인의 삶이 보여주는 태도, 즉 우사 주인의 요구가 어리숙한 자신을 '봉'으로 여기는 술수인 것을 알면서도 그것을 포용하는 텅 빈 마음의 자세를 의미한다.

「산목련꽃」에서 화자는 꽃과 대화하는 영기할머니를 통해 꽃이란 극락에 간 깨끗한 혼령들이 와서 된 것이라는 이야기를 듣는다. 이를 통해 화자는 우주적 소통을 꿈꾼다. 「나무의 길」에서는 인간의 길과 나무의 길을 대비하고 있다.

> 자네는 잔인한 인간주의에 길들여져 있고, 나는 너그럽고 자비로운 우주주의에 길들여져 있네. 이 세상의 삶이 인간이 우선적으로 존중되어야 하고 인간 본위로 운영되어야 한다는 그대의 휴머니즘이란 것이, 우주 삼라만상에 얼마나 큰 죄를 짓고 있는 줄 아는가? 인간의 길이 공격적인 남근의 길이라면 식물성인 나의 길은 수용하고 키워내는 여근(자궁)의 길이네. (「나무의 길」, 355쪽)

인간주의, 그것은 역사의 소용돌이를 만든 주범이자, 자연을 황폐화시키고, 인간의 영혼까지도 황폐하게 만든 괴수이다. 당연히 새로운 길이 요구되지 않을 수 없다. 작가는 그것을 나무의 길에서 찾고 있다.

'내가 살아가는 모습은 우주의 율동(길)을 가장 잘 나타내줄 터이네. 한겨울에 나의 앙상해진 가지나 한여름철의 잎사귀들은 땅을 지키는 지신(地神)의 머리칼이네. 나는 안테나 같은 머리칼을 이용하여 땅과 하늘하고 교통하고 교감하네······ 사실은 동쪽 하늘에서 피어나는 아침노을과 저녁에 서쪽 하늘에서 핏빛으로 타오르는 황혼을 내가 만드네. 가을철, 나의 붉게 물든 잎사귀들과 나의 모든 열매들이 땅을 덮었을 때, 내가 앙상한 나뭇가지로 찬바람 쌩쌩 내달리는 겨울 하늘을 떠받쳤을 때, 사람들은 나를 거울 삼아 탐욕과 오만과 질투심을 버리고 고요히 침잠함으로써 하늘의 몸, 하늘의 마음, 무심(无心)으로 거듭나는 법을 배워야 하네.'

"어르신은 끝까지 성자인 척하시네요."
'빈정거리지 말고 나의 뜻을 잘 헤아리시게나. 내가 지니고 있는 미덕, 나의 웅숭 깊은 그늘과 내 열매를 주위의 배고픈 것들에게 주는 넉넉한 마음, 인간주의 아닌 우주주의를 그대 것으로 만들면 영원히 짱짱하게 살 수 있을 것이지만은, 내 말을 무시하고 탐욕에 젖어 잔인한 인간주의로만 살면, 신세가 병든 낙엽처럼 떨어져 사라질 것이네.'
"수평으로 이동하는 습성을 가진 저에게, 영원을 향해 수직으로 상승하는 식물성의 길을 터득하라는 것입니까?"
'서 있는 내 속으로 그대가 들어오고, 내가 움직여 다니는 그대 속으로 들어가서 하나가 되는 비밀 작법, 그것을 그대의 길로 삼아야 한다는 것이네.' (357~358쪽)

「나무의 길」은 화자와 나무의 대화를 통해 진정한 길은 "나무의 길과 인간의 길이 하나가 되는 비밀 작법" 속에 있음을 이야기한다. 그것은 하늘의 마음으로 거듭나는 길이고, 탐욕과 인간중심주의를 버리고 자신이 가진 것을 나누는 우주주의의 미덕을 자신의 삶의 방식으로 삼는 길이다.
한승원은 바다와 하늘, 그리고 나무를 통해 우주주의를 꿈꾼다. 그것은 일종의 보살행이다. 「내 서러운 눈물로」의 다음 구절을 보자.

내 손은 왜 부처님 손이고 다리는 왜 나귀 다리인가. 내 얼굴은 왜 바야흐로 만개한 연꽃이고 아랫도리는 진흙탕 속의 연뿌리인가. (「내 서러운 눈물로」, 124쪽)

한승원의 소설에서 바다는 다산성과 풍요를 상징한다. 그리고 하늘의 별은 깨끗한 영혼을 상징한다. 그리하여 바다는 '나귀 다리', '진흙탕 속의 연뿌리'와 같은 인간의 험난한 세상살이에, 하늘은 '부처님 손'과 '만개한 연꽃'과 같은 보살행에 비유될 수 있을 것이다. 바다가 품은 하늘, 하늘을 닮은 바다는 그래서 우주의 원리를 여실히 드러낸다. 그러한 사유는 나무나 꽃과 같은 자연만물에서도 발견된다.

"호로새끼들이 지천으로 널려 있는 오늘날 대한민국 사회"에서는 "엄동설한의 꼬추 알바람"(「다시 아버지를 위하여」)을 견디어야 한다고 작가는 말한다. 작가가 "엄동설한의 꼬추 알바람"을 견디고 있을 "예펜네의 치마폭 온실"이란 '남도', 그리고 그 남도의 '바다'가 아닐까. 남도의 걸쭉한 사투리, 심금을 울리는 해조음과 까치노을, 한 다리로 서 있을 검은댕기두루미, 나문재밭, 짭조름한 바다 갯내음과 미역냄새 안고 오는 바람, 그 모든 것이 그의 소설을 읽는 내내, 그, 립, 다.

# 이중적 기억과 폭력의 긴장이 낳은 전설의 현재화: 이동하

## 1. 폭력을 다루는 작품세계의 세 단계 변용

1966년 《서울신문》 신춘문예에 「전쟁과 다람쥐」로 등단해서 지금까지 작가 이동하는 『모래』(1978), 『바람의 집』(1979), 『저문 골짜기』(1986), 『폭력 연구』(1987), 『삼학도』(1989), 『문 앞에서』(1997), 『우렁각시는 알까?』(2007) 등의 7권의 창작집과 『우울한 귀향』(1967), 『도시의 늪』(1978), 『장난감 도시』(1982), 『숲에는 새가 없다』(1979), 『냉혹한 혀』(1994) 등 5권의 장편소설을 출간하였다.

해방 전에 출생하여 1960년대에 등단한 동년배의 작가들 대부분이 그러하듯 이동하의 소설에도 한국전쟁과 군사독재정권 시기를 지나오면서 겪어야 했던 세월의 상처가 고스란히 담겨 있다. 그렇지만 중요한 것은 이동하만의 소설이 지니고 있는 고유한 풍취가 무엇이냐는 점이다. 2007년까지 창작집을 발간하면서 지속해왔던 작가의 문제의식은 무엇인가, 그리고 그것은 현재 어느 지점에 도달해 있는가를 살펴볼 때 비로소 이동하 작품의 독특한 빛깔이 빛을 발할 수 있게 될 것이다.

이와 관련하여 다음 두 가지에 주목할 필요가 있다. 먼저 유년기의 기억이다. 작가 이동하에게 있어서 유년기의 기억은 상반되는 이중성을 띠고 있다. 작가의 전체적인 글쓰기 과정에서 이중적인 기억은 분리되기도 하고 충돌하기도 하다가 질적 통합과 비약을 이룬다. 작가의 글쓰기 과정은 기억의 이러한 변주와 밀접하게 맞물려 있다.

다음, 폭력에 대한 접근방법의 변화이다. 작가는 한국전쟁으로 대표되는 폭력에서 출발하여 사회적 폭력을 거쳐 일상에서 자행되는 미시적인 폭력으로 천착해 들어간다. 더불어 단순히 폭력의 현상적인 측면보다는 그 본질적인 측면, 즉 거시적인 폭력이 미시적인 폭력으로 내재화되면서 어떠한 인간관계가 도출되는가, 또 그로 인해 우리 삶의 양태는 어떻게 변질되는가 등에 시선을 집중시킨다.

이 두 핵심축이 씨줄과 날줄로 교직되면서 이동하만의 독특한 색채가 결정된다. 이 두 축이 그려낸 소설적 무늬에 따라 이동하의 작품세계는 다음 세 단계로 구분된다. 첫째, 초기 소설의 경우로, 작가는 유년기의 기억 속에 내재한 전쟁과 관련한 폭력을 떠올리면서 그러한 폭력이 되풀이되는 현실을 비판한다. 둘째, 중기 소설로, 작가는 사회현실에 만연한 폭력의 본질을 밝히는 데 주력한다. 전쟁이라는 거시적인 폭력뿐만 아니라 일상생활에 만연한 여러 가지 미시 폭력에 주목하면서, 그것의 작동 메커니즘을 밝히고, 그로 인한 인간성 황폐화를 비판한다. 셋째, 최근 소설로, 작가는 폭력을 극복하고 진정 인간다운 삶이 가능한 공간을 탐색한다. 이는 '전설의 현재화'라 명명할 수 있는데, 이를 통해 작가는 유년기의 기억 속에 내재한 전쟁의 아픈 기억을 치유하고, 그 기억의 저편에 원형처럼 살아 숨 쉬는 또 다른 기억, 곧 유년기의 순수 영혼의 기억을 떠올린다. 그리고 그 기억 속에 내재한 고향의 세계를 현재화함으로써 폭력적인 현실을 극복하려 한다.


## 2. 유년기의 전쟁에 대한 '기억의 현재화'

유년기의 기억 속에 내재한 전쟁과 관련한 폭력을 떠올리고, 그러한 폭력의 양태가 되풀이되는 황폐한 현실을 비판하는 작품으로 『우울한 귀향』과 『장난감 도시』를 꼽을 수 있다. 『장난감 도시』는 전후 시대상을 보여줄 수 있는 여러 아이콘들과 세부적으로 결합시켜 전후의 상황을 근접거리에서 파노라마적으로 접사한 작품인 반면, 『우울한 귀향』은 그 시대를 원경으로 조망하면서 1960년대 당대의 시대를 함께 부조함으로써 전쟁의 상처를 의미화하고 있다.

『우울한 귀향』(삼성출판사, 1972)은 20대 후반의 화자에 의해 이야기가 진행되는데, 다음 두 축이 중심을 이루고 있다. 먼저 20대의 '나'와 관련된 서사단위이다. '나'는 등단한 소설가로, 은아, 학운 등과 어울려 다니다가 은아에게 애정을 느낀다. 그러나 은아의 마음이 학운에게 기울어 있는 것을 알고 고향으로 내려가 그곳에서 자신의 어릴 적 고향에서의 경험을 떠올리며 그 내용을 소설로 쓰고자 한다. 소설이 완성되어 갈 무렵 서울로부터 졸업식에 참석하라는 엽서를 받고 서울로 올라온다. '나'는 서울에서 은아로부터 학운이 자살했다는 소식을 듣고 허망한 눈물을 흘린다. 여기서 학운이 왜 자살을 했는가를 묻지 않을 수 없다.

나는 말이오, 이 땅에도 킬리만자로가 있다면, 그 정상에 올라가고 싶소. 만년설로 뒤덮인 그 꼭대기에서 한 마리 표범처럼 포효해 보고 싶기 때문이오. 그래서 설악산으로 떠나는 것이오. (328쪽)

학운이 남긴 유서이다. 학운은 그가 살아가는 사회에 만족하지 못하고 '킬리만자로의 표범'으로 표상되는 것을 찾아 자살한다. 그렇다면 그는 왜 자신이 살아가는 사회에 만족하지 못하는 것일까. 작품에서 그 이유가 분명하게 제시되지 않고 있지만, 그것은 4·19혁명이 가져다 준 '격렬한 떨림'이 있었음에도 불구하고 사회에서 변한 것은 아무것도 없다는 절망감, 그리고 사회의 거대한 힘 앞에 굴복당할 수밖에 없다는 무력감 때문임을 짐작할 수 있다.

다음 유년기의 '나'와 관련된 서사이다. 이 서사는 작품 속에서 '나'가 창작한 소설로 제시되고 있다. '나'의 소설은 '나'의 분신이라 할 수 있는 '윤'이라는 소년을 주인공으로 내세우고 있다. 어릴 적 윤은 순임과 철이와 동무로 지낸다. 그러다가 순임의 아버지와 철이의 아버지가 서로 싸운 일로 하여 결국 철이의 형이 빨갱이의 힘을 얻어 순임의 아버지를 죽이는 상황에까지 이르게 된다. 철이는 그 이후 토굴에 숨은 형을 돌보며 살다가 형을 신고하고 고향을 떠난다. 한편 순임은 아버지가 죽은 이후 집안이 기울자 결국 중의 아내가 되어 절로 들어간다.

이 두 가지 서사단위에서 유년기의 윤과 순임과 철이는 20대의 '나'와 은아, 학운의 모습과 겹친다. 이 겹침을 통해 작가는 유년기의 기억 속에 있는 전쟁과 관련된 기억, 곧 이념대립으로 인해 가족도 잃고 뿔뿔이 흩어져 살아야 했던 그 기억을 20대의 나와 은아, 학운에게 투사하고 있는 것이다. 이는 20대의 '나'가 살아가는 사회적 현실이 유년기의 기억 속에 있는 전쟁으로부터 전혀 자유롭지 않다는 것을 보여준다. 한국전쟁이 끝나고 4·19혁명을 거쳤지만 당대 한국사회는 변한 것이 아무것도 없는 암울한 시대라는 인식, 전쟁은 끝났지만 그 전쟁에서 벌어졌던 일들이 여전히 다른 양태로 되풀이 되고 있다는 인식, 그 인식에 의해 두 가지 서사단위가 창출되고 또한 그 단위들이 중첩되고 있는 것이다. 학운처럼 '킬리만자로의 표범'을 지향하지만 그 흔적을 황폐한 서울에서도, 전쟁의 기억이 자리 잡은 고향에서도, 그 어디에서도 찾을 수 없는 상황인 것이다. 그러기에 제목 '우울한 귀향'은 서울에서 살지 못하고, 그렇다고 전쟁의 기억이 강렬하게 살아 있는 유년기의 고향으로도 귀향하지 못하는 상황에 대한 역설적 표현에 해당한다.

> 나는 귀향했지만 고향은 이미 사라지고 없는 것이다. 그것은 다만 내 가슴 속에 창백하게 남아 있을 뿐인 것이다. (302쪽)

『장난감 도시』(문학과지성사, 1982)에서 작가는 유년기의 전쟁의 기억을 안고 시선을 전쟁이 끝나고 피난민이 몰려 든 도시에 집중시킨다. 줄거리를 보자. 삼촌의 일로 아버지가 순경에 의해 곤욕을 치른 이후 '나'의 가족은 고향을 떠나 도시의 판자촌으로 온다. 그곳에서 생계를 이어나가기 위해 밖으로 나갔던 아버지가 장물운반책으로 몰려 수감된 이후, 어머니마저 병약한 몸으로 임신했다가 죽게 되는 상황을 맞이한다. 누나는 두부공장의 민며느리로 들어가고, '나'는 거리의 부랑아들과 어울리게 된다. 아버지가 돌아오지만 '나'는 예전과 같은 가족으로 돌아갈 수 없음을 깨닫는다.

이를 통해 작가는 전쟁이 끝났지만 그 전쟁이 가져다 준 고통과 상처로 인해 황폐화된 도시, 그 속에서 비참하게 살아가는 도시 빈민의 삶을 부각시키고 있다. 이러한 비판적 시선은 유년기의 전쟁의 기억이라는 트라우마를 치유할 수 있는 단서를 고향이든 도시든, 그 어디에서도 찾을 수 없다는 인식으로 연결된다. 그리하여 작가는 초기 소설에서 유년기의 전쟁에 대한 '기억의 현재화'를 통해 현실의 모순을 탐색하는 데 집중한다.

## 3. 어린 화자를 통한 이념대립에 대한 비판과 그 극복

유년기의 기억의 현재화를 통한 현실의 모순탐색은 전쟁과 관련된 폭력에서부터 출발하여 일상생활에 만연한 유형무형의 폭력에 대한 탐구로 나아간다. 이 과정은 『우울한 귀향』에서부터 『폭력 연구』에까지 이어진다.

먼저 전쟁과 관련된 폭력을 '인위적 폭력'이라 명명하고 그 폭력에 대해 비판하는 측면이다. 이와 관련하여 다음 두 가지 측면을 강조할 필요가 있다. 첫째 유년기의 기억의 현재화와 관련하여, 전쟁이라는 기억과 더불어 그 전쟁의 상흔을 극복할 수 있는 단초로서의 기억이 작가의 무의식 속에 자리 잡고 있다는 점이다.

(i) 「그러마, 빨갱이라카는 건 뭐꼬?」

누가 또 이렇게 물었지만 대꾸하는 아이는 아무도 없었다. 아이들은 그만 잠잠해졌다. 다시 배꼽마당을 바라보았다. 그것을 호기심에 타는 눈초리로 응시하면서 저기엔 뭐가 있을까 하고 저마다 엉뚱한 상상들을 골똘히 하고 있었다. 배꼽마당의 그 무거운 분위기가 다시 아이들을 내리눌렀다. 갖가지 상상들이 아이들의 조그만 머리 속에서 날개를 퍼덕였다. 저 산골 용바위 밑에는 옛날에 무섭게 생긴 용이 한 마리 살고 있었다더라. 그래서 한 아이는 그 무섭게 생겼다는 용을 상상하고 있었다. 천 년 묵은 절이 하나 헐리었을 때 그 썩어문들어진 대들보 속에 구렁이만한 지네가 한 마리 웅크리고 있었다더라. 그래서 그 아이는 지네를 머리 속에 그려보고 있었다. 어느해 여름, 가뭄이 졌을 때 저 마을 뒤 연못이 비쩍 말라 버렸는데 거기 이무기가 한 마리 엉기적거리고 있었다더라. 그래서 또 그 아이는 보지도 못한 이무기를 열심히 상상하고 있었다.

윤의 경우에는 그것은 꽝철의 모습이었다. 삼촌이 들려준 그 무서운 꽝철이라는 새를 그는 곰곰이 상상해 보는 것이었다. 그러나 좀처럼 그 모양이 그려지지가 않았다. 참새와 꿩의 뒤섞인 형상을 그려보다가 그건 너무 작다는 생각을 하고는 지워 버렸다. 삼촌의 말로는, 그 꽝철이란 새는 어찌나 큰지 한쪽 날개만 펼쳐도 하늘이 온통 가리워진다고 하지 않는가. (『우울한 귀향』, 120~121쪽)

(ii) 아버지에게 두려운 존재라면 우리 가족이나 어린 나에게는 말할 것도 없이 공포의 대상이 되리라. 그러나 호기심이 두려움을 압도하였다. 나는 가능한 상상들을 펼쳐 보았다. 그 미지의 인물들은 아마 도깨비처럼 뿔이 돋아 있을지도 모른다. 혹은, 목덜미나 양쪽 겨드랑이 같은 데에 접시만한 황금 비늘이 다닥다닥 붙어 있는, 짚동만한 거한들일지도 모른다. 아니 어쩌면 계집애처럼 아들야들한 몸매 안에다 역발산기개세의 괴력을 감쪽같이 감추고 있는 홍안의 초립동일는지도 모를 일이다 하고 나는 거듭거듭 상상하였다. (「곶감-폭력 연구」, 『폭력 연구』, 한겨레, 1987, 29쪽)

어린아이에게 무서운 것, 공포의 대상은 무엇일까. 그것은 전설 속에 등장하는 온갖 것들이다. 그것은 용이거나, 구렁이만한 지네거나, 이무기거나, 꽝철이거나, 혹은 뿔이 있는 도깨비, 아니면 비늘이 붙은 거한, 괴력을 감춘 홍안의 초립동, 그것도 아니라면 곶감이라고 상상되는 것이다. 그래서 어른들이 '빨갱이' 하면서 두려워하는 것을 보고 아이는 '빨갱이'가 현실에는 없는 어떠한 것, 상상 속에서나 출몰하는 어떠한 것이라고 생각한다. 그렇지만 어른들의 세계에서 무섭다고 일컬어지는 것은 결코 그러한 것들이 아니다. 오히려 아주 낯익은 사람일 경우가 많았던 것이다.

아버지의 적은 이제 사라진 것이다, 제거된 것이다, 하고 나는 생각하였다. 그러나, 나는 곧 곤혹감에 빠져들었다. 그럼 이건 또 무슨 얘기가 되는가? 아버지가 그처럼 두려워했고, 또 내가 그처럼 안달하며 기다리던 상대란 고작 조씨 같은—흔하게 낯익은 마을 사람들 중의 하나, 피차 속을 뻔히 아는 이웃들 중의 하나에 지나지 않았다는 말이 된다. 정말 그럴 수 있단 말인가.

나는 웬지 맥이 풀렸다. 이건 아무래도 엉뚱하다, 웃기는 노릇이다, 하고 툴툴거려 보았지만 김새기는 마찬가지였다. 누구 앞에서나 당당했던 아버지가 어째서 그런 사람들은 끔찍이도 두려워했단 말인가. 어쩌면 당신은 곶감을 무서워한 호랑이보다 더 어리석었는지도 모른다고, 필경 나는 그렇게 생각했다. (「곶감-폭력 연구」, 34~35쪽)

「곶감-폭력 연구」에서 '나'는 아버지가 밤마다 집을 떠나 밖에서 잠을 자고 들어올 정도로 무서워했던 사람이 동리 아이들에게는 빠른 달리기로 운동회의 영웅이 되었던 조필구임을 알게 된다. 그러면서 동리 사람들이 모두 어려워했던 아버지가 그런 사람을 무서워할 리가 없다고 생각하는 것이다. 그러다 조필구가 순경의 총에 맞아 죽고, 그 날부터 아버지가 집에 들어와 잠을 자는 것을 보면서 이상하다고 생각한다.

아이들의 시선에서 보자면, 어른들의 무서움은 웃기고, 엉뚱한 것으로 치부될 뿐이다. 어린 화자가 등장하는 이동하의 여러 작품에서 '빨갱이'는 그처럼 평범하고, 익숙한 이웃으로 등장한다. 『우울한 귀향』에서도 '빨갱이'는 친구였던 철이의 형으로 등장한다. 이러한 어린아이라는 화자를 내세운 까닭은 이념적 대립이 팽배해 있던 시기, 서로를 죽이고 복수하는 일들이 반복되는 상황을 어이없고, 우스꽝스럽게 만들기 위해서이다. 곧 어린아이의 순수한 시선으로 볼 때 어른들의 이념대립이 불러온 전쟁의 참극은 이해할 수 없는 것이 된다. 어린아이에게 있어서 남과 북, 자본주의와 공산주의, 국군과 빨갱이라는 이분법적 대립은 무화된다. 그 세계에서는 모두가 친연한 존재이다. 그들이 무서워하는 것은 전설이나 고전에서 등장하는 곶감이나 뿔 달린 도깨비, 혹은 꽝철이라는 새일 뿐이다. 그것은 무서운 것이면서 무섭지 않은 것이며, 친화적인 것이자 경외의 대상인 것이다. 따라서 그것은 어린아이에게 '적'이 될 수 없다. 다만 순수한 동심의 세계를 구성하는 신화적이면서 자연적인 한 요소일 뿐이다. 그러기에 어린아이에게 이념대립에 의한 폭력은 이해할 수 없는 우스꽝스러운 것이 아니겠는가.

이 자리에서 작가의 유년기의 기억에 전쟁이라는 공포스러운 기억만 내재한 것이 아니라, 그것을 극복할 수 있는 자연친화적이면서 신화·전설적인 기억 또한 내재하고 있음을 알 수 있다. 이 전설과 관련된 기억이 작가 무의식의 저층에 지속적으로 꿈틀거리면서 폭력이 난무하는 현실과 조응함으로써, 작가로 하여금 현실에 대한 예리한 비판적 시선과 더불어 그것을 극복할 수 있는 따뜻하고 연민 어린 시선을 견지하게 한다. 『우렁각시는 알까?』라는 작품집에 이르러 자연친화적이자 신화적인 기억이 전면으로 부상하면서 현실의 모순을 극복할 수 있는 방법인 '전설의 현재화'로 나아가는데, 이러한 질적 비약은 유년기의 이 이중적 기억과 작가의 현실에 대한 날카로운 비판이 상호 작용하면서 도달하게 된 필연적 결과물이라 할 수 있다. 따라서 유년기의 이 이중적인 기억이야말로 작가 이동하의 글쓰기의 원형이라 할 수 있을 것이다. 이 자리야말로 전쟁의 폭력을 다루는 다른 동시대 작가들과 이동하가 갈라지는 지점이다.

둘째, 작가는 이처럼 어린아이의 시선을 통해 이념대립으로 인한 어른들의 폭력적 대립을 비판하면서, 나아가 그러한 폭력에 순수한 어린아이의 영혼이 길들여지는 것에 주목한다. 어린아이는 전쟁과 전후의 황폐한 상황에 점차 길들여지면서 무의식적으로 폭력을 자신의 것으로 내재화하기에 이른다.

(i) 그것이 단순한 물리적 승리에 지나지 않는 것이었다면 사냥의 유희가 우리를 그토록 사로잡지는 못했으리라 생각되기 때문이다. 덫에 걸려든 먹이를 미친 듯 쪼아대던 우리들의 광기와, 그리고 돌아와 비로소 이룰 수 있던 그 깊은 단잠을 나는 지금도 잘 기억하고 있다. (『장난감 도시』, 171쪽)

(ii) 그해 여름이던가, 아니면 그 다음해쯤이 되리라. 어디서 먼저 시작되었는지는 모를 일이나, 그 무렵 한동안 마을 아이들을 온통 사로잡은 놀이가 있었다. 그 놀이란, 어두운 밤거리를 떼지어 어슬렁거리고 다니다가 아무나 한 녀석을 골라잡아 일제히 몰매를 주는 일이었다. 우리가 흔히 〈사냥〉이라고 불렀던 그 놀이에 유독 우리 마을 아이들만 탐닉했던 것은 아니었다. 밤거리에서 자칫 방심했다가는 우리 자신들도 다른 패거리들에게 사냥당하는 경우가 드물지 않았기 때문이다. 말하자면 그 놀이는 하나의 유행병처럼 우리 도시의 아이들 사이에 온통 뜨겁게 만연돼 있었던 것이다. 그 이유로서는 아무래도 전후의 거칠고 삭막한 환경을 먼저 꼽아야 하리

라. 사실 어른들의 세계도 다를 것이 없었다. 어쩌면 그쪽이 보다 더 정도가 심하지 않았던가 싶다. 법은 멀고 주먹은 가깝다는, 이 만고불변의 경험적 진실을 우리에게 남겨준 시대였던 것이다. 이런 사정을 감안한다면 우리의 놀이는 차라리 순수한 동심의 산물이었는지도 모를 일이다. (「폭력 연구」, 『폭력 연구』, 23쪽)

'사냥'이라는 말로 묘사된 유희는 아이들 스스로 개발한 놀이라기보다는 어른들에 의해 행해진 상황을 그대로 모방한 것에 가깝다. 그렇다면 이 유희는 전쟁을 겪은 당대 사회구조에 의해 학습되고 모방된 것이며, 나아가 당대의 사회구조가 그러한 유희를 조장하고 있는 것이라 볼 수 있다. "사냥이 성공적으로 수행되었을 때의 쾌감이란 참으로 엄청난 것이었다."라든지, "피투성이의 포획물을 어둠 속 길바닥에 팽개쳐 둔 채 손 털고 돌아설 때의 그 힘의 확신, 든든한 대지를 딛고 서 있는 건각의 기쁨, 튀어오르듯 하는 가뿐한 발걸음, 매번 가슴을 가득히 채우고 남던 그 빛나는 희열"과 같은 어린아이들의 감정은 전쟁이라는 폭력에 길들여진 결과물에 해당한다.


## 4. 사회제도적 폭력과 그 폭력이 일상화된 도시에 대한 비판

다음, 작가는 폭력의 학습화의 결과 일상생활에 만연하게 된 일상적 폭력에 초점을 맞춘다. 「폭력 요법—폭력 연구」는 동네에서 갖은 폭력을 휘두르던 장씨가 국가기관에서 나온 낯선 사람들에게 끌려갔다가 일 년 후 돌아온 다음부터 사람들을 무서워하기 시작했다는 이야기를 담고 있다. 이전에는 폭력을 휘두르던 입장에 있던 장씨가 끌려갔다 돌아온 이후 타인의 폭력을 무서워하는 상황을 통해, 국가적 차원에서 휘두르는 폭력, 그리고 폭력을 휘두르는 자와 그것으로부터 희생당하는 자의 입장을 조명하고 있다. 이 작품에서 작가는 폭력의 정체에 대해 다음과 같이 말하고 있다.

폭력의 진면목은 어쩌면 이런 데 있는지도 모른다. 정당한 이유가 있어 행해지는 폭력은 이미 폭력이 아닌 것이다. 이른바 명분있는 폭력 말이다. 명분이 깃발처럼 으레 앞세워지고 또 당당하게 외쳐지는 폭력들 말이다. 지금까지 얼마나 다양한, 오만 가지 알록달록한 명분 아래, 또 얼마나 허다한 크고 작은 폭력들이 염치없고 거침없이 자행되어 왔는가를 우리는 이미 잘 알고 있는 터이다. 그래서 때로는, 마치 폭력이 아니기나 한 것처럼 착각되기도 했던 것이다. 생각해 보라. 폭력의 규모가 크면 클수록 위장은 더 쉬웠다. 말하자면 전쟁이나 혁명이 바로 그랬던 것이다.

이에 반하여 개인적인 폭력은 어떤 경우든 정당성을 인정받지 못한다는 점에서 나는 항용 아이러니를 느끼곤 한다(그렇다고 물론 이쪽에 더 선이 있다는 얘기는 아니다. 단지 비교 또는 형평감각에 비추어 볼 때 기왕이면 이쪽도 좀 터줘야 옳지 않겠는가 하는 것뿐이다). 인정받지 못하는 정도만이 아니다. 사회적으로나 제도적으로 그것을 보다 완벽하게 금지하는 장치가 확립되어 있는가 아닌가에 따라 그 집단의 성숙도며 질서개념이 평가되기도 하는 터이다. 이런 연고로 때로는 많은 사람들의 눈물겨운 탄원에도 불구하고 끝내 한 생명을 전기의자에 앉히거나 목을 달아맴으로써 그에 의해 저질러진 폭력에 대해 가차없는 책임이 지워지곤 하는 것이다. (「폭력 요법-폭력 연구」, 『폭력 연구』, 53쪽)

작가는 "폭력을 정당화하는 명분에는 흔히 허위의식이 도사리고 있거나, 또는 지극히 일방통행적인 가치의식이 지배하고 있음을 결코 있지 말아야 한다."(「폭력에 대하여」, 『폭력 연구』, 10쪽)라고 말하면서, 그 대표적인 예로 전쟁을 들고 있다. 그런데 개인적인 폭력은 그런 허위의식으로서의 정당성조차 없다. 따라서 사회제도적 차원에서 개인의 폭력은 완벽하게 금지되어야 한다.

그런데 폭력을 휘두르는 장씨에 대해 사회제도적 차원에서 정당한 절차에 따라 책임을 묻는 것이 아니라, 사회제도가 또 다른 폭력을 동원해 장씨의 폭력을 억누른다. 따라서 장씨가 마을 사람들과 그의 어머니에게 휘두른 폭력이나 국가기관이 장씨에게 휘두른 폭력은 인간과 인간, 개인과 사회 간의 관계를 비인간적인 것으로 만든다는 점에서 동질적이다. 이를 통해 작가는 폭력을 금지시켜야 할 사회제도가 그러한 폭력을 조장하고 있다는 비판을 가한다.

「물 위에 쓰는 역사-폭력 연구」에서는 두 사건이 제시되고 있다. 먼저 화자가 어린 시절 겪은 일로, 공비소탕을 위해 들어왔던 한 장교가 공비를 죽이는

데 일본군인들이 차고 다니던 왜검을 사용하는 것을 보게 된 사건이다. 다음, 화자가 성인이 되어 목도한 것으로, 시장에서 좌판을 깔고 장사를 하는 한 노인이 옆에서 접착제를 파는 젊은 청년을 향해 지팡이를 휘두르는 사건이다. 여기서 화자는 노인이 지팡이를 휘두르는 사건을 장교가 공비를 죽인 사건과 동일시한다. 이를 통해 작가는 일제 때의 폭력이 분단을 거치면서 내재화되어 현재에는 일상생활에서도 똑같은 양태로 되풀이되고 있다고 비판을 가한다. 「상전 길들이기」에서는 직장 상사와 말단 사원의 관계를 통해 약육강식의 폭력이 직장에서 자행되고 있다고 비판한다.

이처럼 전쟁과 독재라는 거시 폭력에서 출발하여 일상생활 곳곳에 횡행하고 있는 미시적인 폭력으로 천착해 들어간 작가는 『문앞에서』(세계사, 1997)에 이르러 그 예리한 시선을 한층 더 심화, 성숙시킨다. 이제 작가는 일상에 미만한 폭력으로 인한 인간관계의 변질과 삶의 황폐화를 문제 삼는다. 폭력은 '나' 중심주의에 입각하여 타인으로서의 '너'에 대해 가해지는 자기중심적 사고와 행위의 일방통행적인 산물이다. 폭력은 일찍이 채만식의 『태평천하』의 윤직원 영감이 '나만 빼고 다 망해라'는 식의 사고방식, 곧 지극히 개인주의적이고 이기적인 사고방식에 뿌리를 두고 있는 것이다. 일제강점기 때부터 한국전쟁과 군사독재정권을 거치면서 확대재생산되어 온 사회제도적인 측면의 폭력이 일상 속에 깊숙이 침투하여 무의식적으로 습관화된다. 그리하여 일상을 영위하면서 '나' 중심적인 폭력, 직접적인 폭력이든 혹은 그것의 변형태든 그러한 폭력을 자신도 모르게 휘두르게 된다. 그 결과 인간과 인간의 만남은 비인간화되고 자기중심적으로 단자화되면서, 삶은 극단적인 이기주의로 치달린다. 작가는 그런 타락한 삶의 표상을 '아파트'라는 단절된 공간이 압축적으로 담고 있다고 판단하고 이를 비판한다.

「성가신 죽음」에서 '나'는 아파트에 살고 있다. '나'는 이웃에게 방해가 되지 않는 여러 규칙과 제도를 나름대로 정해놓고 그것을 실천하는 인물이다. 그런데 아랫집 김씨가 죽었다는 소식을 아내가 전해준다. 아파트 안에서 장례를 치르는 것을 보며, 장례를 치를 수 있는 공간이 따로 마련되어야 한다는 생각을 갖게 된다. 자동차와 이삿짐 차가 엉켜 있는 사이로 장례식차가 들어오고, 영결식 예배가 끝나갈 무렵 이삿짐 사람들과 영결식에 참석했던 교회 사람들 사이에 실랑이가 벌어지는 것을 보면서 시끄러운 그 하루가 귀찮다고 생각한다. 아파트의 풍속이 그대로 담겨 있는 이 작품을 통해 작가는 한 인간의 죽음, 그 엄숙한 의례가 아파트의 이기적인 다른 주민들에게 지저분하고, 귀찮고, 언짢은 일로 치부되고 있음을 보여준다.

이 외에도 「땀」, 「가을 볕 속 잠자리떼」 등을 통해서, 작가는 단절되고 고립된 아파트의 풍속을 비판하고, 한편으로 정서적으로 황폐화되어 가는 삶을 우울하게 묘사한다. 이 모든 것은 인간관계의 단절, 그리고 이기적이고 개인적으로 변화된 삶에 기인하고 있다. 작가는 아파트라는 도시의 평균적 삶의 공간을 통해 현대화된 삶의 현주소를 예리한 시선으로 탐구해 들어가고 있는 것이다. 작가의 시선에서 볼 때 우리의 현재적 삶은 「빈 강」에서처럼 '나'를 제외하고 모든 것들이 죽어버린, 혹은 사라져버린 세상을 살아가는 것과 다르지 않다.


## 5. 유년기의 순수 영혼의 기억과 전설의 현재화

그렇다면 인간적인 것, 인간적인 삶은 도대체 무엇이며, 어떻게 살아가야 하는 것인가. 작가는 비단 인간적인 삶이 불가능한 현실을 비판하는 데에만 주목하고 있지 않다. 그는 폭력이 자행되는 현실의 곳곳을 속속들이 파헤치는 한편, 진정으로 우리가 추구해야 할 인간다운 삶의 방식이 무엇인가에 대한 강렬한 지향성을 드러낸다. 여기서 작가는 유년기의 기억 중에서, 전쟁과 관련된 폭력으로 얼룩진 기억이 아닌, 유년기의 순수 영혼의 기억을 떠올린다. 그것이 '전설의 현재화'인데, 이를 통해 작가는 유년기의 기억 속에 내재한 전쟁의 아픈 기억을 치유하고, 그 기억의 저편에 원형처럼 살아 숨 쉬던 또 다른 기억, 곧 어린아이의 순수한 영혼의 기억을 떠올린다. 그리고 그 기억 속에 내재한 고향의 세계를 현재화함으로써 폭력적인 현실을 극복하려 한다.

「남루한 꿈」(『우렁각시는 알까?』, 현대문학, 2007)에서 작가는 주인공인 '그'의 꿈을 통해 과거 고향의 공간과 현재 도시의 공간을 대비한다. 신도시의 방 네 개가 있는 마흔 여덟 평 아파트를 장만한 '그'는 그곳에서 남루하고 가난한 꿈을 자주 꾼다. 그에 비해 아내가 꾸는 꿈은 풍요롭기만 하다. 그가 꾸는 꿈은 열 서너 살 고향과 관련된 기억을 상기시킨다. 가난하고 궁핍했던 시절, 철도에서 죽어간 아버지의 기억이 묻힌 고향과 관련된 꿈은 늘 남루하고, 궁핍하고, 쓸쓸하다. 그러나 그 시절 그는 아버지와 함께 판자촌에서 살았지만, 정서적으로는 늘 풍요했다. 그런데 지금은 평수 넓은 아파트에 살고 있으면서 늘 가난뱅이의 꿈을 꿀 뿐이다.

풍요롭지만 가난한 꿈, 가난하지만 풍요로운 삶, 작가는 무엇이 더 인간다운 삶인가를 묻는다. 작가에게 있어 가난하지만 정신적으로 풍요로운 삶은 '전설'의 정서와 관련이 깊다. 「삼학도」(『삼학도』)는 목포의 유달산에서 내려다보이는 삼학도의 전설을 이야기하면서 간척사업으로 세 개의 섬이 사라진 것과, 서울에서 전출되어 목포로 밀려난 한 사원의 삶을 이야기한다.

(i) 개축 연대는 1973년 8월이었다. 나는 철근 콘크리트 난간에 의지한 채 아래를 내려다보았다. 구시가지의 대부분과 부두 일대가 조망되었다. 바람은 여전히 방향 없이 불어대고 있었다. 그래, 흐르는 세월을 이길 수 있는 것은 아무것도 없다, 하고 나는 문득 생각했다. 그러므로 우리는 마침내 철근 콘크리트로 모든 것들을 다시 개축해야만 하는 것이다. 그것만이 오늘의 우리가 상상할 수 있는 영원의 모습인지도 모른다……. (「삼학도」, 310쪽, 동아출판사 간행, 1999판에서 인용)

(ii) "그래요, 지금은 섬이랄 수가 없죠. 간척 공사의 결과죠. 덕분에 목포는 엄청난 땅을 얻은 대신 전설의 섬을 잃어버린 셈이지요. 나무랠 순 없죠."

나는 그만 입을 다물었다. 저것이 삼학도라니…… 두 개의 봉우리 사이에 비죽이 내민 제분 공장 굴뚝과 건물을, 산허리에 다닥다닥 붙어 있는 게딱지 같은 집들을, 그리고 오른쪽 해안에 둥지를 틀고 앉은 검은 정유 탱크들과 화물선 따위들을 나는 보았다. 입안에서 모래가 서걱이는 느낌이었다. (「삼학도」, 311~312쪽)

(i)에서는 유선각이 옛 풍정을 잃고 콘크리트로 개축된 모습을 보여준다.

(ii)에서는 간척사업이 진행되어 옛 삼학도의 풍광이 사라진 것을 보여준다. 이 두 장면은 유려한 풍광과 전설이 개발에 의해 사라진 목포의 황폐화된 현재를 담아내고 있다. 비록 경제적으로는 풍요해졌을지언정 유달산과 삼학도와 유선각에 서린 목포의 옛 풍광과 정체성은 사라지게 된 것이다.

작가는 정서적으로 황폐해진 현대의 삶 저편에 '전설'의 세계를 놓고 있다. '전설'을 통해 작가는 도대체 무엇을 말하려 한 것인가. 그러한 물음에 대한 답은 「드러눕는 산」(『폭력 연구』)을 통해 보다 구체적으로 파악할 수 있다.

(i) 「그렇게 마, 한 철 년이나 이철 년쯤 이전 세상이었던게비여. 그 시절에는 가사, 나무나 바우나 산 같은 것들도 다 혼령이 있어서 사람들이 잠들어 있는 한밤중 같은 시각에는 어슬렁어슬렁 마실을 돌아댕기기도 혔던가벼. 마실 사람들이 어찌크럼 허구 사능가 여기 기웃 저기 기웃 함시로 찬찬 보고 댕기다가는 사람들이 깨날 때 참 혀서 감쪽겉이 제자리로 돌아가 있는 거여. 그란데 …… 마실에 행실이 곱덜 않는 과부가 허나 살았어야. 헌디 이 과부가 한날 밤중에 소피가 보구잖아 잠이 깼덩가벼. 초저녁에 마실가서 막걸리 사발이나 퍼먹었단마시. 어쨌거나 오줌이 매로와 밖으로 나오긴 혔는디, 아 칙간꺼정 가자니 무섭기도 들고 귀찮기도 했제. 그려서 말이어, 마당 한복판에 떠억 엉덩일 까고 앉아서 시언허게 배설을 했다 그 말이어…….」(중략)「볼일을 다 끝내고 고쟁이를 추슬리며 막 일어서는 길로 앞을 봉께 아, 뭣인지 엄청 크고 시커먼 것이 들판을 뜸북뜸북 걸어가고 있더라는 거여. 냅다 비명을 처질러지 않았더라고. 그라고는 혼절해 버렸제. 다음날 아침이여. 마실 사람들이 잠을 깨서 나와봉께로, 아 이 무슨 변고여. 들판 저 끝 쪽으로 비켜 서 있던 돌산이 들판 한복판에 와서 털푸덕 드러누워 있더라는 거여.」(196~197쪽)

(ii) 돌아서서 창 밖을 내다보았다. 액자 속에 갇혀 있는 듯한, 그러나 깊이를 알 수 없는 그 공간은 적요하였다. 시야 밖의 어디쯤엔가 만월에 가까운 달이 걸려 있는 듯 시멘트의 기둥들이 차고 메말라 보였다. 어쩐지 속이 온통 휑하니 비어 버린 듯하다고 허 노인은 생각하였다. 그리고 바로 그런 순간에 거대한 시멘트의 기둥 하나가 최초로, 땅이 꺼질 듯한 한숨을 후 하고 토해내면서 그 큰 키와 우람한 몸통을 속절없이 허물어뜨리며 땅바닥에 털푸덕 드러눕는 꼴이 눈에 띄었다. 곧이어 여기

서도, 저기서도……. 허 노인은 비명조차 지르지 못했다. (198쪽)

　허 노인은 아들을 만나러 서울로 올라온다. 장가를 보내야겠다는 마음에 재차 아들을 졸라보지만 아들은 시원한 대답을 하지 않는다. 부모 몰래 여자와 함께 살고 있으면서 서울에 아버지가 올라왔다는 소식을 들은 아들은 황급히 여자를 보내고 아버지를 모셔온다. 허 노인은 그러한 아들의 행위를 짐작하고 있으면서도 못내 모른 척 하면서 아들에게 고향의 돌산에 얽힌 전설을 이야기해 준다.

　인용문 (i)은 돌산에 얽힌 전설을, (ii)는 서울의 고층빌딩과 아파트로 가득 찬 폐쇄된 공간을 보고 있는 허 노인에게 떠오른 환상을 그려내고 있다. 자연 만물에는 영혼이 있다고 믿는 허 노인에게 빽빽하게 들어 찬 서울의 고층빌딩은 속이 텅 비어 있으면서 차고 메마른 것으로 느껴진다. 도심의 건물은 영혼이 담겨 있지 않은 시멘트 덩어리와 같은 것에 지나지 않는다. 고향 돌산의 전설을 이야기하고 그것을 믿는 허 노인의 눈에 비친 도시의 건물은 영혼을 지니지 않은 껍데기에 불과했던 것이다.

　이러한 시선은 『우렁각시는 알까?』에서 더욱 구체화된다. 작가는 이상한 이야기, 전설에서나 나옴직한 이야기들을 이 작품집 도처에 풀어놓는다. 그러면서 작가가 내면 깊숙한 곳에 그동안 감추어두었던, 세상을 향한 따뜻하고 여유로운 시선을 보여준다. 가령 「너무 심심하고 허무한」에 등장하는 거지사내는 그러한 작가의 시선이 흠뻑 묻어나는 인물이라 할 수 있다. 콧구멍처럼 구멍이 두 개 뚫린 동굴의 한 쪽에 살던 거지사내는 젊은 중인 정각이 수도를 하겠다면서 다른 쪽 굴에 머물겠다고 양해를 구해오는 것을 흔쾌히 허락한다. 외롭지 않게 되었다며 좋아하던 사내는 얼마 후 이곳저곳을 떠돌아다님직한 한 아낙을 자신의 동굴로 맞아들인다. 거지사내는 자신과 함께 뒹굴던 아낙이 정각과 뒹구는 것을 보면서도 정각의 마음을 이해하며 아낙과의 잠자리를 묵인한다. 그러다 정각이 아낙을 내쫓자 여자를 마을 아래까지 내려 보낸 후 쓸쓸한 나날을 보낸다. 정각마저 떠나고 혼자 남아 겨울을 보내다가 거적 속에서 편안한 표정으로 죽는다. 이를 보고 누군가 그 동굴에 불상을 세워준다.

도심의 아파트에서 사는 이들에게 이러한 내용은 설화의 한 장면처럼 비현실적이고 황당한 것일 뿐이다. 그러나 그런 아파트적인 삶을 떠나 허 노인과 같은 삶을 지향할 때, 이 이야기에서 현대도시에서는 느낄 수 없는 여유로움과 너그러움, 따뜻함과 같은 정서적 편안함을 맛볼 수 있다. 어쩌면 이러한 정서는 작가가 지금까지 황폐화된 도시의 삶을 견딜 수 있었던 힘의 근원이었을지 모른다. 작가는 '전설'의 세계 속에서 그러한 정서를 찾은 것이다. 이제 작가는 전설을 기반으로 하되 그 전설로부터 일상의 삶으로 나아가 전설을 현재화한다. 그리하여 이제 일상의 삶, 그 세목 곳곳에 그동안 조명을 받지 못했거나 무심하게 잊힌, '전설'과 같은 이야기들을 일상의 배면에서 길어 올린다. '전설'의 기이하면서도 슬프고, 그러면서도 넉넉하게 마음을 위로해주는 정서와, 자연과 동화되어 더불어 사는 삶의 형상화는 이러한 작가적 인식에서 비롯된다.

노인은 잠들어 있다. 무척이나 좋아하는 커피도 반쯤 남겨둔 채다. 귀성 욕망도 잠이 든 걸까? 노인은 잠 속에서 고향길을 가고 있는지도 모른다. 여전히 안경을 쓴 채로 몸을 조그맣게 움츠리고 깊은 잠에 빠져 있다. 막 목욕을 해서일까, 노인의 영혼이 너무나 깨끗하다는 느낌이 불쑥 가슴에 와 닿는다. 늘 지린내 같은 것을 풍기고 있는 쪽은 오히려 나인지도 모른다는 생각을 문득 그는 가슴에 품는다. (「사모곡」, 127쪽)

그는 치매에 걸린 아버지에게서 깨끗한 영혼의 모습을 발견하고, 지린내가 아버지에게서가 아니라 자신에게서 나는 것이라 생각한다. 아버지의 욕망은 그저 고향에 가는 것뿐이다. 보고 싶은 고향의 사람들을 이야기하고, 그곳으로 가야겠다고 입버릇처럼 아버지는 이야기한다. 반면 그는 허기로 얼룩진 고향의 기억들을 기억 저편에 묻어두고 있었다. 그러나 그는 치매에 걸린 아버지를 통해 허기의 기억 저편에 있던 고향의 따뜻한 기억을 떠올린다.

애저녁부터 이 순간을 기다리다 기어이 잠에 눌려 부엌 바닥에 고부라져 버린 아들을 당신은 가만히 깨웠다. 그리고는 간장 종지에 물엿을 담아 들고 말했다.

"하마 목젖 안 떨어졌겠나. 어서 묵어봐라."

그 순간을 지금도 또렷이 기억하고 있다. 그토록 환하던 당신의 얼굴, 불기운을 받아 발그레 달아오른 볼과 뽀얀 이마 위로 흘러내린 몇 가닥의 머리칼, 그리고 작고 야무지고 또한 더없이 보드랍고 따스하던 입술……. 그랬다. 당신은 얼굴 한가득 웃음을 담은 채 그것을 내밀었지. 부엌 안은 온통 달콤한 냄새로 차고 넘쳤다. (중략) "입 딜라. 조심해 묵어라……."

그랬다. 포만감에 가득 찬 목소리였다고 그는 이제 회상한다. 그 시절 이후로는 결코 그런 음성을 들어보지 못했던 것이다. (「사모곡」, 112~113쪽)

전쟁 후의 어려웠던 시절, 그믐날 밤 조청이 만들어지길 기다리면서 졸던 어린 그에게 포만감에 가득한 목소리로 말하던 아버지. 병색이 짙었음에도 불구하고 자식들에게 자신의 품을 늘 내어주던 어머니. 그리고 그런 어머니가 곁에 있었기에 한밤의 산길도 무서워하지 않고 "삼라만상의 모든 것들과 교감할 수 있었던" 시간들.

고향은 그러한 곳이다, 혹은 어머니와 아버지와 함께 했던 고향의 시간들은 그러했다고 작가는 이야기한다. 허기와 궁핍만이 가득했던 그 시간들은 이미 흘러간 저쪽의 일로 잊혀 졌고, 지금은 그때와는 비교도 되지 않을 만큼 온갖 것들이 풍성하고 풍족한 시대가 되었다. 그렇지만 저쪽 기억 너머의 시간들이 작가에게 그 무엇보다 소중한 것으로 여겨지는 까닭은 비록 궁핍하고 어려웠던 시절이었지만 모든 것들의 관계가 따뜻한 사랑으로 맺어져 있었고, 무엇보다 그 모든 것을 맑은 영혼의 눈으로 바라보았던 어린아이가 있었기 때문이 아닐까.

그 어린아이는 누구인가. 그는, 빨갱이가 혹시 뿔 달린 도깨비는 아닐까, 용은, 이무기는 아닐까, 그것도 아니면 홍안의 초립동이일까를 상상하던 그 어린아이이다. 전쟁으로 인한 폭력의 기억과 함께 작가의 의식의 저층에 살아 숨 쉬던 또 다른 기억 속의 아이, 순수한 영혼을 지닌 아이, 그 아이를 작가는 이제 작품 전면으로 끌어올리고 있다. 이 기억의 질적 변용을 위해 작가는 폭력을, 그리고 그 폭력이 난무하는 현실을 집요하게 천착해 왔던 것이다. 그러기에 그 어린아이는 유년기의 이중적인 기억과 모순된 현실 간의 오랜 긴장 속에서 탄생한 작가 이동하만의 독특하면서도 아름다운 결정체가 아닐까.

그 어린아이의 시선을 가슴 한켠에 늘 보듬고 살아온 작가는 아마 그 맑은 영혼을 잊지 않기 위해, 또 그런 영혼으로 살아가기 위해 어린아이의 이야기들을 계속해서 써 나갈 것이다. 그래서 아직도 삶의 곳곳에서 도저한 힘으로 음험하게 맞서오는 폭력들을 예리하게 살피면서도 또 한편으로 그 폭력을 정화하기 위한 맑은 영혼을 고향의 기억 속에서 길어 올리려는 작가의 노력은 힘겹겠지만, 그러나 의미 있는 일일 것이다.

# 삶이라는 심연에 오작교 놓는 방식: 서영은

## 1. 탈일상, 일상의 길항

작가 서영은은 1968년 「교」라는 작품으로 《사상계》에 입선한 이후 다음해인 1969년 《월간문학》에 「나와 '나'」가 당선되어 등단했다. 등단 40년을 넘어선 지금, 서영은의 작품이 쌓아올린 것은 무엇인가, 그리고 그 작품들은 지금 우리에게 어떠한 의미를 갖는가.

먼저, 데뷔작인 「교」를 통해서 서영은이 만들어 놓은 길에 발을 들여놓아 보자. 이 작품의 기본적인 얼개는 일상과 탈일상의 길항관계 위에 놓인다. 일상에서 벗어나고자 하는 인물의 의지는 '다리 건너기'라는 행위 속에 담겨 있다. 「교」에서는 다리를 건너는 '행위'에 그치고 있으나, 이후 전개되는 작품들에서 '다리 건너기'에 비견될 만한 것들은 단순한 '행위'가 아니다. '다리 건너기'는 우선 탈일상의 공간으로 향하는 '다리'가 있어야 하고, 건너는 주체의 행위(의지)가 있어야 하고, 또 주체가 건넘으로써 도달하고자 하는 탈일상의 공간이 구체적으로 표상되어야 한다. 이 모든 것들을 아우를 때 비로소 '다리 건너기'가 완성된다.

그 다리를 '오작교'라고 명명할 수 있지 않을까. 그렇다면 그 근거는 무엇인가. 첫째, 인물들을 통해 작가가 내세우고자 하는 주제의식은 실은 다리를 건너는 행위에 있지 않다. 보이지 않게 다리를 만들고 지탱하는 까마귀와 까치에게 작가는 애틋한 시선을 던진다. 칠석날 견우와 직녀가 일 년을 기다려 만나게 되는 오작교는 까마귀와 까치들의 희생이 전제되지 않으면 안 된다. 털이 다 벗겨지도록 고통스러운, 그럼에도 불구하고 견디어내야 하는 운명과도 같은 치열한 몸부림이 바로 그 위에 놓인다. 그렇듯 그녀의 작품에서 '다리'는 삶의 극한까지 인물을 밀어붙여 놓고서야 만들어진다.

다음, 인물들이 다리를 건너 궁극적으로 도달하고자 하는 세계는 탈일상의 세계로, 그 세계는 '사랑'으로 이루어져 있다. 최근작으로 올수록 사랑의 의미는 보다 절대적인 것으로 심화된다. 지난한 생의 끝에 축조된 사랑의 세계에는 오랜 기다림과 인고의 세월이 묻어난다. 기다림의 의미와 고된 운명의 사슬이 엮여 있다는 점에서 그것은 '오작교'가 된다.

서영은의 작품세계는 「사막을 건너는 법」(1975), 「먼 그대」(1983), 「사다리가 놓인 창」(1990)의 세 작품을 분수령으로 하여 초기, 중기, 후기로 나뉜다. 초기는 데뷔작인 「교」에서 「노란 반달문」(1983)까지로, '혼으로 집짓기'를 통해 산다는 것은 무엇인가를 천착해 들어간다. 중기는 「먼 그대」에서 「수화」(1986)까지로, '불사의 낙타'를 통해 무엇을 위해 살 것인가-사랑-의 문제를 다룬다. 후기는 「사다리가 놓인 창」에서 「꽃들은 어디갔나」(2004)까지로, '내면의 눈 뜨기'를 통해 어떻게 살 것인가-가족 만들기 혹은 연대하기-를 묻는다. 그 질문에 답하는 과정에서 탈일상의 세계와, 그곳으로 가는 방법의 탐구가 보다 구체화될 것이다.


## 2. 혼으로 집짓기: 산다는 것은 무엇인가

초기의 작품에는 「교」를 위시하여 「사막을 건너는 법」을 거쳐 「노란 반달문」에 이르는 소설들이 속한다. 작가는 「사막을 건너는 법」을 통해 일상/탈일상의 길항 위에서 탈일상의 세계를 추구한다. 그러면서 그 세계가 삶의 극한을 맛보았을 때라야 추구될 수 있는 것임을 분명히 선언하고 있다. 이 작품에서는 그것이 '혼으로 집짓기'라는 방식으로 제출된다. 여기에서 말하는 '혼'이란 일상에서 소외되어 버려진 것들을 의미한다. 버려진 것들을 다시 복원시켜 '혼으로 집'을 짓고자 하는 의지는 「살과 뼈의 축제」(1977), 「타인의 우물」

(1978), 「시인과 촌장」(1980) 등에서 발현된다.

초기작들은 대부분 일상과 탈일상의 이분법적 경계 위에 놓여 있다. 거부하고자 하는 자리에 일상이 놓이며, 지향하는 자리에 탈일상이 놓이는데, 그 둘의 관계는 이분법적인 대립항에서 벗어나지 않는다. '일상의 공간/탈일상의 공간'은 집 안/집 밖, 아파트/뜰과 화단이 있는 주택, 도시/시골 등으로 변별된다. 음식에 있어서도 일상/탈일상은 '콜라, 커피/감주', '토스트, 햄버거/된장찌개, 감자전' 등으로 구분된다.

일상에서 지켜야 하는 것으로 상정된 관습이나 예의, 심지어는 가족이나 결혼제도마저도 인물들은 거부한다. 일상의 금기에 의해 형성되는 문명인, 교양인보다는 야만인이 되기를 택하는 것이다. 반면 탈일상을 향한 인물들의 욕망은 실종이나 가출, 죽음(자살)의 행위 속에 표출된다. 지향하는 세계가 현실에서 실현불가능하다는 것을 역설적으로 보여주는 이 행위들은 오히려 존재의 의미, 산다는 것의 의미를 더욱 부각시킨다.

이처럼 인물들은 일상의 모든 것들을 부정하고 억압된 욕망들을 실현하고자 한다. 그런데 작품 속 인물들이 자신의 욕망이라고 믿으며 추구하고자 하는 것들을 과연 진정한 욕망이라 할 수 있을까. 스스로 욕망이라 믿어왔던 것이 혹시 일상에 철저히 길들여진 결과 만들어진 산물은 아닌가. 그렇다면 응당 그러한 욕망마저도 부정해야 할 터, 그러면 산다는 것은 어떤 의미를 갖는가.

작가는 「사막을 건너는 법」에서 그 질문에 대한 답을 탐색해 들어간다. 주인공 '나'는 월남파병군인으로 훈장을 받고 돌아오지만 일상에 적응하지 못한다. 그런 '나'의 앞에 노인이 나타난다. 훈장 찾기에 여념이 없는 무지한 노인인줄 알았던 '나'는 그 노인이 자신의 아들과, 손녀의 죽은 혼과 더불어 삶의 허무와 절망을 이겨내고 있음을 깨닫는다.

여기에서도 일상/탈일상은 견고하게 버티고 있다. 일상은 관념이자 언어의 껍질로 치부된다. 주인공은 L교수를 한때 존경했었는데, 그 이유는 L교수가 억압적인 학교행정에 반기를 들었던 적이 있었기 때문이다. 그러나 그런 L교수는 탈일상의 영역에서 일상의 영역에 속하는 인물로 격하된다. 우마차를 움직이기 위해서는 우마차에 대한 개념이 우선해야 한다고 말했던 L교수는 관넘으로 현실을 지탱하고자 했기 때문이다. 반면에 노인은 일상의 영역에서 탈일상의 영역에 속하는 인물로 변화된다. 훈장 찾기에 여념이 없는 것처럼 보였던 노인이, 실은 훈장을 찾고자 했던 것이 아니라 그 행위를 통해 죽은 아들과 손녀의 혼으로 마음에 집을 짓고자 했기 때문이다. 말하자면 훈장이란 관념의 소산이자 언어의 껍질에 지나지 않는다. 노인은 그것을 버림으로써 관념의 허약성을 극복하고 일상을 견딜 수 있는 방식을 찾고자 했던 것이다.

주인공은 그러한 인식을 '나미'와의 대화를 통해 얻는다. 그는 나미에게 훈장을 받게 된 사건을 이야기한다. 피비린내 나는 차 속, 죽어 넘어진 전우, 작열하는 포화소리 등을 말하던 '나'는 "그럼, 자긴 베트콩을 한 사람도 못 죽여 봤어?"라는 '나미'의 물음에 불쾌해 한다. 그녀에게는 그의 말이 '활자화된 이야기'로 들렸던 까닭이다. 의미가 전달되지 않고 언어의 껍질만 남은 그녀와의 대화에서 '나'는 비로소 훈장이 쇠붙이 조각에 지나지 않음을, 언어 역시 감정, 허무의 심연이 사라진 껍질에 불과할 뿐이며, 관념 또한 치열한 현실을 살아가기에 턱없이 약함을 깨닫는다.

삶의 실재란 공포스럽고 두려운 것인데, 나미나 L교수는 언어의 껍질로만 싸인 관념의 성 안에서 살고자 했다. 도대체 관념까지도 지탱해줄 수 없는 삶이라면 어떻게 살아가야 하는 것인가. '나'는 노인의 잃어버린 훈장 찾기의 허망함 속에서 그 답을 발견한다.

노인을 둘러싸고 있는 것들은 모두 일상으로부터 소외된 것들이다. 그러나 버려진 병든 개, 월남전에서 전사한 아들, 교통사고로 죽은 손녀는 일상에서는 소외되었을지언정 노인에게는 소중한 것들이 된다. 노인에게는 자랑스러운 아들이고, 효심이 지극한 손녀이며, 충직한 개다. 그렇게 그들은 버린 훈장을 다시 찾는 노인의 허망하고 무의미한 행위 속에서 충실히 부활함으로써 노인에게 세상을 살아갈 힘으로 전환된다.

「사막을 건너는 법」에서 말하고자 하는 바, 산다는 것은 무엇인가의 답은 다음 두 가지 속에 놓인다. 첫째, 훈장을 버리는 노인의 행위 속에 담겨 있는 관념의 허약함이다. 관념이 허약한 까닭은 그것이 고된 삶 속에서 뼈저리게 깨달은 결과 얻어진 것이 아니기 때문이다. 둘째, 일상으로부터 소외된 버려진 것들을 다시 일상 속으로 불러들이는 것이다. 그럼으로써 삶 속에서 일상과 탈일상을 매개하는 '오작교'로서 '흙으로 집짓기'가 마련된다.

「사막을 건너는 법」이후의 작품들은 위의 두 방식으로 제출된다. 먼저, 관념으로 지탱하기의 허약함을 보자.「살과 뼈의 축제」에서 반복되는 일상과 그것으로 가득한 생활을 모조리 거부하던 '나'는 남자친구인 오영민과의 결혼도 거부하고 오히려 그에게 다른 여자를 소개시켜 준다. 그들이 결혼에 이르자 '나'는 오영민으로부터 이별금 조로 받은 돈으로 여행을 떠난다.

'나'는 영화를 통해 삶의 이정표를 세운다. 오영민의 청혼을 거절하고 '섹스와 한 달 생활비'만 있으면 된다던 '나'는 거북이가 알을 낳는 영화를 보면서 결혼을 하겠다는 결심을 하게 된다. '나'의 행위를 결정하는 것은 자유라는 '관념', 혹은 사랑이라는 '관념'이었다.

그러나 그런 관념은 구체적인 삶의 체험 없이 막연하게 설정된 것이거나, 혹은 영화를 통해 간접적으로 얻은 것에 지나지 않는다. 그렇게 배태된 관념은 어떤 상황에서도 굴복하지 않는 굳건한 의지로 버티어 주지는 못한다. 그래서 자유는 쉽사리 사랑으로 바뀐다. 사랑의 관념으로 일상을 견디고자 한대도 어느 순간 그 관념은 다시 다른 관념으로 쉽게 바뀔 것이라는 것은 분명하다. 지난한 삶의 흔적이 묻어 있는 현실 속에서 길어 올린 것이 아니기 때문에 '나'의 관념은 허약할 수밖에 없다.

그렇다면 관념을 대체하여 삶을 견딜 수 있게 만드는 힘은 어디에서 찾아야 하는가. 그것이 바로 버려진 것들, 즉 '흙으로 집짓기'이다. 버려진 것들을 일상의 영역으로 다시 끌어들일 때 인물은 비로소 그 힘에 의지하여 삶을 지탱해 나갈 수 있다.「살과 뼈의 축제」의 마지막 부분은 그러한 점에서 의미를 갖는다.

이제야 알겠다. 나는 지금 떠나는 길이 아니라 돌아가는 길인 것이다. 내가 버린 그 모든 것 속으로 다시 돌아가는 것이다. 거기 어딘가엔 장롱과 화장대와 텔레비전과 서재가 있는 집이 있을 테고, 또 내가 남편이라고 부를 사람과 아이들도 있으리라(나는 아이들이 두셋 정도 있는, 상처했거나 이혼한 남자와 결혼하겠다). 아침이면 남편의 떠들

썩한 출근 시중을 돌보고 아이를 업고 장 보러 가는가 하면 밤에는 원고지와 씨름하게 되리라. 외형적으론 내가 그 동안 버린 것과, 이제부터 도로 찾으려는 것 사이엔 아무런 차이도 없는 것 같다. 그러나 다르다. 암, 다르구말구.

드디어 차가 움직인다. (「살과 뼈의 축제」, 『타인의 우물』, 둥지, 1997. 221쪽)

'내가 버린 것들' 은 일요일마다 아버지와 함께 산책하던 아득한 어린 시절의 기억 속에만 남아 있던 삶의 향연들이다. 결혼을 해서 가족을 만들고, 생활이 있는 일상을 영위하고자 하는 '나' 의 바람 속에는 삶의 향연을 욕망하면서도 두려워하는 양가적인 감정이 내포되어 있다. '떠나는 길이 아니라 돌아가는 길' 이란 표현은 양가적인 감정에 휘말린 '나' 의 내면을 고스란히 보여준다. 이후 서영은 작품의 행보는 '돌아가는 길', 즉 인물들의 내면 깊숙이에 침잠해서 버려진 것들을 일상의 표층으로 끌어올리는 데 집중될 것임을 짐작해 볼 수 있다.

'타인의 시선' 에 의해, 즉 일상의 논리에 따라 일상의 경계 밖으로 버려진 모든 것들은 '우물' 속에 있다. 「타인의 우물」에서 여주인이 가정교사에게 자신의 신세한탄을 내뱉는 동안 아이가 실종된다. 아이를 발견한 것은 우물 속이었다. 그녀는 아이를 구해낸 가정교사를 해고한다. 그녀는 공포와 두려움 속에서 허둥대면서 그 사건을 남편에게 숨기고자 한다. 우물 속에 빠진 것은 그녀의 아들이지만, 아들이라는 존재는 젊음을 잃어가는 그녀와, 처자 있는 사람의 여자로 살아가는 것을 일상적으로 확인시켜주는 존재이다. 그러기에 두려운 존재일 수밖에 없다. 은밀하게 품어왔던 환상이 실재 속에 재현된다면 그러할까 싶게, 그녀의 내밀한 갈망은 실재가 만들어내는 공포와 두려움 앞에 무릎 꿇고 만다. 그러한 마음의 갈피를 작동시키는 것이 일상이다.

버려진 것들은 일상이 아닌 탈일상의 영역, 비정상으로 취급되는 인물들에게서 발현된다. 그 가장 내밀한 부분이 드러난 작품이 「시인과 촌장」이다. 이 작품에서 비정상은 가장 원초적인 두려움과 공포의 대상으로서의 위치를 점유한다.

이 작품에서 주인공 소년이 느낀 공포의 감정은 비정상의 인물들과 동일화되면서 슬픔으로 귀결된다. 미친놈의 집은 아이들에게 공포의 대상이다. 그러나 소년은 그 미친놈과 상면하면서 미친놈이 사랑하는 사람을 잃은 결과 미쳐버린 너무나 순수한 총각임을 알게 된다. 소년은 그 사건을 통해 공포를 이겨낸다. 그리고 소년은 비정상으로 취급되는 미친놈이나 벙어리 처녀가 그의 가족들에게 감금되거나 학대받는 것을 가슴 아파한다. 소년은 그들처럼 비정상으로 취급되는 이들에게 나른한 슬픔과 같은 감정을 느낀다.

공포란 기실 일상의 금기를 위반한 결과 촉발되는 감정이며, 정상의 영역 밖으로 비정상을 소외시키는 현실의 굳건한 논리체계의 소산이다. 비정상의 것들을 욕망하는 것은 일상의 금기를 위반하는 것이나 다름없다. 따라서 탈일상의 영역으로 나아가기 위해서는 일상의 논리를 넘어서야 한다. 그 방법으로 제시된 것이 '혼으로 집짓기', 즉 일상으로부터 소외되고 버려진 것들을 일상 안으로 불러들이는 것이다. 거기에는 비정상이라 할 만한 미친놈, 벙어리, 애꾸고양이뿐만 아니라 현실세계의 금기를 위반하는 모든 행위들, 그리고 죽음까지도 포함된다. 관념의 성벽을 부수고 삶의 밑바닥까지 내려가서 탈일상의 세계를 끌어올릴 때 비로소 일상을 견딜 수 있는 힘이 마련된다.


## 3. 사랑: 무엇을 위해 살 것인가

버려진 것들을 일상으로 불러들임으로써 일상을 견딜 수 있는 힘이 마련된 결과 이제 서영은의 작품세계는 탈일상의 영역에 대한 탐구로 들어간다. 그 과정에 「먼 그대」, 「산행」(1983), 「수화」 등의 작품이 놓인다.

「먼 그대」의 문자는 유부남인 한수에게 아이를 빼앗긴다. 그리고 한수로부터 끊임없이 돈을 해달라는 요구를 받는다. 그렇지만 그런 한수에게 문자는 사랑으로 복수하겠다는 절대 긍정의 태도를 취할 뿐이다. 이 작품에서 한수는 현실세계의 폭력성(당대의 정치적 상황에서 자행되는 폭력성이기도 한)을 상징한다. 한수의 폭력 앞에 문자는 굴복하지 않고 '사랑'을 지향한다. 문자가 지향한 '사랑'이란 '사막의 푸른 물길'이 있는 세계이자, '고목나무의 하얀 의지'가 발현되는 세계이다. 그 세계를 향해 문자는 '불사의 낙타'가 되어 사막과 같은 일상을 극복하려 한다. 일상(사막)과 탈일상(사랑)을 매개하는 '불사의 낙타', 그것이 바로 문자가 꿈꾸는 삶의 '오작교'이다.

여기서 문자라는 주인공의 이름은 '문자(letter)'를 환유하는데, 그 이름은 '기의=기표'로서의 문자를 의미하고자 하는 의도로 읽힌다. 이를테면 언어도 단이 횡행하는 당대의 정치적 상황을 빗대어 폭력성을 상징하는 한수에 의해 '문자'가 고통받는 상황을 설정하고, '문자'가 그 상황에 굴하지 않고 사랑을 지향한다는 것이 그 의도에 부합하는 독법이 된다.

일상에 발 딛고 서서 사랑을 꿈꾸는 문자는 폭력적인 일상의 공포와 두려움을 극복한 자의 모습을 보여준다. 가혹한 시련조차 생의 의지로 연금해내는 문자는 사랑을 탈일상의 자리에 놓음으로써 자기기만과 위선으로 가득한 일상인의 허상을 폭로한다.

> '약한 사람들은 자신의 삶을 보드라운 소파와 양탄자와 금칠을 한 벽난로와 비싼 그림과 쾌적한 침대 위에 세운다. 그런 뒤엔 그 물질로 해서 알게 된 쾌적한 맛에 길들여져 그들은 이내 물질의 노예가 된다. 그들의 갈망은 끝없이 쓰다듬는 손길에 의해서 잠을 잘 잔 말의 갈기와 같다. 하지만 내 정신의 갈기는 만족을 모르는 채 항시 세찬 바람에 펄럭이기를 갈망한다.' (「먼 그대」, 『황금깃털』, 나남, 1984. 29~30쪽)

물질문명의 혜택이 주는 타성에 젖은 일상인의 눈에 그러한 문자의 모습은 비정상적인 것으로 비춰지기까지 한다. 그들은 사랑을 지향하는 문자의 진정한 모습을 알아보지 못하고, 문자를 비정상으로 매도함으로써 스스로를 자기기만과 위선의 늪으로 몰아넣는다. 자기기만이나 위선은 그들 자신의 행동이 타락한 '타인의 선(善)'에서 비롯된 것임을, 그리고 그 '선'이 문자의 사랑에서 비롯되는 '선'에 의해 전복될 것임을 증명해주는 표지이다.

문자가 지향하는 세계는 물질적인 것이 아닌 정신적인 것 위에 놓여 있다. 사랑의 세계는 머리로, 즉 이성으로 이해할 수 있는 세계가 아니다. 그 세계는 가슴으로 이해해야 하는 세계이다. 「산행」에서 남편이 도달하고자 하는 세계,

「수화」에서 남편이 '수화'와도 같은 손짓을 통해 전달하고자 하는 세계는 그 연장선상에 놓인다. 그 세계는 이성의 세계가 감당할 수 있는 영역 밖에 있다.

「산행」, 「수화」 두 작품 모두에서 아내는 남편이 생활비를 감당해 주기를 바란다. 물질적인 풍요, 세속적인 명예 등이 그들에게는 중요하다. 그렇지만 남편들에게 있어 중요한 것은 순수하고 완전한 것들을 지향하는 일이다. 그들은 버려진 것들을 감싸 안고 사랑함으로써 일상의 영역에 탈일상의 세계를 구축하고자 한다. 그러나 그 행위마저도 아내들의 시선에는 버려진 것들이자, 일상의 영역 밖으로 소외된 것들로 비춰진다.

그로 인해 「먼 그대」, 「산행」, 「수화」 등의 작품에서 부부의 관계는 소통불가능 앞에 절뚝거린다. 각기 다른 곳에 욕망의 자리를 펼치고 있기에 이들은 결코 서로를 향한 소통의 출구를 찾을 수 없다. 소통의 출구 찾기를 위한 노력은 「수화」의 마지막 장면에서 남편의 수화와도 같은 손짓을 이해하는 아내의 모습으로 포착된다. 그렇지만 그 장면은 남편이 지향했던 세계를 아내도 지향하고자 한다는 것으로 해석하기는 어렵다. 오히려 그러한 태도를 취한 까닭은 남편의 부재가 불안을 가져다주었기 때문이다. 그래서 남편이라는 존재에 대한 갈망이 커진 결과 취한 태도이지, 남편이 지향하는 세계를 자신의 것으로 받아들인 태도는 아니라 할 수 있다. 달리 말하자면 탈일상의 세계로 설정된 '사랑'은 「먼 그대」의 문자, 「산행」과 「수화」의 남편 등으로 하여금 일상에서 탈일상의 세계를 펼칠 수 있게 하지만, 폭력적인 일상을 실천하는 「먼 그대」의 한수, 「산행」과 「수화」의 아내 등이 적극적으로 탈일상의 세계를 지향하도록 만들지는 못한다.

더구나 일상 안에서 탈일상을 지향하고자 하는 욕망의 이면에는 두려움이 놓여 있다. 아내들이 남편들과 함께 꾸려나가고자 하는 가족은 일상의 영역, 생활의 영역에 가깝다. 가족을 영위하기 위한 기본적인 물질적 필요는 탈일상의 세계를 지향하는 인물에게 중요한 가치로 받아들여지지 않는다. 가령 「먼 그대」의 문자의 경우처럼 일상은 탈일상의 세계로 나아가는 인물의 발목을 잡기에 족하다. 이처럼 가족이 '사랑'만으로 가능한 것이 아닐지 모른다는 두려움은 작품의 곳곳에 팽배해 있다.

그러한 두려움의 결과로 나타난 것이 실종이자, 가출, 혹은 죽음이다. 「수화」에서 남편의 실종은 존재의 의미를 더욱 양각시킨다. 이러한 방식은 아내들로 하여금 존재의 중요성을 인식하도록 하면서, 한편으로 존재의 부재가 가져다주는 두려움, 상실감을 동시에 경험할 수 있도록 한다. 「산행」이나 「수화」에는 부부 모두의 감정선이 고르게 부각되어 있다. 그로 인해 이들 작품에는 탈일상을 향한 욕망과, 일상에서 탈일상 지향하기의 지난함을 동시에 전달해주고자 하는 의도가 짙게 풍겨난다.

그러나 두 작품은 탈일상을 강렬하게 지향함으로써 비극으로 치닫지 못하고 아내의 일상과 적절히 타협하는 선에서 끝난다. 그것이 타협이 되지 않고 일상 '안에서' 탈일상을 실천하는 것이 되려면, 가족 안에서 사랑을 실현하는 적절한 방식, 혹은 소통의 방식을 찾아내야 한다. 작가의 이후 행보는 바로 그것을 탐색하는 방향으로 이어진다.


## 4. 가족 만들기, 혹은 연대하기: 어떻게 살 것인가

이후 서영은 소설은 일상의 영역에서 가족 만들기, 그 속에서 사랑 실현하기의 과정에 본격적으로 진입한다. 그 과정에 「사다리가 놓인 창」, 『꿈길에서 꿈길로』(1994), 『그녀의 여자』(2000)가 놓인다. 작품 속 인물들은 '내면의 눈'을 뜨고, '큰 사랑'을 획득하면서 다른 인물들과의 연대, 혹은 가족 만들기를 지향한다. 여기에서 말하는 '가족'은 아내와 남편과 아이가 만드는 일반적인 의미에서의 가족을 말하는 것이 아니다. 서영은의 '가족 만들기'는 여성들의 삶과 사랑이 중심이 된 새로운 의미의 가족 만들기이자, 혹은 여성들과 연대하기를 지칭한다.

먼저 「사다리가 놓인 창」을 보자. 이 작품에서 '나'는 영화를 통해 꿈을 키운다. 그러나 그 꿈들은 삶의 실재 앞에 힘없이 허물어지고 만다. '나'는 영화를 보고나서 수녀를 꿈꾸기도 하고, 선생을 꿈꾸기도 한다. 그러나 그 꿈들은 단지 영화가 만들어낸 허약한 관념에 불과하다. 수녀가 되고 싶어 성당에 가지만 성당의 수녀는 '나'에게 수녀가 되라는 이야기는 하지 않고, 성당에 다니라는 말만 한다. 효순을 임신하게 만든 것이 교감선생이었다는 것을 알게 되고, 그 교감선생이 임용 실기장의 시험관으로 앉아 있는 것을 보게 되자 '나'는 선생이 되고자 하는 꿈을 버린다. 그러한 사건들을 겪으면서 영화를 통해 쌓아왔던 '나'의 관념은 허물어진다.

그런 '나'에게 여성들의 삶이 의미 있게 다가오기 시작한다. 남편이 죽고 아이가 셋이라던 선배는 임용 실기장에서 요구하는 유희를 하다가 벌렁 자빠져 넓적다리가 훌렁 드러난다. 또 '나'의 어머니는 집안 사정이 어려워지자 안방까지 하숙생들에게 내어주고, '나'와 동생을 다락방으로 올려 보낸다. 전세로 입주한 박상무의 아내는 박상무가 그의 어머니에게 이끌려 전처에게 가버리자 눈물을 흘리며 연탄불을 간다. 또 동창인 여재는 부모를 여의고 약국에서 가정부 노릇을 하며 의자에서 쪽잠으로 밤을 지새운다. '나'는 그러한 삶으로부터 '굴욕'을 느낀다. 그런데 그 굴욕이란 것은 '빈곤과 저속'을 거부하는 굴욕에 지나지 않는다. 그 굴욕으로 인해 '나'는 자살하려 하지만 미수에 그친다.

자살 사건 이후 '나'는 일상을 보는 '내면의 눈'을 뜨게 된다. 굴욕이라고 생각했던 것은 실은 자신이 만든 허상에 불과한 것임을 깨달으면서 '나'는 '허상의 감옥'으로부터 빠져나와 생의 의지를 획득한다.

내가 치는 타자 소리가 '콩 볶는 소리'와 흡사하게 들리도록 나는 안간힘 썼다. 일 분에 백오십 타로 부족하면 이백 타를 치는 흉내라도 낼 것이다. 그러다가 뒤로 벌렁 넘어져 치마가 추켜올라간다 해도, 나는 이 삶을 부둥켜안고 씨름할 것이다. 비록 엎어지고 구르더라도 삶 앞에서 가련하도록 정직한 나의 어머니, 나의 선배, 그 밖의 다른 많은 여자들이 그랬던 것처럼. (「사다리가 놓인 창」, 『꿈길에서 꿈길로』, 둥지, 1997. 116쪽)

위의 인용문은 탈일상이 아닌 일상에 안주해 있다는 것만으로 거부의 대상이 되었던, 여성들의 삶에 대한 '나'의 인식이 변화하는 장면을 담고 있다. '나'는 '몰락이든, 죽음이든, 진창이든, 심연이든, 저 정복되지 않는 생의 영원한 깊이', '그 정면을 바라볼 수 있는 눈'이 열렸기 때문에 삶과 씨름하며 살아낼 것이라는 강한 의지를 갖게 된다. 그런 눈을 뜰 수 있게 만든 건 세상의 여자들이었다. 여자들의 삶을 통해서 일상을 보는 내면의 눈을 뜨게 되자 일상의 빈곤과 저속함은 굴욕이던 것에서 '정직한 용기'로 변화한다.

그렇다면 이 작품에서 탈일상은 어떤 세계인가. 명확히 드러나지는 않지만, 그것은 삶에 대한 사랑, 여성에 대한 사랑 등과 절대의 세계에 대한 지향이 뒤섞여 있는 것처럼 보인다. 결국 일상에서 그 세계를 지키는 방식으로 선택된 것은 일상을 보는 내면의 눈을 뜨고 생활로 내려가는 것이다. '내면의 눈 뜨기' 역시 일상과 탈일상을 매개하는 '오작교'가 된다.

『꿈길에서 꿈길로』의 한진옥에게서도 굴욕은 허상, 환상에 불과한 것으로 간주된다. 잡지사 기자인 박희주는 한진옥과 함께 이라크에서 열리는 한 축제에 참가하게 되면서 그녀의 본모습을 조금씩 알아가게 된다. 그 과정에서 이들이 서로에게 보여주는 사랑은 둘 다 여성으로서 삶을 영위하고 있다는 연대의식에 기반을 두고 있다. 이 작품에서 작가는 의도적으로 '보다', '눈' 등과 같은 어휘를 볼드체로 강조한다. 그리고 그 시선의 주체, 깨달음의 주체를 박희주로 설정하고 있다. 작가의 의도대로 이 작품을 읽자면 이 작품은 일상을 보는 내면의 눈을 떠야한다는 「사다리가 놓인 창」의 주제의식을 그대로 계승하고 있다.

그러나 이 작품에서 작가의 시선이 내밀하게 닿아 있는 것은 박희주가 아니라 한진옥이다. 노화백과 결혼하면서 스캔들을 일으켰던 한진옥은 그의 전처 소생인 아들이 그녀를 두고 '당신은 아버지의 요강'이라고 한 말에서 굴욕을 느낀다. 이 작품의 주제는 한진옥이 여행을 통해서 굴욕이라는 허상을 극복하고 큰 사랑을 발견해 나가는 방식에 있다. 그 깨달음을 주고받은 결과 박희주는 남편과의 불화를 극복해 나갈 수 있게 되고, 한진옥 스스로는 굴욕적인 삶을 극복하게 된다. 그럼으로써 도달하게 되는 탈일상은 어떠한 일상의 폭력에도 굴하지 않는 '화엄의 세계', 즉 '큰 사랑'의 세계이다.

그녀로 하여금 굴욕을 '사랑'의 이면으로 받아들일 수 있게 한 계기는 여행이다. 여기에서 여행은 두 가지 의미를 지닌다. 우선, 여행은 밖에서 자신을 내려다보는 것과 같다. 그럼으로써 광대한 사막 위에 푸른 한 점에 불과한 자신의 위치를 각인하고 존재의 덧없음, 보잘것없음에 대해 깨닫는다. 다음으로, 여행 속에서 그녀는 자신의 내면에 웅크리고 있던 여성을 향한 사랑으로 가득한 남성성을 표출해 낸다. 여성성과 남성성이 공존하는 그녀에게서는 '여성과 남성, 아픔과 사랑, 아내와 황진이' 모두를 보듬을 수 있는 사랑이 더욱 깊어진다.

그러나 그녀의 사랑은 일상(생활 혹은 금기)의 부재가 만들어 낸 사랑의 방식에 지나지 않는다. 반복되는 일상의 영역으로부터 일탈한 여행에서 터득한 사랑이기 때문이다. 그것은 모든 것들을 보듬어 안음으로써 도달하고자 하는 호혜평등의 사랑이다. 결국 한진옥의 여행은 대상이 부재하는 사랑을 승화시키는 방식으로 기획된 것이다. 자신의 남편을 향해 온통 내던져졌던 사랑의 일부는 자기애로, 또 일부는 종교에 대한 열정으로 각기 되돌아간다. 그럼으로써 자신을 바라볼 수 있는 내면을 획득한 그녀는 남편을 통해 품었던 사랑의 환상에 얽매이지 않고 '요강이 사랑'이 되고, '사랑이 요강'이 될 수 있는, 그런 사랑의 의미를 획득한다.

한진옥에게 내재해 있던 남성성과 여성성의 공존은 『그녀의 여자』에서 동성애 코드로 가시화된다. 『그녀의 여자』는 현여사와 소연의 사랑이 중심에 놓인다. 같이 걷던 남편이 돌연 달려오는 차에 뛰어들어 자살하자 현여사는 삶의 의욕을 상실한다. 그러다가 아들의 여자친구인 소연을 만나게 되면서 사랑에 빠진 현여사는 둘만의 공간을 만들고, 소연에게 자신과의 사랑에서 절대의 어떤 것을 경험하게 해주고자 한다. 그런 현여사의 사랑을 집착처럼 생각하던 소연은 돌연한 현여사의 죽음 이후 그녀와의 사랑이 절대의 어떤 것을 맛보게 했던 사랑이었음을 깨닫는다.

이 작품에서 제시된 '사랑'을 이해하기 위해서는 다음 두 가지를 고려할 필요가 있다. 먼저, 이 작품은 동성애를 표방하고 있으나, 그보다는 사랑 일반으로 읽는 것이 더 적절한 독법처럼 여겨진다. '사랑은 환상이다', '사랑은 그/녀를 사랑하는 자신을 사랑하는 것이다'라는 명제가 이들의 사랑을 규명해주기 때문이다. 다음으로, 이 작품은 정신분석학에서 말하는 잃어버린 사랑에 대한 애도의 형식을 취한다. 정신분석학에서 말하는 애도란 죽음의 장면을 다시 상연하고, 그것을 떠올리며 울고, 마음을 달래는 과정을 말한다. 그렇다면 현여사가 남편의 자살이 야기하는 고통으로부터 벗어날 수 있는 방식은 무엇인가. 그것은 남편과의 사랑을 소연과의 관계 속에 고스란히 실연하고, 스스로 남편의 입장을 겪어냄으로써 남편에게 향했던 자신의 열정을 스스로에게 돌리는 방법, 즉 애도 밖에는 없다.

그렇다면 이들의 사랑이 '절대'를 표방할 수 있는 까닭은 뭘까. 현여사는 소연과의 관계에서 새로운 사랑의 방식을 추구한다. 그 사랑은 안티고네가 폴리네이케스를 향해 보여주는 오누이의 사랑, 즉 한 자궁 안에서 나온 유일한 존재를 향한 사랑을 의미하는 '아다프토스'와 같다. 벌거벗은 채로 사랑을 나누는 것이며, 현여사와 소연만이 '정'의 열쇠를 갖고 있으면서 그 공간의 주인이 되는 등의 설정은 이들이 함께 동일한 자궁 안에 있는 것처럼 여겨지게 한다. 그런 의미에서 이들은 새로운 의미의 가족을 이룬다. 그리고 이들의 사랑은 현여사와 남편의 사랑에서처럼 육체를 향유하는 차원에서 그치는 것이 아니라, 현실의 질서에는 부재하는 절대의 영역을 추구함으로써 존재의 궁극적인 합일에 도달할 수 있게 된다.

그러나 이 작품은 서영은 작품세계에서 면면히 이어져왔던 '일상 안에서 탈일상 추구하기'라는 주제를 충족시켜주지 못한다. 탈일상(절대의 사랑)은 있되, 그것을 일상 안에서 어떻게 추구할 것인가에 대한 탐색이 미약하기 때문이다.

다만 이 작품이 얻은 성과라고 한다면 '아다프토스'의 사랑과 그것에 기반한 새로운 가족의 형태를 추구한 것에 놓여 있다. 그것은 작가가 탈일상에 대한 지향을 멈추지 않은 결과 얻게 된 현재적 의미에서의 종착지이다.

## 5. 존재의 내밀한 심연으로 향하는 오작교

서영은의 작품을 읽고 있노라면 그녀의 모든 작품에 데뷔작의 문제의식이 끊임없이 반복되고 있음을 깨닫게 된다. 그만큼 「교」와 「나와 '나'」는 그녀의 작품세계 전체에 있어 원형적이다. 이들 두 계열이 변주를 이루는 가운데 생의 심연 위에 '오작교 놓기'가 이루어진다.

「교」의 계열에 속하는 작품들은 앞서 언급했던 '오작교 만들기'와 관련이 있다. 이 계열에 속하는 작품에는 「사막을 건너는 법」, 「먼 그대」, 「사다리가 놓인 창」이 있다. '혼으로 집짓기', '불사의 낙타', '내면의 눈 뜨기'와 같은 오작교를 배태한 위의 작품들은 서영은 작품의 백미로 꼽힌다. 일상과 탈일상의 심연 사이에 이러한 오작교를 만들고 작품의 인물들은 탈일상의 세계를 지향하고자 한다.

탈일상의 세계는 「나와 '나'」 계열의 작품들에 의해 좀 더 구체화된다. 「살과 뼈의 축제」, 「타인의 우물」, 「시인과 촌장」, 「술래야 술래야」, 『꿈길에서 꿈길로』, 『그녀의 여자』 등 대부분의 작품이 그 계열에 놓인다. 여기에서 주목할 것은 일상/탈일상의 관계 위에 나(주체)/자아의 관계가 덧쓰인다는 점이다. 일상에 길들여진 주체는 탈일상의 욕망과 끝없이 대면한다. 그 욕망 속에서 주체는 현실세계의 질서를 위반하게 되는데, 그로 인해 주체의 감정은 두려움, 공포로 흔들린다. 그 욕망이란 어떠한 것인가, 그 문제를 탐구해나가는 자리에 「나와 '나'」 계열의 소설들이 놓인다.

이처럼 서영은 문학의 동력은 일상의 금기위반으로 인한 두려움과 공포, 그리고 탈일상을 향한 욕망의 끊임없는 길항에 있다. 작가는 그 길항 가운데에서 어렵게 탈일상을 향한 오작교를 놓고, 탈일상의 세계를 탐구해 들어가면서 그 실현방식을 보다 구체화한다.

그 결과 서영은의 작품세계는 서영은 자신만의 독특한 개성을 드러내는 세계로 나아간다. '혼으로 집짓기'에서 '불사의 낙타'로, '내면의 눈 뜨기'로 향하는 변모과정은 단편적인 현실에서 구체적인 현실로, 그리고 삶으로 육화된 현실로 향하는 행보를 보인다. 그럼으로써 버려진 것들에 의미를 부여하고 또 그것들을 사랑으로 감싸 안으면서 일상 안에서 탈일상의 세계를 끊임없이 지향하는 방식을 찾아나간다.

다만 「사막을 건너는 법」이나 「먼 그대」 등에서 발견할 수 있는 구체적인 현실에 대한 천착이 1990년대 이후 발표된 장편 속에서 살아 움직이지 않는다는 점은 아쉬운 부분이다. 서영은의 작품은 삶과 사랑 등의 보편적인 주제를 다루고 있다. 인간존재의 본질적인 측면을 탐구해 들어가고자 한다면 현실에 발 딛고 선 인간에 대한 탐구가 무엇보다 선행되어야 한다. 그 물음이 보다 치열하게 전개되어야 할 장편이라면 더 말할 필요도 없다. 그러한 점에서 존재가 처한 현실적인 조건에 대한 구체적인 접근이 결여된 장편은 그 가치를 온전하게 부여받기 어렵다.

그러나 인간존재를 삶의 극단으로, 한계의 극점으로까지 몰고 감으로써 얻게 된 서영은의 작품세계가 1970~1980년대 우리 문단의 큰 저력으로 굳건히 존재하고 있다는 것은 의심할 나위 없다. 물론 그 이면에는 서영은의 고통스럽고도 지난한 소설가로서의 삶이 있을 터이다. 삶을 한계의 극단으로 밀어붙여 나락으로 떨어진 뒤에야 소설이 나왔을 것이라 상상될 만큼 그의 소설은 아프고, 고통스럽다. 그러하기에 여운은 진하다.

# 비천과 황홀 사이, 그 마음 그릇의 들끓음: 송기원

## 1. 변신인가, 내적 필연성의 발로인가

송기원은 누구인가. 그는 1970~80년대 민중문학의 대표적인 작가이다. 그런 작가가 1990년대 들어 '여자의 성기'나 '예수와 화두와 견성' 등과 같은 '도'를 다루는 작품을 발표하였다.

(i) 나는 둘의 육체를 덮고 있는 저 털투성이 거대한 입에 겹쳐, 난데없이 저 어린 날의 자운영꽃이, 일곱 살짜리 영순이의 생콩 비린내가 나는 성기에서 보았던 자운영꽃이 피어나는 것을 보았다. (「여자에 관한 명상」, 382쪽. 이하 참고문헌에 실린 번호와 쪽수로 표기 8: 382쪽)

(ii) 궁극적으로 자신이 실제가 아니라는 것을 깨닫는 것이오. 그리하여 마침내 모든 감각들마저 여 의고 자신에서 벗어나 온몸이 텅 비었을 때 어느날 갑자기 길가의 풀잎 하나, 혹은 발길에 채는 돌멩이 하나에도 느닷없이 화두가 맺히는 식으로 견성하는 겁니다. (7: 43쪽)

1970~80년대 민중문학은 문학의 대 사회적 인식과 책무를 강조하면서, 당대의 폭압적인 군사독재정권에 맞서 민중의 자유와 평등을 강력하게 주장함으로써, 그 문학사적 몫을 성실히 수행하였다. 송기원은 그런 민중문학의 거대한 흐름의 한복판에 위치해 있었다. 그런 작가가 민중, 노동자, 농민, 독재,

폭압 등의 민중문학 담론과는 전혀 무관한 것으로 보이는 '여성'과 '도'의 자리로 나아간 이유는 무엇인가.

혹시라도 송기원의 이러한 행보 역시 1990년대 이후 민중문학 작가들의 전향 혹은 변절과 관련된 것은 아닐까. 1980년대 말 동구 사회주의의 몰락과 소련의 해체, 그리고 문민정부가 대두하면서 후일담으로 치달리다가, 급기야는 사소한 일상에 안주하여 자질구레한 개인사나 가족사 이야기를 장황하게 늘어놓는 민중문학 작가들을 우리는 지겨우리만큼 보아왔다. 송기원의 행보가 그런 발빠른 변신과 관련이 있는 것인가.

아니면, 민중문학과 '여성'은 작가 송기원의 문학적 세계관이라는 본질 속에서 파생된 동일하면서도 질적 편차를 지니는 현상인가. 말하자면, 송기원 문학을 이끌고 가는 핵심 고갱이가 있고, 그 고갱이가 사회와 역사와의 부딪침을 통해 질적으로 심화되는 과정에서 '민중문학'과 '여성'이 산출된 것인가. 그래서 양자는 송기원의 문학적 세계관에 관련되어 내적 필연성을 띠고 있는 것인가.


## 2. 사생아이자 장돌뱅이로서 문학하기

송기원의 삶의 이력을 들여다보면 그에게 문학이란 일종의 구원이 아니었을까 싶게 우연적이고 운명적으로 다가왔다. 송기원은 1963년 도청소재지(광주)에 위치한 조선대학교 부속고등학교에 진학한다. 고등학교에 적응하지 못하고 퇴학당하자, 그는 자신의 고향인 조성면 장터로 돌아간다. 그곳에서 그는 장터 건달패의 똘마니가 된다. 어느 날인가 그는 건달패를 따라 노름빚을 받으러 갔다가 싸움에 휘말린다. 겁을 준다는 것이 지나쳤던지 그가 던진 항아리가 그만 상대방의 머리통을 깨버린다.

그 사건이 기화가 되어 똘마니 일도 그만두고 광주에 있는 먼 친척집에 몸을 숨기게 된다. 그곳에서 그는 문학과 조우한다. 그 만남이 이후 그의 삶의 운명을 결정짓게 될 줄을 예감했던 것일까. 그는 친척의 서가에서 한국문학전집과 세계문학전집 등의 책들을 발견하고 걸신들린 듯 읽어댄다.

　'이건 바로 내 이야기 아닌가!'
　어떤 소설은 나보다도 형편없는 개차반 인생이 바로 그 **개차반 인생**을 그것도 무
슨 자랑이라고 중언부언 늘어놓고 있었다. (중략) 친척의 서가에서 앤솔러지를 발
견하고, 그리하여 차츰 시를 알기 시작했을 때, 나는 소설보다는 시를 쓰기로 작정
을 하였다. 아무리 영악한 체하지만 역시 어렸던 나로서는 자신의 치부를 낱낱이 세
상에 까 보일 용기가 없었던 것이다. (강조-인용자, 6: 138~139쪽)


　문학이 자신의 삶 모양 부끄럽고 추악한 것들로 가득한 것을 알게 된 순간
그는 문학이야말로 자신의 것임을, 자신의 삶의 날 것 그대로가 바로 문학이 될
수 있음을 자신한다. 그에게 문학은 그렇게 뿌리를 내린다. 시가 무엇이고, 소
설이 무엇이고를 이성적으로 사유하고 판단하기 이전에 그는 이미 자신의 감
각에 다가오는 장르를 몸으로 받아들였을 터, 그는 소설이 아닌 시를 택한다.
　그는 고등학교와 대학에 다니던 기간 동안 시창작에 몰두한다. 그랬던 그가
1974년 《동아일보》와 《중앙일보》 신춘문예에 각각 시, 소설로 당선된다. 그
이후 그는 소설창작의 길로 들어선다. 그는 소설에 삶의 전부를, 그것도 추악
한 비밀을, 작가 자신의 트라우마까지 담아야 한다고 생각한다. 그러나 실제
그의 초기 소설에는 자신의 치부가 적나라하게 담겨 있지 않다. 『열아홉 살의
시』(1978)의 경우 치부가 드러나기는 하나, 주인공의 위악적 행위를 정당화하
기 위한 상징적 장치로 기능할 뿐이고, 작품 속에는 '개차반' 같은 대학생활
만 살아 움직인다. 치부를 드러내는 것을 두려워하면서 그는 왜 소설창작을
시작했던 걸까. 혹시 그는 자신의 치부를 극복하기 위해 소설을 선택한 것은
아닐까. 그렇다면 드러내기 두렵고, 그러면서 극복해야만 하는 치부란 무엇일
까? 그 물음에 대한 해답을 찾기 위해 작가 송기원이 고통스럽게 그려내고 있
는 삶과 문학의 궤적 속으로 들어가 보자.
　송기원은 아버지 송만섭(宋萬燮)과 어머니 최홍임(崔洪任) 사이에서 1947년
음력 7월 1일 전라남도 보성군 조성면 장터에서 태어난다. 송기원의 생부를

만나기 전 그의 어머니 최홍임은 첫 결혼에 실패하였고, 첫 결혼에서 낳은 딸을 데리고 장터에 자리를 잡는다. 최홍임과 만날 무렵, 송만섭은 시골 장터의 건달로 노름과 아편에 빠져 있었다고 한다. 최홍임은 당시 양복점을 하고 있었으나 송만섭을 만나 함께 살면서 재봉틀까지 아편과 노름 밑천으로 빼앗긴다. 더 이상 살 방도가 보이지 않자, 최홍임은 송만섭과의 관계를 청산한다. 그리고 열한 살 터울의 남매를 데리고 해산물 중간상인을 하는 이천우와 함께 새로운 가정을 꾸린다. 말하자면 송기원은 송만섭에게는 사생아였고, 그의 의부 이천우에게는 의붓자식이었다. '사생아', 그것이 운명과도 같은 그의 출신 성분의 첫 조건인 셈이다. 송기원에게 생부는 어떤 모습으로 비춰지는가.

> 자식은 어릴 무렵부터 어머니의 입에서 거친 욕설과 함께 터져나오는 **아버지에 대한 증오와 비난의 말들**을 헤아릴 수 없이 들으며 성장해야 했다.
> ˙······우릴 비렁뱅이로 만들고도 모자라서, 한 번은 칼루다 나를 찌르기까지 했어야. 자 봐라. 그 **천벌 맞을 놈**이 찌른 자국이다. 그 **아편쟁이**는 사람이 아니여. 내가 죽드라도 그 아편쟁이는 못 잊을 꺼이다. 못 잊제······ 내가 니를 낳고 또 재혼을 한 것도 그 아편쟁이 땜시 그랬다. 웜매, 시상에 지 예펜네를 다 팔아처묵을라고 했든 놈인께······ (강조-인용자, 3: 47쪽)

생부를 증오하고 비난하는 어머니의 모습은 인용된 작품(1984) 외에도 「아름다운 얼굴」(1993)에도 보인다. 아이가 낯선 아저씨로부터 양말을 받아들고 오자 어머니는 '동냥치 새끼'라면서 부지깽이를 휘두른다. 그 낯선 아저씨는 아이의 생부였다. 어머니는 생부를 '아편쟁이'이자, '급살맞을 인사'로 여기면서, 아이에게는 '몰르는 사람'인 채로 남겨두고자 한다.

어머니가 아버지의 권위를 인정해야 아이는 오이디푸스 콤플렉스를 극복하고 사회에 적응하게 된다. 송기원의 경우는 어떠한가. 어머니는 송기원의 생부를 아버지로 인정하지 않는다. 그런 상황에서 자란 송기원에게 세상과 현실 사회는 생부와 등가였을 것이다. 그는 생부를 부정하는 방식으로 반윤리적이고 반도덕적인 행위를 일삼는다. 「아름다운 얼굴」을 보면, 사춘기 무렵의 소년은 자신의 모든 사진에 면도날 자국을 낸다. 해맑게 웃는 아이들 사이에 끼어 있는 자신의 얼굴을 오려내면서 자신의 존재 그 뒤에 음흉한 웃음을 흘리는 생부의 희미한 그림자를 지워내고자 한다.

그렇지만 송기원에게 부정해야 하는 대상은 생부만이 아니었다. 작가가 직접 작성한 연보에서 "팔자에 꽉 박힌 장돌뱅이"(2: 59쪽)라고 자신의 출신성분을 밝히는 것에서도 짐작할 수 있듯, 그가 부정하고자 하는 출신성분의 또 하나의 조건은 바로 '장돌뱅이'였다. 그에게 장터는 어떤 모습으로 비춰질까.

> (i) 장날이란, 어른 아이 막론하고 **축제일** 수밖에 없었다. (중략) 쓸쓸한 빈터와 기둥만 앙상하던 빈 가게들이, 장날이 되면 하루아침에 갑자기 삶들이 들끓는 싸전이며 어물전, 포목전, 유기전, 옹기전, 잡화전 등으로 변하고, 노점 음식점들마다 돼지머리와 순대가 산더미처럼 쌓이거나 가마솥이 넘치도록 팥죽이 끓어대는 **요술같은 일이 벌어지는** 것이었다. (강조-인용자, 6: 123~124쪽)

> (ii) 당시의 나에게, 자신이 태어나서 자라온 장터와 거기에 얽힌 기억들은, 나로서는 도저히 빠져나갈 수 없는 일종의 늪처럼 여겨졌다. **굶주림에 대한 동물적인 공포감, 피투성이가 되어서야 끝나는 사생결단의 부부싸움, 개똥처럼 버려진 채 아무렇게나 자라는 아이들, 하루도 쉬는 날이 없이 이 장 저 장을 돌아다니는 장돌뱅이 아낙네들과 거기에 빌붙어 기둥서방 노릇을 하는 건달패들, 술집 작부들의 간드러진 웃음소리와 술취한 사내들의 고성방가, 노름꾼, 소매치기……** (강조-인용자, 6: 134쪽)

(i)의 어린 그에게 장터는 '축제'가 열리는 곳이다. 그렇지만 (ii)의 사춘기 무렵 소년에게는 장날이 결코 축제가 될 수 없었다. 이미 도청소재지에서 도시의 문화를 접한 고등학생의 눈에 비친 장터는 끈적이는 '늪'의 세계일 뿐이다.

그는 1960년 조성북국민학교를 졸업하고 보성중학교를 거쳐 조선대학교 부속고등학교에 진학한다. 그는 고등학교에 진학했다는 것만으로도 장터사람들의 부러움과 선망의 대상이 된다. "장돌뱅이 대부분이 초등학교를 졸업하기가 무섭게 상점의 점원이나 중국집의 배달원 혹은 넝마주이가 되거나 일찍부터 부랑아로 빠졌고, 어렵사리 중학교라도 마친 또래들은 두세 명에 불과했다."(6: 64쪽) 장터사람들에게 그는 "선택받은 위치"에 있었지만, 도회지 광주에서 장돌뱅이 이외의 문화를 만나는 순간 그는 "장돌뱅이가 사회에서 얼마나 비천한 위치에 있는가"를 깨닫게 된다. 그러면서 "한쪽 발은 장돌뱅이 사회에 딛고 다른 한쪽 발은 장돌뱅이 이외의 사회에 딛고 있는 바로 그 어정쩡한 위치"(6: 71쪽)를 자각한다. 의부는 아들을 대학까지 보내고 말겠다는 어머니에게 이렇게 말한다. "뱁새가 황새럴 따라가면 가랑이부텀 몬자 찢어져!"(6: 79쪽)

1966년 고등학교로 다시 돌아간 그는 시인이자 문예반 담당교사였던 주동후 선생을 만난다. 그와의 인연으로 시창작에 눈을 뜬 송기원은 사생아, 장돌뱅이라는 운명적 조건으로부터 벗어나는 방식을 문학에서 찾게 된다. 그의 치열한 몸부림에 답이라도 하듯 그에게 수많은 상이 주어진다. 1966년 고려대와 서라벌예술대학 주최의 백일장에서 각각 시 부문 장원을 하고, 다음 해인 1967년 《전남일보》 신춘문예에 시 「불면의 밤에」로 당선된다. 당시 서라벌예술대학 주최의 백일장 심사위원이던 미당은 "이 시를 쓴 학생은 더 이상 시를 못 쓸 것이다. 학생 신분의 작품으로선 너무나 완벽하다, 염려된다."(12: 108쪽)는 요지의 심사평을 했다고 한다. 비로소 그는 문학에 자신의 삶의 길이 있음을 자신했을 터이다.


## 3. 또 다른 자기의 꼭두놀음

송기원은 등단 이후 위악적인 퇴폐와 탐미로 가득한 초기 소설을 내놓는다. 그러다가 당대의 폭압적인 현실에 눈을 뜨게 되면서 민중문학에 경도된다. 치부를 숨기기 위한 방편으로 선택된 창작방식이기 때문일까, 두 경향 모두 사생아이자 장돌뱅이인 자신의 조건을 낱낱이 내보이지 않는다. 이들 두 경향은 '자기'에서 분리되어 나온 '또 다른 자기'라고 명명할 수 있을 것이다. 하나는 자기부정의 극한으로서, 다른 하나는 '자기'마저 잃고 시류에 휩쓸린 몸짓으로서, 둘 다 '또 다른 자기'에 '본래의 자기'가 휘둘리는 꼭두놀음 한판이었다.

그는 백일장 장원의 특전으로 서라벌예술대학의 장학생 입학자격을 얻는
데, 입학시험에 떨어지게 되자 등록금을 내는 조건으로 1968년 문예창작학과
에 입학한다. 1969년《동아일보》신춘문예에 시「회복기의 노래」가 가작으로
입선한다. 그리고 그해 5월에 군대에 입대, 다음해에는 월남에 자원하여 참전
한다. 1972년 학교에 복학한 그는 1974년 신춘문예에 시와 소설로 동시에 등
단한다. 그리고 창작의 방향을 소설로 돌린다.

그러나 등단 초기, 그는 등단작만 한 작품을 내놓지 못한다. 작가는 대담을
통해 대학에 다닐 무렵 시를 몰아서 쓰는 편이었고(지금까지도 작가는 청탁을 받아
시를 써본 적이 없다고 한다), 소설은 거의 쓰지 않았다고 밝혔다. 소설작법을 가르
치던 손소희 선생을 골려줄 요량으로 장난삼아 강의에 참여했는데, 콩트를 써
오라기에 학생들의 실명을 그대로 써서 발표했다고 한다. 그렇게 우연찮게 소
설 쓰는 재미를 느꼈던 그는, 두세 편 정도의 습작을 거친 후 작품을 투고했
고, 기대하지 않았고 준비되지 않았던 상태에서 그것이 당선되는 바람에 이후
소설을 쓰는 데 어려움을 겪는다.

등단 초기 그의 소설에는 대학시절 자신을 극한의 상황으로 몰아붙였던 경
험이 고스란히 담겨 있다. 대학에 들어가서도 자기부정과 자기혐오로부터 벗
어날 수 없었던 그는 넝마주이를 따라 양아치 생활을 하고, 1970년 월남에 참
전하는 등 자신을 삶의 밑바닥으로 혹은 죽음의 한계선까지 밀어붙인다. 그리
고 한편으로는 위악으로 가득한 연애행각을 벌이고, 광기와 파멸로 치달으며,
탐미주의, 초현실주의, 퇴폐주의 등을 자신의 치부를 가릴 수 있는 무기로 받
아들인다. 그의 초기 소설과, 훗날 1996년에 나온『여자에 관한 명상』에는 이
러한 그의 대학생활이 그대로 담겨 있다. 이 모든 행위들은 자기부정이 곧 생
부를 부정하는 길이자, 세상에 저항하는 길이라는 생각에서 배태된다. 그의
창작 역시 그 연장선 위에 놓인다.

그는 사생아이자 장돌뱅이로서의 조건을 뛰어넘는 방식으로 문학을 택하
고, 또 그렇게 소설을 창작하려 했다. 그렇지만 반도덕적이고 반윤리적인 자
신의 행위를 담은 소설은 매 순간의 현재를 넘어서려는 몸부림에 불과할 뿐

근본적으로 현실을 극복할 수 있는 방식은 되지 못했다. "그것들은 제아무리 화려한 구호를 외치고 두터운 갑옷으로 무장한들, 그 자체가 어차피 현실에 대한 또 다른 두려움의 한 형태였던 것이다."(8: 324쪽)

이제 그는 다른 방식을 찾아야만 한다.《학원》등의 잡지에 치기 어린 글을 발표하던 그는 이제 등단과 함께 민중문학으로 뛰어든다. 다음은 작가 연보에서 그가 민중문학을 하게 된 상황과 관련된 내용을 간추린 것이다.

> **1974년** 이 해에 소설가 이호철, 정을병, 평론가 임헌영 등을 중심으로 한 소위 '문인간첩단 사건'이 일어났는데 당시 서라벌예술대학에서 이호철 선생에게 강의를 들은 바 있는 나는 이호철 선생처럼 겁이 많은 분은 절대로 간첩이 될 수 없다고 확인함. 그렇게 죄 없는 문인들까지 간첩으로 모는 권력자들이 인간 이하의 쓰레기들이라는 사실에 나는 처음으로 **분노하고 경악**하였음. 그러 저런 이유로 고은 시인을 위시한 이문구, 박태순, 황석영 선배 등이 주도한 '문학인 101인 시국선언'에 **팔자에도 없이** 참여하게 됨.
>
> **1975년** 문예창작학과 학생들을 주동으로 '대학인의 선언'을 발표하고 학교에서 퇴학당함.
>
> **1980년** 언필칭 '80년의 봄'에 복학하여 학교에 갔는데, **당시 복학생 신분이란 것이 애매모호하게 소위 '민주화운동'을 하게 만들어서 단식도 하고 데모도 하고** 그랬는데, 4월 무렵 시청 앞까지 진출하였던 유신잔당 상여데모가 뜻밖에 커져서 나중에 분수에 안 맞게 '김대중 내란음모'에까지 연루되어 12년형을 받고 감옥에 가게 됨. (강조-인용자, 2: 60~61쪽)

그는 등단한 1974년, '문학인 101인의 시국선언'에 참여하면서 민중문학 계열의 문인들과 인연의 첫 단추를 뀐다. 1975년에는 '대학인의 선언'에 가담한 일로 첫 번째 수감생활을 경험한다. 이를 계기로 그동안은 관심조차 갖지 않았던 현실정치의 회오리에 휘말리면서 그는 정치, 경제, 사회, 역사 등에 관심을 갖고 공부하기 시작한다. 예기치 않았던 일련의 사건들을 겪으면서 그는 작품에서 초기작의 치기를 걷어낸다. 그리고 그 자리에는 현실인식이 움트기 시작한다.

민중문학의 경향에 기대어 송기원은 「월행」과 「월문리에서」 연작 등의 작품을 발표한다. 이 작품들을 통해 작가로서의 자신을 알리게 된다. 그는 작품에 분단의 상처, 이산가족의 문제(「월행」 1977, 「거류」 1979, 「배소의 꽃」 1979, 「면회」 1983, 「잡풀」 1984), 혹은 스스로 도망쳐 나옴으로써 잊고자 했던 농촌의 빈한한 현실, 인간다운 삶으로부터 소외된 농민들(「월문리에서」 1979, 「월문리에서 2」 1980, 「흐르는 물에」 1980)을 담아내고자 했다.

그는 민중문학을 새로운 무기로 삼는다. 그런데 그것을 현실인식에 바탕을 둔 이성적인 결정이라고 말할 수 있을까. 그는 "팔자에도 없"는 민주화운동에 참여하게 된다고 말한다. "권력자들이 인간 이하의 쓰레기들이라는 사실에" 그는 분노하고 경악한다. 그 이전까지 작가는 당대의 현실에 민감하게 반응하지 못했던 듯하다. 그리고 그는 "복학생 신분이라는 것이 애매모호하게 소위 '민주화운동'을 하게 만들어서" 참여한 것이라고 말한다. 말하자면 그는 분노와 경악이라는 심정적 현실판단에 이끌려서, 그리고 학과 선배들의 분위기, 학내 복학생의 분위기에 휩쓸려 민주화운동을 한 것이다.

그가 민주화운동에 참여하게 된 또 다른 이유는 없었을까. 그는 「아름다운 얼굴」을 통해 다음과 같이 말한다.

나는 자신이 장돌뱅이 계층과 또 다른 계층 사이에 두 발이 묶인 채 능지(陵遲)를 당하여 가랑이가 찢어지는 장면을 상상했을 터였다. 물론 내가 당시에 계층이니 하는 어려운 말을 알았을 리 없지만.
만일 내가 좀 더 일찍이 **사회적 부조리나 계급적 모순에 눈떠, 그것들에게 자신의 문제를 조금이라도 떼어넘기는 방법**을 알았더라면, 훗날 나는 그토록 깊게 병들지는 않았을 것이다. (강조-인용자, 6: 136쪽)

그는 "사회적 부조리나 계급적 모순"을 통해 장돌뱅이로서 자신이 갖고 있던 비천한 의식을 덜어내고자 한다. 역사와 현실에 대한 인식이 깊어질수록 민중문학이야말로 이 시대의 진정한 윤리이자, 부조리한 세상에 대항할 수 있는 강력한 힘이라는 것을 깨닫지 않았을까. 도덕과 윤리에 반(反)하지 않으면서도 세상에 저항할 수 있는 올곧은 윤리로 그에게 민중문학이 다가왔을 때 그는 도대체 거부할 이유가 없었던 것이다. 생부와 함께 자신마저 부정해야 했던 방식이 아니라 자신의 자존감을 유지하면서 생부를 부정할 수 있는 방법을 찾았기 때문이다. 이때 그가 그토록 부정해왔던 생부는 가족사의 틀을 벗어나 당대 군부정권이라는 사회·역사적 지평으로 그 대상이 확대된다.

그럼에도 불구하고 송기원에게 민중문학은 자신에게 소여된 현실적인 삶의 문제를 회피하기 위한 관념적 도구의 일종으로 강하게 작동하고 있는 듯하다. 이 시기에, 앞서 언급한 민중문학 작품의 다른 한쪽에는 작가 자신의 현실적인 삶의 문제를 다룬 작품이 놓인다. 생활의 어려움(「처자식」 1984), 현실 적응하기의 어려움(「새로 온 사람들」 1984)이야말로 작가 자신의 직접적인 삶에 밀착해 있는 문제들이었다. 그에게 닥쳐온 현실이란 어머니의 작고(1981), 영어(囹圄) 생활(1980~1982)로 인한 가족 부양의 책임을 다하지 못한 죄책감, 현실에의 부적응 등이었을 것이다. 작가는 그러한 자신의 현실적 삶의 문제와 민중문학을 분리해서 사고함으로써, 이로 인해 그 두 가지를 함께 밀고 나갈 수 있는 방식을 고민하지 못했다. 그는 자신의 현실적인 삶의 문제뿐만 아니라 민중이 처한 현실에도 밀착해 들어가야 했다. 그러나 그는 그 두 가지를 함께 밀고 나갈 수 있는 방식을 찾아내지 못한다.

민중문학의 틀에서 벗어나 용서와 화해를 다루는 「다시 월문리에서」(1983)는 송기원 스스로 민중문학을 더 이상 이어나가지 못할 것을 예감한 작품이다. 그가 실천문학에 몸담고 있는 동안 절필 아닌 절필을 한 것은 그 증거가 아닐까. 그는 1984년 실천문학을 맡게 된 이유를 다음과 같이 말한다. "감옥에 있는 동안 스스로 목숨을 끊은 어머니의 일이며 거의 내팽개치다시피 속수무책으로 버려둔 처자식을 거두어준 문단의 선후배들에게 조금이라도 빚을 갚는 일이 나에게는 출판사에 관여하는 것이었다."(6: 144쪽) 그는 앞서 언급한 두 차례 영어 생활 이후 실천문학에서 발행한 무크지 《민중교육》과 오봉옥의 시집이 문제가 되어 1985년과 1990년 두 차례에 걸쳐 수감된다. 네 번의 수감생활을 끝으로 그는 민중문학을 내려놓는다. 그는 실천문학을 그만두던 무렵 민중운동 진영의 상황을 다음과 같이 묘사하였다.

　　모든 운동권을 몰아쳤던 노선투쟁이 급기야 문단에도 몰려와 무슨 엔엘이니 피디니 하는 어려운 싸움에 말려들었다. 나로서는 이쪽 말을 들으면 이쪽이 맞는 것 같고 저쪽 말을 들으면 저쪽 말이 맞는 것 같아서 쉽사리 편을 들 수가 없었는데, 정작 당사자들은 서로의 인간관계가 무너질 정도로 사생결단도 예사였다. (중략) 십년 가까운 출판사 생활에 나는 자신도 미처 깨닫지 못하는 사이에 거의 모든 사고가 **보수화**되어 있었다. (강조-인용자, 6: 144~145쪽)

'빚 갚기'의 일종으로 민중운동 진영의 한복판에 뛰어든 그는 실천문학 대표를 그만두고 민중운동 진영과의 관계를 청산한다. 그는 "보수화"된 사고와, "자본의 속성에 따라 이윤을 좇는 데 급급하는 출판경영인의 마음"을 그만둔 이유로 내세운다. 그러나 그 이유들은 철저히 민중문학운동의 견지에 걸맞게 내세운 자기비판이자, 변(辯)일 뿐이다. 그의 내면은 어떠했을까.

1980년 유신 반대 데모로 '김대중 내란 음모사건'까지 뒤집어쓰고 3년에 가까운 감옥생활을 마치고 나왔을 때, 그는 비로소 어머니의 죽음에 관한 진실을 듣는다. 생모이면서도 호적상의 문제로 면회가 거부되자 어머니는 자진한다. 석방된 후 그 사실을 알았을 때, 세상은 민중문학이라는 '무기'로도 해결되지 않는 공포스러운 괴물로 돌변했을 것이다. 말하자면 그 사건은 작가 자신의 삶에서 삶과 문학과 현실이 얼마마한 거리로 유리되어 있는가를 명확하게 보여주었다. 그런 깨달음은 「아름다운 얼굴」에서 '나'가 후배를 아름답다고 생각하는 까닭과 상통한다. 대학의 강사자리도 마다하고 노동운동에 뛰어든 후배의 뒤에는 그의 공부를 위해 세상의 가장 밑바닥으로 뿔뿔이 흩어져 일해야 했던 가족들이 있었다. 후배의 아름다움은 "소위 민중운동을 한"답시고 "장돌뱅이라는 계급"을 사회의 부조리로 덮어버린 채 "부르조아 지식계급의 반동적이고도 퇴폐적인 술자리"를 갖는 '나'의 허위의식을 되비추어 준다. 그러면서 후배는 노동운동의 진정성이 무엇인가를 자신의 삶으로 보여준다.

'빚 갚기'만 아니라면 그는 이미 현실도피의 관념적 도구로 받아들인 민중문학이 갖는 한계를 알아버린, 그래서 용서와 화해로 보다 가까이 다가갔던 「다시 월문리에서」와 같은 소설을 여러 편 발표했을지 모른다. 절필을 하고, 출판사로부터 점차 마음이 떠나갔던 그는 다시금 "사춘기 무렵의 자기혐오"에 빠져든다. 민중문학이라는 강력한 무기도 자신의 갑옷이 되어줄 수 없었기에, 그가 다시 자기혐오에 빠져든 것은 어쩌면 당연한 귀결이라 할 수 있다.

송기원은 왜 탐미주의, 초현실주의, 퇴폐주의, 그리고 민중문학까지의 변신을 끊임없이 감행했던 것일까. 사생아이자 장돌뱅이라는 자신에게 주어진 운명적 조건을 이겨내기 위해서였을까. 아마도 그럴 것이다. 운명적 조건 앞에서 처음에는 그것을 부정하고, 다음에는 그것과 대결하고자 덤벼들었을 것이다.

그러나 기이하게도 내 어린 시절의 기억 속에는 사생아거나 장돌뱅이 출신인 자신을 부끄럽게 여긴 적이 거의 없다. 오히려 장돌뱅이로 아무렇게나 굴러다니며 잡초처럼 자라던 시절의 기억 속에는, 한줄기 구김살도 없이, 장터의 밑바닥 사람들만이 갖는 특유의 자유분방함과 낙천적인 분위기만이 가득 차 있다. 모름지기 사춘기 소년이 되어 자신의 인생을 예감하고 그렇게 자신의 삶을 돌아보기 전까지는 나는 그런대로 행복한 어린아이였던 것이다. (6: 123쪽)

어린 소년과 사춘기 소년 사이에 세상의 논리가 개입하는 순간 '자기'는 어린 소년인 '본래의 자기'와 사춘기 소년에게 생겨난 '또 다른 자기'로 균열된다. 그리고 소년이 성장할수록 '또 다른 자기'는 거대한 힘으로 '본래의 자기'를 위협한다. 그러다보면 어느 순간 '본래의 자기'가 가졌을 법한 무구의 가치는 사라지고 일종의 허상에 지나지 않는 탐욕스럽고 외설스러운 '또 다른 자기'의 얼룩만이 남는다. 예컨대 장터는, 앞서 언급했듯이 어린 소년에게는 축제가 열리는 공간이지만, 사춘기의 소년에게는 도저히 빠져나갈 수 없는 어둡고 끈적이는 늪이 된다.

늪 속의 상태, 송기원이 실천문학을 맡아 꾸려가는 동안 절필하게 된 상태를 그렇게 말할 수 있지 않을까. 결국 이 시기는 자기를 잃은 시간들로 점철된다. 사생아, 장돌뱅이라는 운명에 휘둘리고, 민중문학이 대의라는 시대적 당위에 휘둘리고, 실천문학 대표를 할 수밖에 없는 죄의식과 부채감에 휘둘리는 시간들이었다. 이러한 반성은 작가적 성실성과 치열성이 뒷받침되지 않으면 불가능하다. 그것은 시대의 조류에 휩쓸려 민중문학과 손을 잡았다가 가볍게 털어버리는 것이 아니라, 자신의 삶과 사회의 진실을 가식 없이, 오롯이 담을 수 있는 문학은 무엇인지에 대해 고뇌하고, 그 고뇌를 통해 민중문학과의 진정한 관계를 끝없이 모색하는 작가만이 가질 수 있는 자리이다. 이 자리에서 작가는 이제 이전보다 더욱더 치열하게 문학에 부딪칠 수밖에 없다. 늪을 빠져나가든가, 혹은 늪을 축제로 바꿔야만 한다. 무엇도 할 수 없다면 늪 속에 빠진 채로 문학과 삶을 견디어내야 한다.

1987년 그는 늪으로부터 탈출하기 위해 자신을 인생의 밑바닥으로 몰아넣는다. 그렇게 해서 만들어진 것이 산문집 『뒷골목 기행』(1989)이다. 이 기행을 통해 그는 새로운 가능성을 예감한다. 그리고 1990년, 김성동의 권유로 그와 함께, 앞으로 그의 작가적 행보에 큰 영향을 미치게 될 국선도장에 나가기 시작한다.


## 4. 얼음 속의 불

송기원은 실천문학에 몸담고 있던 1987년에서 1988년까지 여러 도시의 뒷골목을 기행하면서 인생의 밑바닥에 버려진 많은 사람들을 만난다. 그 경험을 계기로 작가의 문학을 향한 열정과 탐욕이 솟아오르기 시작한다. '또 다른 자기의 꼭두놀음'이라는 이름의 얼음 속에 잠자고 있던 송기원의 '본래의 자기'가 깨어나기 시작한 것이다.

1989년 실천문학을 그만두고 그는 새로운 마음으로 문학에 접근한다. 자신에게 주어진 조건에서 벗어나고자 택한 관념적 무기들(퇴폐주의, 탐미주의, 민중문학 등)이 허상에 불과했음을 깨달았을 때 그는 방향성을 상실한다. 다시 길을 찾지 않으면 안 되었던 그는 사춘기 무렵의 자기혐오에 빠져 자신에게 냉소적이 되어갔다. 그가 「다시 월문리에서」와 같은 소설을 계속해서 써 나갔더라면 아마도 자기비하라든지 자기혐오와 같은 태도를 이미 걷어치워 버렸을지 모른다. 그리고 '또 다른 자기'에 휘둘리지 않는 '본래의 자기'를 찾는 일이 더 빨라졌을 것이다. 그렇지 않은 상황에서 새롭게 창작을 시도하는 이 시기의 문학에는 여러 다양한 경향이 공존할 수밖에 없었다. 자기고백적 소설, 창녀를 주인공으로 한 소설, 그리고 구도소설이라고 명명할 수 있는 소설들이, 그것이다.

실천문학을 그만 두고 3년간의 모색기간을 거친 후 그는 「아름다운 얼굴」(1993)을 내놓는다. 자기고백적인 내용으로 가득한 이 소설은 이 시기 시도된 다양한 경향 중의 하나이다. 삶에 대한 반성적 성찰과 자신이 그동안 숨기고 감추려 애써왔던 치욕스러운 자기와 만나는 고통스러움이 고스란히 드러나는 자기고백적 소설에서 새로운 시작을 향한, '본래의 자기'와의 대면을 시도한다.

그러나 「아름다운 얼굴」에는 허상으로 받아들인 민중문학으로부터 완전히 벗어나지 못한 듯한 여러 잔상들이 발견된다. 새로운 창작방식으로 나아가는 것이 어렵기라도 한 듯, 그 앞에서 그는 아직 머뭇거리고 주저한다. 그럼에도 불구하고 이 작품은 고백을 향한 봇물을 터뜨리는 중요한 기화가 된다. 이후 『너에게 가마 나에게 오라』(1994), 『여자에 관한 명상』(1996)을 통해서 그는 자신의 삶을, 그리고 자기혐오로 가득했던 '사생아'와 '장돌뱅이'라는 조건을 남김없이 풀어놓는다.


내가 지금까지도 가끔 꾸는 악몽이 둘 있다. 그 중 하나는 **군대에 관한 꿈**으로, 일테면 군 생활 삼 년을 마치고 이제 막 예비 사단으로 출발하려는데 갑자기 높은 데서 호출을 한다. 그들은 내 앞에 서류를 내밀며 무엇인가가 잘못되었으니 다시 삼 년간 군대 생활을 해야 한다는 식이다. 그런 꿈을 꾸고 나면, 나는 어쩔 수 없이 온 몸이 식은땀에 흠뻑 젖은 채 가위 눌려 숨결마저 헐떡이고 있다.

또 하나의 악몽으로는 바로 나의 **열여덟 살 무렵**이다. 그 무렵 나는 이 소설의 주인공 김윤호처럼 학교에서 퇴학을 당하여 장터에 내려와 건달들의 똘마니 노릇을 하며 지냈다. 꿈속에서는 장터를 탈출하기 위하여 공동묘지를 헤매지만 이미 공동묘지 자체가 미로가 되어 출구를 찾아 한없이 헤매다가 결국 지쳐서 쓰러진다. 어느 때는 낡은 적산 가옥인 집이 무너지는데도 나는 몸을 움직일 수가 없어서 방에 누운 채 그대로 무너지는 집을 올려다보고만 있다. 이 열여덟 무렵의 꿈 또한 군대 시절의 꿈처럼 어쩔 수 없이 지금까지도 나를 가위 눌리게 한다.

왜 열여덟 무렵이 나에게 악몽이 된 것일까. (강조-인용자, 5: 301~302쪽)

『너에게 가마 나에게 오라』의 작가 후기에서 그는 군대와 열여덟 무렵의 악몽을 이야기한다. 아마도 그의 악몽은 가장 견디기 힘들었던 사건을 압축하고 전치시켜 놓은 것일 터, 군대에 관한 악몽은 1980년부터 1982년까지 이어진 수감생활을, 또 열여덟 무렵의 악몽은 장터 똘마니 시절 머리통을 깬 사건으로 친척집에 도피해 있던 그 사건을 의미하는 듯하다. 그의 악몽에서 사생아와 장돌뱅이라는 치부는 분명한 인과관계 속에 작동한다. 그리고 악몽은 그의 윤리의식 속으로 들어가는 문처럼 보인다.

군대에 관한 악몽을 보자. 군대와 감옥이 권력의 메커니즘 하에서 만들어진 제도라는 점에서 두 공간은 동등한 것으로 치환될 수 있다. 심지어 그는 무려 네 번에 걸쳐 수감생활을 한다. 그에게 감옥은 그 자체로 악몽이 아닐 수 없다. 송기원은 김대중 내란 음모사건에 얼토당토않게 휘말린다. 그리고 12년 형을 언도받는데, 실제 복역기간은 3년이었다. 복역기간과 구형이 달랐던 까닭에 그는 무던히도 마음을 졸였을 것이다. 그리고 그의 어머니는 생모였음에도 그것을 입증할 수 있는 서류가 없어 면회조차 거부된다. 그 상황을 견디다 못해 어머니는 자진하고 만다. 그가 「새로 온 사람들」(1984)이란 작품에서 "간단없는 도착증세"라고 명명했던 것처럼 그는 현실과 그의 생각이 괴리되는 상황을 겪게 된다. 더구나 그는 감옥에서 어머니가 작고했다는 소식을 듣는다. 불효자로서의 비통한 심정, 권력에 대한 불신과 공포가 뒤섞인 그 감정들이 악몽으로 되살아난 것은 아닌가.

열여덟 무렵의 악몽을 보자. 이 악몽의 배경은 장터에서 공동묘지로 변한다. 장터는 그에게 늪처럼 인식되는 곳이다. 그런 장터에서 누군가의 머리통을 깬 사건은 그에게 가해자로서의 죄의식을 심어주었다. 사생아이자 장돌뱅이로서의 조건은 운명적인 것이었지만, 누군가에게 위해를 가한 사건, 그리고 다른 사람이 자신의 죄를 대신 뒤집어쓴 사건은 운명이라 치부할 수도 없는 것이어서 더욱 그를 괴롭혔을 것이다. 그는 끊임없이 고향으로부터 도망치려 하지만, 가해자로서의 죄의식까지 점철된 고향으로부터 한발자국도 떼어놓지 못한다.

말하자면 그는 불합리한 권력에 의해 감옥에 갇힌 희생자이면서 장돌뱅이 이자 사생아다. 반면에 장터, 즉 고향에서 자신은 사람에게 위해를 가한 가해 자이다. 그리고 심리적으로는 장터 사람들의 기대와 선망, 그리고 어머니라는 존재까지도 치부로 돌리고자 했던 까닭에 늘 죄의식에 시달린다. 적어도 그에 게 있어 사회의 윤리는 일관되지 않다. 억울하게 희생된 자이자, 장돌뱅이, 사 생아의 입장에서 사회의 윤리는 모순투성이의 제도를 합리적으로 받아들일 것을, 그리고 운명적인 조건을 치부로 받아들이기를 요구하는 불합리한 것이 다. 그러나 가해자로서의 입장에서 사회의 윤리는 잘못, 혹은 죄에 따른 처벌 을 받는 것이 마땅하다고 여길 만큼 합리적인 것으로 작동한다. 그는 그 이중 적인 잣대로부터 스스로 벗어나야만 한다. 이중적인 잣대란 어린 소년이 보았 던 축제와 사춘기 소년이 보았던 끈적이는 늪 사이의 괴리에 다름 아니다.

결국 그는 고해성사를 하듯 자신의 치부를 남김없이 내려놓으면서 본래의 자기와, 자기를 압도했던 또 다른 자기와의 화해를 준비한다. 그것을 새로운 시작을 위한 비움이라고 할 수 있지 않을까.

두 번째 유형. 그는 「아름다운 얼굴」에 연이어 「늙은 창녀의 노래」(1993), 「수선화를 찾아서」(1993)를 발표한다. 창녀를 주인공으로 내세운 이 작품들은 작가가 뒷골목을 기행하면서 쓴 글들에 허구적 가공을 덧입힌 것이다. 허구적 가공이라 했지만 이 소설들은 뒷골목 기행의 적자라고 해도 과언은 아니다. 특히 단편 「늙은 창녀의 노래」는 『마음속 붉은 꽃잎』(1990)에 실린 여러 시들 을 소설의 중간 중간에 삽입해놓았다. 뒷골목 기행에서 만난 히빠리 골목의 창녀 이야기는 1987년에 산문으로, 그리고 1989년에 시로, 마지막으로 1993 년에 소설로 갈무리된다. 그만큼 그 창녀와의 만남이 그에게는 큰 의미로 다 가왔던 것이다. 송기원은 그 창녀에게서 무엇을 보았던 것일까. 그는 『마음속 붉은 꽃잎』의 후기에서 다음과 같이 말한다.

이 뒷골목 인생들은 주로 날품팔이, 등짐장수, 하급선원, 넝마주이, 창녀, 술집작부, 양공주 등으로, 흔히는 **노동자 농민으로 구성되는 민중계층의 중심부에서도 소외시키기 십상인 천민계층으로**, (중략) 버려진 인생 속에서 외려 더없이 아름다운 민중의 사랑이나 민중의 힘을 발견했다면, 누군가는 그런 나의 감각을 편협된 것이거나 변태적인 것이라고 비난할지도 모른다. (중략) 분명한 것은 그녀가 더러운 싸구려 사창가의 늙은 창녀였기 때문은 결코 아니었다. 나는 적어도 그렇게 살아오지는 않았다. 그때 나를 뒤흔든 욕지기는 분명히 **근친상간과도 같은 도덕적 감정**이었다. (강조-인용자, 4: 115~116쪽)

그는 창녀에게서 한 많은 삶을 읽어낸다. 그에게 한 많은 삶이란 익숙한 것이었다. 무엇보다 그 한 많은 삶의 기준이 되는 것으로 어머니의 삶이 있었다. 창녀에게서 어머니의 삶에 맺혔을 법한 한을 발견하는 일은 그리 어려운 것이 아니었다. 그는 창녀를 통해 한 많은 삶을 알았고, 이 땅의 어머니를 알았고, 그리고 그들이 민중이라는 이름에서도 소외된 이름이었음을 알았다. 그는 창녀를 통해 민중의 이름으로 문학을 하고자 한 것이 아니다. 다만 그는 사람을 만났고, 글을 쓰고 싶었고, 그러고 나서야 창녀가 민중이라는 이름에서도 소외된 민중 아닌 민중이었음을 깨달았을 뿐이다. 그리고 버려진 육체에서 고통이 승화된 정신을 발견한다. 그는 시 「보름달」에서 그 장면을 다음과 같이 묘사한다. "내 몸뚱어리를 스쳐 지난/그 많은 남자들이//단 한 남자로만 밝아오는/저 환장한 보름달!"(4: 67쪽)

비로소 그는 자신만의 문학을 부여잡게 된 것이다. 이전에 그가 발표한 민중문학 작품 안에 등장하는 민중은 농민, 혹은 분단의 상처를 품고 살아가는 이들에 불과했다. 그 역시 '노동자 농민'을 민중계층으로 사고했던 것이다. 그런 그가 창녀, 혹은 넝마주이조차 민중임을 뒤늦게 깨달은 것이다. 바로 그때 송기원의 문학이 새롭게 태어난다. 송기원의 문학은 이 지점에서 '민중문학'의 '민중'이라는 개념에서도 소외된 이들의 삶을 보듬고 위무하면서, 한편으로는 자기중심적인 위악과 냉소로부터 벗어나 타인에 대한 관심과 사랑을 표명하는 방식으로 재정의된다.

송기원에게 문학이란 삶과 등가인 것인데, 위악으로 혹은 민중문학으로 삶을 혹은 문학을 덮어버린 결과 그의 문학은 방향을 상실하고 말았다. 그에게 삶과 등가로서의 문학이란 퇴폐와 탐미가 아닌가. 덮으려 해도 덮이지 않고, 생래적인 것인 모양 늘 솟아오르는 퇴폐와 탐미가 자신의 문학이 나아가야 할 길이라는 것을, 그리고 퇴폐와 탐미가 곧 아름다움이라는 것을 그는 조금씩 발견한다.

그러나 송기원은 퇴폐와 탐미를 그 자체로, 자신의 문학적 경향으로 자인하지 못한다. 지금껏 거부하고 부정해온 자신의 삶들이 여전히 자신을 괴롭히는 한, 그리고 늙은 창녀처럼 부정과 거부로 점철된 삶까지 모두 자신의 것으로 너그럽게 받아들일 수 없는 한, 그는 머뭇거리며 그 안으로 깊숙이 들어가기를, 자신을 그 불꽃 속에 던지기를 주저할 수밖에 없다.

이로부터 세 번째 유형이 등장한다. 육체의 고통을 이겨냄으로써 정신을 맑게 하고 도달하게 되는 '도' 란 그에게 속죄행위 그 자체로 다가온다. 그는 사후세계에서 어머니를 만난다면 "어머니보다 더 쉽게 살지는 않았"다고 말할 것을 약속했다. 단전호흡을 통해 자기를 비워내고 온갖 사물들과 교감할 수 있도록 육체를 단련하는 국선도야말로 어머니와의 약속을 지키는 한 방편이었다.

처절하도록 고통스러웠을 그의 육체적 고행을 따라가노라면 문득 떠오르는 한 장면이 있다. 어릴 적 그는 모르는 '아저씨' 로부터 양말을 받아 온 적이 있었다. 아이는 그가 생부인지도 모른 채 양말을 자랑하기 바쁘다. 그런 아이에게 어머니는 무도한 매질을 한다.

"니년은 가만있어. 오늘 나가 이놈을 쥑이고 나도 죽어뿔 거잉께." (중략) 아이는 지금껏 어머니뿐만 아니라 누구에게서도 그렇듯 무서운 얼굴은 보지 못했다.

불현듯 어떤 절망감이 아이의 눈 속으로 마치 캄캄한 어둠처럼 몰려오는 것이었다. 아이는 더 이상 어머니의 치맛자락을 붙들지 못하고 스르르 무너져내렸다. 그렇게 무너져내리면서 아이는 한 가지 사실을 깨달을 수 있었다. 이것은 내가 맞을 매가 아니다. 그리고 아이는 캄캄한 어둠속에서 작고 날카로운 눈매의 사내가 아이를 내려

다보며 비웃는 듯 혹은 딱해하는 듯 얄궂게 웃고 있는 것을 보았다. (6: 120~122쪽)

그는 어머니를 향한, 그리고 고향에 대한 죄의식을 덜어내기 위해 육체를 고통 속으로 밀어 넣는 마조히즘적 행위를 마다하지 않는다. 그는 육체적 고통 속에서 더 자유로워지는 정신을 맛보게 된다. 그러면서 그는 어머니에 대한 죄의식으로부터도 자유로워질 수 있었을까.

송기원은 끊임없이 육체를 고통 속으로 밀어 넣으면서 '기(정신을 담는 그릇으로서의 육체)'를 닦는다. 「인도로 간 예수」(1995)와 『청산』(1997)은 새로운 시작을 위한 타개책이자 수행의 일종이었다. 그 그릇에 담길 정신은 그렇다면 어떤 것이어야 하는가. 1997년 그는 그 정신을 찾아 인도로 향한다. 이제 마음을 닦을 차례다.


## 5. 자기(self) 혹은 붓다 만나러 가는 길

1997년 송기원은 여덟 달 동안 인도의 히말라야와 미얀마로 여행을 떠난다. 인도 '여행'이라 했지만 여행보다는 '구도'에 가까운 여정이었다. 일어나서 걷고, 그러다가 밤이 되면 묵을 곳을 찾아 들어가 잠들고, 또 일어나면 다시 걷고 하는 것이 그 여행의 전부였다. 『안으로의 여행』(1999), 『또 하나의 나』(2000)의 작품은 그 여행의 여정을 고스란히 보여준다. 그가 인도에서 발견한 것은 무엇인가, 또 그는 그 여행을 통해 무엇을 얻었는가.

인도에서 그가 발견한 것은 '자기'였다. 세상으로부터 익히고 배운 그런 시선으로 돌아본 '자기'는 혐오 그 자체였다. 그런 시선이 아니라 자신도 알지 못했던 '제3의 눈'으로 자신을 바라볼 수 있게 되자, 그는 지금껏 경험해보지 않았던 새로운 무엇이 자신에게 있었음을 깨달았다고 한다. 그것이 도대체 무엇인가를 알기 위해 그는 인도에서 미얀마로, 그리고 다시 한국으로 돌아와 계룡산 대자암으로 향한다. 토굴에서 1년간 꼼짝 않고 수행을 하던 그는 다시 밖으로 나와 고창 선운사 근처 빈 농가에서 여러 달을 보낸다.

그렇게 3년에 걸쳐 수행을 하면서 그는 무엇을 얻었을까. 그가 도달했을 법한 경지가 어디까지인지는 알 수 없다. 그러나 적어도 그가 인도와 불가에서의 수행을 통해서 무엇을 얻었는지는 이후 발표된 작품을 통해서 능히 짐작할 만하다. 『또 하나의 나』에서 주인공 '나'는 육체의 한계 그 극한까지 자신을 밀어붙인다. 그리고 그 자리에서 지옥과도 같은 마음 풍경을 만난다. "자기혐오와 분노와 원한과 안타까움과 그런 모든 것들"(9: 58쪽)과 정면으로 대결하여 자신에게 "갈증을 일으키게 하는 사물에 대한 두려움이나 공포감"(9: 60쪽)이 살기였음을 깨닫는다. 그리고 온몸을 버둥거리며 울고 있는 갓난아이의 환상을 본다. 그 "어린아이가 나 자신이라는 것을 깨닫자" 오랫동안 갈구해왔던 그 무엇에 대한 갈증마저 사라진다. 이제 그 자리에 살기 어린 상념 대신 '축제'가 자리 잡는다. 그는 '늪'에서 벗어나 어린아이의 그 무구한 '축제'의 세계와 조우한다. 그렇게 마음을 비운 그의 앞에 한 노파가 나타난다.

나에게 노파의 초롱초롱하게 빛나는 눈빛은 육체적인 감각기관이 아니라, 이미 영혼이라 불러도 좋을 영역에 속한 무엇이었다. 굳이 티베트 불교식으로 말하자면, 몸은 이제 다 입어서 그만 벗어야 할 때가 된 낡은 옷이었지만, 두 눈만은 미리 꺼내어 갈아입은 새 옷이었다. (9: 292쪽)

그 노파를 보는 순간 자신의 "감각들이며 의식들이 새롭게 형성되기 시작하고 있다"(9: 294쪽)는 사실을 깨닫는다. 완벽하게 해체된 의식들이 무언가 새로운 것을 형성해가기 시작한 것이다. 그는 수행을 통해 생과 사, 희노애락애오욕(喜怒哀樂愛惡慾)이 결국 아무것도 아님을 갈등하지 않고 바라볼 수 있게 된다. 갈등이 사라졌다는 것, 그것은 용서와 화해로 마음이 그득해졌다는 것을 의미한다. 나와 남이 다름을 알고 다름을 다름 그대로 받아들일 수 있는 마음, 그것은 작가가 이미 사물을 그 사물 자체로 바라볼 수 있게 되었음을 의미한다. 그런 그에게 과거의 아픔이나 치부 따위는 아무런 문제도 되지 않을 터이다.

"지난번 니 외할머니 기일 때, 기억하냐?"

"기억하지요. 불과 몇 달 전 일인데요 뭐."

"그때 네가 물었지. 왜 젯밥을 세 그릇씩이나 놓았느냐고."

"그거야 외할머니 저승 동무들이 함께 드실 거라고 했잖아요."

정룡이의 말에 나는 고개를 절레절레 저었다.

"저승 동무들이 아니다."

"그러면……."

잠깐의 침묵 끝에 정룡이가 다시 말을 이었다.

"그 중에 한 그릇은 바로 사촌아부지라는 사람 거란 말예요?"

"그래, 어머니, 생부, 그리고 사촌아부지." (10: 184쪽)

생부 대신 어머니에게 부지깽이 매질을 당했고, 사촌아부지라고 불렀던 의부에게 어머니가 죽도록 맞는 것을 보고 자라야 했던 그에게 아버지란 공포와 증오의 대상이었고, 한순간도 잊을 수 없지만 그만큼이나 잊고 싶고 도망치고 싶은 기억 속의 인물들이었다. 그러나 송기원은 어느 순간 「사촌아부지」(1994)의 '나'처럼 옭죄는 기억으로부터 자유로워진다. 그들의 삶을 이해하고, 그들도 내가 감싸 안고 포용해야 할 나의 일부분이라는 것을 깨달았기 때문일 것이다. 그것이 의지로 가능한 일일까. 그것은 분명 아니다. 그런 태도는 의지가 아니라 속 깊은 곳으로부터 우러나오는 마음이어야 취할 수 있다. 비로소 작가는 사회의 규범과 제도를 거스르지 않으면서, 그리고 그 속에서 자유로울 수 있으면서도 문학이라는 성 안에서 굳건하게 자신만의 것으로 서 있을 수 있는 윤리를 찾아낸 셈이다.

작가는 이제 자신을 표나게 주인공으로 내세우려 하지 않는다. 이전의 소설들에서 작가의 분신인 듯 보이는 인물들이 차지하고 있던 자리에는 그가 그토록 버리고 싶어 했던 장터의 인물들이 대신 들어오기 시작한다. 한실 꼬랑의 문둥이 딸이었던 정애, 또 걸신들린 어릴 적 모습을 벗고 청요리집의 주인이 되어 돌아온 성관이와 남편을 몇 번이나 바꾼 성관의 어머니 물결레떡, 어머니의 재가로 친척집에서 어렵게 자란 울보 유생이, 폐병 든 남편을 병수발하기 위해 장터로 나온 혜조갈래, 자신의 이익을 거두지 않고 매사에 원칙을 지키며 살아온 폰개성까지, 『사람의 향기』(2003) 연작에 등장하는 이 모든 인물들이 '나'를 대신해 고향의 기억들을 이끌어낸다.

그곳에는 사람들이 여전히 살고 있었다. 그러나 그 고향은 지금껏 작가에게는 버려야 할 것들 속에 묻혀 잊혀졌다. 그들이 지금까지 겪어내야 했던 간난산고는 치부들에 시달렸던 작가의 간난산고에 다름 아니었다. 이제 작가는 고향의 사람들을 내세워 사람냄새 나는 삶이 어떤 것인가를 이야기한다. 그 삶이 바로 작가가 보여주고, 지향하고 싶은 세상살이이지 않을까. 그래서일까. 송기원이 인도로, 불가로 헤매며 비워냈던 '자기'의 자리에 서 있는 고향사람들의 위용이 무척이나 거대하게 다가온다.


## 6. 하르르, 황홀하게

작가 송기원이 자기와 또 다른 자기의 합일을 이뤄내고, 그렇게 합일을 이뤄낸 온전한 자기마저 비워낸 그 자리에는 사람냄새 물씬 나는 고향사람들이 거대하게 들어서 있지만, 또 그 자리는 사람냄새 나는 다른 누군가가 그들을 대신해 언제고 들어설 수 있을 듯하다. 혹은 누군가가 있어도 좋고, 없어도 좋은 것이 지금 송기원의 마음 그릇이 아닐까.


그럴 줄 알았다.


단 한번의 간통으로
하르르, 황홀하게
무너져내릴 줄 알았다.

나도 없이
화냥년!

— 「모란」, 11 : 29쪽

이제 그에게는 어떠한 욕(慾)도, 갈등도 보이지 않는다. 사랑하는 사람이 꽃 잎이 떨어지듯 다른 사람에게로 돌아서도, 자신이 애(愛)의 대상이 아니어도 그는 삶을 황홀하게 누릴 것처럼 보인다. 신산했던 어머니의 삶도, 온갖 추행 과 치욕으로 얼룩졌던 자신의 삶도 그는 이제 웃으면서 바라볼 수 있게 된 듯 하다.

그런데 왜 그에게 새로운 '욕'을 기대하고 싶어지는 것인가. 그가 깨끗하게 비워낸 마음의 자리에 문학을 향한 탐욕스러우리만큼 열정적인 마음이 채워 졌으면 하는 바람이다. 그가 그 안에 또 무엇을 채울 것인가는 지켜봐야 할 일 이지만, 아마도 그는 그 자신 깊숙이 각인된 퇴폐와 탐미의 생리를 결코 버 리지는 못할 듯하다. 그래서 작가의 다음 행보가 더 기다려진다. 색(色)은 즉 공(空)이고 공(空)은 즉 색(色)이러니.

* **참고문헌**

1. 「작가연보」, 『다섯개의 겨울노트』, 푸른숲, 1990

2. 「작가연보」, 『계간문예』, 2007. 겨울

3. 「어허라 달궁」, 『다시 월문리에서』, 창작과비평사, 1984

4. 『마음속 붉은 꽃잎』, 창작과비평사, 1990

5. 『너에게 가마 나에게 오라』, 한양출판, 1994

6. 「아름다운 얼굴」, 『인도로 간 예수』, 창작과비평사, 1995

7. 「인도로 간 예수」, 『인도로 간 예수』, 창작과비평사, 1995

8. 『여자에 관한 명상』, 문학동네, 1996

9. 『또 하나의 나』, 문이당, 2000

10. 「사촌아부지」, 『사람의 향기』, 창비, 2003

11. 「모란」, 『단 한번 보지 못한 내 꽃들』, 랜덤하우스중앙, 2006

12. 이진행, 「가장 굳건한 고통의 바탕 위에」, 『그대 언 살이 터져 시가 빛날 때』, 실 천문학사, 1983

# 죄의식의 탐구를 향한 글쓰기의 도정: 이승우

## 1. 죄의 메커니즘

이승우의 초기 작품을 읽노라면 주목되는 것이 죄의식에 대한 측면이다. 『생의 이면』(문이당, 1992)을 통해 이승우 작품에 나타나는 죄의식의 원형이 무엇인지를 짐작해보자. 이 작품은 '나'가 작가 박부길의 생애를 재구성하는 방식으로 이루어져 있다. 박부길의 아버지는 고시합격이라는 동네의 기대를 한 몸에 받고 있는 수재였으나 미쳐버려서 뒤채에 갇힌다. 그런 사실을 알지 못하는 박부길은 아버지가 공부하고 있다는 무극사를 찾아 가고자 하지만 큰아버지에게 들켜 혼쭐이 난다. 어머니만 보면 발작을 일으키는 아버지 때문에 어머니는 친정으로 돌려보내진다. 동네에서는 어머니가 교회 전도사와의 추문 때문에 쫓겨난 것으로 소문이 난다. 박부길은 뒤채에 가지 말라는 큰아버지의 금령을 어기고 감나무의 감을 따먹기 위해 뒤채를 들락거리다가 그곳에서 누군가를 발견한다. 뒤채 골방에 갇힌 사람이 누군지 알지 못하지만 친밀감을 갖고 지켜보다가 그의 부탁으로 손톱깎이를 가져다준다. 다음날 뒤채의 남자가 손톱깎이로 자살한다. 남자의 장례를 치르면서 박부길은 그가 아버지라는 것을 예감한다. 박부길은 아버지의 무덤에 불을 지르고 고향을 떠난다.

이 줄거리를 통해 작가가 던지는 질문은 인간의 원죄의식이란 과연 존재하는가의 문제이다. 이는 박부길이 큰아버지의 금기를 어긴 것과 아버지에게 손톱깎이를 줌으로써 아버지를 죽음으로 내모는 것과 관련된다. 그것은 인류의 원죄의식으로 설정되는 아담과 이브의 죄의식, 카인의 죄의식과 연결된다.

에덴동산에 있던 아담과 이브는 금기를 어기고 선악과를 먹음으로써 신의 영역으로부터 인간의 영역으로 추방된다. 추방된 아담과 이브는 인류의 원형이자, 그들이 저지른 죄는 인류의 원죄의식으로 설정된다. 한편 카인은 아벨에게 칼을 휘두른다. 아벨을 죽이려고 의도한 것은 아니지만 그 일로 인해 아벨이 죽게 되고, 카인은 신의 노여움을 받아 쫓겨난다. 땅으로부터는 아무것도 거두지 못할 것이라는 신의 말대로 카인은 황무지조차 일구지 못하고 광야를 떠돈다. 카인의 살인은 창세기에 기록된 최초의 살인으로, 인간에 의한 인간의 폭력인 셈이다. 그것은 '죄'이고, 응당 '벌'이 뒤따르게 된다.

이러한 원죄의식의 관점에서 볼 때, 박부길이 큰아버지가 설정한 금기를 어기고 뒤채에 가는 것, 그리고 큰아버지 몰래 손톱깎이를 가져다줌으로써 아버지를 죽음으로 내모는 것은 일견 아담과 이브의 금기를 어긴 죄의식과 카인이 아벨을 죽인 죄의식과 연결되는 듯 보인다. 그러나 작가는 심층의 여러 장치를 통해 이 원죄의식을 비판한다.

그 대표적인 장치가 큰아버지와 아버지의 관계망이다. 큰아버지는 권력을 가진 자이고 아버지는 그 권력에 편입되지 못하고 추방된 자이다. 권력을 가진 자의 입장에서 설정한 금기는 권력의 입장에서 선일 수 있다. 그러나 권력의 입장에서 벗어날 때, 박부길의 행위는 선도 아니고 악도 아니다. 권력의 입장을 떠날 때, 권력자인 큰아버지가 아버지를 뒤채에 가두는 것 자체가 악일수 있는 것이고, 따라서 박부길이 그 금기를 어기는 것이 선일 수도 있다.

비유하자면, 신의 입장에서 볼 때 신이 설정한 금기를 어기고 선악과를 따먹은 아담과 이브는 죄인이다. 인간은 태어날 때부터 이러한 원죄의식을 가지고 있기에 종교적 믿음을 통해 속죄해야 한다는 것은 따라서 신의 입장에서 설정된 또 다른 금기일 뿐이다. 인간의 입장에서 볼 때, 금기를 어긴 것은 죄가 아니다. 인간은 신이 아니다. 인간은 부끄럼, 죄의식, 죽음에 대한 공포, 사랑에 대한 열망을 가진 존재이다. 그런 인간의 입장에서 볼 때 아담과 이브는 아무런 죄도 범하지 않은 것이다. 결국, 작가는 종교적 내지 신화적 측면에서 설정된 인류의 원죄의식이란 있을 수 없는 것이며, 선과 악은 다만 권력을 가진 자가 설정한 기준에 의해 좌우될 뿐이라고 비판한다.

이처럼 이승우 작품은 종교적, 신화적 관점에서 인간을 옭아매는 원죄의식에 대한 비판에서부터 출발한다. 인간이 태어날 때부터 인류 공통으로 가지는 원죄의식이란 있을 수 없다. 죄는 다만 권력을 가진 자가 설정한 범주와 금기를 어긴 것과 관련이 있을 뿐이다. 작가는 이처럼 종교적, 신화적 관점에 대한 비판에서 출발하여 '지금 이곳'을 살아가는 구체적인 인간에게 덧씌워지는 죄의식의 실체가 무엇인지에 대한 탐구로 나아간다. 결론적으로 말하자면, 이승우의 전체적인 글쓰기의 전개과정은 종교적이고 신화적인 관념으로부터 출발해서 그것이 현실과 변증법적 교호작용을 이루는 가운데 관념과 현실이 어우러져 하나의 결정체로 거듭나는 과정에 다름 아니다.

## 2. 고귀한 것과 천한 것의 대립적 인식을 통한 죄의식의 내면화

이승우의 등단작인 중편 「에리직톤의 초상」(《한국문학》, 1981. 12)은 10년에 걸친 사유를 통해 『에리직톤의 초상』(살림, 1990)이라는 장편으로 거듭난다. 이 작품에서 작가는 현실사회에서 죄는 과연 무엇인가를 묻고 있다.

이 작품에는 다양한 인물이 등장한다. 정교수는 신의 대리인으로서 목회자의 길을 걷는다. 철학도인 최형석은 약혼녀인 혜령과 독일에서의 유학생활에서 자존감을 잃고 외국인에 대한 열등감에 사로잡혀 괴로워하다가 교황저격 사건에 가담한다. '나(병욱)'는 생계를 책임져야 하는 이유로 목회자의 길을 포기하고 기자가 된다. 혜령은 '나'와 헤어져 자신을 쫓아다니던 형석과 결혼을 약속하고 독일로 유학을 떠나지만 형석과 헤어져 서울로 되돌아와 수녀가 되고자 한다. 신태혁은 신과 인간의 수직적 관계를 중요시하는 정교수와는 달리 인간과 인간의 수평적 관계를 중시하면서 신과 인간 사이의 관계도 수평관계로 환원시키려 한다. 그는 노동운동에 가담하여 쫓기는 신세가 되고 혜령이 있는 수도원에 숨어 지내다가 발각되어 고문을 당한다. 혜령은 수도원을 침탈한 경찰에 연행되었다가 풀려나자 수녀의 길을 포기하고 고아원에서 아이들을 돌보기로 한다.

이 줄거리에서 1부는 신과 인간의 수직적 관계에서의 죄의식을 다루고, 2부에서는 인간과 인간의 관계에서 죄의식을 다루고 있다. 1부의 중심인물은 최형석이다. 최형석이 교황저격사건에 가담하는 것은 신의 권위에 대한 정면도전이다. 그것은 신성성을 앞세운 신의 입장에서 볼 때 큰 죄이다. 2부의 중심인물은 신태혁이다. 신태혁은 노동운동을 통해 사회의 지배적 권력에 맞선다. 이 역시 사회적 권력의 입장에서 볼 때 큰 죄이다.

여기서 다음 두 가지 측면에 주목할 필요가 있다. 먼저, 최형석이나 신태혁은 신성성의 탈을 쓴 억압적 권위와 권력에 의해 희생되는 에리직톤의 후예들이라는 점이다. 에리직톤의 신화는 시어리어즈라는 여신이 아끼는 신성한 나무에 도끼질을 한 죄로 에리직톤이 굶주림의 형벌을 받고 결국에는 자신의 팔다리를 뜯어먹다가 죽어간다는 내용을 담고 있다. 신성한 권위에 도전한 죄로 벌을 받는다는 에리직톤 신화의 내용이 최형석, 신태혁의 삶으로 치환되고 있는 것이다. 그러나 이 측면은 이 작품의 표층적 주제에 불과하다.

다음, 작가는 에리직톤의 후예들을 통해, 사회적 인간에게 부과되는 죄는 신의 권위, 혹은 사회의 지배적 권력에 대한 저항과 관련이 있음을 강조한다. 그러면서 신의 권위와 억압적 권력에 대한 저항이 종국에는 일정한 한계를 가질 수밖에 없음을 또한 강조한다. 최형석은 '절대자와의 비뚤어진 수직의 관계'에 도전함으로써 인간 사이의 평등한 관계를 기획하고, 신태혁은 '인간 사이의 비뚤어진 수평의 관계'를 바로잡음으로써 절대자와의 올바른 관계를 도모하고자 한다. 최형석과 신태혁의 이러한 행위는 그 자체가 부당한 권위와 권력에 대한 저항이라는 의미를 지니지만, 역설적으로 그러한 저항으로는 결코 수직적 질서를 극복할 수 없다는 점을 시사한다. 이들은 신과 인간, 인간과 인간의 관계를 수평적인 관계로 회복시키고자 했지만, 그러한 관계의 회복은 '한쪽이 승리함으로써 다른 한쪽을 폐기시켜야 하는 관계'에 다름 아니다. 말하자면 수평적 관계회복이 아니라 또 다른 수직적 관계의 설정에 불과한 것이다. 그리고 그러한 관계회복의 방식이 폭력에 기반을 두고 있다는 점에서 이들의 도전은 실패한 싸움이 될 수밖에 없다.

그렇다면 부당한 권위와 권력이 설정한 수직적 질서를 무너뜨리고 신과 인간, 인간과 인간의 수평적 관계를 회복하는 방식은 무엇인가. 그 방식은 최형석이나 신태혁이 패배한 싸움에서 꿋꿋이 살아남는 정혜령을 통해 제시된다.

"많이 생각했어요. 그러고 나서 결정한 거예요. 사람들 속에서가 아니면 하나님은 결코 만나지지 않는다는 이 소박한 진리를 깨닫기가 왜 그렇게 어려웠던 것인지 모르겠어요. 애초에 신앙과 삶이 별개의 것인 양 생각한 게 착각이었어요. 신앙이란 우리의 삶과 유리되어 독자적으로 존재하는 무엇이 아니잖아요. 삶에서 떨어져 나간 신앙이란 있을 수 없는 법이고, 따라서 인간에게서 유리된 신 또한 무의미하겠지요." (중략) "아무말 하지 마세요. 제발. 지금 나는 행복해요. 저 아이들이 나를 구원해요. 저 버려진 아이들의 천진난만한 표정들을 보세요. 저 아이들 속에서 나는 매 순간마다 하나님을 만나요. 믿어지지 않으세요? 나는 하나님을 섬기듯 저들을 섬기고 있어요. 저들은 나의 하나님들이거든요."

그녀는, 변혁만을 위해 삶 전체를 던져넣는 투사의 자리에 서기에는 이미 형식과 질서, 그리고 합리주의를 체질화하고 있으며, 그렇다고 현실에 타협하는 실용주의자가 되기에는 개혁과 비전, 그리고 유토피아에 대해 너무 많은 기대를 걸고 있는 것이 아닐까. (256~257쪽)

혜령이 신성성을 등에 업은 권력과의 싸움에서 살아남을 수 있었던 까닭은 '천한' 인간의 삶에서 '고귀한' 삶의 가치를 찾아냈기 때문이다. 천한 인간의 삶은 '변혁만을 위해 삶 전체를 던져 넣는 투사'의 삶이나, '현실에 타협하는 실용주의자'의 삶과 같은 것이다. 그렇다면 고귀한 삶은 무엇인가. 그것은 삶과 신앙이 일체되는 것에 다름 아니다. '삶에서 떨어져 나간 신앙'도, '인간에게서 유리된 신'도 아닌, '아이들 속에서 하나님을 만나'는 삶, 곧 일상의 모든 것에서 하나님을 만나는 삶이 바로 고귀한 삶이다. 내면에 신을 품고 그 신과 일체가 될 때, 더 이상 신은 외부에 있는 어떤 절대적 존재가 아니다. 그것은 인간과 수평적 관계에서 일체가 된 신이다. 그럴 때, 인간은 현실의 모든 것에서 신의 존재 현현을 인식하게 되고, 이를 통해 인간과 인간의 수평적 관계회복도 가능한 것이다.

「일식에 대하여」(『일식에 대하여』, 문학과지성사, 1989)는 사회의 지배권력에 의해 죄인으로 낙인찍힌 이들을 어떻게 감싸 안을 것인지를 다루고 있다. 평생 어머니에게 폭력을 휘두르던 아버지가 '나'의 연인인 승미에게까지 몹쓸 폭력을 가하자 '나'는 굴욕감과 수치심을 이기지 못하고 서울을 떠나 지방 근무를 자원한다. 그곳에서 만난 미스 윤과 박씨를 통해 새벽마다 기괴한 고함을 지르는 치매 노인의 사연을 듣는다. 때마침 찾아온 승미와 함께 노인을 만나러 간 자리에서 노인의 참회어린 고백을 듣는다. 전도유망한 작은 아들을 위해 큰아들을 대신 군대에 보냈다가 죽게 만든 일로 죄책감에 사로잡힌 노인은 '나'를 자신의 큰아들로 여기고 미안함을 토로한다.

여기서 아버지와 노인은 모두 '군대'와 '사법고시'로 표상되는 사회적 권력에 의해 희생된 죄인이다. 따라서 사회적 권력의 입장을 떠날 때 이들은 죄인이 아니다. 이들을 어떻게 감싸 안을 것인가. 다음 장면에 주목하자.

그녀는 아무 말도 하지 않고 벽을 더듬어 형광등 스위치를 올리더니 방 안의 오물들을 치우기 시작했다. 몇 번이나 왔다갔다하며 그녀는 냄새나고 더러운 노인의 배설물들을 닦아냈다. 그뿐만이 아니었다. 그녀는 어느새 더운물을 가져와서 이불을 걷어내고 노인의 옷을 벗겨내고, 그 몸을 닦아내기 시작했다. 물론 그녀는 한마디도 하지 않았다. 돈도 좋지만 더 이상은 못 견디겠다며 오늘 길흥을 떠난 미스 윤이 자주 절레절레 고개를 저으면서, 더러는 끔찍한 물건이라도 만지듯 얼굴을 찡그려가며 이 일을 했으리라. 돈이 그녀로 하여금 그 끔찍한 일을 하도록 시켰을 것이었다. 바로 그 일을 승미가 하고 있었다. (80쪽)

돈 때문에 노인을 간병하던 미스 윤과 달리, 승미는 인간에 대한 이해와 배려에 기반해 노인을 대한다. 그녀가 노인을 닦아주는 행위는 앞서 『에리직톤의 초상』에 등장한 혜령의 행위와 동일하다. 곧 내면에서 신과 일체가 되는 것, 그래서 내 주변의 타인에게서 신의 현현을 인지하는 것, 이를 통해 나와 타인이 하나가 되는 것에 다름 아니다. 그것은 일종의 숭고한 정화의식이라 할 수 있다. 승미의 이 행위를 통해, '나'는 아버지를 '더러운 환부', '족쇄',

'혹'으로 여겨왔지만, 실상 천하고 더럽고 비루한 것은 아버지가 아니라 아버지를 그렇게 인식하는 '나'의 내면임을 깨닫는다. 그럼으로써 승미의 정화의식은 천하고 더러운 '나'의 내면과 대비되어 고귀한 가치로서 의미화된다. 승미의 그러한 의식을 통해 아버지와 노인, 그리고 '나'의 죄의식이 치유될 수 있는 가능성이 마련된다. 승미의 이와 같은 태도는 아버지의 폭력에 시달리면서도 아버지를 자신의 운명으로 여기고 돌보던 '나'의 어머니가 보여주는 삶의 태도와 다르지 않다.

『가시나무 그늘』(중앙일보사, 1991)은 죄의식의 문제를 1980년대 군사독재정권과 관련하여 그 특질을 탐구해 들어간다. 따라서 앞선 작품들과 달리 작가의 시선이 보다 구체적 현실에 밀착되어 있음을 확인할 수 있다. 이 작품에는 세 층위의 이야기가 얽혀 있다. (A) 식인의 신 '몰록'을 우상화하는 지배세력에 맞서다가 불에 타 죽는 예언자의 이야기, (B) 군대에서 몰록의 이야기를 소설로 쓰는 문희규와 그를 지켜보는 '나'의 이야기, (C) 제대 이후 민주의 봄 정국에 휘말려 연행되었다가 풀려난 뒤 문희규가 죽었다는 소식을 듣고 K시로 갔다가 계엄령 하의 어지러운 정국에 휘말리게 되는 '나'의 이야기가 담겨 있다.

중심서사는 (C)이며, (A)와 (B)는 보조서사로 기능한다. 여기서 억압적 권력 내지 권위는 각 서사에서 '몰록/군대/고문기술자인 문희규의 아버지로 대표되는 군사독재정권'으로 변용된다. 이러한 억압적 권력에 대해 이 작품은 두 가지 측면의 대응방식을 제시한다. 먼저, 권력에 대한 저항으로, 이는 문희규와 최상택, 그리고 예언자의 행위로 제시된다. 문희규는 대학생 시절 데모를 했고, 군대에 들어가서는 의무대에서 폭력적인 권력을 비웃는 소설을 쓴다. 그리고 대학생 시절 군부독재를 비판하는 선언문을 썼던 친구에게 모진 고문을 가했던 자신의 아버지를 죽이려고 칼을 휘두른다. 한편, 최상택은 민주화를 위한 투쟁의 일환으로 각종 집회와 시위를 벌인다.

다음, '나'의 부역행위다. 실상, 세 개의 서사단위를 관통하는 것은 우상화된 몰록을 비판하고 죽어가는 예언자를 지켜보면서 '나'가 느끼는 부역자 콤플렉스이다. 부역자 콤플렉스, 그것은 이승우의 작품세계에서 낯선 것이 아니다. 「고산지대」(『일식에 대하여』)에서도 이 콤플렉스를 접할 수 있다. '나'는 골고다의 길을 수난절 의식으로 재현하는 '몽크 김'과 연합시위 등을 통해 실천을 강조하는 '찬익' 사이에서 그들의 자리에 동참하지 못하고 '무안함과 자책감', '주변인의 쓸쓸한 열등감'을 느낀다. 도서관에 있으면서 학문의 길을 가려고 하는 '나'는 찬익에 의해 '영악한 패배주의, 노예의 안락'으로 매도된다.

『가시나무 그늘』의 '나'의 부역행위는 수배 중이던 최상택과 만난 자리에서 최상택이 연행된 사건과 문희규의 무덤에 갔다가 K시에서 데모꾼으로 몰려 고문을 받고 형사가 요구하는 대로 허위자백을 하는 사건에서 찾아볼 수 있다. "자신의 부역행위를 용서받기 위해 새로운 힘을 향해 기꺼이 복종하는 것"일 뿐, 단순히 목숨을 연명하기 위해서 새로운 힘에 복종하는 것이 아니라는 게 '나'의 부역자 콤플렉스에 대한 생각이었다. 하지만 모진 폭력에 더 저항하지 못하고 '어머니, 아버지도 팔 수 있'을 정도가 되었을 때는 목숨을 연명하기 위해 폭력에 굴복하는 상황이 되고 만다.

이 두 가지 방식과 관련해 다음 사항에 주목할 필요가 있다. 저항과 부역행위는 『에리직톤의 초상』에서 살펴보았듯이 '천한 인간의 삶'에 불과하다. 그것은 '변혁만을 위해 삶 전체를 던져넣는 투사'의 삶이나, '현실에 타협하는 실용주의자'의 삶에 다름 아니다. 천한 인간의 삶이 난무하는 곳, 내면에서 신과 일체가 되어 신의 현현을 언제 어디서든지 인지하는 그런 '고귀한 삶'이 불가능한 곳, 그것이 1980년대의 한국사회의 실체라는 것, 그리고 그것은 가시나무를 왕으로 세우고 종국에는 그를 몰록으로 우상화하여 숭배하는 행위와 다를 바가 없다는 것, 그것이 이 작품의 주제이다.

## 3. 죄의식과 글쓰기, 그리고 자유로운 영혼의 갈망

1980년대에 이승우는 군사독재정권과 관련하여 죄란 무엇인가를 집중탐구한다. 그러나 1990년대에 들어서 군사독재정권은 붕괴되고 한국사회는 정보사회로 명명되는 새로운 질서에 편입된다. 그리고 세계사적으로 냉전체제마저 종식된다. 폭력을 휘두르고 모든 것을 억압하는 우상화된 '사나운 개(몰록)'는 더 이상 존재하지 않게 되었다. 이 상황 앞에서 이승우는 현실에 대한 새로운 탐구를 통해 자신의 작품세계를 새롭게 정립할 필요성을 절감한다. 그러한 인식은 두 가지 형태의 작품으로 귀결된다.

먼저, 작가는 군사독재정권이 사라진 현실에 시선을 집중시킨다. 작가가 읽어 낸 1990년대의 현실은 선악에 대한 가치기준을 상실하고 죄의식이라고는 찾아볼 수 없는 타락한 세계이고, 그 세계에는 추악한 욕망만이 만연해 있다. 『내 안에 또 누가 있나』(고려원, 1995), 「목련공원」(문이당, 1998), 『사람들은 자기 집에 무엇이 있는지도 모른다』(문학과지성사, 2001) 등은 이 문제를 집중적으로 탐구하고 있다. 그러면서 작가는 제어되지 않는 본능적 욕구가 발산되고, 추악한 욕망이 판을 치는 부조리한 현실에서 썩어가는 냄새를 맡는다. 그것은 타락하고 불온한 욕망이 풍겨내는 일종의 정신적 악취이다.

다음, 현실에 대한 인식과 더불어 관념적 사유를 병행한다. 이처럼 1990년대라는 새로운 사회적 상황에 대한 인식과 함께 그 극복을 위한 관념적 탐색을 병행하는 이유는 현실의 모순을 보다 깊이 있게 파악하고 그것과 맞물려 관념적 사유를 질적으로 심화시키고자 하는 작가정신의 치열성과 관련이 있다. 이 관념적 사유는 '막다른 길, 미로, 미궁'에 대한 사유로 구체화된다. 이러한 고민은 『미궁에 대한 추측』(문학과지성사, 1994), 『목련공원』, 『나는 아주 오래 살 것이다』(문이당, 2002)에 이르기까지 지속된다.

「선고」(『미궁에 대한 추측』)에서는 자신이 만든 미로에 스스로 갇혀 죽는 상황이 그려지고, 「갇힌 길」(『목련공원』)에서는 여자에게 실연당하고 도시에서 밀려난 '나'가 'P'의 초대를 받고 지도에도 없는 천산을 힘겹게 찾아가지만 '공사'의 끄나풀로 오인한 마을사람들에 의해 죽는 상황이 그려진다. 「길을 잃다」(『나는 아주 오래 살 것이다』)에서 '나'는 삼촌의 편지를 받고 약도에 그려진 강청도를 찾아가지만 길을 찾지 못하고 길에 갇힌다. 미로, 지도에도 없는 천산, 약도가 있지만 도달하지 못하는 강청도. '지금', '여기'의 바깥에 해당하는 미로, 천산, 강청도는 갈 수 없는 곳, 그렇지만 가지 않았기에 가고 싶어 하는 곳, 세상 어디에도 없는 이상적인 세계에 대한 은유이다. 그곳은 결코 도달할 수 없는 곳이기에, 끝내는 헤매다가 좌절하고, 그럼으로써 한계를 자각하게 만드는 상상의 공간이다. 그 상상의 공간은 현실적 구체성과 연결되지 못하고 있기에 막연한 이미지, 해독 불가능한 약호로 기능한다.

위의 세 편의 작품에서 반복되어 제시되는 이러한 닮은꼴의 사유는 「해는 어떻게 뜨는가」(『미궁에 대한 추측』), 「먹을 수 있는 것과 먹을 수 없는 것」(『목련공원』), 「관청에 가다」(『나는 아주 오래 살 것이다』)에서도 이어진다. 「해는 어떻게 뜨는가」에서는 이방인 주술사의 말에 현혹된 부족민들이 진실을 이야기한 장로를 추방하고 주술사에게 복종을 다짐하지만, 주술사의 말이 거짓으로 드러나자 주술사를 쫓아낸다. 「먹을 수 있는 것과 먹을 수 없는 것」에서는 망구스족이 그 뜻을 받들고 따르던 '그'가 죽은 후 어떤 결정을 내릴 때마다 '그의 뜻'이 무엇이었는지를 두고 논쟁을 벌인다. 그러면서 그들 스스로 자신들을 옭아맬 위원회를 만들어 자유를 잃게 된다. 「관청에 가다」에서, 사람들은 사건의 이해당사자가 모두 죽고 그 자식들이 장성했을 때 비로소 관청의 판결이 도착한다는 걸 알면서도 관청만이 공명정대하다는 믿음을 갖고 기다린다.

위 세 편의 작품을 통해 제시되고 있는 법과 제도에 대한 문제제기 역시 앞선 세 작품에 제시된 미로 이미지처럼 대단히 관념적이다. 그럼에도 불구하고 이들 작품에서는 지배와 복종 관계에 타율적으로 얽매여 있던 사람들이 그 관계에서 벗어났을 때 자유로움을 맛보기보다는 오히려 사라진 지배와 복종의 권력관계를 다시 희구하게 된다는 아이러니를 보여준다.

또한 작가는 에덴동산의 원초적 순수성에로의 회귀를 갈망하기도 한다. 그것은 『식물들의 사생활』(문학동네, 2000)에서 대양을 가로질러 뿌리로 얽혀드는 '야자나무'의 사랑으로 제시된다.

관념과 현실을 동시에 추구하던 이승우는 1990년대 후반에 접어들면서 이 양 축을 하나의 결정체로 통합해 들어가기 시작한다. 이 지점에서 작가는 1990년대의 한국사회를 두고 이미 선악의 가치판단은 무질서하게 흐트러져 있고, 게다가 세상은 온통 타락한 욕망들로 넘쳐나고 있다고 파악한다. 자신도 알지 못하는 사이 그러한 욕망에 길들여지고 물든 채로 혼탁한 세상, 부조리한 현실에 모두가 섞여 들어가고 있다. 작가는 그러한 세상에서 벗어나기 위해 안간힘을 쓰는데, 그 결과 도출된 것이 '동굴'이다. 그것은 노아의 방주를 연상케 한다. 동시에 그것은 재생의 공간으로서 의미화된다. 그 공간에서 새로운 욕망이 배태되는데, 그것은 글쓰기에 대한 욕망, 예술을 향한 욕망이다. 초기의 죄의식이 글쓰기와 결합되면서 질적 변용을 일으키는 것이다.

「동굴」(『미궁에 대한 추측』)은 두 겹의 이야기로 이루어져 있다. 하나는 H. M. 호프가 쓴 소설 『예술가』에 대한 이야기이다. 부족민들에게 그림을 그려주는 주술사는 저항세력의 주동자가 피 흘리며 죽는 그림을 그리라는 추장의 명령을 거부하여 동굴에 갇힌다. 주술사는 자신의 피로 동굴 벽에 날개를 단 자신의 그림을 그리고 가벼워진 몸으로 동굴을 빠져나간다. 다른 하나는 '나'가 H. M. 호프가 쓴 소설 『예술가』를 번역하는 한편으로 고등학교 친구인 김기홍을 만나 고등학교 때처럼 김기홍을 위해 대신 글을 써주는 이야기이다. 대필 자서전이 마무리되자 김기홍은 고교 시절 유력한 학생회장 후보를 모략하는 글을 써서 자신을 당선시켰던 일을 상기시키며, 유력한 공천후보에 흠집을 내달라고 요구한다. 하지만 '나'는 『예술가』의 주술사처럼 동굴로 떠나려고 마음먹는다.

정작 두려운 것은 나 자신이었다. 김기홍이 '황금의 손'이라고 부른 나의 손에 의해 생긴 상처를 똑바로 보는 일이었다. 그 상처를 통해 내 슬프고 부끄러운, 더러운 손을 인식하는 일이었다. 내 손이, 내 손의 그 알량한 재주가 사람을 그렇게 해칠 수 있다는 것은 충격이었다. 그것은 참으로 가슴 아픈 성찰이었다. 나는 내 손을 칼로 쓰고 싶지 않았다. 적어도 의식적으로는 그러고 싶지 않았다. 그때도 그랬고, 지금도 그랬다. 그런데 오늘, 나는 어이없는 선택을 하고 말았다. 한번 더럽혀진 손을 핑계삼아 누구인지도 모르는 사람의 상처를 만드는 일에 다시 나서려 했다. 그 누군가가 누구인지 몰랐기 때문에 쉽게 결단할 수 있었던 것은 아니다. 누구라도 마찬가지로 쉬울 수 있는 결단은 아니었다. 그렇다고는 하지만, 내 어처구니없는 선택의 대상이 되어 상처를 입을 그 누군가가 하필이면 조찬구란 말인가. 나는 내가 맞이한 이 운명의 가혹함에 기가 질렸다. 나에게 이 기가 질리는 운명을 떠안긴 김기홍에게 와락 무섬증이 일었다. 아, 그는 도대체 누구인가. (277쪽)

학생회장 후보를 모략한 글을 쓴 '나'는 사람을 해칠 수 있다는 것을 알지 못하고 그 일을 저질렀고, 그 이후에 그 후보가 큰 상처를 입은 사실을 알고 비로소 자신의 알량한 재주에 부끄러움을 느낀다. 게다가 자신이 다시 '손'의 재주로 해쳐야 하는 대상이 고등학교 시절의 그 후보였다는 것을 알고 운명의 가혹함에 기가 질린다. 그것은 『생의 이면』에서 보았던 박부길의 상황과 다르지 않은 것이다. '손(글)'이 '칼'이 될 수도 있는 상황이라는 것은 기억 저편에 잠재되었던 죄의식을 다시 불러일으킨다. 그 일을 포기하고 '동굴'로 가려는 '나'의 행위는 생계를 위해 자서전 대필을 하고 남을 모략하는 글을 더 이상 쓰지 않겠다는 의지의 표현이다. 그것은 글쓰기와 관련해 볼 때, 속된 세상에 휩쓸려 '생활을 위한 문학'을 하려 했던 것에서 벗어나 '문학을 위한 생활'로 가려는 의지를 반영한다.

　그는 자기 몸의 피를 조금씩 빼내어 동굴 벽에 그림을 그리기 시작했다. 사방이 어둠으로 뒤덮여 있는데, 그가 그림을 그릴 동굴 벽만은 환하게 밝았다. 그는 혼신의 힘을 다하여 그 동굴 벽에 매달렸다. 날개를 그렸다. 그의 붉은 피로 그렸다. 날개가 달렸지만, 날개는 퍼덕이지만, 몸이 나무처럼 땅에 박혀 하늘을 날지 못하는, 얼굴이 유난히 긴, 남자인지 여자인지 잘 분간되지 않는 인물을 그렸다. 그림은 그의 몸에서 피가 다 빠져나오는 순간에 완성되었다. 아니, 그 반대인지 모른다. 그의 피는 그림이 완성되는 순간 더 이상 빠져나오지 않았다. 그의 피는 한 방울도 남지 않고 모조리 그의 몸 밖으로 빠져나와 그림이 되었던 것이다. 그러자 그의 몸은 날개처럼 가벼워졌다. 그의 날개처럼 가벼운 몸은 공중으로 둥둥 떠서 동굴 밖으로 날아갔다. (281쪽)

　주술사는 권력자인 추장의 요구에 따라 추장의 집안을 장식하는 그림을 그리면서 주술성을 상실한다. 그러다가 동굴에서 '천장에서 떨어지는 물방울'을 받아 마시며 벽을 마주 바라보고 지내는 동안 '어떤 깨달음'을 얻으면서 주술성을 되찾는다. 그리고 자신의 피로 그림을 완성하고 영혼의 자유를 얻는다.
　주술사가 한때 자신이 사랑했던 여자의 그림을 거의 무의식적으로 그렸고,

그때 색다른 충만감에 휩싸였다는 것, 권력에 굴복해 그림을 그리는 것이 아니라 그가 그리고 싶은 것을 그렸다는 것, 그래서 자유를 느꼈다는 것. 그런 『예술가』 속 주술사처럼, '나'가 호텔 밖으로 나가 할 일은 쓰고 싶은 것을 쓰는 일, 무의식적으로 쓰면서 충만감에 사로잡혔던 것을 쓰는 일, 그래서 영혼의 자유를 얻는 일일 것이다.

「샘섬」(『목련공원』)에서 '나'는 친구인 윤두의 고향 월산리에 취재를 가서 김일중이라는 노인을 만나고 윤두의 가족과 샘섬에 얽힌 비극적인 사연을 듣는다. 전쟁 무렵 빨치산을 피해 마을 청년들은 샘섬으로 몸을 숨긴다. 빨치산들은 샘섬 동굴에 불을 지펴 서른 명의 장정을 죽인다. 그 일로 샘섬의 물은 붉게 변하고 불모의 섬이 된다. 전쟁이 끝난 후 마을에서 간통사건이 벌어지고 임신한 여자는 멍석말이를 당해 죽는다. '나'는 그 여자가 윤두의 어머니이고, 샘섬과 여자의 비극에 원인을 제공한 것이 김일중 노인이라는 것을 알게 된다. 밤마다 샘섬으로 건너가 향을 피우고 비명횡사한 영혼을 달래 왔던 김일중 노인은 파도가 심하게 이는 어느 밤 샘섬으로 건너가서 영원히 돌아오지 않는다.

노인은, 샘섬에 있었다. 향을 피우는 냄새가 자욱한 그 샘섬의 동굴에 누워 있었다. 땅에다 얼굴을 대고 팔과 다리를 벌린 채 누워 있었다. 깊은 잠이라도 자고 있는 것 같은 모습이었다. 겉으로는 그렇게 편안해 보였다. 그러나 몸을 바로 눕히자 드러난 노인의 얼굴은 흉했다. 뼈가 튀어나와 보일 정도로 앙상하고 주름진 얼굴이었다. 눈이 퀭하게 들어가 있고, 눈자위가 동굴처럼 어두웠다. 고통 때문인지 표정이 잔뜩 일그러져 있었다. 그 일그러진 표정은 타다 만 장작을 생각나게 했다.

노인은 그렇게 죽어 있었다. 여러 개의 향을 피우고, 그 향을 맡으면서 죽어 있었다. 마치 자신의 죽음 앞에 스스로 분향을 한 것처럼 생각되었다. (105쪽)

종교에 몰두하면서도 자신의 죄책감으로부터 자유로워지지 못했던 노인은 샘섬을 원래대로 회복시킴으로써 용서를 받고자 하지만 그런 시도마저 번번이 실패로 끝난다. 질긴 죄의식에 사로잡힌 노인은 약 없이는 하루도 버티지 못하는 병든 몸을 이끌고 자신의 목숨을 제물로 바쳐 샘섬에 다시 물이 솟게 하고자 한다. 그럼으로써 시대와 원혼에 용서를 구하고자 한다.

「검은 나무」(『나는 아주 오래 살 것이다』)에는 치매에 걸린 노모와 그 노모를 모시고 살면서 쌍안경으로 러브호텔을 관찰하는 취미를 가진 '그'가 등장한다. 그는 순영과 결혼을 약속하고 그녀의 어머니와 만난다. 그 자리에서 순영은 신문사 전산실에 근무하는 '그'의 직업을 신문기자라고, 치매에 걸린 어머니를 한의사라고 속인다. 그래 놓고도 거리낌 없이 당당한 순영을 견디지 못하고 그는 순영과 헤어진다.

'그'는 어머니가 치매 증상을 보이기 시작할 때부터 '불에 탄 숯검정 나무'를 꿈에서 본다. 그러다가 장롱에서 편지와 빛바랜 사진을 발견하면서 과거 의붓아버지가 누이를 겁간하고 그것을 본 어머니가 집에 불을 질러 누이가 타 죽었던 사건을 떠올린다. 편지는 의붓아버지가 쓴 것으로, 그 사건에 대한 의붓아버지의 회한을 담고 있다.

> 나는 내 죄를 잊지 않기 위해 이곳으로 왔소. 숯검정이 된 채 서 있는 감나무는 단 한순간도 내가 죄인이라는 걸 잊어버리지 못하게 하오. 상기시키고 고발하고 정죄하고…… 15년 동안 그렇게 살아왔소. (중략) 정말로 내가 한 것은 그런 것이 아니라 불에 타 죽어 버린 나무를 바라보는 것이었소. 숯검정이 된 검은 나무는 내 안쪽의 검은 죄를 표상하며 그 자리에, 하늘 아래, 해 아래 서 있는 것이오. 몇 년 전부터는 아무것도 먹지 않고 물만 마시며 살고 있소. 물만 마시며 나무들처럼 살 생각이오. 이미 오래전에 나는 검은 나무에 동화되었소. 뒤란에 숯검정이 되어 서 있는 나무가 곧 나요……. (113~114쪽)

의붓아버지는 스스로를 죄인으로 여기고 속죄하기 위해 숯검정 나무와 자신을 동일시하며 물만 마시고 살아간다. 15년에 걸친 아버지의 정화의식인 셈이다. "거추장스럽고 불필요한 것들, 정신에 붙은 검불이나 비곗덩어리 같은 것들, 탐욕이나 집착, 애증 같은 것들"을 다 털어 버리고 나무처럼 말라버린 아버지, '그'는 의붓아버지가 죽는 날 "검은 나무 가지 한쪽에 여리고 순한 잎이 돋는 꿈"을 꾼다. '그'는 아버지의 정화의식이 마침내 불에 탄 숯검정 나무에 생명을 부여할 수 있게 되었음을 깨닫는다. 숯검정 나무에 돋은 여리고 순한 잎은 영혼의 정화, 재생을 향한 지극한 갈망에 닿아 있다.

이러한 영혼의 정화와 재생은 「재두루미」(『심인광고』, 문이당, 2005)에서 분단이라는 현실적 상황과 맞물려 아름답게 형상화된다. 분단이라는 현실은 "열쇠를 가지고 있으면서도 자기 집에 들어가지 못하는 부조리한 처지" 혹은 이혼한 상태에 비유된다. '나'는 설 명절에 갈 곳이 없다. 이혼한 전처에게 아들과 함께 지내고 싶다는 의사를 전했으나 아들은 오지 않는다.

> 재두루미가 겨울을 나기 위해 날아드는, 민간인 통제 지역을 포함하는 비무장 지대는 어느 쪽의 주권도 미치지 않는 완벽한 자유의 공간이다. 누구도 소유권을 주장할 수 없다. 그 안에 있는 생명체들은 자기 자신 외에 누구에게도 속하지 않는다. 그러므로 자기 자신 외에 누구의 간섭도 받지 않는다. (63쪽)

'나'는 군인들이 통제하는 철원에 성묘를 핑계대고 들어가지만, 안전을 이유로 군인을 동승시켜야하는 상황에 놓인다. 군인은 길을 찾지 못하는 '나'에 대한 의심을 키워가고, '나'는 보이지 않는 재두루미를 찾기 위해 애를 쓴다. 결국 동승한 군인은 '나'를 향해 발포하고, '나'는 죽어가면서 자신이 한 마리 재두루미가 되어 날아가는 환상을 본다.

결국 '나'가 완벽한 자유의 공간이라고 생각했던 비무장지대는 여전한 감시 속에서 생명의 위협을 받고 있는 공간에 지나지 않았다. 완벽한 자유의 공간이란 이상에 지나지 않는 것이다. '나'가 꿈속에서 자신의 집에 들어가지 못하고 목덜미가 붙잡히는 상황은 그러한 자유의 공간이라는 것이 여러 다양한 이유와 조건 속에서만 제한적으로 이루어지는 것에 불과하다는 것을 의미한다. 곧 완벽한 자유의 공간으로 보이는 현실은 환상에 불과한 것이었다. 그런 곳에서 타락한 영혼을 정화시키고 자유로운 영혼으로 재생하는 일은 '죽음'이라는 대가를 치르지 않고서는 불가능하다.

## 4. 용서라는 타자의 자리와 글쓰기에 대한 인식

이승우는 지금까지 죄의식에 시달리는 인물들의 내면을 그려내는 것에 몰두해왔다면, 이제부터는 그 방식 혹은 자리를 달리하여 바깥에서 죄를 사유해보고자 한다. 죄를 지은 사람을 바라보는 바깥의 시선을 설정하는 것이다. 그럼으로써 '용서'가 갖는 의미를 고민하고자 한다.

「터널」(『심인광고』)에는 아버지가 돌아오기만을 기다리다 세상을 떠난 어머니, 그 어머니에게 늘 돈을 요구하면서 밖으로만 떠도는 아버지, 그리고 아버지에 대한 증오로 임종을 앞둔 아버지의 부름을 외면하는 '나'가 등장한다. 고향 마을 정자 할머니의 도움으로 비렁뱅이 꼴을 간신히 면한 아버지는 '나'를 만나길 원하지만, '나'는 그런 아버지와의 만남을 피해 공룡알 화석관광을 떠난다. 도착지에 가까워질 무렵 터널 안에 들어간 버스는 사고 여파로 꼼짝하지 않고, '나'는 메스꺼움을 견디지 못하고 차 밖으로 나가 구역질을 한 뒤 기력 없는 몸으로 터널을 빠져나가기 위해 안간힘을 쓴다. 그 순간 정자 할머니가 한 말이 떠오른다.

내가 끊임없이 외면하려고 했던 진실이 거기 있었다. 나를 불편하게 만드는 사람은 내가 아버지라고 불러야 할, 그러나 부르지 않는, 부를 기회가 주어지지 않아 부를 수 없기도 했던 그자가 아니라, 정자 할머니였다. 그녀는 내가 거들떠보지도 않은, 거들떠보지 않는 것을 마땅하고 합당한 것으로 여기고 의식 밖으로 애써 내쫓으려고 했던 그자를 도에 넘치는 뜻밖의 선행을 통해 끊임없이 다시 불러들임으로써 나를 거북하게 했다. 그녀는 내 심정을 이해한다고 했다. 그래도 그러면 안 된다는 말을 반드시 덧붙였다. 그럴 때는 어머니의 말을 듣는 것 같았다. 그녀가 내게 부담이 되지 않을 수 없는 또 다른 이유였다. 그리고 이제 그녀는 묻는다. 자네는 살아오는 동안 다른 사람 아프게 한 적이 없는가? 그런 일이 왜 없겠는가? 결정타를 얻어맞은 기분이었다. 이런 질문을 던지는 목소리는 누구일까? 아주 높은 곳에서 내려오는 것 같기도 하고 아주 깊은 곳에서 솟아올라 오는 것 같기도 했다. (232쪽)

'나'에게 아버지는 용서받지 못할 '죄인'이다. 그런데도 '나'는 아버지보다는 '나'의 도리를 대신해 주었던 정자 할머니를 더 외면하고 있다. 정자 할머니의 '뜻밖의 선행'이 도리어 '나'를 불편하게 만들었기 때문이다. 정자 할머니는 죽어가는 아버지를 보살피고 뒷바라지하면서 '나'가 잊고 있는 관계의 문제에 대한 진실을 보여준다. '나'는 지금껏 어머니의 역할, 아버지의 역할을 설정해 두고 그에 합당한 도리를 요구하기만 했던 것이다. '나'의 생각은 아버지의 도리만을 염두에 둔 자기중심적, 이기적인 사고에 지나지 않는다. 스스로 자신의 도리를 다 했는가, 나는 누군가에게 아픈 상처를 주지 않았던가 하는 반성이 이루어지지 않은 상태에서 누군가에게 '도리'만을 요구해왔던 것이다.

이러한 자리바꿈은 관계 맺기에 대한 근본적 성찰을 요구한다. 관계 맺기란 단지 가족 안에서만 이루어지는 것이 아니다. 정자 할머니, 혹은 '나'가 다양한 방식으로 관계를 맺어왔을 다른 사람들과의 사이에서도 관계에 대한 도리가 작동한다. 다시 말하면 '나' 중심의 관계가 아닌 다른 사람의 입장에서 관계의 도리를 살펴보도록 하는 것이다. 이로써 '나'의 시선에 외부가 끼어들게 된다. 터널 바깥에서 터널 속을 보는 시선, 중심에서 바깥을 보는 것이 아니라 바깥에서 중심을 보는 시선인 셈이다. 누군가를 용서하고, 또 용서를 구하는 것은 그러한 시선까지를 염두에 둘 때 이루어진다는 것을 새삼 강조하고 있다.

「오래된 일기」(『오래된 일기』, 창비, 2008)에서 '나'는 병세가 악화된 동갑내기 사촌 규를 찾아갔다가 그가 '나'의 소설을 쭉 지켜보았던 독자였음을, 그리고 '나'의 소설은 규를 의식하고 씌어졌음을 깨닫는다. '나'는 아버지가 죽은 뒤 큰집으로 가서 살게 된다. '나'가 대학을 졸업하고 직장에 다니면서 소설습작을 하던 때, 대학에 진학하지 못하고 소설을 습작하던 규가 '나'의 소설을 읽고 난 다음부터 소설창작도 그만 두고 생계를 꾸려나갈 일을 찾아 집을 떠났다는 사실을 알게 된다. '나'는 병상에 누운 규를 보면서 불편한 감정을 느낀다. 그러다가 규가 자신의 작품을 빠짐없이 찾아 읽어왔다는 이야기를 들으며 '나'가 지금까지 규를 의식하면서 글을 써왔다는 것을 새삼 깨닫는다. 그리고 자신을 이해해줄 수 없는 세계에서 유령이 되지 않기 위해 부유하면서 살아온 규의 외로움을 이해하게 된다.

나는 첫장을 넘겼다. 잊고 있었던, 익숙한 내 필체가 마치 화석에 찍힌 아득한 시절의 발자국처럼 모습을 드러냈다. 나의 첫 문장들에는 손때가 묻어 있었다. 오래전에 땅속에 깊이 파묻어두었던 죄를 다시 꺼낸 것처럼 마음이 뒤숭숭했다. 이것을 여태 가지고 있었단 말인가. 이것을, 어쩌자고 여태 가지고 있단 말인가. 내가 잊으려고 파묻은 곳이 규의 가슴이었다고 생각하니 마음이 무거웠다. "내가 너에게 무슨 짓을 한 거지?" 나는 신음처럼 내뱉었다. 나는 아무짓도 하지 않았다. 그렇지만 누군가 나로 인해 아파하는 사람이 있다면 내가 아무 짓도 하지 않았다고 말하는 것이 떳떳한 일일까. 그는 또 무슨 말인가를 했다. (중략) 그는 재촉이라도 하듯 나를 빤히 쳐다보았다. 생각해보면 그는 늘 나의 유일한 독자였다. 나의 모든 문장들이 그에게 읽히기 위해 씌어졌다는 생각이 들었다. 나는 노트를 펴들고 나의 첫 문장들을 읽기 시작했다. (33~34쪽)

'나'는 내가 의도하지 않았고, 아무 짓도 하지 않았음에도 불구하고 '나'로 인해 아파하는 사람이 있을 수도 있다는 것을 깨닫는다. 이 깨달음은 소설에 대한 인식의 전환으로 연결된다. '나' 혼자 소설을 써 왔다는 생각에서 누군가에게 나의 소설을 읽히기 위해 쓴 것이라는 생각으로 바뀐다. 그 순간, 소설가라는 자의식 안에 독자, 타자의 자리가 마련된다.

「풍장-정남진행2」(『오래된 일기』)에서 '나'는 어머니의 뜻에 따라 아버지가 묻힌 곳에 어머니의 묘소를 마련하기 위해 고향에 간다. 그곳에서 동창인 상철을 만나서 아버지가 가슴앓이 섬에서 생을 마감했다는 이야기를 듣는다. 아버지가 여자를 데리고 들어와 본처인 어머니를 시녀 부리듯 하면서 어머니를 쫓아내려고 하자, 어머니는 가슴앓이 섬으로 들어가 한 달 반을 물도 마시지 않고 버틴다. 그러다가 '나'를 남겨두고 집을 떠난다. 몇 년 후 다시 돌아온 어머니는 '나'를 데리고 속초로 떠났고 다시는 고향으로 돌아가지 않았다. 죽기전 아버지가 어머니를 찾아왔지만 어머니는 아버지를 받아주지 않는다. 그러다 어머니는 자신의 죽음이 임박했음을 감지하고 아버지와 한자리에 묻히길 원하며 '나'를 고향 마을로 보낸 것이다.

마을 사람들은 영토 일부를 잃어버린 셈인데도 아무도 불평하거나 아쉬워하지 않았다. 그럴 수 없었다. 이 섬을 이루고 있는 돌덩이들의 일부가 됨으로써 네 아버지는 이곳이 자신의 영토임을 선언한 셈이니까. (중략) 사람들은 네 아버지가 이 섬을 떠돌고 있다고 생각했다. 그 때문에 여기에 범접하지 못한 것이다. 모르긴 해도 그 양반이 여기를 떠돌고 있다는 마을 어른들의 믿음이 맞다면, 그것은 그 양반이 생애의 마지막에 이 땅에서 희구하던 것을 얻지 못하고 떠났기 때문일 것이다. 우리 어머니는 그것을 용서라고 했다. 네가 고향을 찾아온 사연이 무엇인지, 너나 어머님의 마음이 어떤지 알 길이 없지만, 어쨌든 이것만은 분명하다. 네 아버지, 참 오래 기다리고 있었다. (242쪽)

본처인 어머니를 종 부리듯 했던 아버지는 자신이 살아왔던 삶에 대한 회한으로 가슴앓이 섬에 들어가 음식을 거부하고 죽어간다. 아버지의 몸은 '바위덩어리 위에서 바닷바람을 맞으며 말라간'다. 그러한 아버지의 태도에서 아버지의 속죄의식이 얼마나 간절한가를 짐작할 수 있다.

그런데 여기서 눈여겨 볼 것은 그 아버지를 용서하는 것이 비단 어머니나 '나'의 문제만은 아니라는 점이다. 마을 사람들 역시 자신의 잘못을 용서받고자 하는 아버지의 갈구를 받아들인다. 이는 앞선 다른 작품에서 드러나는 가족 안에서의 속죄의식이 공동체 단위로 확산되는 표지로 읽어낼 수 있다. 역사에 대한 인식이 바로 이 지점에서 끼어든다.

『지상의 노래』(민음사, 2012)에서는 자기구원을 위해 속죄의식을 치르고 용서를 구하는 것이 비극적인 역사적 상황과 맞물려 그려진다. 이 작품에서는 자신이 저지른 죄를 속죄하고자 하는 세 명의 인물이 등장한다. 먼저, 후는 사촌 누이인 연희 누나에게 사랑을 갈구하던 박 중위가 누이를 범하고 매몰차게 돌아서자 칼로 박 중위를 찌르고, 아버지의 인도로 헤브론 성 수도원으로 숨어든다. 후는 그곳에서 형제들과 함께 성경을 필사하며 지낸다. 아버지가 박 중위가 죽지 않았다는 소식을 전해오지만 후는 그곳을 떠나지 않는다. 그는 그 곳에서 군인들에 의해 쫓겨난 뒤 연희 누나를 찾아 떠돌다가 자신을 사로잡고 있는 죄의식의 정체가 연희 누나에 대한 사랑의 감정에서 비롯된 것임을 깨닫는다. 다시 천산으로 들어간 후는 한정효를 만나고, 그가 미처 완성하지 못한 형제들의 무덤을 완성하고 죽는다. 그의 이러한 행위는 형제들에 대한 사랑을 포함하는 것이어서 자기구원의 범주를 넘어서는 것이라 할 수 있다.

다음, 한정효는 군부독재 시절 무소불위의 권력을 지닌 장군의 그림자로 살다가 그 삶에 회의를 느끼고 남은 생을 수도사처럼 살아간다. 한정효가 헤브론 성에 들어온 이후 그곳은 수도원에서 감옥으로 변질된다. 나올 수도 들어갈 수도 없는 요새 같은 감옥에서 한정효는 수도사처럼 살아간다. 그러나 권력의 주체가 바뀌고 한정효가 권력을 흔들 수 있는 걸림돌로 지적되자 최고 권력자는 한정효를 죽일 것을 명한다. 장의 도움으로 가까스로 살아남아 감옥을 떠난 한정효는 다시 그곳으로 되돌아가 지하에 매장된 수도사들을 하나씩 각자의 방에 묻어주는 일을 하다 죽어간다.

마지막으로, 장은 군복을 벗고자 하지만 한정효를 감시하는 일을 맡게 된다. 한정효를 수도원에서 빼내 다른 수도사들이 매장되는 것을 막으려했지만 명령을 하달 받은 군인들은 수도원을 폐쇄하고 수도사들을 지하에 생매장한다. 그 일로 평생 죄의식을 갖고 있던 장은 임종 전에 수도원의 폐허를 발굴했던 교회사 연구자 차동연에게 그러한 자신의 과거를 털어놓는다.

세 인물 모두 자신이 저지른 죄에 대한 참회를 보여주지만, 그 층위는 조금씩 다르다. 후의 경우 그의 죄의식은 자신의 내면에 꿈틀거리는 사촌 누이를 향한 근친상간의 욕망에 대한 것이다. 내밀한 욕망에 대한 죄의식은 어떤 행위의 결과도 수반하지 않기 때문에 실체가 없고 모호하다. 그런 것을 죄라고 말할 수 있는가조차 섣불리 판단할 수 없다. 후의 이러한 죄의식은 그의 선악의 가치판단이 보다 고귀한 것을 지향하고 있다는 증거라 할 수 있다.

한정효의 죄의식은 익명의 다수를 향해 있다. 그의 죄는 끔찍하고 잔인한 행위의 결과를 그 흔적으로 남긴다. 그런 점에서 장의 죄의식도 그것과 다르지 않다. 한정효는 자신의 죄를 속죄하기 위한 방식으로 세상 속에서 사라지는 것을 택한다. 그리고 그곳에서 수도사처럼 금욕적인 생활을 한다. 그곳에서 한정효는 수도원의 형제들을 죽음으로 몰고 간 원인제공자라는 가해자의 입장으로, 그러면서 또다른 권력에 의해 제거대상이 될 수밖에 없는 피해자의 입장으로 살아간다. 장은 명령받은 일을 대신 수행하는 가해자이면서, 어떤 조처도 소용없게 된 참극을 지켜보는 방관자로 살아간다. 방관자로서의 죄의식에 시달리던 장은 금기시 된 이야기를 들려주는 고백의 방식으로 자신의 죄를 내려놓고자 한다.

각기 다른 이러한 삶의 형태는 무엇이 '죄' 인가, 죄의식에 시달리는 인물들은 어떠한 방식으로 자기구원을 꾀하는가에 주목하도록 한다. 그리고 결국 자기구원의 방식은 인물의 내면에 자리 잡고 있는 선악의 가치판단 기준과 억압되었던 내밀한 욕망과 상관될 수밖에 없다는 것을 짐작하게 된다. 후는 사랑과 형제애를 통해, 한정효는 금욕을 통해, 장은 금기를 위반하는 이야기에 대한 욕망을 통해 시대의 비극으로 인한 아픔을 치유하고 용서받고자 한다. 그리고 이러한 측면은 천산수도원을 발굴하고 그 의미를 파헤쳐 나가는 차동연과 강상호에 의해 역사에 대한 탐구로 연결된다. 차동연과 강상호에 의해 탐구되는 역사의 지층은 1970년대에 놓인다. 그 시기 역사적 사건을 둘러싼 여러 인물들을 통해 선악의 가치판단에 대한 서로 다른 기준과 욕망의 자리를 발견할 수 있다. 그것이 이승우의 죄의식에 대한 탐구가 역사와 만나는 자리이다.


## 5. 역사에 대한 참회, 또 다른 이야기의 시작

『지상의 노래』를 마주하고 보니, 지금까지 작가 이승우는 천산에 도달하기 위한 길을 걷고 있었던 것이 아닌가 하는 예감에 사로잡히게 된다. '천산', 그 지명은 천관산이 분명하지만 그것은 작가의 고향의 또 다른 이름이기도 하다. 지금껏 그의 작품에서는 '청관산', '남천', '가슴앓이', '샘섬', '천산' 등의 다양한 이름으로 명명되었지만 그것은 결국 작가 이승우의 원죄의식이 배태된 고향에 대한 다른 이름인 셈이다.

'천관산', 그것은 장흥을 고향으로 하는 작가들에게 창작의 원천이 되어 준 곳이다. 특히 이청준의 경우에는 그 의미가 남다르다. 「비화밀교」, 『천관산』, 『인간인』, 『신화의 시대』의 배경이 된 공간이다. 이승우의 『지상의 노래』를 읽으면서 문득 이청준의 『신화의 시대』가 떠올랐던 것은 그 공간적 유사성 때문만은 아니었다. 그곳에 얽힌 역사의 비극과 그곳 사람들의 아픈 정서가 풍겨나오기 때문이다.

이승우의 등단작 「에리직톤의 초상」과 최근작 「풍장-정남진행 2」를 비교해 보자. 초기작에서는 시어리어즈의 노여움을 산 에리직톤의 신화가 이야기를 지배한다. 그러나 최근작에서는 현실에 기반을 둔 인물들의 삶이 주조를 이루며, 여기에 '가슴앓이' 섬에 얽힌 내력이 작품의 정조를 부연하는 방식으로 변화되고 있다. 전자는 관념이 현실을 뒤덮는 형국이라면, 후자는 현실에 관념이 녹아 있는 셈이다. 이는 작가정신의 치열성을 단적으로 드러내는 대목이 아닐 수 없다. 신화적 상상력으로 명명되는 관념적 이상이 현실적 감응력을 지니기 위해서는 일상과 늘 긴장관계를 유지하면서 상호 교호작용을 해야 한다. 이승우는 관념적 이상에서 출발해 그것을 구체적 현실로 천착해 들어감으로써, 신화적 이상과 현실을 보다 깊고 넓게 질적으로 변용해가고 있는 것이다.

분명 이승우는 이청준과는 다른 방식으로 고향의 정서와 이야기를 풀어낼 것이다. 그럼에도 불구하고 『지상의 노래』에서 볼 수 있듯, 이승우의 고향에 대한 천착이 역사와 공동체를 향하여 열리고 있다는 점은 향후 이승우 작품의 향방을 예견할 수 있도록 하는 시사점을 제공한다. 신화적 관념과 현실적 인식을 더욱 단단하게 결합하면서, 시선을 역사와 공동체로 확산하고 심화시켜 나갈 작가 이승우의 다음 행보가 기다려진다.

# 인간의 상처를 보듬어 안는 '고집멸도'의 글쓰기: 박상우

## 1. '그녀들'

　적이 사라졌다면, 폭염이 내리쬐는 사막 한가운데서, 혹은 폭설로 뒤덮인 산중에서 대치하고 있던 적이 사라졌다면 어떻게 할 것인가. 주위에는 무수한 주검들이 널려 있고, 어디로 가야하는지 방향조차 알지 못하는 상황이라면, 게다가 적이 완전히 사라졌다는 확신조차 들지 않는다면 어떻게 할 것인가.

　박상우의 소설은 그렇게 홀로 남겨진 인간의 '나만 혼자 남았다'는 격절감에 대한 이야기이다. 그것은 전적으로 1987년의 6월 항쟁에 빚지고 있다. 6월 항쟁이 있기까지의 수다하고 무고한 주검들에 대한 애도이면서, 실체를 교묘하게 감추고 사라진 적에 대한 탐색이고, 그럼에도 불구하고 살아남아 견딜 수밖에 없는 인간존재의 숙명에 대한 성찰이다.

　박상우는 1988년 「스러지지 않는 빛」으로 《문예중앙》 신인상에 당선되어 등단한 이후 『샤갈의 마을에 내리는 눈』에서 『인형의 마을』에 이르기까지 그러한 존재론적 도정을 지속해왔다. 사라진 적, '그것'에 대한 탐색이 전제되지 않는 한, 어떻게 살 것인가의 문제는 결코 해결되지 못한다는 것이 박상우 소설 전반에 던져진 문제의식이다. 그러한 문제의식을 풀어나가는 과정에서 사라진 적의 실체가 드러나고 그것에 대응하는 자아가 새롭게 정립된다.

　박상우의 '그녀들'은 바로 그러한 탐색과정을 통해 드러나는 현실인식의 총화이다. '그녀들'은 「사하라」의 '그녀'로, 「독산동 천사의 시」의 '세상에 때묻은 천사'로, 「내 마음의 옥탑방」의 '불완전한 지상의 주민'으로, 「말무리 반

도」의 '절름발이 그녀'로, 「인형의 마을」의 '반신불수'로 등장하면서 '타자'
의 자리를 메워 나간다.

이러한 '그녀들'은 작가가 도달한 현재의 한계지점에서 탄생하는 분신들이
자, 보이지 않는 적을 향한 전의를 상실한 채 점점 무뎌져가는 감관을 날카롭
게 벼리는 '스러지지 않는 빛'인 셈이다.


## 2. 좌표의 부재와 유폐된 자아

박상우의 첫 소설집 『샤갈의 마을에 내리는 눈』(세계사, 1991)에는 1980년대
적 상황과 1990년대 초입으로 들어가는 상황이 공존해 있다. 그의 등단작이
라 할 수 있는 「스러지지 않는 빛」은 1980년대적 상황과 관련이 있다. 이 작
품에서는 제복에 의한 폭력과 억압이 자행되는 군대 내에서 예술의 본령을 자
신의 생존을 걸고 지켜나가려는 '한수리'와, 현실과의 타협을 통해 예술을 영
위하려는 '나'의 모습이 대비적으로 그려지고 있다.

감찰참모는 미대 출신의 사병들에 '대작을 만들어보라'고 명령한다. 그는
사병들로 하여금 군대에서 작품을 만들도록 하고 그것을 강제적으로 자신의
소유로 만든다. 그 이유는 작품을 만든 사병들이 제대 후 사회에 나가 미술공
모전에서 이름을 드날릴 경우 자신이 소장한 작품의 가치가 올라갈 것이라는
기대 때문이다.

그러나 한수리 상병은 탐욕스러운 감찰참모의 요구를 거부하고 계곡의 바
위에 머리가 거세된 거북을 조각하기 시작한다. 감찰참모는 거북 조각상이 완
성되자 그것을 소유하기 위해 한수리가 외출한 사이를 틈타 공병대를 동원하
여 그것을 운반하려 한다. 그것을 알게 된 한수리는 조각상과 함께 거대한 강
물에 휩쓸려 죽는 길을 택한다.

현실의 강고한 적에 대항하면서 그것으로 인해 야기되는 불안과 고통을 극
복하기 위한 방식으로서 '조각 행위'가 한수리 상병을 통해 이루어지고 있다
면, 저항하고 거부하는 것이 능사가 아니라고 생각하고 제복에 의한 강제와

억압을 체념적으로 받아들이면서 현실과 끊임없이 타협해나가는 '눈치보기'가 '나'를 통해 드러나고 있다. '나'는 감찰참모의 요구에 순응해 그림을 그려 나간다.

이 두 인물의 대비를 통해, 이 작품은 예술의 본령을 지키기 위한 예술가의 태도는 어떤 것이어야 하는가를 묻는다. 부당한 권력의 요구에 체념하거나 타협하는 것이 아니라, 그 요구를 거부하고 순수한 양심을 지키면서 그로 인한 고통을 예술로 승화시키는 것이야말로 진정한 예술가의 태도임을 역설한다.

그런데 「샤갈의 마을에 내리는 눈」은 1990년대적 상황과 관련이 있다. 「스러지지 않는 빛」이 1980년대 군사독재정권이라는 가시적인 적에 맞서 개인과 예술가가 취해야 할 태도를 문제 삼고 있다면, 「샤갈의 마을에 내리는 눈」은 그러한 거대하면서도 가시적인 적이 사라진 시대에 있어서 인간존재의 운명과 함께 예술의 운명을 문제 삼고 있다.

곧 「샤갈의 마을에 내리는 눈」의 허무주의와 몽환이 주조를 이룬 샤갈의 그림에서 허공을 나는 듯한 인물들의 모습은 좌표가 흔들리고 있는 1990년대 초입의 상황을 반영한다. 작가는 동구 사회주의가 몰락하는 세계사적 상황과 군사독재정권이라는 적이 사라진 한국적 특수상황을 천착해 들어간 결과, 1990년대 한국사회는 전 지구적 자본주의로 표상되는 자본의 논리에 의해 모든 것이 잠식되고 있음을 간파한다.

1980년대에서 1990년대로 넘어가는 한국사회의 이러한 변화의 측면을 누구보다 앞서 예리하게 포착하고 그것을 소설화한 것, 그것이 이 작품이다. 신격화된 자본에 잠식된 욕망의 물결 앞에서 '적'이 아니면 '동지로서의 우리'였던 1980년대적 의식구조는 부침을 면치 못한다. 가시적인 적이 지배하던 1980년대에 '우리'였던 인물들은 이제 1990년대 자본의 욕망에 휩쓸려 '우리'라는 울타리로부터 타의에 의해, 혹은 자의에 의해 튕겨져 나간다.

'새로운 연대'인 1990년대를 맞이하는 새해 벽두 폭설이 쏟아지는 날 '우리'는 생맥주집에서 만난다. 이전에 정치로 모든 것을 바꿀 수 있다고 생각했던 '우리' 여섯 명은 카페와 술집을 거치면서 다섯에서 셋으로, 다시 둘로 줄어든다. 그 과정에서 '우리'는 당시 정치상황에 대해 논쟁을 벌이기도 하고,

포로노와 미아리 텍사스 따위에 대해서도 이야기 한다. 그러다가 결국 둘만 남은 '우리' 는 마지막 카페에서 만난 여자와 함께 다시 술을 마시러 그녀의 작업실로 향한다. 그리고 '우리' 는 여자가 이끄는 육체적 쾌락으로 빠져들지 않기 위해 취한 상태에서도 서로의 손을 꼭 붙잡으려 한다.

여자가 '그림을 그린답시고 만들어 둔 자기과시용 화실' 에서 '우리' 가 맞닥 뜨린 것은 '샤갈' 의 그림이다. '우리' 는 '아주 오래전부터 우리 모두의 기억 속에서 잠자고 있던 그런 풍경' 을 '샤갈' 의 그림에서 발견한다. 폭설로 둘러 싸인 그곳에서 샤갈의 그림을 보면서 '정신적인 안정감' 을 얻고, 다른 것은 '잊거나 체념' 하고 싶어 한다.

샤갈의 그림은 여자가 자기과시를 위해 걸어놓은 그림에 불과하다. 그런데 그런 그림에서 기억 속의 아련한 풍경을 발견하면서 '우리' 는 그것이 기만적 인 풍경이라는 인식을 접어둔 채 그 세계 속에서 안정감을 찾고 싶어 하는 개 인의 욕망과 조우하고 있는 것이다. '우리' 여야 하는 것과 개인으로서의 '나' 이고 싶은 욕망 사이에서 망설이고 방황하는 인물들의 초상이 이들을 통해 드 러난다.

「스러지지 않는 빛」의 '거북' 형상의 조각상이 「샤갈의 마을에 내리는 눈」 에서 '샤갈의 마을' 을 담은 몽환적 그림으로 대체되는 가운데, 집단으로서 '우리' 는 개인으로 파편화되며, 정치에 집중되었던 좌표는 영점을 상실해가고 있다. 무수한 길 앞에서 알 수 없는 적을 찾으면서 동시에 한 인간의 정체성과 예술의 방향성을 설정해야 하는 기로에 서 있는 것이다.

그러한 막막하고 알 수 없는 현실은 「사하라」의 '그녀' 에게 투사되어 있다.

붉은 태양이 이글거리고 바람 한 점 없는 열사의 한가운데 서서 정신없이 허우적 거리고 있는 은애와 내가 보였다. 경사진 모래 능선을 넘어가기 위해 끝없이 걸음을 옮겨놓지만, 아무리 허우적거려 보아도 여전히 제자리를 벗어나지 못하는 불모의 사막. (중략) 이윽고 모래 위로 얼굴만 드러낸 그녀와 내가 보이고, 보행에 아무런 장애감도 느끼지 않고 유유히 그곳을 지나쳐가는 일단의 무리가 보였다. 술집 주인, 옷가게 주인, 호프집 주인, 노래방 주인, 교사, 공인 중개사, 제과점 주인…… 그들이었다. 그들이 대열을 이루며 빠르게 모래의 능선을 넘어간 뒤에, 곧이어 그 능선을 넘어 여러 마리의 전갈들이 떼를 지어 기어내려오기 시작했다. (「사하라」, 『독산동 천사의 시』, 세계사, 1995, 157쪽)

때는 문민정부 시절, 자본의 시류에 따라 철마다 옷을 바꿔 입듯 직업을 바꾸고 장사를 하는 사람들이 불어나는 가운데, 그녀와 '나'는 군사독재정권 시절 대학을 다니던 7년 전과 똑같이 가족들에게 기생하는 '기생충'과 같은 존재로 취급받으며 살아가고 있다. 7년 전 '나'는 우연히 지방에서 그녀를 만난다. 대학 시절 그녀는 운동권으로 독재정권에 항거하는 데모에 열심히 참여했다. 반면 '나'는 데모에 동참하지 않고 방관자적인 삶을 살았다. '나'는 그런 그녀와 사랑을 나누다 헤어지고, 다시 7년 만에 만난다. 독재정권이 무너지면서 그녀는 삶의 방향을 상실한 채 짙은 삶의 허무감을 느끼고 언니의 가게에 기생하면서 살아가고, '나' 역시 작가로서 베스트셀러를 쓰라는 출판사의 요구를 받아들이지 않으면서 삶의 의욕을 상실하고 있다.

독재정권이든 문민정부든 변한 것은 없다. 여전히 학생들의 데모가 일어나는 현실에서, 이들은 그런 현실을 '열사의 사막'으로 인식한다. 그렇지만 살아 있는 모든 것들의 자취를 삼켜버리는 '사하라'에서 지난 7년의 기억은 '우리'에서 '나'로 '흩어져가고 있'는 과정처럼 허망하게 흩어져가고 있다.

곧 그녀는 '사하라' 같은 현실에 유폐되어 있으면서 '샤갈의 마을'을 구원의 이미지로 꿈꾸는 '나'의 지난 시절의 초상이다. 그녀와 사랑을 나누면서 '상처 속에서도 꽃이 필 수 있을' 거라고 믿었던 7년 전의 상황, 그러나 지금 현재 '나'는 그것이 '구원의 이미지'가 결코 될 수 없는 '사막의 밤하늘에 떠오른 쓸쓸한 이정표'라는 것을 감지한다.

현실은 열사의 사막인데, 허공에 붕 뜬 샤갈의 몽환적 세계를 꿈꾼다는 그 이질적인 거리감에 의해 현실과 꿈이 아득한 거리로 벌어지고 있다. 살아 있는 모든 것을 집어삼키는 현실의 공간에서 견딜 수 있는 힘이 현실에서 유리된 몽환적이고 낭만적인 관념에서 마련되고 있는 것이다. 관념으로서 떠올리는 '사하라'가 현실이 될 수 없다는 것, 더욱 거대하고 강고한 적으로서 자본이 보이지 않게 현실을 장악하고 있다는 것으로 인해 이들이 꿈꾸는 '샤갈의 마을'은 사하라의 별로 유폐될 수밖에 없다.

이 유폐의 자리가 박상우 소설의 출발점이다. 이 출발점은 1990년대 초 문단을 휩쓸던 후일담소설, 곧 '그 때는 아름다웠노라' 라는 논법으로 과거 운동권 시절을 미화하던 소설과는 그 특질을 전혀 달리하는 자리에 위치해 있다. 박상우를 두고 1990년대의 본질적 모순을 심도 있게 천착해 들어간 작가라 명명하는 이유가 여기에 있다.


## 3. 선악의 경계 균열과 정신적 불구

열사의 사막이라는 관념의 영역에 자아를 유폐시키고 자본의 욕망이 물결치는 1990년대를 살아가는 일은 철저히 현실을 외면하는 길이 될 수밖에 없다. 1980년대와 1990년대 사이에 가로놓인 거대한 단절, 거대한 변화의 기로에서 도대체 무엇에 주목해야 하는가. 거대한 적이 아니라 '모든 문화의 장르'에서 명멸하는 '포르노적', '페미니즘적'과 같은 무수한 '~적' 가운데에서 본질을 찾아내고, 변화하는 것과 변함없는 것을 분별해내야 한다. 변화된 현실을 다시금 탐구하는 가운데, 자아를 새롭게 정립해내지 않으면 안 되는 것이다.

『독산동 천사의 시』와 『사탄의 마을에 내리는 비』(문학동네, 2000), 『사랑보다 낯선』(민음사, 2004)은 자본주의의 파시스트적 속도에 휩쓸린 사회의 풍경과 그 욕망에 함몰되어 정신적 불구가 되어버린 인간들의 모습을 담아내고 있다.

현실과 유리된 관념의 세계에서 보다 지상으로 가까이 다가온 것이 「독산동 천사의 시」에 등장하는 '세상에 때묻은 천사'이다. 6월 항쟁 이후 시나리오 작가로 등단하던 1987년 8월, '나'는 택시에서 우연히 만난 '나미수'에게 상금을 털린 후, 독산동 달동네에 살고 있는 그녀를 다시 만나 돈을 훔쳐간 저간의 사정을 듣게 된다. 그녀는 신문사 편집국 차장이던 아버지의 해직 이후 엄마가 죽고, 사업을 하려던 아버지가 파산한 뒤 불구가 되어버린 상황에서 아버지를 모시고 살기 위해 술집을 분양받으려 했던 일들을 들려준다. '나'는 '세상에 때묻은 독산동 천사'라던 그녀에게서 시대가 만든 불행의 초상을 발견하고, 자신의 삶이 고달프다고 여겨온 태도를 반성한다. 그러다가 그해 12월, 과거 시대상황을 다루던 자신의 시나리오가 '휴지'가 되고, 군부 출신의 대통령이 선출된다. 그리고 그녀마저 사라진다. 그로부터 6년 뒤 정권이 바뀌고 모든 것이 변화된 상황에서 '나'는 다시 '독산동 천사'를 떠올리며, 그동안 '자본'에 의해 자신의 오감이 마쳐되어 있었다는 것을 깨닫는다.

'나'의 '마쳐상태'에 대한 자각은 순수함과 때묻음에 대한 오인을 깨닫는데서 온다. 사회와 문화가 자본의 논리에 압도당하고 있는데도 불구하고, 과거 횡행하던 검열과 같은 제약이 지금은 사라졌으니 순수한 열정이 빛을 발할 수 있을 것이라 기대하는 것은 얼마나 어리석은 일인가. 영화산업은 예술의 논리가 아니라 흥행성을 보장받기를 원하는 자본의 논리에 따라 움직이고 있다. 곧 시대의 모순은 민주화가 되었음에도 불구하고 자본에 의해서 더욱 심화되고 있는 것이다. 따라서 순수함과 때묻음을 변별하는 것은 전반적인 삶의 양태뿐만 아니라 의식까지도 자본의 논리에 의해 지배되고 있다는 것을 자각할 때 비로소 가능해진다. 때묻었다는 것을 자각하고 있는 '그녀'는 이미 그러한 현실을 간파하고 있는 셈이다.

사하라에 유폐된 '샤갈의 마을'은 현실에서 유리된 몽환적인 관념의 결정체에 지나지 않지만, '달동네의 때묻은 천사'는 자본에 의해 욕망이 잠식되고 있다는 자각을 유도함으로써 그 현실적 구체성을 획득한다. '세속의 도시/달동네', '인간/천사'의 대립에 의해서 새롭게 정립된 '6월의 그녀'는 그러한 자각을 통해 오히려 세상을 향한 걸음을 떼어놓는다.

「독산동 천사의 시」에서 잠깐 지상에 내려온 천사처럼 그려지는 '그녀'는 「내 마음의 옥탑방」에서는 '불완전한 지상의 주민'으로 등장한다. 스포츠-레저용품 수입업체 백화점 영업을 담당하는 '나'는 형의 집에 얹혀살고 있다. 잘 되지 않는 영업결과를 보고하는 일 등으로 인해 수치(數値)에 대한 공포심을 느끼던 '나'는 백화점 출입구에 안내직원으로 앉아 있는 '이주희'를 만난 후 안도감을 느낀다. '나'는 그녀의 옥탑방에서 '지상의 밤풍경'을 바라보며,

그곳을 가련한 고난의 세계, '시지프들의 세계'로 여긴다. 반면에 그녀는 자신을 '불완전한 지상의 주민'이라고 하면서 지상으로 내려가 편안하게 안주하고 싶다는 꿈을 이야기한다. 그러다가 '나'는 지상으로 내려가고자 하는 그녀의 꿈을 비판한 일로 그녀와 멀어지게 된다. 그녀가 사라진 뒤, '나'는 결혼을 하고 대기업 홍보실에 다니면서 관성에 이끌려 살아간다. 여기서 주목할 것은 '나'와 그녀의 시선 차이이다.

그녀가 나보다 먼저, 신화나 관념이 아니라 순수한 삶을 통해 지상의 불모를 간파하고 있었다는 것. 뿐만 아니라 체념과 비관으로 뒤틀린 시지프들의 세계에 동화되지 않기 위해 자신의 꿈에 집착했을지도 모른다는 것. 그런 의미에서 지상의 주민으로 편재되고 싶다는 그녀의 꿈은 영원히 실현 불가능한 것일 수도 있다는 결론에 이르러 나는 슬그머니 수치심을 느끼고 말았다. 미물스럽고 속물스런 세계로의 편재가 아니라 인간적인 전략과 절망이 바로 그녀가 말하는 꿈의 요체라는 걸 비로소 깨달을 수 있었기 때문이었다. 그녀가 자기 형벌의 바위를 밀고 올라간 산정, 그곳이 바로 그녀의 옥탑방이 아니겠는가. (「내 마음의 옥탑방」, 『사탄의 마을에 내리는 비』, 178쪽)

'나'와 그녀의 시선은 '세상을 착하고 올바르게 산다는 게 무슨 의미가 있는가'에 대한 인식의 차이에 기반을 두고 있다. '나'는 지상의 주민으로 살면서 옥탑방에서 일별하는 지상의 세계를 가련한 시지프의 세계로 여긴다. '나'는 지상에 살면서 지상의 물질적 풍요로움에 동화되지 않으려 한다. 그런 정신적인 갈구가 '나'로 하여금 인간이 아닌 '신'의 오만한 시선으로 옥탑방에서 지상을 바라보게 하는 것이다. 그런 시선에 의해 '나'는 지상의 인간의 숙명을 가소롭게 여기고 있는 것이다. 반면에 그녀는 옥탑방에 있으면서 지상의 주민이 되고자 하는 꿈을 꾼다. 그렇지만 그녀가 꿈꾸는 지상의 주민은 풍요로운 물질의 성전을 소유하려는 것이 아니라 '도로(徒勞)의 절망'과 같은 인간의 숙명을 긍정하는 것에 있다. 그런 그녀의 인식은 '빛/그림자', '낮/밤'은 대립하는 것이 아니라 숙명적으로 공존한다는 이해 위에 놓여 있다. 속물적인 삶, 미물적인 삶을 부정하고 정신적인 고결함을 지향하려는 '나'와 달리, 그녀는 그러한 삶을 긍정하면서 '인간적인 전락과 절망'까지도 자신의 삶으로 끌어안고자 한다.

결국 '나'의 인식은 '선/악', '옳음/그름'의 이분법에 의해 인간의 삶과 정신의 의미를 판가름하려는 흑백논리의 사고방식에서 비롯된다. 정신적인 고결함을 지키고, 지상의 불모로부터 벗어나기 위해 신의 이름을 빌어 인간에 대한 멸시를 인간 스스로 행하면서 인간의 불완전함, 인간의 숙명을 철저하게 부정하는 것이다. 반면 지상의 주민을 꿈꾸는 그녀의 삶은 인간이기를 부정하면서 인간의 삶을 살아가는 이율배반적인 행태에 대한 비판이라 할 수 있다.

이러한 점은 「말무리반도」에서 '이율배반적인 은거의 시간'으로 포착된다. 생활을 꾸려나가기 위해 '나'는 그림 그리는 일을 중단하고 건축사무소에서 일을 하게 된다. 그러던 것이 십 년이 흐르고, 아내가 투자한 사업의 파산으로 빚더미에 올라앉게 되자 아내의 요구대로 이혼을 결정한다. '나'는 친구의 권유로 그의 별장이 있는 금강산으로 떠나 그곳에서 다리를 저는 여자(정은주)를 만난다. '나'는 그녀가 꿈을 키워왔던 말무리반도를 보고 잃었던 자신의 꿈을 떠올리면서, 생활에 치여 잊고 있던, 그러나 오랫동안 갈망해오던 본래의 자신을 찾아 떠나게 된다.

그녀의 육체적 불구와 '나'의 정신적 불구는 '고사당한 꿈'과 밀접하게 연결된다. 말무리반도는 그녀의 꿈이 투사되는 스크린이자, 그녀와 일체가 된 '한 몸'과 같은 것이다. 자유롭지 못한 그녀의 몸과 함께 숨쉬고, 아파하고, 꿈꾸는 말무리반도. '나'는 그런 그녀를 통해서 본래의 자신과 조우하게 된다. 고사된 꿈으로 인해 정신적 불구가 되었던 '나'는 말무리반도와 일체가 된 그녀의 꿈을 통해 '색으로서의 색, 빛으로서의 색을 조화롭게 수용하는 방법'을 다시 찾아나가려는 것이다.

색(色)과 공(空), 육체와 정신의 조화를 이루지 못하는 '나'의 정신적 불구는 그 경계를 모두 허물어뜨릴 때 비로소 치유의 가능성을 획득할 수 있다. 그러자면 '나'를 규정짓는 모든 것, 유일한 어떤 것으로서의 윤곽선뿐만 아니라 주체의 의식을 통과하여 규정되는 사물의 질서, 혹은 주체와 대상 사이에 존재하는 '불순물' 같은 것들을 모두 지우지 않으면 안 된다. 그럴 때, 비로소

「스러지지 않는 빛」에서 한수리 상병의 예술의 본령에 대한 지향이 '빛'으로서 되살아나며, 색으로서의 풍경이나 대상의 '섬뜩한 날것'이 가져오는 '잔혹한 아름다움', '까발려진 풍경의 세계'가 조화를 이룰 수 있게 되는 것이다.

'때묻은 천사'에서 출발하여 인간의 숙명을 긍정하면서 '지상의 주민'이고자 하는 그녀, 말무리반도와 일체가 되는 꿈을 꾸는 그녀, 그런 '그녀들'에 의해 정신의 고결함에 대한 절대적인 지향에 갇혀 있던 오만한 시선은 '순수함/때묻음', '옳음/그름', '선/악'의 분별을 해체하고, 정신적인 불구를 자각하는 상황으로 나아간다.


## 4. 이분법의 해체와 불완전성의 긍정

그런데, 정신과 육체의 부조화를 극복하고 본래의 자신을 되찾은 '원점'에서 만나게 되는 '그녀'는 또다시 삶의 부조화를 드러낸다. 그 부조화는 인간의 존재론적 불완전성으로 인해 생겨나는 것이며, 이 불완전성에 의해 '나'와 같지 않은 '너'라는 '타인의 왜곡된 시선'이 도출된다.

「사랑보다 낯선」(『사랑보다 낯선』, 민음사, 2004)의 '임채령'은 감당하기 어려운 현실을 이겨내기 위해 안간힘을 쓰는 인물이다. 그녀는 '다른 삶을 살고 싶'어했던 남편을 위해 이혼한 후, 남편이 자살하자 장례식장을 찾아간다. 철학과 부교수인 그녀는 강사로 나오던 '나'와 함께 장례식장으로 간다. 장례식장에서 그녀는 생명줄을 붙잡으려는 안간힘으로 '나'와 섹스를 한다. 그녀는 돌아가는 길에 '버린 배추밭'에 들러 배추를 다듬어 들고 나온다. 땀이 맺히고 진흙이 묻은 채 배추를 들고 나오면서 그녀는 '나'에게 자신이 담근 김치를 먹어보지 않겠냐고 말한다.

장례식과 섹스, 버려진 배추와 김치로 대비되는 생과 사, 성과 속 사이의 어디쯤엔가 '그녀'가 있다. 처절한 생의 절규가 느껴질 만큼 죽음을 두려워하고 있으면서도 삶을 지키려는 그녀의 몸짓은 본능적이다. 그렇지만 그것은 속되면서도 성스럽게 느껴진다. '나'는 그런 그녀의 삶에 대해 '남들에게 이해받지 못해도 어쩔 수 없고, 남들에게 손가락질 받아도 어쩔 수 없는 인생'이라 생각한다. '남들'에 의해 이해되지 않는 삶, 그것은 '나'와 '너'의 다름에서 비롯된다. 그러한 다름은 서로에 대한 이해, 인간의 삶에 대한 연민에 바탕을 두고 극복될 수 있는 것이다.

「길모퉁이 추락천사」의 '그녀' 역시 자신의 삶에 대한 오해와 지탄 속에 생을 마감한다. 편의점에서 일하는 '나'는 그녀가 미친년이라는 소리를 사장을 통해 들은 이후부터, 처음에 그녀를 이해하던 태도를 바꾸어 그녀를 '미친년', '도둑년'으로 대한다. 그러다가 그녀가 달리는 차에 뛰어들어 죽는 상황을 목도하게 되고, 편의점을 찾은 커플에게서 그녀의 사연을 듣게 된다. 그녀는 캠퍼스 커플인 남자와 결혼을 앞두고 있었다. 그녀는 복학해서 마지막 학기를 다니던 남자를 위해 도시락을 싸오면서 행복한 시간을 보낸다. 하지만 불량학생들에 의해 남자가 죽고 그녀는 윤간을 당해 뱃속의 아이를 잃고 미쳐버린다.

'길모퉁이 추락천사'로 불리는 그녀는 만신창이가 된 생으로 인해 미쳐버린다. 그녀의 삶에 대한 오해와 왜곡된 소문으로 인해 그녀의 삶에 각인된 진정성마저 잃어버리게 되는 상황, 그 괴로움에 짓눌려 급기야 그녀는 죽음의 길로 내몰린다. '나'와 '너'의 다름에 기초해 그녀의 삶을 왜곡시킨 타인이 바로 그녀를 죽음으로 내몬 것이다.

'나'와 '너'의 다름에 기초해 다른 사람을 바라보는 '타인의 왜곡된 시선'의 극복방안을 「인형의 마을」(『인형의 마을』, 민음사, 2008)에서 확인할 수 있다. 소설가인 '나'는 자신의 가슴 속에 살고 있는 세 명의 역사적 인물들을 가상공간의 아바타로 내세워 그들에게 완전한 인생을 줌으로써 그들의 상처를 치유해주고자 한다. 남이 장군은 '북정가'의 구절 중 '미평국(未平國: 나라를 평안케 하고 싶다)'을 '미득국(未得國: 나라를 얻고 싶다)'으로 고쳐 자신을 모함한 유자광으로 인해 억울하게 누명을 쓰고 목이 잘려 죽어간다. 마리 앙투아네트는 왕비가 아닌 창녀로 취급되면서 자존심을 훼손당하고 단두대에서 처형되고, 이재명은 이완용을 죽이려다 실패하고 사형된다. '나'는 이런 인물들에게 장군으로서의 성공, 왕비의 기품, 거사의 성공을 부여함으로써 '완전한 인생'을 주고자 한다.

그런데 '나'가 아바타를 통해 부여하고자 하는 완전한 인생은 실상 '나' 자신의 의도대로 타인의 삶을 조작하고 날조한 것에 불과하다. '나'가 꿈꾸는 완전한 인생이 있고, 그것을 방해하는 부정적인 요소가 있다. 그 요소를 수정하고자 하는 욕망이 아바타에 반영된 것이다. '나'의 욕망에 따라 가상공간에서 아바타를 만들 듯이, '나'는 현실에서도 '나'의 욕망에 따라 타인을 바라본다.

그러한 '타인의 왜곡된 시선'을 '나'는 그녀를 통해 깨닫는다. 그녀는 목발이 없이는 걸을 수 없는 반신불수이다. 그녀는 가상공간에서 완전한 삶을 꿈꾸는 아바타를 부수고자 한다. 그런 그녀와 현실의 공간에서 조우한 '나'는 인간의 삶에 없어서는 안 될 필수항목이 상처라는 이야기를 듣는다. 곧 인간은 완전한 인생을 누릴 수 없는 불완전한 존재이며, 그러한 존재는 삶에서 상처를 피할 수 없으면 어차피 그것을 운명적으로 감내할 수밖에 없는 것이다. 이처럼 인간이 스스로 불완전한 존재임을 인정할 때, 타인의 상처와 함께 할 수 있게 된다. 그럼에도 불구하고 불완전한 인간은 스스로 완전한 인간이 되고자 하는 욕망에 사로잡혀 삶에서 받은 상처를 타인에게 역투사하고 그런 입장에서 타인을 바라본다.

그렇다면 이러한 인식태도를 극복하는 방법은 무엇일까. '나는 나 자신이 가장 무서운 적이자 동지라는 것을 알고 나서 인위적인 나, 가식적인 나를 버리고, 자연적인 나를 이해하고 그것의 내면에 귀를 기울이기 시작'(243쪽)할 때 그러한 태도를 극복할 수 있다. 그럴 때 비로소 내 안의 정신적 여백은 타인을 향한 공간을 생성하며, '모르던 세상'이 열리게 된다.

곧 완전한 인생, 완전한 세상은 단순한 이분법적인 논리에 따라 인생의 걸림돌이 될 수 있는 부정적인 측면을 제거한다고 해서 이루어지는 것이 아니다. 타인의 상처를 보듬어주고 위무하면서 타인과 공존하면서 함께 살아갈 때 비로소 인간에게 주어진 운명을 자연스럽게 넘어설 수 있게 되는 것이다. 그것은 인위적인 조작이나 가상공간에의 천착으로는 결코 얻지 못하는 또 다른 세상이다.

## 5. 인간의 인간다움을 위한 소설

인간은 자신이 스스로 만든 완전한 인생에 갇혀 스스로를 아바타로 전락시키면서도 그러한 현실을 자각하지도 못한 채 아바타의 대역으로 살아간다. 현실과 가상공간을 구분하지 못하고 가상공간을 진정한 삶의 현실이라고 오인하면서 살아가는 것이 인간인 것이다. 그런 상황에서는 부조리한 현실에 대한 뼈저린 천착도, 인간의 존재론적 숙명에 대한 고뇌와 반성적 성찰도 생겨나지 않는다.

인간에게 주어진 운명을 완전한 인생으로 성취해 가는 길은 오직 자신의 내면 공간에 타인을 위한 자리를 내어놓고, 그곳에서 함께 상처를 보듬어주면서 살아가는 길밖에 없다. 불완전한 인간존재를 긍정해야 하는 것이다. 인간은 상처를 지닌 불완전한 존재임을 자각하고, 그러한 존재와 함께 공존하면서 인간에게 주어진 숙명을 자연스럽게 받아들이는 삶에 도달하기까지 작가는 여러 작품들 안에서 부단히 자아를 정립하고 무수한 개인들과 조우하게 된다.

현실과 동떨어진 이상과 꿈의 세계는 '사하라'라는 관념의 성전에 유폐되어 있다. 암울한 현실에서 꿈은 결코 이루어질 수 없을 것처럼 현실에서 유리되어 둥둥 떠다니고 있다. 작가는 그러한 관념에 '천사'의 표징을 달아 지상의 세계로 끌어내리고자 한다. 그러면서 한편으로는 관념 속에 유폐된 자아를 현실의 세계로 내려놓기 위해 견고한 벽을 깨부수는 작업을 감행한다. 순수와 때묻음의 경계, 착하고 올바른 것과 그렇지 않은 것의 경계를 차례로 허물어뜨리면서 순수한 것, 올바른 것에 눈멀어 있던 망념을 깨뜨린다.

경계와 망념은 결과적으로 완전한 인생, 완전한 세상이 있다는 미몽에서 비롯된 것이다. 인간이 불완전하다는 자각, 삶과 죽음의 갈림길에서 주어진 운명에 순응하면서 살아갈 수밖에 없다는 깨달음에 이르러서야 인생의 부정적인 측면이라는 것 자체가 삶의 에너지이고 동력이라는 것을 수긍하게 되는 것이다.

결과적으로 도저한 관념의 시선에서 출발한 박상우의 소설적 도정은 인간을 한갓 미물로 여기고 내려다보는 신의 시선을 거쳐 마침내 한 인간으로서 자신의 내면을 돌아볼 줄 아는 인간의 시선에 도달하게 된다. 관념의 시선에서 인간은 자본이라는 거대한 숙주에 기생하는 기생충으로 여겨진다. 신의 시선에서 인간은 자신들을 멸시하는 신들을 멸시하지도 못하는 거세된, 의지를 잃어버린 시지프로 여겨진다. 그리고 인간의 시선에서 인간은 그저 불완전한 존재일 뿐이다.

인간과 인간의 만남, 그 자연스러운 관계에 도달하기까지 작가는 억울한 삶을 살다간 존재들을 보듬어 안고 그들을 이해하고, 그들과 함께 살아온 것이다. 「인형의 마을」에서 전업작가인 '나'는 이렇게 말한다. "너무나 억울하게 죽은 존재들이니 이 지상에서 나만한 서식지를 찾기도 어려웠겠지. 그들이 당한 억울함으로 내가 몸서리치고, 그들에게 맺힌 한으로 내가 가슴 짓눌린 세월이 얼마였던가."(258쪽)

박상우 소설의 인물들은 억울한 존재들의 억울함을 이해하고, 그들의 한을 자신의 상처로 받아들여 함께 아파하며, 그들과 운명을 함께 하는 존재들이다. 그런 존재는 함부로 탄생되지 않는다. 그런 존재가 소설가 그 자신일 때, 비로소 그런 인물의 탄생이 가능한 것이다.

작가의 이러한 도정을 보고 있노라니 '고집멸도(苦集滅道)'가 떠오른다. 시대에 괴로워하고 인간존재의 불완전성에 괴로워하며, 그 괴로움의 원인을 치열하게 탐색하고, 그 소멸을 향해 나아가는 과정, 그것이 박상우의 소설이다. 그 과정을 거치면서 박상우는 바람이 불어도 좋고 불지 않아도 그만인 자연, 그 자연을 거스르지 않는 삶, 그런 삶에 대한 깨달음에 이른 듯하다. 신격화된 자본이 모든 것을 잠식하는 이 불모의 시대에 그런 깨달음을 소설화하는 과정을 지켜보는 것은 인간의 인간다운 삶에 대한 해답을 찾는 것에 다름 아닐 것이다. 그 해답 찾기야 말로 소설 본연의 몫이 아니겠는가.

# '여수'에서 식물성의 세계로, 그 타자 찾기: 한강

## 1. 잃어버린 타자를 찾아서

우리네 일상은 끝을 가늠할 수 없는 경계의 반복적인 명멸과 대면하는 자리에 인간을 위치시킨다. 정체를 알 수 없는 힘들에 의해 일상의 공간은 구획되고 짜여진다. 주어진 공간의 구획을 넘어서는 순간에도 경계 짓기는 끝없이 지속된다. 안주와 일탈의 길항은 일상의 작은 균열들 속에서 내파되고, 일탈의 가능성을 지속시키는 새로움을 향한 갈망조차 이미 기획된 미시적인 욕망의 파편들에서 벗어나지 못한 채 번번이 실패한다. 그러기에 '가지 않은 길'을 향한 욕망은 달콤하면서도 씁쓸하다. 욕망을 충족시키고자 한다면 일상을 전복시킬 위험을 무릅써야 한다. 그 위험을 고스란히 떠맡은 것, 그것이 소설의 운명이 아닐까?

'길이 시작되자 여행은 끝났다'는 루카치의 명제는 소설의 발생론적 배경을 논하는 자리에서 도출된 것이지만, 그것은 현대의 소설이 처한 위상을 거론할 때에도 여전히 유효하다. 그 소설의 문법 속에는 고향으로 가는 길을 비추는 작가의 '별빛'이 있어야 하고, 또한 현실사회의 고해를 건너는 '모험'이 있어야 함은 물론이다.

모험을 통한 별빛 찾기, 이를 달리 잃어버린 타자 찾기라 명명할 수 있을 것이다. 근대적 인식이 현실을 지배하기 시작한 후, 인간은 이가 빠진 동그라미 같은 불구자로 전락해 버렸다. 이가 빠진 동그라미는 자신의 반쪽을 찾아 끊임없이 벌판을 방황한다. 그 벌판은 근대 자본주의로 인해 황폐화된 불모지이다. 그곳은 산업사회일 수도 있고, 후기산업사회일 수도 있다. 동그라미는 그런 삭막한 곳에서 자신의 반쪽인 타자(the other)를 찾아 온전한 존재가 되고자 하지만, 그것은 불가능하다. 그러나 그 반쪽을 찾지 못하는 한 동그라미는 영원한 불구자일 수밖에 없다. 잃어버린 타자를 찾아나서는 고독한 탐험가, 그가 작가이다.

잃어버린 타자는 인간이 황폐화시킨 자연일 수도, 남성에 의해 도구화되어 억압받는 여성일 수도, 도시에 의해 황폐화된 농촌일 수도, 자본가에 의해 착취당하는 노동자일 수도, 이성에 의해 감금된 비이성일 수도 있다. 소설은 잃어버린 타자를 되찾고 타자와의 합일을 이뤄내고자 하지만, 당연히 그러한 지향은 실패한다. 그러나 실패할 줄 알면서도 그 세계를 강렬하게 지향한다. 그래서 우리가 발 딛고 선 현실이 얼마나 황폐한가, 또 얼마나 폭력적인가를 깨달을 수 있게 한다. 인간다운 삶을 살기 위해 우리는 어떠한 것에 가치를 두어야 하고, 어떠한 삶을 영위해야 하는가를 뼈저리게 깨우쳐 주는 것, 그것이 소설이 짊어져야 할 비극적 운명이다.

어떤 타자를, 어떻게 지향하는가, 바로 그 점에서 소설의 색채와 작가가 이뤄내고자 하는 세계는 다른 빛깔을 띠게 된다. 소설사적 흐름에서 위대한 작가로 평가받는 이들은 바로 이 잃어버린 타자를 찾기 위해 모험을 시도했고, 그 모험의 결과로 산출된 별빛들은 '지금, 여기'를 살아가는 우리 앞에 빛을 밝혀준다. 인간에게 불을 내어 준 프로메테우스가 그 대가로 자신의 심장을 독수리에게 내맡기듯, 그들은 우리에게 '지금, 여기'를 밝혀 줄 소설을 쓰기 위해 벌판을 고독하게 방황한다.

그렇다면 최근 소설에서 프로메테우스처럼 소설의 비극적 운명을 천형으로 짊어지고 가는 작가는 얼마나 되는가. 오히려 우리는 이러한 소설의 운명을 포기하는 경우를 더 많이 보고 있지는 않은가. 후기자본주의 사회의 매스미디어적 메시지들을 능동적이고 적극적으로 재생산함으로써 소설의 고독한 운명을 방기하고 현상적이고 피상적이며 찰나적인 것에 쉽게 자리를 내어주는 작품을 어렵지 않게 접할 수 있다. 현실에 대한 비판적인 시선을 결여한 채 일상에 안주하여 후기자본주의 사회의 쾌락들을 경탄해마지 않는 그런 소설들을 대하는 일은 무척이나 고통스럽다. 프로메테우스의 천형처럼 소설의 비극적 운명을 짊어지고 고독한 방랑의 길을 떠나는 작가가 더욱 고귀해 보이는 것은 그 때문이다.

한강은 '모험을 통한 타자 찾기'에 충실한 작가이다. 한강의 '모험'은 현실사회 모순의 해부보다는 그 현실사회에서 불구자로 전락한 인간의 보편적인 존재조건에 초점을 맞춘다. 그의 작품은 죽음과 광기, 소통의 법칙을 뒤집는 침묵이나 몸짓, 욕망의 금기를 위반하는 근친상간, 동물성에 대비되는 식물성 같은 언표들을 공적인 영역 속에서 가시화한다. 뼛속부터 밝음의 영역에 속해 있던 기획된 욕망들을 삭제하려는 충동질로 가득한 그의 소설에서 인위적인 모든 것들은 부정된다. 제도나 관습일반에 '길들여지는' 것을 거부하고, 획일화된 것들을 거부한다. 먹고 마시는, 삶을 지탱하는 가장 기본적인 욕망들조차 깡그리 부정하고 난 뒤에서야 비로소 인간존재의 진정한 의미들을 힘겹게 터득해 나간다. 폭력적인 일상에 휘둘릴수록 본래의 육체에 깃들이고 있었을 법한 영혼에 대한 갈급이 더욱 증폭되는 것이다. 그 공간에서 갈앉았던 감정의 앙금들을 분출하고 토해낼 때 비로소 영혼의 정화는 일단락된다. 의식(儀式)과도 같은 파토스가 지나가고 난 빈 자리에 '타자'를 향한 존재의 갈망이 채워진다.

그렇다면 한강 작품에 나타나는 '모험'은 무엇이며, 그 모험을 통해 찾고자 하는 '타자'는 무엇인가. 초기 작품에서는 죽음의 기억을 극복하는 과정에서 '여수'로 상징되는 타자가 설정된다. 타자의 자리가 설정된 이후 그 타자와의 합일방법을 탐구하는 쪽으로 나아가는데, 그것이 '가면벗기와 맨얼굴 찾기'에서부터 출발하여 '언외언과 관의 사유'를 거쳐 '식물성의 세계에 대한 강렬한 욕망'으로 이어진다. 그 과정이 첫 창작집 『여수의 사랑』(문학과지성사, 1995)에서부터 『내 여자의 열매』(창작과비평사, 2000)를 거쳐, 『채식주의자』(창비, 2007)로 전개되는 바, 이에 대한 검토를 통해 한강 작품의 의의를 탐색하고, 나아가 '지금 여기'에 대해 고민하는 소설이 나아가야 할 올바른 지평이 무엇인지를 점검하고자 한다.

## 2. 관념으로서의 여수(旅愁), 행(行)

　일곱 편의 단편이 실린 첫 창작집 『여수의 사랑』에 등장하는 인물들은 대부분 일상현실에 적응하지 못한 채 병적 징후에 시달리거나 심지어 자살 같은 극단적 행위를 통해 죽음을 택하기도 한다. 한강 소설에서 다루어지는 죽음은 인간의 육체에서 숨이 빠져나가는 생물학적 의미의 죽음에 한정되어 있지 않다. 죽음은 그 기억 속에 유폐된 인물들이 좌절하고 절망하도록 만드는 요인이면서, 한편으로는 그 인물들이 삶의 영역으로 나오도록 이끄는 통로이다. 그 통로의 끝에서 인물은 좌절과 절망 같은 심리의 장막 뒤에 가려져 보이지 않던 타자와 조우한다.

　그런데 여기서 작중 인물의 병적 증후나 자살 등을 유발하는 가족의 죽음을 두고 죽음의 원인이 무엇인가를 물음으로써 현실에 내재한 모순이 무엇인가를 밝혀내는 일은 큰 의미를 갖지 않는다. 죽음의 기억은 인물의 내면에 일상에 적응할 수 없을 만큼의 정신적 상흔으로 남겨져 있다는 것이 중요할 뿐이다. 어린 시절 농약을 먹고 자살한 아버지와 동네 아이들에게 매 맞아 죽은 동생 진규에 대한 기억으로 인해 괴로워하는 「질주」의 인규, 생모의 죽음에 대한 기억으로 일상에 적응하지 못하고 방황하는 「저녁빛」의 제헌, 어머니의 죽음과 아버지의 동반 자살에 대한 기억으로 인해 심각한 결벽증을 앓는 「여수의 사랑」의 정선 등을 보면 그렇다.

　누군가의 죽음이 현실을 살아가는 인물들에게 부적응이라는 요인을 촉발하는 정신적 상흔으로서 작동한다면, 그것은 작가의 인식이 현실의 모순에 대한 인식이 아닌 인간존재의 보편적인 조건을 문제 삼는 쪽에 있다는 것을 말해준다. 말하자면 한강의 관심은 불행한 존재로서의 인간을 드러내는 측면에 놓인다. 따라서 작가는 가족의 죽음을 인물의 기억 속에 저장해 두고, 삶과 죽음, 사랑과 미움, 용서와 증오 등과 같은 보편적 주제와 연결시킴으로써 특정 시대, 특정한 상황을 뛰어넘어 인간의 보편적인 존재조건을 탐색하려 한다.

　어린 시절 가족의 죽음과 관련된 기억, 그러한 정신적 상흔으로 인한 병적 징후, 죽음과 같은 음울한 기운이 만연한 일상에의 부적응, 기억을 벗어나고자 하는 몸부림 등으로 구성된 서사가 『여수의 사랑』 전편을 관통한다. 이러한 서사구조를 깔고 작가는 삶과 죽음의 문제를 전면에 내세운다. 어둡고 침울한 어조에도 불구하고 작품에 설정된 타자는 인간다운 삶을 영위할 수 있는 공간으로 한 폭의 아름다운 수묵화 안에 오롯이 담긴다.

가령, 「여수의 사랑」을 보자. 이 작품에서는 정선과 자흔이라는 두 명의 인물이 서사를 이끌어나간다. 먼저, 정선의 경우. 여수에서 보낸 어린 시절, 어머니가 죽자 아버지는 술에 찌들어 살다가 결국 정선과 어린 동생과 함께 바다로 뛰어들어 동반자살을 꾀한다. 혼자 살아남은 정선은 서울에 살면서 직장에 다니고 있지만, 어린 시절의 끔찍한 기억으로 인해 일상에 적응하지 못한다. 정선은 서울을 죽음과 같은 음험한 기운이 만연하고, 온갖 병균이 득실한 곳으로 여긴다. 그곳에서 정선은 '결벽증'과 같은 병적 증세에 시달린다.

다음 자흔의 경우. 그녀는 두 살 때 서울역에 버려져 고아가 된 뒤 보육원 생활을 거쳐 입양이 된다. 돈에 대한 욕심도, 행동거지에 조심성도 없다. '모든 것을 생각 없이' 다루는 그녀는 아무 희망도 없이 도시를 옮겨 다닌다.

자흔은 일상의 '나'와 또 다른 '나'의 두 가지 모습으로 존재한다. '핏기가 없는데다가 입가와 뺨에 온통 하얗게 버짐이 피어 흡사 분가루를 뒤집어쓴 광대 인형' 같은 것이 일상의 '나'이고, 늘 떠돌아다니면서 세상사에 무관한 채 '견고한 평화가 어른거리는 얼굴', '무구하고도 빛나는 웃음', '천진한 영혼'을 가진 것이 또 다른 '나'이다.

또 다른 '나'는 여수에 대한 사랑을 간직하고 있다. 고향도 모르는 자흔은 성인이 되어 문득 찾게 된 여수에서 '아름다움'을 느끼고 여수를 고향으로 생각한다. 그리고 그곳에서 일상의 '나'를 버리고 또 다른 '나'로 거듭 태어나고자 한다. 그녀에게 여수는 풍경이 아름다운 공간이 아니라 인간다운 삶을 영위할 수 있는 진정한 아름다움을 품은 공간으로 인식된다. 죽음과 같은 음험한 기운, 온갖 병균으로 득실한 '서울'에 대비되는 여수란 과연 어떤 곳인가.

길 여기저기에 소들이 쟁반만한 똥을 갈겨놓은 진짜 시골이었어요. (중략) 그냥 '아름답구나' 하고 생각하면서 다시 길을 내려오는데 갑자기 눈물이 쏟아지는 거예요. 마을 앞 버려진 부두에는 누더기 같은 천막이며 더러운 판자떼기들이 뒹굴고, 검푸른 물결은 갯벌을 향해 천천히 다가왔다가 밀려가고……염소 울음 소리, 새소리, 바람, 두엄 냄새, 일하는 아낙네들……그 가운데 어느 하나도 낯익은 것이 없었는데도 마치 내가 얼굴도 모르는 어머니 품속에 돌아와 있는 것 같았어요. (「여수의 사랑」, 『여수의 사랑』, 50~51쪽)

따뜻한 산수화 한 폭을 보고 있는 듯한 여수의 풍경은 자흔에게 인간과 자연이 어우러진 곳으로 각인된다. '푸른 실 하나하나를 촘촘히 엮어놓은 것같이 잔잔한 만'에 염소 울음소리와 새소리가 있고, 바람이 불고, 두엄 냄새가 나며, 그런 자연적인 것들과 어우러져 백발성성한 노인과 머릿수건을 쓴 아낙네, 상고머리 소년들이 일을 하는 곳, '무덤' 마저 '착하고 둥글둥글' 하게 생긴 곳, 그곳이 바로 자흔의 기억 속에 자리한 '여수' 이다.

고향도 모른 채 고아로 자란 그녀에게 여수는 '어머니 품속' 처럼 아늑하고, 아름답고, 따뜻한 마음의 고향으로 살아 숨 쉰다. 여수로 표상되는 이 세계야 말로 자흔에게 인간다운 삶을 가능토록 하는 타자이다. 그녀가 여수를 갈망하는 이유가 여기에 있다. 그녀는 도시의 삶을 견디기 위해 어항에 물고기를 키우기 시작한다. 그녀가 물고기 키우는 일에 정성을 들이는 까닭은 자신이 물고기가 되고 싶어서이다. "세상에 있는 모든 물은 바다로 흘러가고, 그 바다는 여수 앞바다하고 섞여 있"다고 생각하는 그녀에게서 물고기가 되고자 하는 일이란 어머니의 품속 같은 여수로 흘러들어가는 일에 다름 아니다.

일상의 '나' 를 거부하고 아름다운 어머니의 품속 같은 '여수' 와 일체가 되고자하는 또 다른 '나' 를 지향하는 자흔을 통해, 정선은 어린 시절의 정신적 상혼으로부터 힘겹게 빠져나오기 시작한다. 정선에게 죽음의 기억이 서린 여수는 병적 증세를 심화시키는 요인이 된다. 자흔은 그런 정선에게 여수를 이야기하고, 그럴 때마다 정선의 결벽증은 심해진다. 그러다가 정선은 차츰 자흔을 통해 환기되는 여수의 아름다움에 빠져들게 되고, 결국 자흔이 그녀의 곁을 떠나자 정선 역시 여수행 기차를 탄다. 정선의 여수행은 자흔처럼 일상의 '나' 로부터 벗어나 아름다운 여수를 사랑하는 '나' 로 거듭 태어나기 위한 피할 수 없는 여행이다.

「여수의 사랑」은 인간다운 삶을 영위하기 위해서는 '어머니의 품속' 같은 타자를 찾아야 한다고 강조한다. 그런데 그것이 '지금, 여기'라는 현실에 작가가 천착한 결과로 얻어진 것이 아니라, '인간은 불행한 존재다'라는 관념의 영역에서 설정된 것이어서 이 작품은 삶에 대한 리얼리티가 충분히 확보되어 있지 않다는 지적을 면할 수 없다. '여수'라는 타자가 실현가능한 것으로서의 몸피를 얻기 위해서는 현실에 대한 작가의 천착이 심화되어야 하며, 더불어 그렇게 얻어진 타자와 합일될 수 있는 구체적인 방법에 대해서도 탐구해 들어가야 한다.


## 3. 맨얼굴에 담긴 관(觀)의 사유

실현가능한 것으로서의 '타자'가 되기 위해 작가의 인식이 구체적인 현실로 들어가야 한다는 것, 그리고 타자와 합일될 수 있는 구체적인 방법을 탐구하는 것, 그것이 「어둠의 사육제」와 「아기부처」에서 이뤄진다. 이들 작품에서 '여수'로 상징되는 타자에 대한 직접적인 지향은 두드러지지 않는다. 대신 타자와의 합일이 가능할 수 있는 방법을 탐구하는 데 주력한다. 그 방법은 '가면 벗기를 통한 맨얼굴 찾기'와, 용서라는 마음이 우러나오도록 하는 '관'의 사유로 구체화된다.

「어둠의 사육제」를 보자. 먼저 주목할 것은 '서울'을 바라보는 작가의 인식이다. 작가는 '서울'이라는 도시를 여전히 '어둠'이자, '인간들의 더러운 그림자'가 지배하는 '무덤'으로 인식한다. 죽음의 기억이 이러한 인식을 이끌어 내었던 초기작과는 달리, 이 작품에서는 서울의 구체적 현실에 천착하여 그 속에 내재된 동물적 폭력성을 감지해내고 있다는 점에서 작가의 인식이 현실에 밀착해 있음을 보여준다.

얼마나 세상에 밟히고 뒤둥그러지면 저렇게 되는 것일까, 하고 나는 생각하고 있었다. 그 여자의 동물적인 분노와 보복을, 번들거리는 눈과 기차 화통 같은 목소리를, 그 이상 철면피할 수 없을 되바라진 억양을 묵묵히 관찰하며 나는 연민이나 환멸이라고만은 설명하기 힘든 야릇한 슬픔에 사로잡히고 있었다. (「어둠의 사육제」, 『여수의 사랑』, 230쪽)

중년 여자는 자신의 얼굴을 실수로 때린 여대생에게 '동물적인 분노와 보복'으로 폭력을 휘두르고, 전철에서 뻔뻔스럽게 자리 양보를 요구한다. 비단 중년 여자뿐만이 아닌 이 작품의 여러 인물들에게서 모두 감지되는 동물적 폭력성은 이후 전개되는 한강의 소설에서 현실인식의 한 증좌가 된다.

나(영진)와 인숙 언니는 같은 고향 사람으로 둘 다 서울로 상경한다. 영진은 '세상에 대해 좋은 것만 생각' 하고 '착하게' 살아왔다. 그리고 인숙 언니는 '커다랗고 감정이 풍부했던 눈이며 부드럽기만 했던 입매' 를 가진 사람이다. 그러나 이들은 서울로 올라와 변화한다. 여직공이던 인숙은 '거친' 말씨를 내뱉고 '나쁜 쪽만 생각' 하는 '독한 사람' 으로 변한다. 무역회사 경리를 하면서 돈을 모아 대학 영문과에 진학할 생각을 하던 영진은 인숙이 전세금을 빼들고 도망가자, '악하게 살아남아야 한다' 고 생각하며 '잘 벼린 오기 하나만을 단도처럼 가슴' 에 품고 '인간에게 살의를 느끼는 사람' 으로 변한다. 명환 역시 '본래 선한 사람' 이었으나, 교통사고로 아내와 뱃속의 아이를 잃고 '모든 인간들에게 살의' 를 품는다.

간암을 치료하기 위해 전세금을 갖고 도망간 인숙이나, 그 인숙으로 인해 '독기' 를 품은 '나' 나, 돈으로 용서를 구해온 가해자에게 복수를 꾀하는 명환이나, 모두 중년 여인처럼 동물적 분노와 보복심으로 폭력을 휘두른다.

어둠 속에 꼿꼿이 네 발을 세운 채로, 경련하는 암코양이의 모습을 소리없이 주시하고 있는 검은 수코양이의 모습은 흡사 악령 같았다. (「어둠의 사육제」, 223쪽)

쥐약을 먹고 고통스럽게 죽어가는 암코양이를 냉혹하게 주시하는 악령 같은 수코양이는 동물적 폭력성이 난무하는 현실을 환유하는 장치이다. 영진과 인숙, 명환 등은 바로 이 동물적 폭력성에 길들여진다. 이러한 동물적 폭력성으로부터 벗어나는 방법은 무엇인가.

우선 가면을 벗음으로써 맨얼굴을 찾는 것이 그 첫 번째 방법이다. 동물적 복수심으로 남을 괴롭혀 온 명환이 결국 자신의 잘못을 깨닫고 고통스러워하다가 '빈손', '완전한 빈 몸뚱이'가 되기 위해 자살하는 모습을 보고, 영진 역시 그런 복수심을 버리고 간암 치료를 받는 인숙 언니의 행동을 이해하고 용서한다. 바로 이 과정에서 가면 벗기와 맨얼굴 찾기가 이뤄진다.

> 지하철 창문에 비친 객실의 음산한 풍경 속에 내 얼굴은 어딘가 낯설어 보였다. 나는 그 가면 같은 얼굴을 뒤집어쓴 사람이 더 이상 눈물 따위를 흘릴 수 없다는 것을 깨닫고 있었다. (「어둠의 사육제」, 231쪽)

폭력적이고 비인간적인 일상에 길들여진 자들의 뻔뻔스러운 얼굴을 표상하는 '가면 같은 얼굴'은 인간존재의 본질을 은폐한다. 그 얼굴은 인간의 것이라기보다는 폭력적인 동물성을 표상하는 수코양이의 것에 가깝다. 작가는 가면을 쓴 비정한 일상의 인간들에게서 발견한 물질만능주의, 출세지향주의, 가족이기주의와 같은 현실의 모순을 비판의 목록에 등재한다.

동물적 폭력과 복수심에 길들여진 일상의 가면을 벗고 또 다른 '나'의 맨얼굴을 획득할 때 비로소 용서와 화해를 품을 수 있고, 또한 타자와의 합일이 가능하다. 요컨대, 맨얼굴 찾기가 타자와의 합일을 가능케 하는 일차적 방법인 셈이다. 맨얼굴로 도심의 일상에 나서는 영진에게서 현실을 향한 적극적인 대응의지가 엿보인다.

「어둠의 사육제」가 동물적 폭력성이 길들여진 가면을 벗고 그것에 오염되지 않는 맨얼굴을 되찾는 것을 강조하고 있다면, 「아기부처」는 그 맨얼굴이 어떤 마음을 지녀야하는지를 '언외언(言外言)'과 '관(觀)'의 사유를 통해서 강조하고 있다. 바로 이것이 타자와의 합일을 가능케 하는 두 번째 방법이다.

주인공 선희는 프라임타임의 앵커인 남편과 소원한 관계를 유지한다. 남편은 어릴 적에 입은 화상 흉터를 감추려고 철저하게 긴 옷을 입는다. 선희가 감기에 들자 자신에게 감기를 옮길까봐 병원에 가보라고 강요하기도 한다. 그는 말실수 하나 용납하지 못하는 완벽주의자이고 독단적인 인물로서 출세를 위해 자기관리를 철저히 한다. 선희는 처음엔 남편의 흉터를 보고 고됐을 그의 삶을 연상하지만, 결혼 후 이기적이고 권위적이고 철저히 자기중심적인 남편의 실체를 알고부터는 남편의 화상 흉터를 싫어하게 된다. 자신의 흉터를 보듬어 줄 사랑을 찾아 남편은 외도를 하고 선희는 남편으로부터 철저하게 버림받는다.

> 나는 한갓 짐승이었다. 땀에 젖어 산비탈에 엎드린, 누더기 같은 한겹 가죽만 남은 병약한 짐승이었다. 그 가죽 안에서 악취나는 거품처럼 부글거리고 있는 것은 오래 묵은 분노와 후회와 증오, 억울함과 자책감과 부끄러움이었다. 그것들이 내 살을 속에서부터 조금씩 조금씩 부식시켜왔다. (「아기부처」, 『내 여자의 열매』, 111쪽)

현실의 동물적인 폭력성에 선희는 철저히 희생당한다. 그 결과 남편과 세상을 향해 분노와 증오를 쌓아간다. 그렇지만 분노와 증오는 앞서 「어둠의 사육제」의 인물들처럼 스스로를 동물적 존재로 만들 뿐이다.

그런 동물적 삶으로 인해 선희는 황폐해져간다. 그 삶으로부터 벗어나고자 하는 선희의 모습은 꿈 속 아기부처의 얼굴에 비춰진다. 아기부처가 짓는 표정들은, 음흉한 입꼬리와 날카로운 눈초리를 하거나, 차갑게 빈정대는 눈꼬리를 한 그녀의 내면과, 진흙이 끈적이며 달라붙기도 하고, 모래가 되어 부서지기도 하는 남편과의 현재 관계를 거울처럼 되비친다. 아기부처의 얼굴은 선희가 병약해가는 것이 "마음속에 맺힌 악취 나는 감정들" 때문임을 깨닫게 하는 경고의 스크린인 셈이다.

그렇다면 아기부처로부터, 동물성으로부터 벗어나는 방법은 무엇인가? 먼저 그것은 '말'이 아니라 '침묵이나 몸짓' 속에 현현하는 '언외언'에 있다. '몸짓'으로서의 '언외언'은 '말'이 야기하는 폭력성으로부터 벗어나 있다. 남편, 어머니, 아기부처와 선희는 '말'이 아니라 '몸짓'으로 소통함으로써 화해한다. 어머니의 불화 그리기, 아기부처의 얼굴 빚기, 혹은 언어장애아동을 위한 삽화 그리기 등이 '언외언'의 도정에 가로놓인다.

> 아이, 까르르 웃는다. 처음으로 입을 열어 외친다.
> '가자!' (중략) 아이의 손을 번쩍 들게 하고 엉덩이도 약간 띄워서 아이가 펄쩍 날아오르는 것처럼 해야겠다. 아빠의 몸까지 함께 날아오르려는 것처럼 해야겠다.
> 「아기부처」, 102쪽)

언어장애아동처럼 언어를 거부하는 것은 말의 논리와 체계, 즉 말을 배우면서 사회로 편입되는 사회화 과정 자체를 거부하는 것이나 다름없다. 말하자면 동물적 폭력이 난무하는 일상현실의 '말'을 거부하는 것이다. 그러나 아이가 아버지의 노력에 힘입어 자기 안의 성벽을 허물고 드디어 입을 연다. 선희는 그들이 느꼈을 법한 기쁜 감정을 몸짓에 담아 삽화로 그려내야 한다. 아이와 아버지의 "날아오르는" 듯한 몸짓에 '기쁘다'는 말로는 전할 수 없는 마음이 담긴다.

삽화를 그리며 깨닫게 된 '언외언'은 남편의 흉터를 어루만지는 몸짓에 담긴다. 남편이 다른 여자로부터 마음의 상처를 입고 머리를 짓찧을 때 선희가 남편의 머리를 감싸 안고 상처를 어루만지는 '몸짓' 역시 '말'로 표현할 수 없는 마음이다. 그 마음은 '말' 그 자체에는 은폐된 '무엇'이며, '침묵'의 빈 공간에 말없이 이루어지는 '몸짓' 속에 실재한다. 결국 언표화 되지 않는 마음을 환기시키는 방법은 '언외언'에 있다.

그러나 단지 그뿐인가. 이 작품에서 '언외언'의 심층을 '관(觀)'의 사유가 가로지른다. '말'의 폭력성 때문에 갇혀 있던 용서와 화해의 마음은 '관'의 사유에서 풀려난다. 이쪽과 저쪽의 경계를 나누는 구분 자체를 초월한 곳에, 그리고 속물적인 욕망을 넘어선 자리에 '관'의 사유가 존재한다. 일상을 지배하는 논리규범에는 담길 수 없는 진정한 마음이 '관'의 사유 속에서 우러나온다.

> (i) "그 스님이 그러더라. 관세음보살은 내 속에 있다고. 내 몸이 용서하는 마음으로 그득해지면 그게 바로 관세음보살이라더라."「아기부처」, 104쪽)

(ii) 관음의 입술은 보일 듯 말 듯한 미소를 머금고 있었다. 귀가 퍽이나 예민한 이인가 보았다. 빗소리를 듣다가 깨달음을 얻었고, 늘 세상사람들의 소리를 관(觀)하고 있어 괴로이 부르는 음성을 듣는 즉시 곧 구제해준다고 어머니는 말했다. (「아기부처」, 105쪽)

삶의 고통을 인내하고, 마음속에 관세음보살을 잉태하듯 용서와 사랑과 화해의 마음을 잉태하는 것, 그럼으로써 일종의 해탈의 경지로 나아가는 것, 그것이 '관'의 사유이다. 선희는 남편을 이해하려는 마음이 있어야 자신이 바라는 진정한 부부관계가 이루어질 것이라고 깨닫는다. 자신이 그동안 봐왔던 남편의 모습은 실은 화상을 입은 그의 껍질에 지나지 않음을, 정작 남편의 마음은 화상으로 일그러진 피부 밑에 고통스럽게 감추어져 있었다는 것을 이해하게 된다. 이런 마음을 가질 때, "목련은 나무에 핀 연꽃이라 목련(木蓮)이지. 그렇게 생각하며 올려다보자, 하오의 햇살을 받아 반짝이는 그 봉우리들은 마치 꽃잎 안에 흰 등불들을 감추고 있는 것 같았다."(117쪽)는 깨달음을 얻을 수 있으며, 나아가 겨울나무에서 봄의 생명력을 감지할 수 있는 경지로 나아갈 수 있다.

겨울부터 저 날카로운 솔잎들은 초록빛을 띠고 있었다. 그러나 이제 보니 같은 푸른색이지만 분명히 달랐다. 방금 나온 어린 싹 같은 연푸른빛이 생생하게 차올라 있었다.

겨울에는 견뎠고 봄에는 기쁘다. (「아기부처」, 125쪽)

「아기부처」의 마지막 장면이다. 겨울 지나 봄으로 가는 문턱에서 자연을 보고 느낀 감상을 이야기하고 있지만, 그리 단순하지 않다. '같은' 푸름에서 '다른'을 간취하고, 겨울부터 '지속'되는 것들 가운데 '방금 나온' 생명의 시작을 발견한다. 봄에는 꽃이 피고, 가을에는 낙엽이 떨어진다는 획일적인 공식이 아닌, 한 나무 안에서도 서로 다른 색의 잎들이 공존하고 있음을 긍정하는 사유, 앙상한 겨울나무에서도 미세한 생명의 떨림과 그 소중함을 깨달을 수 있는 사유, 그것이 바로 '관'의 사유이다. 이 관의 사유를 마음속에 지닐 때, 동물적 폭력이 난무하는 현실의 삶을 극복하고, 서로가 서로를 이해하고 용서하고 사랑할 수 있는, 보다 인간다운 삶을 지향할 수 있다. '겨울에는 견뎠고 봄에는 기쁘다'라는 잠언과 같은 감탄은 아무나 도달할 수 있는 경지가 아니다.

## 4. 식물성을 향한 욕망의 존재론

타자와의 합일을 이루는 방법으로서의 맨얼굴과 '관'의 사유는 작가가 죽음의 기억으로부터 벗어나 구체적 현실의 삶에 뿌리내리면서 발견한 중간 경유지이다. 이 방식들은 의식의 층위, 마음의 층위에서 이루어진다. 이 층위는 평면의 동심원에서, 외원을 이루는 동물적 폭력성이 강렬한 외파로 밀고 들어올 때 위태롭게 흔들리는 내원과도 같다. 그 어떤 외파도 견딜 수 있기 위해서는 의식과 마음이라는 동심원의 평면 저 아래 깊은 심연에 자리한 무의식의 영역으로 그것을 심화시켜야 한다. 요컨대 타자와의 합일을 향한 무의식의 강렬한 욕망이 있다면, 그래서 의식의 수면을 꿰뚫을 정도로 강렬하다면, 그럴 때 현실의 외파에 맞설 수 있는 힘을 가지게 된다.

한강은 「내 여자의 열매」를 거쳐 「채식주의자」, 「몽고반점」, 「나무불꽃」 연작에 이르는 도정에서 욕망의 영역으로 작가인식을 심화시킨다. 식물성의 세계에 대한 욕망이 그것이다. 이 순간 타자와의 합일을 이루는 방법으로 무의식의 심연에 자리한 욕망의 영역이 설정되고, 그 결과 관념에 지나지 않았던 '여수' 대신 '식물성'의 세계가 새로운 타자의 자리에 위치한다. 이 타자는 여수처럼 현실과는 동떨어진, 현실 저 너머의 또 다른 공간에 있는 어떤 것이 아니다. 그것은 우리의 욕망 속에 살아 꿈틀거리는 것이자, 현실 속에서 실현가능한 타자이다.

「내 여자의 열매」는 식물성의 세계로 들어가는 첫 관문이다. 그러나 이 작품의 식물적 상상력이 길어내는 삶의 진실은 그 힘이 아직 미약하다. 현실도피의 차원에서 기획된 것이기 때문이다. 획일화된 일상이 싫어서, 도심의 똑같은 아파트가 싫어서, 지긋지긋한 피를 갈고 싶어서, 어머니처럼 되기 싫어서, 어디에서도 행복을 느낄 수 없어서 결국 식물이 된다는 가정이 단순한 현실도 피를 방증한다. 그리고 식물성의 세계에 대한 인물의 욕망 역시 미약한 수준에 머물러 있다.

식물성의 세계를 강렬히 욕망하는 인물에 의해 식물성의 세계가 온전히 개화하는 작품은 「몽고반점」이다. 이 작품은 비디오아티스트인 '그'와, 몽고반점을 가진 처제와의 사이에서 벌어진 근친상간을 예술적 시선과 현실윤리의 시선 속에서 포착해낸다. 이 작품에서 눈여겨 보아야할 것은 처제의 욕망과 '그'의 욕망이다.

우선 처제의 욕망을 보자. 그 욕망은 '그'의 눈에 포착된 몽고반점 속에서 엿볼 수 있다.

> 약간 멍이 든 듯도 한, 연한 초록빛의 분명한 몽고반점이었다. 그것이 태고의 것, 진화 전의 것, 혹은 광합성의 흔적 같은 것을 연상시킨다는 것을, 뜻밖에도 성적인 느낌과는 무관하며 오히려 식물적인 무엇으로 느껴진다는 것을 그는 깨달았다. (「몽고반점」, 『채식주의자』, 101쪽)

처제의 몽고반점은 '순수성' 혹은 '순수한 영혼'을 표상한다. 곧 '어린아이'처럼 처제는 일상의 폭력성에 물들지 않았음을 의미한다. '그'의 붓칠에 의해 '순수한 영혼'이 육체에 새겨진 '몽고반점'으로 가시화된다. 꽃을 그려 넣는 행위는 폭력적인 일상에 의해 상처받은 인간의 몸에 '순수한 영혼'이라 할 수 있는 식물성을 부여하는 일이라 할 수 있다. 그 결과 처제는 "뱃속의 얼굴"에 대한 무서움을 이겨낸다.

"뱃속에서부터 올라온 얼굴"은 그 자신에게 내재되어 있었던 진정한 욕망을 의미한다. 뱃속의 얼굴이 낯설고 무섭게 느껴진 까닭은 일상의 질서에 자신이 길들여져 있기 때문이다. 일상의 질서로부터 벗어날 때 그 얼굴은 자신의 본래 모습이라는 것을 깨닫게 된다. 그런 처제는 자신의 "순수한 영혼"을 가시화한 꽃 그림에 힘입고, 그녀 자신에게 내재해 있던 진정한 욕망을 발견함으로써, 더 이상 무서워하지 않게 된다. 그 결과로 풍겨 나오는 처제의 "배냇내"는 타자와의 합일이 뿜어내는 식물성의 '향기'인 셈이다.

몽고반점, 즉 꽃잎 그림자로서의 순수한 영혼과, 몸 혹은 꽃으로서의 진정한 욕망이 유기적 통일성을 이루는 세계, 그것이 '색채의 세계'로서의 식물성의 세계이다. "색채의 세계"는 "격렬한 세계"이자, "마술적" 세계이고, "전혀 다른 세계"이다. 식물성에 대비되는 동물성의 세계는 일상에 만연해 있는 후기자본주의 사회의 폭력성을 함축한다. 그것은 육식성, 적자생존, 약육강식 등으로 점철된 일상이자 문명의 세계를 표상한다. 반면에 식물성은 순수성과 공존의 세계이자, 가족의 윤리마저 붕괴되는 탈일상이자 탈문명의 세계로 압축된다. 인간의 몸과 꽃, 그리고 짐승이 뒤섞인 교합에서도 드러나듯, 식물성의 세계는 "추악하면서도 아름답고" 동시에 "삶의 시작이자 끝"이기도 하고, "모든 것이 담겨 있는" 동시에 "모든 것이 비워진 곳"이기도 한, 차별상을 가진 일체의 것이 존재의 있는 그대로의 모습을 드러내는 공간인 것이다.

그러기에 처제가 욕망하는 식물성의 세계는 처제와 형부의 불륜관계처럼 제도의 금기마저 초월한 곳에 있다. 현실제도의 금기를 위반하는 욕망이 존재할 수 있는 방식은 오로지 '죽음'과 '광기'의 영역 안에서이다. 곧 식물성의 세계에 대한 욕망은 금기의 위반에서 맛본 죽음과도 같은 향유(jouissance)를 안은 채 죽음을 향해 돌진할 것인가, 아니면 '광기'로 내몰려 사회로부터 배제당할 것인가를 선택해야하는 기로에 놓여 있다. 그것이 어떤 선택이건 모두 일상에서의 '죽음'과도 같은 귀결로 치닫는다. 처제는 그런 위험을 무릅쓰고서라도 자신의 욕망을 끝까지 치열하게 표출한다.

그렇다면 '그'의 욕망은 어떠한가. '그'의 욕망은 육체적 욕망과 예술적 욕망 사이의 긴장 속에서 유동한다. 비디오아티스트인 '그'는 "후기자본주의 사회에서 마모되고 찢긴 인간의 일상"을 담아내는 작업을 통해, "강직한 성직자"로 불릴 정도로 자본주의 사회의 모순을 강도 높게 비판해 왔다. 그러다가 처제의 자해사건을 겪으면서 '그'가 작업했던 것들 역시 일상에서 자행되는 폭력에 지나지 않음을 깨닫는다.

처제의 '몽고반점'은 '그'가 찾았던 "더 고요한 것, 더 은밀한 것, 더 매혹적이며 깊은 것"으로서의 실재를 현현하고 있었다. 처제의 '몽고반점'은 비디오 아티스트인 '그'에게 이미지가 갖는 재현의 한계를 깨닫게 한다. '그'는 지금까지 작업해 온 일상의 폭력성을 담은 이미지들이, 어떠한 방식으로 재현했든 간에 상관없이, 실재의 고통과 감정을 사라지게 한다는 사실을 깨닫는다. 그 한계는 삶의 여러 국면에서 용솟음치는 욕망과 대면할 때마다 현실과 욕망의 경계 선상에서 '그'가 느꼈을 법한 환멸과도 같다.

'그'는 근친상간이라는, 현실의 금기를 위반하며 욕망의 극단에 잠시 도취된 결과, 잡으려 했던 욕망의 실재가 허망하게 스크린 너머로 사라지는 것을 보아야 한다. '그'의 욕망은 처제가 보여주었던 내면으로부터 우러나온 욕망의 시선이 될 수 없다. 오히려 그 욕망은 현실과 예술 사이에서 끊임없이 줄다리기를 하다 결국 자신의 육체적 쾌락 앞에 예술적 욕망을 무릎 꿇린 결과를 낳고 만다.

여기서 '그'의 욕망을 작가 한강의 글쓰기의 욕망과 연결시킬 수 있다. 처제와의 근친상간을 통한 식물성의 세계를 전면적으로 형상화하고자 하는 것이 작가의 애초의 글쓰기의 의도이다. 이 의도대로라면, 작중인물은 '그'와 처제만으로 충분하다. 두 인물의 근친상간을 담은 캠코더의 화면처럼, 근친상간 그 자체만을 다루면서 식물성의 세계를 오롯이 드러내고자 하는 것, 그것이 작가의 본래 기획이고, 작가가 생각하는 예술이다. 그러나 그것은 밀실에서나 가능하다. 그것이 공적인 장으로 나올 때(발표될 때), 현실로부터 포로노그라피 혹은 외설로 집중공격을 받을 수 있다. 이러한 비난을 피하고, 작가가 생각한 본래의 의도를 어느 정도 형상화하는 안정장치가 필요하다. 그것이 '아내'이다. '아내'는 현실사회의 제도적이고 관습적인 윤리를 대표하는 인물이다. 이 '아내'의 등장에 의해 '그'와 '처제'의 근친상간은 작품 속에서 불륜으로 비판된다. 작가는 '아내'를 작품 결말부분에 등장시켜 이 작품이 포로노그라피 혹은 외설이라는 비판을 비껴나가게 하고, 그러면서 자신이 본래 지향하는 예술(식물성의 세계를 형상화한 것)의 측면을 드러내 보이는 것이다.

이러한 측면은 한편으로는 작가 한강의 영민한 균형감각에 기인한다. 다른 한편으로는 식물성의 세계를 전면화한 예술을 공적 영역으로 드러내기에는 아직도 현실의 억압과 금기가 완강하다는 것을 역설적으로 드러내는 작가의 비판의식에 기인하는 것이기도 하다.

작가의 본래적 욕망과 안전장치가 균형을 이루면서, 식물성의 세계에 대한 욕망을 드러내는 것이 「채식주의자」, 「몽고반점」, 「나무불꽃」으로 이어지는 연작이다. 이들 소설에서 영혜라는 인물은 그녀의 남편, 형부, 언니의 시선 속에서 포착된다. 세 인물은 각각 독특한 인물형을 표상하며, 그 인물형이 일상 속에서 살아가는 방식을 드러낸다. 「채식주의자」의 주인공으로 등장하는 그녀의 남편(나)은 속물을, 「몽고반점」의 주인공으로 등장하는 형부(그)는 예술가를, 그리고 「나무불꽃」의 주인공으로 등장하는 언니(그녀)는 일상에 함몰되어 정체성을 잃고 방황하는 인간을 표상한다. 그들은 모두 길들여진 욕망에 사로잡힌 채 진정한 욕망을 추구하려는 영혜를 경계 밖으로 일탈한 인물로 취급하고 폭력을 휘두른다. 광인으로 내몰리는 가운데 영혜는 생명의 위협을 무릅쓰고라도 자신의 욕망을 지켜내려 한다.

연작에서 교직된 인물들이 그려내는 삶의 진실은 무엇인가. 그들은 어떠한 삶이 진정한 삶이라고 인식하는가. 혹시 그것은 우리에게 진정한 욕망이란 '광기'와도 같은 것, 정상의 영역을 벗어난 것, 그래서 죽음과도 같다고 말하는 것은 아닌가. 누구에게도 이해받지 못한 채로 영혜는 죽음을 향해 한발 한발 다가간다. 그런 영혜에게 작가 한강의 깊고 고통스러운 숨결이 느껴지는데, 그것은 한강의 고민이 바로 진정한 욕망의 탐구 위에 있음을 방증한다.


## 5. 텍스트의 독법, 타자를 향하여

한강의 소설은 탄탄한 서사구성으로 인정받는다. 거기에 더해 텍스트 간의 긴장관계까지도 탄탄하게 조여 낸다. 그런 까닭에 한강의 소설 전체를 하나의 텍스트로서 파악하는 독법이 필요하다. 일종의 텍스트 간 소통의 재구성 방식이다.

그 하나로 고통스러워하는 주인공의 내면을 내밀하게 파헤치는 방식. 「여수의 사랑」에서 그 면모를 발견할 수 있다.

둘, 둘 이상의 고통스러워하는 인물들이 서로의 고통을 마주 보기. 「저녁빛」이나 「진달래능선」, 「어둠의 사육제」에서는 서로의 고통스러운 내면을 보듬어 주는 중층적인 시선들이 교직된다. 「내 여자의 열매」에서는 식물 되기를 꿈꾸는 인물의 내면을 편지형식으로 삽입하고 지켜보는 시선에 남편을 배치한다.

셋, 동일한 사건을 겪는 인물들의 다중초점화. 「채식주의자」, 「몽고반점」, 「나무불꽃」이 만드는 연작형식. 영혜라는 인물을 중심에 두고 「채식주의자」는 그녀의 남편의 시선에, 「몽고반점」은 형부의 시선에, 「나무불꽃」은 언니의 시선에 초점을 맞추고, 영혜를 바라보는 중층적인 시선들을 세 작품에 나누어 배치한다. 그럼으로써 식물성의 세계를 지향하는 영혜의 욕망을 보여주고, 그녀의 욕망이 일상 속에서 어떻게 인식되는가를 부각시킨다. 더불어 텍스트마다 화자를 바꾸어 조명함으로써 각 인물의 내면을 포착하고 그 인물이 다른 인물들에게 어떻게 인식되는가를 보여주고자 한다. 그 결과 각 인물들은 세 텍스트 안에서 역동적으로 움직이는 시선에 의해 입체적으로 살아 움직이면서 '지금, 이곳'의 리얼리티를 무수히 직조한다.

「여수의 사랑」에서 자흔이 꿈꾸는 '여수'에서부터 출발하여 「채식주의자」 연작에서 영혜가 꿈꾸는 '나무 인간의 세계'로 나아가는 한강의 소설들은 궁극적으로 인간존재에게 결여된 빈 공간이자 잃어버린 '타자'를 찾아가는 지난한 행보를 보인다. 한강은 그러한 타자와의 합일을 지향함으로써 폭력적인 일상 속에서 위협당하는 나약한 인간존재를 보듬고자 한다. 작가 한강이 어둠의 세계, 즉 은밀하고도 사적인 영역들에 은폐되어 있는 죽음, 성, 욕망 등을 공론화의 장으로 내어 놓고, 그럼으로써 인간존재에 대한 철학적 사유의 깊이를 마련하려는 시도는 그래서 더욱 값진 의미를 갖는다.

# 사리의 시학

# '대낮'과 '저녁'의 사유에서 초월적 사유로: 김윤성

## 1. 들어가며

　김윤성(金潤成, 1925~ )은 1945년 12월에 간행된 《白脈》을 필두로 하여 《詩塔》 및 《新世紀》, 《新天地》의 편집에 참여하면서 문학활동을 전개해 나가기 시작하였다. 그는 현재에도 잡지를 통해 시를 발표해 오고 있는 현역시인으로서 60년 가까이 시작활동을 지속해오면서 총 8권의 시집과 2권의 시선집을 발간했으며, 제1회 한국문학가협회상(1955), 월탄문학상(1972), 대한민국예술원상(1980), 대한민국문화예술상(1981) 등을 수상하였고 현재 예술원 종신회원(1981)이기도 하다. 시력에 비해 비교적 과작(寡作)에 속하는 편임에도 불구하고 지금까지 그의 시세계에 대해 연구된 바는 대단히 미약하다고 할 수 있다. 그가 현역시인이라는 점, 그리고 큰 변화가 감지되지 않는 시작경향을 보여준다는 점을 감안한다 하더라도 지금까지 김윤성에 대한 논의는 단평이나 서평을 포함해 10편도 채 되지 않는데, 이들 가운데 비교적 본격적인 연구가 이루어진 논의라고 할 수 있는 두어 편 정도의 논문에서도 김윤성의 시세계가 갖는 의미를 해명하려는 심도 있는 고찰이 거의 이루어지지 않고 있다.

　지금까지의 논의들을 살펴보면 대개의 논자들은 김윤성의 시세계가 관념적인 성향을 드러낸다는 점에 동의하고 있는 것으로 보인다. 김윤성의 시는 인간의 존재론적인 문제와 관련하여 특히 삶과 죽음, 그리고 영원이라는 테마에 주된 관심을 표명하고 있다. 그의 시는 인생이란 무엇인가, 어떻게 사는 생이 완전에 가까운 것인가 하는 문제를 탐구한다고 보거나, 사물의 묘사와 인생론적 명상의 종합이 나타난다고 보거나, 혹은 인생론적 명상을 거쳐 인식론적 개괄에 이르는 철학적 명상이 나타나 있다고 보는 논의들을 통해서 그의 시가 존재론적 서정시의 계보에 서 있음을 짐작할 수 있다.

최근 김윤성의 시들은 불교적인 색채를 강하게 드러내고 있어 주목을 요하는데, 이런 불교적 사유를 초기 시들에서부터 발견할 수 있다는 점과 후기시로 갈수록 많은 시편들에서 불교 용어들을 발견할 수 있다는 점은 그의 시가 불교적인 사유를 바탕으로 하고 있음을 보여준다. 이러한 점에 근거하여 이 글에서는 김윤성 시에 나타나는 주체의 존재론적 사유와 시간의식의 변화를 고찰함으로써, 그의 시가 후기에 이르러 궁극적으로 불교적 색채를 강하게 내포하게 되는 원인과 과정을 살펴보고자 한다.

이를 위해 이 글에서는 화이트헤드의 시간관을 원용하고자 한다. 화이트헤드는 유기체적인 시간관을 통해 존재를 하나의 과정으로서 파악하고 있다. 그는 시간을 단일한 복합체인 시·공의 한 측면으로서 파악하고, 시·공의 영역들 사이에는 포섭의 관계가 존재한다고 보았다. 시·공의 모든 영역들이 보다 작은 시·공의 영역을 포함하는 동시에 보다 큰 시·공의 영역에 포함된다는 것인데, 이 연속성으로 인해 시·공은 무한한 확장을 이루게 되는 것이다. 이러한 화이트헤드의 시간관은 불교의 연기법과 밀접한 연관성을 맺고 있다. 이것이 있으므로 저것이 있으며, 이것이 일어나므로 저것이 일어난다는 연기(緣起) 사상은 과거·현재·미래의 삼세 제행의 인과가 연결되어 분위하는 가운데 연기를 발견할 수 있다는 것으로 공간적 관계성과 시간적 관계성이 유기체적으로 우주의 실상을 구성한다고 보고 있다. 따라서 시간적·공간적 관계성은 찰나의 순간에서 무한대의 시간 속으로 영구히 계속되는 것으로 이해할 수 있다.

초기시에는 『바다가 보이는 산길』(춘조사, 1958), 『豫感』(문원사, 1969), 『哀歌』(한일출판사, 1973)를 중심으로 자기중심적인 사유가 나타나는 가운데 대낮의 사유가 중심을 이루고 있다. 중기시에는 『自畵像』(현대문학사, 1978) 및 『돌의 季節』(교음사, 1981)을 중심으로 타자에 대한 인식이 이루어지는 가운데 저녁의 사유가 중심을 이루고 있으며, 자기 성찰을 동반한다. 후기시에는 『돌아가는 길』(나남, 1991), 『깨어나지 않는 꿈』(마을, 1995), 『저녁노을』(마을, 1999)을 중심으로 주체와 타자의 구별이 무화되고 영원성에 대한 사유가 나타나며 윤회사상과 같은 불교적인 사유를 바탕으로 하는 가운데 초월적인 의식이 두드러진다.


## 2. 자기중심적 시선에 의한 '대낮'의 사유

### 2-1. '대낮의 오수'와 현실도피적 태도

초기의 시세계를 보여주고 있는 『바다가 보이는 산길』, 『豫感』, 『哀歌』 등의 시집들에서는 '대낮'과 관련한 사유가 많이 등장한다. 하루의 시간 가운데에서도 특히 낮에 해당하는 시간이 초기시에 많이 나타나는데, 이는 주체의 현실도피적이고 자기중심적인 태도를 반영한다. 대낮에 이루어지는 오수(午睡)에는 이러한 주체의 태도가 잘 드러나 있다.

먼저 대낮과 관련한 사유이다. 다음의 시편들에서 대낮과 관련한 이미지를 발견할 수 있다.

『바다가 보이는 산길』

남향 영창을 열고/**볕**을 쪼이고 앉다.// (중략) 나는 어느새/**잠**이 들고 있었다. (「新綠」 부분)

**대낮**의 騷音과 함께 지금은/어디로 사라졌는가. (「曉鳥」 부분)

눈부시게 환한 **대낮**,/그리웠던 그리웠던 얼굴들.//그것은 참으로 一瞬間이었다. (「나의 꿈은 아무도」 부분)

**낮잠**에서 깨어보니/房 안엔 어느새 電燈이/켜 있고, (「追憶에서」 부분)

마음대로 쏟아져 퍼붓는 **햇빛**,/짐짓 사람이 가져본 중에/가장 밝고 환한 공간 앞에 서서, (「水平線」 부분)

한 **잠** 들고 깨어봐도 그 자리 그 곳에/오도 가도 念도 않는 帆船 두어 개,// (중략) 아직도 꿈속인 양 아물거리는 (「바다가 보이는 산길」 부분)

**해가 너무 부시다**/연못 속에도 구름이 간다. (「湖面」 부분)

밝아라! 한 때의/자랑이던 모든 잎 떨쳐버리고/헐벗은 가지마다/**눈부신 햇살**. (「空林」 부분)


『豫感』

**고요한 한낮**/나의 뜰 안에/소리 없이 찾아든/나비 한 마리.// (중략) 생명의 탯줄을 끊고/**꿈결** 속을 떠도는/죽음의 무늬. (「무늬」 부분)

오랜 나그넷길에서/돌아와 등나무 그늘에 쉬는/**대낮 같은 安樂의 頂上**. (「歸鄉詩抄」 부분)

흰 나비가/ (중략) **투명한 햇살 속**을 돌고 돌더니/훌쩍 몸을 날려/울타리를 넘는다./—이 세상 하직길에/아쉬움만 남기고/차마 돌쳐서지 못하는/마지막 몸짓인 양. (「點景」 전문)

**대낮의 地球**는/**白日夢**에 뿌리 박은/한 송이 줄기 없는 꽃망울 (「遠景 III」 부분)

그림자 없는 **낮** 하늘에/별이 잠겨 있듯이 (「바다 위에 내리는 비」 부분)

맴, 매앰, 매앰/**正午의 해**는/한창 맑아 있는 매미 울음 속에/팽이처럼 똑바로 섰다. (「대낮」 부분)

지금 大地는 그늘도 없이 어둡고 묵묵하나/宇宙는 **대낮**보다 크고 환하다. (「演奏者」 부분)


『哀歌』

太古와 같은 **고요의 햇살**이 내리고 있다./여기 내가 혼자 있음은/누구에게 버림을 받아서가 아니라/저 菊花 속의 꿀벌처럼/혼자이기 때문이다. (「어제와 내일사이」 부분)

언젠가 있었던 茂盛한 녹음과/**눈부신 태양**,/그 記憶들은 누구의 인생이었나?/**꿈**을 꾸면서/그것이 꿈인줄 알면서도/깨어나지 못하는 너여. (「裸木 앞에서」 부분)

오, **낮잠**에서 깨어나/五月의 푸른 잎을 바라보는/그 순간의/경련과 같은 생명의 아픔 (「대낮에」 부분)

단 하루만이라도 모든 시름을 잊고/이 **和暢한 봄날 午後**를 즐기고 싶다. (「봄날」 부분 (강조-인용자)

위의 시편들을 살펴보면, 우선 대낮과 관련하여 '볕', '햇빛', '햇살', '대낮', '한낮', '태양' 등의 어휘들이 '눈부신', '밝은', '화창한' 등의 수식어와 함께 쓰이고 있다. 이러한 어휘들은 모두 '대낮'과 관련하여 햇살이 한창 정점에 달한 '정오'를 환기시킨다.

주체가 놓여 있는 시간적인 위치 또한 이 대낮이다. 현재의 시간은 햇살이 눈부시게 빛나는 대낮이지만, 주체는 대낮의 시간 속에서 자꾸 과거의 기억을 떠올린다. 주체가 떠올리는 과거의 기억들은 대낮처럼 밝고 환한 이미지이지만, 주체가 놓여있는 현재의 대낮은 그와 달리 부정적인 이미지를 풍기고 있다. 특히 주체는 대낮에 즐기는 오수를 통해서 현재에 대한 부정적인 시각을 드러낸다. 위의 시편들 가운데에서 오수가 드러나 있는 시편들을 면밀히 살펴보면, 주체가 사라져간 과거에 대한 그리움을 강하게 표출하고 있는 것을 발견할 수 있다. "지금은 어디로 사라졌는가"(「曉鳥」), "그리웠던 그리웠던 얼굴들"(「나의 꿈은 아무도」), "한 때의 자랑이던 모든 잎 떨쳐버리고"(「空林」)와 같은 표현들에서 주체의 과거에 대한 강한 애착과 그리움이 나타난다. 이러한 표현들은 현재 주체가 처한 상황과는 대비된다. 현재의 상황은 과거와는 달리 외롭고 고독한 이미지로 가득차 있다. 과거와 현재의 상황을 이처럼 다르게 느끼는 주체의 이면에는 현재의 상황이 괴롭고 벗어나고 싶은 것이라는 인식이 깔려 있음을 짐작할 수 있다. 바로 이러한 지점에서 '오수'가 갖는 의미가 드러난다.

벼랑끝 수풀 속에/이름 모를 한 송이 빨간 꽃이/웬일인지 간당거리고 있다./바람도 없이 —// (중략) 가만히 기다려 본다./이제 흔들리지 않는다./그러나 안도감은 오지 않는다.//맴, 매앰, 매앰/正午의 해는/한창 맑아 있는 매미 울음 속에/팽이처럼 똑바로 섰다.//한없이/넘실대는/白熱의 파도./먼 들녘에 까물대는 한 점 農夫는/시간의 頂上에서 방향을 찾다가/자꾸만 과거로 밀려난다./이제, 아무 것도 보이지 않는다.
— 「대낮」 전문, 『豫感』

이 시에서 주목되는 것은 주체의 의식이 현재의 삶에 대한 불안감으로 인해 현실도피적인 성향을 보인다는 점이다. 이 작품에서 '정오의 해'는 '시간의 정상'에 비유되는데, 농부가 시간의 정상에서 방향을 찾다가 자꾸만 과거로 밀려난다는 표현에서 정오 이전의 시간은 주체에게 있어 과거에 해당하는 시간임을 알 수 있다. 곧 주체는 현재의 삶에서 불안감을 느끼면서, 현재로부터 의식을 도피시킬 때 그 불안감을 어느 정도 해소시키게 되는 것이다. 이러한 현실도피적인 주체의 의식은 초기 시편에서 대낮의 오수로 제시되고 있다. 대낮에 오수에 빠져드는 상황이 나타나 있는 시편들은 현실과 환상, 혹은 현실과 꿈 등과 같은 설정을 통해 죽음의 이미지를 환기시킨다. 죽음의 이미지는 부정적이거나 절망적인 상황을 함축하는 것이라기보다는 의식이 사라진 상태를 그리고자 하는 의도를 지닌 것으로 파악할 수 있다.

낮잠에서 깨어보니/房 안엔 어느새 電燈이/켜져 있고/아무도 보이지 않는데/어딘지 먼 곳에 團欒한/웃음소리 들려온다//눈을 비비고/소리나는 쪽을 찾아보니/집안 식구들은 저만치서/食卓을 둘러앉아 있는데/그것은 마치도 이승과 저승의/거리만큼이나 멀다/아무리 소리 질러도/누구 한 사람 돌아보지 않는다/그들과 나 사이에는 무슨 壁이/가로 놓여 있는가/안타까이 어머니를 부르지만/내 목소리는 메아리처럼/헛되이 되돌아올 뿐//갑자기 두려움과 설움에 젖어/뿌우연 電燈만 지켜보다/울음을 터뜨린다, 어머니, 어머니,/비로소 인생의 설움을 안/울음이 눈물과 더불어 자꾸만 복바쳐 오른다.

―「追憶에서」 전문, 『바다가 보이는 산길』

「追憶에서」는 낮잠 자고 나서 가족들과 소통을 할 수 없는 불안한 상태에 놓인 '나'의 모습을 형상화하고 있다. 오수에 빠져드는 상황은 현실로부터 의식이 단절되면서 오히려 편안함을 느끼는 것으로 그려지고 있는 반면, 오수에서 깨어나는 상황은 과거로부터 분리되는 불안함을 의미한다. 오수에서 깨어난 주체는 주위와의 소통이 불가능해지면서 불안하고 초조한 심리상태를 경험한다. 과거는 소통이 불가능한 현재에 비해 오히려 행복했던 시간들로 묘사된다. 그로 인해 현재와 과거는 오수로 인해 단절되고 분리되며, 불안한 현재의 상황은 더욱 심화된다.

불안한 현재에 대한 인식은 '나비'에 투영되기도 한다. 「點景」이나 「무늬」와 같은 시편들에서도 대낮에 오수를 즐기는 화자의 모습을 발견할 수 있다. 「點景」에서는 '투명한 햇살 속'을 돌고 돌다가 울타리를 넘어가는 나비의 모습을 통해 죽음의 이미지를 형상화하고 있고, 「무늬」에서는 '고요한 한낮'에 뜰에 날아온 나비의 날개에 새겨진 무늬를 통해 꿈결과 같은 죽음의 이미지를 형상화하고 있다. 이러한 시편들에서는 오수에 빠지는 상황을 마치 나비가 생과 죽음의 경계를 넘어서는 모습으로 형상화하고 있다. 나비에 투영된 죽음의 이미지는 현실로부터 의식이 단절된 상태를 환기시킨다.

이처럼 초기 시편에서 주체는 현재를 불안하고 소통이 불가능한 상황으로 인식하고, 대낮의 오수를 통해 현실도피적인 태도를 취하면서, 그것을 죽음과 연결시키고 있다. 중기 시편에 나타나는 죽음이 인간존재의 유한성에 대한 인식과 연결되는데 반해, 초기 시편에 나타나는 죽음은 그러한 존재론적 죽음에 대한 인식보다는 현실도피의 한 방편으로 인식되고 있을 뿐이다.

## 2-2. 자기중심적 시선과 단절적 시간의식

현재를 불안하고 소통이 불가능한 상황으로 인식하여 현실로부터 도피하고자 하는 주체의 내면에는 자기중심적인 시선이 깔려있다. 타자를 타자로서 받아들이지 못하고 자신의 사유 공간에 갇혀 있는 주체의 모습을 발견할 수 있는데, 그로 인해 초기의 여러 시편들에서 주체는 사물의 본질을 꿰뚫지 못하고 주체 자신의 사유를 담아낼 수 있는 대상의 단면만을 포착하는 것이다. 그 결과 주체의 시선에는 하나의 대상만이 포착될 뿐이고, 대상에 대한 깊이 있는 이해나 인식이 결여되어 있다.

「모란」에서 "모든 배경이 차츰 사라지더니/이윽고 나의 시야엔/천지 가득한 한 송이 모란만이 남았다"라고 표현하고 있는 것에서도 짐작할 수 있듯이, 주체는 하나의 대상만을 인식할 뿐이고 그 이외의 것들은 오히려 배제하는 태도를 보인다. 배경과 어울려 존재하는 모란이 놓인 그 풍경으로부터 주체는 배경을 배제하고 모란이라는 하나의 대상만을 포착하고자 하는 것이다. 이 시에서 '모란'은 주체의 심리가 투영된 객관적 상관물이라고 할 수 있다. 주체의 심리가 모란에 투영되었기 때문에 배경은 중요한 것이 아니라는 짐작이 가능하지만, 이러한 주체의 태도 이면에는 자기중심적이고 배타적인 성향이 놓여 있는 것으로 보인다.

> 바라보면 볼수록 가깝고도 먼 얼굴/꽃이여.//그대로 두면 한없이 고히 잠들어버릴/너는 바람에 흔들리어 피었나니.//일찌기 어둠 속에 반짝이던 너의 思念은/샛별처럼 하나 둘 스러져가라.//너의 어깨 위로 새벽 노을이 퍼져옴은/萬象으로 네 存在의/餘白을 채우려함이니//너는 영원히 깨어있는 꿈,/태양처럼 또렷한 意識!
>
> ―「꽃」전문, 『바다가 보이는 산길』

「꽃」은 역경 속에서 피어난 꽃처럼 또렷한 의식과 꿈을 갖는다면 어려운 상황을 이겨내고 극복할 수 있게 될 것임을 시사한다. '어둠'에서 '새벽 노을'로 변화하는 시간의 경과는 이러한 어려운 상황을 극복하는 과정을 의미한다. 이 시에서 그려지고 있는 '꽃'은 '꽃'이라는 대상이 갖는 본질적인 속성을 기반으로 하여 형상화된 것이 아니라 주체의 사유가 중심이 되어 형상화된 것으로 자기중심적인 사유가 깔려 있음을 짐작할 수 있다. 그로 인해 대상을 타자로 인식하고 그것에 기반하여 대상과의 합일을 통해 대상에 내재한 본질을 인식하고자 하는 태도는 거의 나타나지 않는다. 다만 대상은 주체의 사유를 표현하기 위한 하나의 매개물로서 포착될 뿐이다.

이러한 태도로부터 주체의 자기중심적인 태도를 발견할 수 있다. "여기 내가 혼자 있음은/누구에게 버림을 받아서가 아니라/저 국화 속의 꿀벌처럼/혼자이기 때문이다."(「어제와 내일사이」, 『哀歌』)에서처럼, 주체는 철저하게 자신이 혼자임을 깨닫는다. 이는 소통의 결여로 인한 것이라 할 수 있다. 타자와 혹은 현실세계와의 소통이 불가능함으로써 느끼는 주체의 고독이나 '아픔' 등은 주체로 하여금 자신의 내면에 침잠하도록 만든다. 주체는 타자에 대한 깊이 있는 인식이나 이해를 배제한 채 주체 자신의 내면에 침잠해 있기 때문에 현실과의 소통이 불가능하고, 그로 인해서 현재의 삶에 대해 불안하고 고독한 감정을 느끼는 것이다. 그 결과 현실로부터 도피하고자 하는 심리상태로 인해 오수와 같은 의식의 단절을 꾀한다.

追跡하라/아득한 공간으로 사라져가는 저 直線을!/地上의 모든 線이 斷絶된 終點에서/다시 한 번 생명을 담고 飛躍하는 線이다./善惡을 초월한/긴장된 순간의 連續線이다./모든 追跡하는 視點은 행동하라,/새로운 세계로 돌진하는/저 直線의 尖端과 함께,/落下의 공포도/上昇의 기쁨도 없다./오직 순간마다 과거를 떨쳐버리고/새로운 세계를 여는/살아 있는 점이다.

—「追跡하라」전문,『哀歌』

「追跡하라」에서 주체는 시간을 하나의 단절되어 있으면서도 연속된 직선으로 인식하고 있다. 그런데, 매 순간 과거는 분절되고 뒤이어 새로운 세계로서 현재가 앞으로 돌진하는 것이라는 인식에서 연속적인 시간으로서의 인식보다는 단절적인 시간인식이 주체의 의식에 자리 잡고 있음을 발견할 수 있다. 더불어 과거는 "아득한 공간으로 사라져가는" 것으로 인식하고 있는데, 이를 통해 현재의 순간이 '지속' 혹은 '비약'하기 위해서는 과거와의 단절이 필요하다는 것을 파악할 수 있다.

말하자면 주체는 오수를 전후하여 과거와 현재를 분절하고 각각의 시간대에서 행복했었다는 감정과 불행하다는 감정을 교차시키고 있다. 그럼으로써 현재의 불안감과 고독감으로부터 도피하고자 한다. 그것이 오수를 통해 의식의 단절을 꾀하는 방식으로 드러나 있다. 현재의 삶에 대한 불안감과 그 도피의 방법으로서의 대낮의 오수와 이를 통한 죽음의 인식은 이상에서 보듯 초기 시편의 시간의식을 결정한다. 현실의 삶과 그 도피로서의 오수는 현재와 과거라는 시간대로 치환되면서, 현재와 과거의 시간 사이에 극복할 수 없는 벽이 존재한다는 인식으로 연결된다. 그 결과 초기 시편에는 '과거-현재-미래', 혹은 '어제-오늘-내일'이 유기적으로 연결되지 않고, 각각 단절되는 단선적인 시간관으로 귀결된다.

초기시에 나타나는 자기중심적인 사유가 약화되면서 타자에 대한 인식이 점차 나타나기 시작하는 것이 『哀歌』의 시편들이다. 이 시편들을 보면, 주체는 자기중심적인 태도를 취하는 가운데 타자와의 진정한 소통을 이루지 못하고 사랑하는 사람을 떠나보낼 수밖에 없는 상황을 맞이하며, 그로 인해 고통과 절망을 겪고 끝나버린 사랑에 대해 회한의 감정을 품게 된다. 이러한 일련의 감정을 겪으며 주체는 점차 자신을 객관화하여 자기중심적인 시선으로부터 벗어나 고통스러운 감정을 승화시킬 수 있게 되는 계기를 마련한다.

## 3. 자기성찰에 기반한 '저녁'의 사유와 무욕(無慾)적 태도

### 3-1. 저녁의 사유에 의한 주체 성찰과 대상의 본질인식

초기의 시편들에 나타나는 자기중심적인 인식은, 중기시에 이르러 인식의 대상으로 포섭되는 대상의 타자성을 인식하고 대상의 본질에 대해 사유하는 것으로 변화되기 시작한다. 이러한 태도의 변화는 '나'에서 '너'로의 변화에 상응하는데, 주체는 '나'라는 지칭으로부터 다변화되어 '너' 혹은 대상물의 명칭으로 객관화되어 나타나고 있다. 주체는 자신을 객관화하는 방식으로 주체 자신에 대한 성찰을 꾀하고 있다.

중기의 시편들은 현실과 환상이 동시적으로 형상화되면서 구분이 불가능한 것으로 나타난다. 현실과 환상의 경계가 무화되는 것인데, 이는 초기의 시편들과 비교해 볼 때, 현실과 환상의 경계가 '오수'에 의해 뚜렷하게 분리되는 것과 다른 양상을 띠고 있는 것으로 보인다. 현실과 환상의 경계가 무화되는 상황은 의식에 의해 대상이 포착됨으로써 지각되는 대상에 관한 사유가 사라지고 대상의 본질에 보다 가까이 다가가게 되었음을 의미한다. 주체는 의식에 의해서 대상을 포착하면서 동시에 환상에 의해 감지되는 대상의 다른 면들까지도 포착해 낸다. 이로 인해 주체의 대상에 대한 인식은 보다 깊은 사유와 통찰을 동반한다.

〈조그마한 길도 길은 길이다〉 속으로 생각하며/落葉에 덮인 오솔길을 벗어나/훤히 트인 들길에서 나의 散策이 다할 때/나는 본다./꿩이 내려올 듯한 나직한 산자락 끝/유난히도 따뜻해 보이는 구석/거기 바위와 더불어 늙는 소나무 가지 위에/한 발로 서 있는 두 마리의 鶴과 흐르는 샘물 가에/고개를 돌려 먼 산 구름을 바라보는 사슴 한 마리/그 옆에 빨간 不老草도 돋아나 있는 것을 역력히 본다.//흐르는 샘/그 샘의 表面에서 누가 소리와 時間을 벗겨 갔나?/반짝이는 샘가에/말할 줄 알면서도 끝내 말하지 않는 사슴의/눈길을 피해/몰래 떨리는 손으로 불로초를 따든다./갑자기 바람이 일어 水面 위에/他人처럼 흔들리는 나의 그림자./나는 나의 그림자를 거기 두고/발길을 돌린다, 村落도 보이지 않는 먼 들길로/―언젠가 다시 만나기 위하여/아니면 한평생 다시는 만나지 않을 듯이.

―「어느 散策 I」 전문, 『自畵像』

여기서부터는 모두가 未來/똑같은 생각을 천번 만번 되풀이하면/마음 밭에도 이끼는 돋아나리,/自殺을 결심한 사나이의/마지막 握手, 그 땀밴 손으로/모든 길들이 외치고 있다,/너의 걸음은 언제나 未來로 향한다고.//오, 잠이 온다/生命 속의 잠이./한 잠 자고 깨어나면 다시 힘은 솟아나리라/前生에서부터 約束이나 한 듯/당신과 나 함께 살다가/죽어서 무덤을 남긴다./위로할 길 없는, 꿈같이 화려했던 한 줌 흙의 悲哀.//자기의 얼굴은 까맣게 잊은 채/남의 얼굴만 바라보고 살아 온 그 숱한 나날들이어./아버지 심부름으로 왔다가/아버지 심부름은 까맣게 잊고서/돌아갈 길마저 잃어 버린 아이/砲手는 노루의 발자국만 쫓다가 놓쳐버렸다.//아니 놓치긴 뭘 놓쳐?/砲手는 노루의 모습을 보지도 못한 것을/고추밭 좁은 비탈길을 따라가면 숲,/거기 작은 연못 위/波紋도 없이 맴도는 소금장수의 가느다란 발/오, 나의 時間이, 나의 人生이 맴돌고 있다

―「어느 散策 II」 전문, 『自畵像』

「어느 散策 I, II」에서는 인생을 '산책'에 비유하여 현세의 삶을 잠시 왔다가는 표류지로서 인식하고자 하는 주체의 사유를 발견할 수 있다. 산책길은 "낙엽에 덮인 오솔길"에서 "훤히 트인 들길"로 나아간다. 전자의 산책길은 "유난

히도 따뜻해 보이는 구석"으로 십장생을 방불케 하는 광경으로 그려져 있고, 후자의 산책길은 "촌락도 보이지 않는 먼 들길"로 그려져 있다. 전자는 시간이 부재하는 공간으로 그곳에서 주체는 자의식의 분열을 경험한다. '불로초'를 겪고자 하는 주체의 욕망은 원초적 시공간에 남겨 둔 채 분열된 자의식만으로 다시금 들길로 향하는 것이다. 주체는 욕망으로 가득 차 있으나 그러한 욕망을 버려야 한다는 자의식으로 인해 내면의 갈등을 겪게 된다. 주체의 욕망은 '불로초'라는 표현에서 알 수 있듯이 삶을 오래 지속하고자 하는 욕망이다. 이러한 원초적인 욕망은 죽음을 두려워하며 회피함으로써 삶을 더욱 적극적으로 영위하지 못하게 하는 것이기도 하다. 그로 인해 주체는 현실에서의 삶을 마치 '아버지의 심부름'과 같은 금기로 가득한, 주체성을 상실한 타율적인 존재로서의 삶으로 여기는 것이다.

이와 같이 방향성을 상실한 채 방황하는 주체의 모습은 「여기가 어디지」, 「그때나 지금이나」, 「나의 얼굴」, 「엎질러진 잉크」 등의 시편에도 잘 나타나 있다. '여기가 어디인가', '나는 누구인가'와 같은 주체의 성찰은 자신의 삶에 대한 방향성의 탐색을 동반하기 때문에 중요한 의미를 갖는다.

「어느 날」이나 「돌 하나」 같은 시편들에서 '까치 한 마리', '나비 한 마리'와 같은 표현은 주체의 존재론적 고독에 대한 인식을 반영한다. '저녁노을'이나 '저녁 햇살'이 깔린 배경에서 주체가 느끼는 감정은 '허전함'이나 '적적함'과 같은 것들이다. 가까운 이의 죽음으로 인해 자신의 삶에 대하여 성찰하게 되는 계기를 마련하게 된 것이 아닌가 추측해 볼 수 있는데, 『自畵像』의 시편들에서는 가까운 누군가의 죽음으로 인해 자살을 기도하거나 혹은 빈자리에 대한 그리움을 절절히 풀어내는 주체의 모습을 엿볼 수 있다.

이러한 주체의 모습은 '저녁노을'과 같은 저녁의 시간에 비유되고 있다. 각 시편들에 나타나는 저녁의 사유는 다음과 같다.

『自畵像』
나비 한 마리/잠시 머물다/떠난/저녁 햇살 적적한/돌 하나. (「돌 하나」 부분)
저녁 노을 속으로/아득히 사라져 가는/기러기 떼//-엎질러진 붉은 잉크 (「엎질러

진 잉크」 부분)

너는 잊혀져 간다./잠시 하늘을 태우고 사라지는 노을처럼. (「꿈속의 마음처럼
II」 부분)

하루도 다 끝나는 붉은/夕陽 속에/길게 뻗친 墓標 그림자./그 그림자 위에 나무가
흔들린다./산다는 것은 언제나 演習이 아니었다. (「길은」 부분)

저녁 운동장 한구석에/누가 버리고 간/한 묶음의 코스모스. (「無言歌」 부분)

『돌의 季節』

어둠 속 釣台 위에/칸델라 불이 켜진다./고요한 물살 위에/꼿꼿이 서 있는 찌가/
물살을 헤치며 한없이/어디론가 가고 있다./여기는 아직도 地球인가? (「어둠 속 釣
台」 전문)

소년은 넘쳐나는 황금 바다 물결치는 빛속을/헤치며 달려간다/들리지 않는 메아
리처럼/소년은 멀리 사라져간다.//노오란 감처럼/잘 익은 오후. (「누런 들판」 부분)


주체는 열린 시선에 의해 타자성을 인식하게 됨으로써 비로소 주위 사람들
의 죽음을 통해 인간의 유한성을 자각하는 것이다. 이러한 주체의 사유가 '저
녁노을'을 위시한 '저녁'에 투영되어 있다. 이는 이후 후기의 시편들에 나타
나는 저녁의 이미지와는 전혀 다르다. 중기의 시들이 자기성찰을 동반하는 죽
음에 관한 사유가 나타난다고 하더라도 이는 공포와 두려움을 동반하는 죽음
에 지나지 않으며, 인간존재의 유한성을 처절히 인식한 결과로 인해 나타나는
것이므로 후기의 시들에 나타나는 죽음에 대한 두려움조차도 초월한 죽음의
인식과는 변별된다.

「끝나버린 술래잡기」에는 죽음에 대한 사유와 삶에 대한 사유가 번갈아 나
타나면서 죽음에 대한 두려움으로부터 벗어나기 위한 애도의 과정이 중심을
이루고 있다. 삶과 죽음의 허무함이나 잃어버린 임에 대한 원망과도 같은 감
정, 그리고 죽음에 대한 두려움과 공포를 점차 받아들이는 것으로 나아간다.
주체는 삶과 죽음을 불가지로서 사유하는데, 점차 그 한계를 받아들이고 무기
력한 존재로서의 인간을 긍정하는 것으로 변화한다.

## 3-2. 존재의 유한성 자각과 연속적 시간의식

주체의 자기성찰은 인간존재의 유한함을 깨닫게 함으로써 작은 생명의 소중함을 인식할 수 있는 발판을 마련한다. 주체의 시선에 작은 대상이 포착되고 그것의 경이로움을 발견하는 것을 통해서 주체의 성찰이 보다 깊어진 것을 발견할 수 있다. 특히 「돌」 연작은 '돌'을 통해 하나의 대상으로부터 발견할 수 있는 본질을 보다 깊이 사유함으로써 이러한 주체의 사유의 깊이가 앞으로 보다 확장될 수 있는 가능성을 내포하고 있다.

> 돌은 거기 있다. 침묵의 덩어리인 양./보는 사람에 따라 조금씩 陰影을 달리하지만/돌은 원래의 돌대로 엄연히 존재하고 있다/누구에게 지배 당하지 않고/스스로가 주인인 돌//그 돌을 바라본다./돌 앞에서 눈은/청천벽력같은 閃光이다/돌은 그 閃光 속에 엿보이는 無의 征服者//확실히 시간은 흐르고 있었다/그 시간의 흐름을 우리는 빠르다고 해야할까 느리다고 해야할까/아니면 일정한 속도라고 해야할까/처음 보는 돌인데도 언젠가 본 일이 있는 것만 같다/왜 그럴까?/문득 저승의 빛을 훔쳐본 듯한 슬픔//손으로 돌을 가리킨다/가리킬 때마다 가리킨 손가락이 사라진다/말할 때마다 그 자리에서 사라지는 음성같이/그래서 돌은 가리킬 때마다 새로운가//인류의 文明과는 아무 관계없이 돌은 거기 있다/돌은 자기 자신을 위해서만 산다/돌은 어떤 상태를 분명히 밝히고 결정을 내린 데서부터 살아가고 있다/認識은 한갓 돌 위에 뜬 구름.
>
> —「돌 Ⅲ」 전문, 『돌의 季節』

주체는 '돌'이라는 대상을 통해 사유를 펼쳐 나가지만, 초기 시편들에서처럼 '돌'을 객관적 상관물로서 파악하지는 않는다. '돌'을 통해 대상의 본질에 대한 사유가 보다 깊어짐에 따라 주체는 '돌'로 대표되는 자연으로부터 영원성을 발견한다. 이로 인해 주체는 '인식은 한갓 돌 위에 뜬 구름'에 지나지 않음을 깨닫게 됨으로써 인간존재의 유한성을 자각하지만, 점차 무욕(無慾)의 태도를 내면화하는 과정을 통해 유한성으로 인한 인간존재의 한계를 극복해 나가려는 의지를 드러낸다.

 "인식은 한갓 돌 위에 뜬 구름"이라는 표현에서 인간의 인식이라는 바탕 위에 성립된 인류의 문명이 의미 없는 것이라는 주체의 사유를 이끌어낼 수 있다. 영겁의 세월을 누리는 돌의 영원성 앞에서 인간의 인식은 무명(無明)에 지나지 않는 것이다. 이러한 사유는 인간이 한낱 유한한 존재에 지나지 않는다는 인식을 반영하는 것인 동시에 인간이 자연을 지배함으로써 만물 위에 군림하고자 하는 오만한 의식에 대한 비판적 인식으로부터 나오는 것이다. 「가야금 散調」나 「뻐꾸기 울음」에서 발견할 수 있는 영속적이면서도 반복적이고 흐름을 거스르지 않는 자연물들을 통해 주체는 무욕적인 삶의 방식을 깨닫는다.

 돌을 바라보는 주체의 시선은 경외로 가득 차 있다. 이와 같은 주체의 시선은 초기의 배타적이고 자기중심적인 시선과는 대조적이다. 대상의 본질에 보다 가까이 다가감에 따라서 주체는 인식하는 행위조차도 자연물의 위용 앞에서 한낱 부질없는 것으로 변해버리는 것을 깨닫게 된다. 이처럼 주체는 반성적이고 겸허한 성찰을 통해 영원성의 인식에 다가갈 수 있는 기반을 마련하는 것으로 나아간다.

 太陽은/無限大의 꿈//너무나 커서 보이지 않는/一場 드라마.//모든 것이 씌어 있어서/아무 것도 씌어 있지 않은 한 장의 白紙.//그 드라마 속에/地球의 歷史가 들어 있고//그 白紙 위에/나타났다 지워지는 生命이 있다.

　　　　　　　　　　　　　　　　　　　　　　　　 —「太陽은」 전문, 『自畵像』

 無限을 생각게 하는/아슬한 하늘,/그 空間에/時計없이 솟는 해/퍼내어도 퍼내어도/영원히 남는/時間의 샘.

　　　　　　　　　　　　　　　　　　　　　　　　　　　 —「山」 부분, 『自畵像』

 보이잖는 절간의/가을 같은 종소리는/現在에서 未來로/울려 퍼지고/들길은/그림보다 자연스레 구부러졌다.

　　　　　　　　　　　　　　　　　　　　　　　　 —「無言歌」 부분, 『自畵像』

주체의 반성적인 성찰에 의해 시간에 관한 인식도 변화하는데, 초기의 시편들에 나타나는 '어제-오늘-내일'이라는 일상의 시간들이 중기시에 이르러 '전생-현세-후세'와 같은 보다 폭넓은 시간에 대한 인식으로 넓혀진다. 이러한 인식의 확장은 '죽음'에 대한 사유가 현실도피적인 한 방편에서 점차 존재론적 측면과 연결되는 것과 연관이 있다. 곧 존재론적 측면에서 인간이 유한한 존재임을 깨달은 결과로 인해 시간에 관한 사유가 보다 확장된 것이라 할 수 있다.

이상에서 볼 수 있듯이 주체는 인간존재를 보다 근본적으로 성찰하고 더불어 자연물에 대한 애정 어린 시선을 획득함으로써 대상의 본질에 보다 가까이 근접하게 된다. 이와 더불어 시간에 대한 인식 또한 일상의 쳇바퀴에서 벗어나 인간의 일생과 자연의 영원성을 대비적으로 사유함으로써 저승과 이승과 같은 생과 사의 범주로 나뉘는 보다 확장된 시간을 인식하게 되는 것이다. 이러한 시간관은 초기의 단절적인 시간인식으로부터 연속성을 지닌 시간인식으로 변화한 것이라 할 수 있다.


## 4. 순환론적 시간의식에 의한 초월적 사유

### 4-1. 자연의 이법에 대한 깨달음과 초월적 태도

후기의 시편들은 시간과 공간의 경계를 초월하고 현실과 환상의 경계나 혹은 과거와 현재, 동시적인 현재들을 가로지르는 사유가 두드러지게 나타난다. 불교적인 색채가 강하게 드러나는 후기의 시편들에서 주체는 현실과 꿈, 혹은 환상의 구분이 오히려 무의미하다는 깨달음을 얻게 된다. 시공의 유기적인 관계성을 깨닫고 주체는 자기 자신마저도 그 유기적 관계성의 한 부분으로 귀속함으로써 심오한 우주적 관계성의 원리에 도달하고자 하는 태도를 발견할 수 있다. 이러한 사유에서 불교적인 세계관이 드러나는데, '무(無)' 혹은 '공(空)'에 대한 인식을 통해 영원성의 본질을 깨달은 자의 모습이 여러 시편을 통해 나타난다.

『돌아가는 길』

한밤중 깨어나서/총총한 별하늘을 바라본다/내가 서 있는 자리 (「한밤중 깨어나서」 부분)

그 높은 斷崖 위 돌담을 끼고 가다가/갑자기 펼쳐지는/地中海의 불타는 저녁놀/그렇게 반짝하는 이승을/거기 두고/영원한 저승으로 돌아가듯/나는 지금 집으로 돌아가는 길이다 (「돌아가는 길」 부분)

아, 생각난다/그때로부터/현재 있는 장소/저 背景의 노을을 보니/여기가 바로 그곳이다 (「용문산 은행나무」 부분)

저녁 노을 등에 지고/강둑을 터벅터벅/가고 있는 개//사람이 자기를 버려도/버림받은 줄 모르고. (「개·1」 부분)

『깨어나지 않는 꿈』

산에 와서 나무와 바위와 새와 물과 구름만 벗하며 지낸 하루가 있다. 꿈처럼 아득한 노을 속으로 한 마리 새가 사라져 가듯 그렇게 끝난 하루가 있다. (「斷章─詩的 아포리아」 22)

『저녁노을』

세계의 종말은/바다의 노을로 다가오는가/저렇듯 황홀하게 다가오는가/두렵고 고요한 이 한때 (「바다의 노을」 부분)

붉은 노을 속으로/기러기떼 가물가물 날아간다/기러기 멀어져가는 만큼/거울 속의 노을도 점점 깊어만 가고/나의 산책은 언제나 혼자다 (「거울 속 얼굴」 부분)

저기 저무는 저녁노을에/긴 긴 그림자 이끌고 돌아가는/세월의 뒷모습이 보인다/아, 살아서 꿈꾸던 날 있었으니/죽어서 깨어나는 날도 있으리/아리랑 아리랑 아라리요 (「아리랑」 부분)

하루의 끝에 황혼이 찾아오듯/이제 너의 생애에도 황혼이 깃들기 시작한다/장엄하게 불타오르는 저녁노을 (「저녁노을」 부분)

이런 늦은 시각에 이런 산책은 또 얼마만인가/가지 사이로 흔들리는 달빛 그림자/숲길은 바다 속처럼 어른거린다//홀로 낯선 세상에 버려진 듯 (「나의 산책」 부분)

해 떨어진 바다 위에/노을빛 사라지고 어둠이 깔리기 시작한다/이것으로 오늘 하루도 끝나는가 했더니/하얀 항적 이끌며 돌아오는 작은 배 한 척 (「겨울에서 봄으로」 6 부분)

해는 졌다/실컷 울고 난 뒤처럼/서산 위의 노을빛/스러지기 시작한다 (「능소화」 부분)

나는 비로소 내가 미래에 와 있다는 것을 실감한다/아, 지금도 지중해의 낙조는 변함없이 장엄하리/이 세상을 떠나기 전/저 붉은 바다에 붓을 듬뿍 먹여/큼지막하게 한 번 써보고 싶구나/'꿈' 이라고. (「사진 한 장」 부분)

중기의 시편에 나타나는 저녁노을은 인간의 유한함을 자각하는 죽음의 이미지를 환기시키는 반면 후기의 시편들에서 '저녁' 과 관련한 사유는 인간존재의 유한함 조차도 순리로 받아들이는 초월적 태도를 내재하고 있다. 「둑길」이나 「기러기」와 같은 시편들에서 이러한 주체의 태도를 발견할 수 있다.

붉은 노을 등에 지고/긴 긴 둑길을/자전거 타고 오는 사람//그 모습 점점 커지면서/내게로 다가와/미루나무 숲쪽으로 사라져 간다//둘러보니 주위엔 아무도 없어/조금 전까지 둑길 위에/자전거 탄 사람이 있었다는 걸 누가 증명해 줄까//꿈을 꾸고 나서 무슨 꿈이었는지 생각나지 않는/이러한 저녁 한 때/자전거 타고 사라진 사람은/시간 밖에서 영원히 페달만 밟고 있다.

— 「둑길」 전문, 『돌아가는 길』

「둑길」에 나타나는 '저녁노을' 은 인간존재의 유한함을 암시하는 동시에 그것이 한바탕 꿈에 불과함을 이야기하고 있다. 세상에 나서 다시 돌아가는 인간의 유한한 생은 '자전거 탄 사람' 에 비유되면서 죽음에 대한 두려움까지도 초월하고 있는 주체의 모습을 발견할 수 있다. 주체는 '미루나무 숲쪽' 으로 사라진 자전거 탄 사람이 마치 "시간 밖에서 영원히 페달만" 밟고 있을 것이라는 환상을 품는다. 이를 통해 시간의 안과 밖이 인간의 삶과 죽음으로 비유되고 있는 것을 발견할 수 있으며, 인간이 죽음을 통해 다시금 자연 속으로 되돌아가게 될 것이라는 암시를 읽을 수 있다.

오늘도 기러기는 먼먼 여로에 오른다/지표(地標)는 성좌(星座)라지만/사실은 몇 천만 년에 걸친 생명의 기억 속을 날고 있을 뿐이다/올해 태어난 어린 철새는/언젠가도 이런 순간이 있었다는 생각을 하면서/앞서 가는 기러기 뒤를 따라 열심히 날개를 퍼덕이고 있다/한가닥 의심도 없이/'나'라는 의식이 존재하지 않는 시간 속을 날고 있다//어디선가 퉁소가락/가만한 입김으로 느껴울기 시작한다/때맞추어 기러기의 八자형 대열은/만월(滿月) 한복판에 걸린다.
—「기러기」 전문, 『깨어나지 않는 꿈』

"'나'라는 의식이 존재하지 않는 시간 속을 날"아가는 기러기는 생명의 기억 속을 날고 있는 것이며, 그 기억 속에는 개체의 의식이 존재하지 않는다는 것이다. 이러한 사유는 '아(我)'로부터 '무아(無我)'로 변화하는 주체의 사유를 반영한다. 퉁소가락과 기러기의 八자형 대열과 만월 사이에 이루어지는 동시적인 교감은 각각의 대상이 무아(無我)로서 자연의 이법에 따라 흐르고 있기 때문에 가능한 것이다. 철새의 생각을 읽어내는 주체의 모습에서 주체 또한 이들과의 교감에 기반하여 만월 복판에 걸린 기러기의 대열이 현현하는 자연의 이법을 깨닫는 것이다.

주체는 인간의 유한성으로 인한 주체 자신의 필연적인 죽음을 자연의 이법으로 받아들이는 태도를 취하고 있다. 그로 인해 주체는 삶의 방향성이나 존재의 나아갈 바에 대하여 자연을 닮아야 할 것이라고 말하고 있다.

한밤중 깨어나서/총총한 별하늘을 바라본다/내가 서 있는 자리/地球는/거문고자리 "배가" 별 쪽으로/초속 6백킬로라는 무서운 속도로 달리고 있다/도모지 실감이 나지 않는다/나의 생명에 비하면/저 별하늘은/거의 永遠이다/永遠이란 무엇인가/이 永遠 속에서/오늘이란 무슨 뜻인가/내일이란 무슨 뜻인가/蓮잎 위에 구르는

물방울과/별 사이에/길이 보인다

—「한밤중 깨어나서」전문, 『돌아가는 길』

자연의 이법은 자연물의 영원성에 대한 인식을 이끌어 낸다. 인간존재의 유한성에 대비되는 이러한 사유는 영원성에 대한 동경과 더불어 그것을 닮고자 하는 주체의 바람을 담고 있다. 오늘이나 내일이라는 시간은 그 영원성 앞에서 의미가 무색해진다. 주체는 그 자연물 속에서 존재의 나아갈 방향성을 발견한다. "연잎 위에 구르는 물방울과 별 사이에 길"을 발견하는 것은 바로 주체의 이러한 자연의 이법에 대한 깨달음으로써 얻을 수 있는 자신의 존재성에 대한 지난한 깨달음에 의한 것이다. 이러한 사유는 후기 김윤성의 시가 도달하고자 하는 깊이와 폭을 불교적 사유로부터 얻고 있다는 것을 시사한다.

## 4-2. 불교적 사유와 순환론적 시간의식

자연의 이법에 대한 깨달음은 주체로 하여금 인위적이고 정해진 시계의 시간, 즉 '일부변경선'을 거부하고 이승과 저승의 시간의 경계로부터도 벗어날 수 있게 한다. 이승과 저승의 경계는 삶과 죽음으로 인한 경계이다. 주체는 죽음에 대한 두려움과 공포를 초월하여 죽음을 자연의 섭리로서 받아들이고 인간존재의 유한함으로부터 빚어지는 소유, 집착과 같은 욕망을 초월하는 태도를 보인다. 이러한 태도로부터 윤회 사상, 즉 순환론적인 시간인식을 발견할 수 있다.

흐르는 개울물은/햇빛 속에 반짝거린다/그 물에 떨어진 가랑잎 하나/어느 가지에 태어났던 잎인가/여름 내내 녹색 불꽃으로 있다가/지금은 가지를 떠나/영원 속에/묻히러 간다// (중략) 이유도 정당성도 없이/이미 거기에 있는 것/모든 존재는 無를 이 세상에 오게 한다/태양은 無를 이 세상에 오게 한다/인간은 無를 이 세상에 오게 한다/아, 존재가 없으면 無도 없다/그림자처럼 존재에 따라붙는 無/無라는 근원적 심연이 있고/그 심연 속에서 존재가 생겨나는 것이 아니다/존재는 無에 앞서며 無를

세우는 것/존재의 소멸은 無의 소멸이며/순수한 존재와 순수한 無는 동일하다/아,
존재와 無 사이/영원한 현재를 공전하고 있는/양자론적(量子論的)인 선회(旋回)

　　　　　　　　　　　　　　　　　　—「공작(孔雀)을 위하여」부분, 『깨어나지 않는 꿈』

　모든 존재는 무인 동시에 존재이기도 하다. 이러한 인식이 이루어질 수 있
는 것은 주체의 사유가 대상의 본질에 가닿고 있기 때문이다. 주체는 가랑잎
하나가 떨어지는 것을 보면서 어느 가지에 태어났을 것을 상상하고 또 그것이
녹색의 잎에서 어느 순간 낙엽이 되어 땅으로 다시 되돌아가게 되는 과정을
상상한다. 이는 인간존재의 나고 죽음에 비유될 수 있다.
　가랑잎이 떨어져 흙으로 돌아가는 것은 불교에서 말하는 불일불이(不一不二)
의 의미와도 상통한다. 원효는 이를 씨와 열매의 관계에 비유하고 있는데, 씨
는 죽어 싹이 돋고 줄기가 나고 가지가 자라 꽃이 피면 열매를 맺고, 열매는
스스로 존재하지 못하지만 땅에 떨어져 썩으면 씨를 낸다는 것이다. 씨가 자
신의 존재를 유지하고자 하면 씨는 썩어 없어지지만, 씨가 자신을 공(空)하다
고 하여 자신을 흙에 던지면 그것은 싹과 잎과 열매로 변한다. 공(空)이 생멸변
화(生滅變化)의 전제가 되는 것이다. 이러한 사유에서 주체의 존재론에 대한 인
식이나 시간관 등은 불교의 사상과 깊은 관련을 맺고 있음을 짐작할 수 있다.
윤회사상이 바탕이 되고 있는 인식으로부터, 죽음에 대해서도 초월적인 태도
를 취하는 주체의 모습을 이끌어 낼 수 있다.
　이처럼 대상에 대한 인식은 초기에 보여주었던 자기중심적이고 배타적인
시선에서 보다 확장된 대상의 본질에 대한 인식을 거쳐 후기에 이르면 대상으
로부터 우주의 이법을 발견하는 것으로 나아간다.

　해는 졌다/실컷 울고 난 뒤처럼/서산 위의 노을빛/스러지기 시작한다//화려했던
한때의 흔적인가/창가의 주황색 능소화/어스레한 빛 속에/더욱 곱게 빛나면//남이
알까/소리없이 다가오는/거대한 황포 돛단배/온 뜰을 덮는다.

　　　　　　　　　　　　　　　　　　—「능소화」전문, 『저녁노을』

높은 가지에 달린/대추 한 알/함부로 할 수 없는 고귀한 말씀처럼/손에 닿지를 않아/그냥 놔두고 바라만 보았더니/겨우내 검붉게 잘 익었다//오늘 아침엔/그 대추가 보이질 않는다/찾아보니 하얀 눈 위에 떨어져 있다/반쯤 눈 속에 묻혀/반질반질 빛을 내는/대추 한 알.

— 「대추 한 알」 전문, 『저녁노을』

"더욱 곱게 빛나면", "반질반질 빛을 내는"이라는 표현을 통해서 스러져 가는 것, 떨어지는 것이 품어내는 아름다운 모습으로부터 경이로움을 깨닫는 주체의 모습을 발견할 수 있다. 주체는 꽃이 피고 지는 모습을 통해서 자연의 이법을 깨닫는다든지, 혹은 높이 달려 있었던 대추가 하얀 눈 위에 떨어지는 모습을 보면서 생자필멸의 이치를 발견하는 것이다. 이러한 것은 모두 주체가 삶과 죽음의 불가지(不可知)에 의해 빚어지는 두려움과 공포로부터 벗어나 죽음을 자연스러운 순리로서 받아들이고 생에 연연하지 않는 듯한 초월적인 태도를 취하고 있음을 짐작케 한다.


## 5. 나오며

지금까지 김윤성 시세계를 세 시기로 나누어 고찰해 보았다. 초기의 시편들에서는 주체의 자기중심적인 사유가 두드러지게 나타나고 있음을 볼 수 있다. 이로 인해 대상을 타자로 인식하고 그것에 기반하여 대상과의 합일을 통해 대상에 내재한 본질을 인식하고자 하는 태도는 거의 나타나지 않으며, 다만 대상은 주체의 사유를 표현하기 위한 하나의 매개물로서 포착될 뿐이다. 중기의 시편들에는 이러한 인식으로부터 점차 벗어나 대상을 타자로서 인식하고 그것의 본질을 깨달아가는 주체의 모습이 나타나 있다. 자기에 대한 성찰로 인해서 주체는 대상을 인식하고 그것의 본질을 발견하는 데까지 나아가는데, 그 결과 주체는 초기시에 나타나는 분할되고 단선적인 시간관으로부터 벗어나 연속성을 지닌 시간을 인식하게 된다.

이승과 저승은 죽음을 경계로 하여 나뉘는 것으로 확장된 시간에 대한 인식은 주체에게 있어 죽음이 보다 중요한 의미를 갖게 되었음을 시사한다. 후기의 시편들은 여기에서 더 나아가 자연물을 통해 영원성의 의미와 순환적인 인식을 획득하게 되는 주체의 모습을 보여주고 있다. 이러한 사유의 변화는 점차 주체가 자기중심적인 태도로부터 벗어나 대상을 인식하고 그것의 본질을 발견함으로써 죽음과 삶으로부터 초연한 태도로 변화하게 된 것을 반영한다. 그 이면에는 불교적인 사유가 강하게 녹아 있는 것을 발견할 수 있는데, 그러나 김윤성의 시에 나타나는 불교적인 사유는 좀 더 면밀한 고찰을 요한다.

주체의 순환론적인 시간인식이나 초월적인 태도 등이 나타나는 후기의 시편들을 통해서 주체의 깨달음과 사유의 깊이가 보다 확장된 것을 알 수 있으나, 「겨울에서 봄으로」, 「나의 산책」, 「햇살 한 움큼」 등의 시편에는 죽음에 대한 두려움이나, 존재감에 대한 요구가 아직 남아 있는 것을 발견할 수 있다. 이러한 것을 볼 때, 주체의 사유는 아직 대상과의 완전한 합일을 통해 무(無) 혹은 공(空)에 이르지는 못한 것으로 보인다. 따라서 김윤성의 시는 불교적인 사유를 내면화하지 못한 것이 아닌가 하는 추측을 불러일으킨다. 무엇보다 불교적인 사유와 그 사유의 형상화방식은 시인의 내면과도 불가분의 관계를 갖고 있다는 점에서 김윤성의 시가 앞으로 어떠한 변화를 보여주는지 주목해 볼 필요가 있다. 그의 시가 선미의 시로서의 가능성을 내재하고 있다는 점은 불교사상과의 밀접한 관련 하에 좀 더 면밀한 고찰을 요하는 부분이다.

# 시를 위한 염치, 그 부끄러움의 미학: 이근배

## 1. 시를 위한 부끄러움

이근배 시인을 언급할 때 늘 빠지지 않는 수식이 신춘문예 6관왕이라는 점
이다. 그런 화려한 이력과 함께 그는 시와 시조를 넘나들면서 양쪽 모두에서
또렷한 하나의 발자취를 남긴 시인으로 평가받고 있다. 그는 1961년에 등단
하여 1981년에 시집『노래여 노래여』(문학세계사)를 출간한 이후, 시조집『동해
바다 속의 돌거북이 하는 말』(새글, 1982), 장편서사시『한강』(고려원, 1985), 시집
『사람들이 새가 되고 싶은 까닭을 안다』(문학세계사, 2004), 기념시와 축시 등을
모은『종소리는 끝없이 새벽을 깨운다』(동학사, 2006), 시집『달은 해를 물고』(태
학사, 2006) 등을 상재하였다. 선집과 기행문집을 제외하면 50년 가까운 필력을
6권에 모두 담아내고 있는 셈이다.

비교적 최근의 시집이라 할 수 있는『사람들이 새가 되고 싶은 까닭을 안다』
에서 시인 이근배가 현재 도달하고 있는 자리를 짐작해 볼 수 있다. 이 시집을
펼치니 시인이 가슴의 저 밑바닥에서 길어 올린 듯한 진실인 양, 성큼 다가오
는 한 단어가 있다. '부끄러움'이다. 이 시집에 실린「모자를 벗고」라는 시를
보자.

글씨는 더더욱 모르고
붓도 제대로 못 잡으면서
추사秋史, 그 높은 다락을

목이 빠지게 올려다보고 다녔다
더도 덜도 말고 예서隷書 한 점만!
턱없는 소원 갖던 내 눈에
어느 날 인사동 골동가게에서

築屋松下 脫帽看詩 축옥송하 탈모간시
(소나무 아래 집을 지어
모자를 벗고 시를 읊는다)

여덟 글자가 번쩍 띄었다
낙관이 없어도
추사가 아니고는 흉내도 못 내는
신필神筆이거니
나는 덥석 품에 안았다
—내 언제 모자를 벗고
시 앞에 서 본 일 있었던가
헛되이 종이에 먹물만 칠해온
부끄러움이 앞섰다
사랑땜도 하기 전에
글씨는 남의 손에 넘어갔지만
—모자를 벗고,
그 말씀, 내게는 못다 쓸
천금千金으로 남아.

　　　　　　　—「모자를 벗고」전문,『사람들이 새가 되고 싶은 까닭을 안다』

　추사의 예서를 찾아다니는 화자의 눈앞에 글씨 한 점이 눈에 띄었다. 분명 추사의 서체로 보이는 글씨였는데, 그 글씨가 담고 있는 의미를 되새기는 순간, 글씨에 대한 욕심을 부리고 있는 자신을 되돌아보게 된다. "모자를 벗고

시 앞에 서 본 일이 있었던가"라는 반성적 성찰이 스스로에 대한 부끄러움을 일으키게 한 것이다. 그러면서 화자의 글씨에 대한 헛된 욕심은 말씀에 담긴 의미 속에서 산산이 부서지고, 화자는 벅찬 깨달음의 전율에 휩싸인다. 그 결과 화자의 내면에서 글씨는 말씀이 되고, 그것은 또 시를 대하는 시인의 자세로 변주된다. 글씨를 탐하는 물질적인 욕망은 말씀에 대한 정신적인 욕망으로, 그리고 종당에는 그 욕망마저도 차마 가질 수 없는 발가벗은 남루함 그 자체가 되어가면서 볼품없이 쪼그라든다.

부끄러움은 타인과의 관계에서 타인의 시선을 의식해 자신의 행동을 돌이켜보는 경우를 일반적으로 일컫지만, 진정한 부끄러움은 스스로를 반성할 때 자신의 행동이 스스로 설정한 어떠한 준거나 가치에 못 미치는 경우에 발생한다. 진정한 시인이라면 '詩' 앞에서 그러한 정서를 느끼기 마련이다. 시인이 생각하는 준거나 가치에 자신의 시가 미치지 못할 때, 시인은 '시' 앞에서 부끄러움의 정서를 갖게 될 것이다. 바로 그 시인의 가치 기준을 두고 시에 대한 염치라고 할 수 있지 않을까.

이 시에서 시인의 염치는 '모자를 벗고'의 '모자'에 닿아 있다. 지금까지 "모자를 벗고" 시 앞에 서 본 적이 없었다는 스스로에 대한 반성이 그 구절에 담겨 있다. 따라서 모자에 대한 비밀을 풀지 않으면 시인의 염치의 정체도 발견할 수 없다.

이 시에서 '모자'는 추사의 글로 추정되는 글씨에서 처음 등장하고, 그 다음 시의 화자를 통해 다시 언급된다. 화자에 의해 언급되는 것이 시인의 생각과 맞닿아 있는 것이라 할 때, 두 번째 언급된 '모자'는 추사의 '모자'가 시인에 의해 해석된 '모자'에 해당할 것이다. 그런 점에서 추사의 '모자'는 시인의 '모자'로 그 의미가 미끄러진다.

화자의 짐작대로 그 글씨가 추사의 것이라고 가정한다면, 추사의 '모자'는 갓을 의미하는 것일 터, 갓을 벗는다는 것은 집 안으로 들어가 휴식을 취하는 상태에서 행해지는 일이다. 이를 통해 볼 때, '築屋松下 脫帽看詩'는 '갓을 벗고' 세상의 어지러움에서 벗어나 형식이나 법도에 얽매임이 없이 시를 읽는 것을 말한다. 원래 이 구절은 당나라의 사공도(司空圖)가 저술한 『二十四詩品』

에서 「疏野」라는 시의 풍격을 설명한 부분에 해당하는 것으로, 이는 인위적으로 다듬지 않으면서도 자연스러운 본성, 즉 작가의 개성이 강조되는 풍격을 지칭한다. 이러한 사공도의 '모자'는 추사의 '모자'로, 그리고 다시 시인의 '모자'로 그 의미가 미끄러진다.

이근배 시인이 이 시를 통해 말하고자 하는 모자의 의미를, 사공도가 서술했던 풍격의 의미와 그 의미를 되살려 글씨로 남긴 추사의 의도의 연장선상에서 파악한다면, 그것은 자연스러운 본성이 억제되고, 인위적으로 시인의 의도에 따라 시를 써왔다는 뜻이 될 것이다. 이는 시인의 '작시(作詩)'에 있어 '작위(有爲)'가 있었음을 의미하는 것이기도 하다. 여기에서 '작위', 혹은 '有爲(豈必有爲)'란 시인의 태도나 시에 담긴 내용 혹은 의도와 관련된 것으로 이해할 수 있다.

이처럼 모자를 벗는 것, 거추장스러운 형식이나 법도에 얽매이지 않고, 그 모든 인위적인 작위로부터 벗어나 본성에서 우러나오는 자연스러운 상태에서 시를 쓰는 것, 그러면서 시인이 추사이고 추사가 시인이 되는 자리로 나아간 것, 그것이 부끄러움의 미학의 본질이다. 이 부끄러움, 이 염치에 최근의 이근배의 시세계가 자리 잡고 있다.


## 2. 조선왕조 선비의 정신을 모방하기

등단 이후 20년이 지나서야 출간된 『노래여 노래여』에는 전쟁으로 황폐화된 암울한 조국을 그려낸 시들이 대부분이다. 그러면서 한편으로 '이조(李朝)'에 관한 시편들도 써내는데, 추사에 대한 관심은 이미 이때부터 시작되고 있었다. 다시 20년이 지난 뒤에 '조국'에 대한 시인의 정열은 사그라졌으나, 추사에 대한 관심은 결코 시들지 않았다는 사실은 이근배 시인의 시에 대한 생각이 추사와 밀접하게 관련이 되어 있다는 것을 방증한다. 시인에게 추사란 과연 어떤 존재이고 어떤 의미인가.

어느 불구덩이에서 熔岩이 흘러

이 많은 물결을 타고

다듬어진 돌이겠느냐

疏를 올리던 서릿발 같은 마음이

돌에 갈려 패어졌거니

누더기져 검게 풀리는 먹물은

바로 歷史의 찌꺼기구나

썩고 무너지던 王朝에서도

먹을 갈아서 韓紙를 적시던 곧은 뜻은

살아서 돌에 배어서

이 풀리는 물소리에 들려 오거니

문득 눈을 들어 나는 말하겠네

오늘도 썩지 않는 마음

온전한 自由 하나를.

　　　　　　　　　—「벼루를 닦으며—李朝④」전문,『노래여 노래여』

「벼루를 닦으며」에서는 조선왕조 선비의 마음에 자신의 뜻을 비기고 있다. 그 마음이란 "疏를 올리던 서릿발 같은 마음", '곧은 뜻'과 같은 것으로 "썩지 않는 마음", 즉 '자유'에 대한 갈망이다. 그 마음을 간직하고 있는 벼루를 통해, 썩고 무너지던 조선왕조에서도 결코 썩지 않았던 곧은 마음을 발견하고, 그 마음을 자신의 마음으로 이어받는다. 시인의 시세계와 관련하여 '疏를 올리던' 선비의 마음은 그 근원에 할아버지의 마음이 자리 잡고 있다.

　할아버지는 당진에서 알아주는 한학자로 애비 없는 나를 몹시 귀여워 하셨지만 내색은 하지 않으셨어요. 오히려 더욱 엄하게 「천자문」이며 율곡 선생이 지은 『격몽요결』 등을 가르치시며 붓을 쥐어 주셨어요. 지금까지 붓을 잡고 글을 쓸 때면 정신을 다스리던 필력이 무의식 속에서 혹 그때 싹튼 것이 아닐까 생각할 때가 있습니다. (허 금주 대담, 「시는 박살이 난 사금파리이다—이근배와의 만남」,『한국현대시의 맥』, 새미, 2005, 223쪽)

이근배 시인이 선비의 정신을 버팀목으로 삼을 수 있었던 계기는 그의 할아버지에게서 찾을 수 있다. 당진의 유림으로서 이름이 높았던 이근배 시인의 조부는 한학에 조예가 깊은 분이었다고 시인은 회고한다. 할아버지에게서 『천자문』부터 『격몽요결』에 이르기까지 한문을 배웠다는 시인은 문득문득 할아버지의 가르침을 떠올린다.

　　　바다를 보러 오는 길에
　　　오죽헌을 들르곤 했었다
　　　사임당의 아들인 율곡과
　　　율곡의 어머니인 사임당을
　　　이름은 들어서 알고 있지만
　　　어째서 그 이름 속에는
　　　가늘고 검은 대나무가
　　　늙지 않고 늘 푸르게 자라는 것인지
　　　그런 까닭은 알 턱이 없고
　　　아무 뜻도 없이 집 구경 삼아
　　　여기저기 기웃거리면서
　　　겨울 바다에 와서
　　　여자와 팔짱을 끼고 수평선을 보고
　　　모래밭을 거닐어도 보는
　　　여름철이면 파도에 몸을 적신다든지
　　　그런 것만으로는
　　　직성이 안 풀린다는 듯이
　　　한 번쯤 오죽헌을 돌아보곤 했었다.
　　　그러나 이 여름 나는 부끄럽다
　　　갑자기 할아버지가 내게
　　　격몽요결을 가르쳤던 일이 생각나고
　　　내가 몇 장까지 읽었던가

……비례물동非禮勿動하며
어디 한 번도 그래본 적이 있었던가는
도무지 생각이 안 나는
그러고 보니 오죽헌의 어디
내가 발을 디딜 땅이 아님을
바다에 오다가다 들러서는
더욱 훌쩍 돌아보고 가는 일은
이제는 해서는 안 되는 것임을
어렴풋이 깨닫고
어렴풋이 잘못 살아온 것도 알게 되는
그래서 이 여름 나는
갑자기 부끄럽다.
　　　―「오죽헌烏竹軒―이이李珥」 전문, 『사람들이 새가 되고 싶은 까닭을 안다』

　시인은 겨울 또는 여름에 강릉 바다에 여행을 온다. 여자와 팔짱을 끼고. 그리곤 오죽헌에 들른다. 아무 생각 없이 그저 오죽헌이라는 관광지가 있으니까. 그러다 '이 여름' 부끄러움을 느낀다. 그것은 '非禮勿動', 예가 아니면 행하지 말라는 구절, 『논어』의 안연편 극기복례 장에 나오는 글로, 율곡의 『격몽요결』 속에서 다시 언급되고 있는 한 구절이다. 예가 아니면 보지도, 듣지도, 말하지도, 행하지도 말라는 그 글귀. 그런데 그것은 어릴 적 무릎 꿇고 앉아 할아버지로부터 배웠던 것이다. 시인은 '비례물동', 그 넉자가 떠오르는 순간 자신의 행동이 예(禮)에 어긋나는 것임을 깨닫게 되는 것이다. 그것은 오죽헌의 사임당과 이이와, 몇 백 년의 세월 속에서도 "가늘고 검"게, "늙지 않고 늘 푸르게" 자라고 있는 '오죽헌'의 '오죽'을 통해 이루어진다. 그리고 할아버지의 가르침이 오랜 세월이 흘렀지만 여전히 그 푸르른 빛을 발하고 있음을 깨닫게 된다. 그 순간 시인은 부끄러움을 느낀다.

　붓을 씻는다.

처음에는 한 장의 白紙

(중략)

짙게, 흐리게, 다듬어서, 날림으로 끝내 얼룩지고 만 한 장.

字劃 하나 바르지 못해도

線 하나 고르지 못해도

세월을 쓸어서

붓은 끝이 닳아 있다.

닳아 있는 것만큼

영혼도 닳아서

검디검은 시간의 땟물에 묻혀 있다.


산다는 것도

서슬이 서 있다가 서서히 消耗되는 것

또 한 장의 破紙를

저만치 廢棄의 空間에 구겨넣는다.


붓을 씻는다.

바르게 쓰자던 글자

빛나게 그리려던 그림은 못 그리고

세월만을 쓸다가

시간의 때만 씻는다.

　　　　　　　　　　—「洗筆—李朝⑦」 부분, 『노래여 노래여』


　한 장의 백지 위에 "사랑/背信/욕망/挫折/기쁨/슬픔" 등을 쓴다. 처음에는
바르게 쓰려고 마음을 먹는다. 그 마음이란 앞서의 시에 언급된 '자유', 썩지
않은 어떤 마음일 것이다. 썩지 않는 마음, 바르고 고르게 쓸 수 있는 마음, 그
것은 "疏를 올리던" 선비의 마음에 다름 아니다. 조선왕조를 바르게 세우려
했던 마음처럼, 시인도 자신이 속한 당대의 사회를 바르게 세우고 싶었을 것

이다. 그러나 시인의 붓은 그런 글을 쓰는 동안 닳고 닳는데, 붓과 같이 영혼도 닳아버려 처음의 마음처럼 바르게 쓰지 못하고 만다. 그 이유는 이 시에서는 영혼이 "검디검은 시간의 땟물"에 묻혀 있기 때문으로, 「벼루를 닦으며」에서는 "역사의 찌꺼기로 누더기 진 먹물" 때문으로 제시되어 있다. 시인으로 하여금 올곧은 선비정신에 입각해 붓(시)을 사용하지 못하게 하는 상황, 이 상황에서 시인은 어떻게 선비정신을 계속 유지할 수 있을 것인가. 「근황」은 그 슬픔과 고독에 대해 이야기한다.

(……)
다시 그릴 수 없는 大靜 마을
산처럼 자란 고요가 낯익다
전신에 박힌 슬픔을
붓끝으로 도려내기는
歲寒圖에서나 한 일
부릅뜬 피로 고독을 깎아서
한 장 宣紙를 적셔도
검게 풀리는 슬픔을
지금은 듣는 이가 없다
―藕船是賞
겨울 이후에도 이전과 같은 그대
발길이 끊긴 후
나는 붓을 놓고 있다.

　　　　　　　　―「근황―대정 마을의 阮堂」 부분, 『노래여 노래여』

　위의 시는 '세한도'와 시인 자신의 근황을 대비시키고 있다. 이 시에서 추사의 마음은 화자에게 낯익은 것으로 여겨진다. 슬픔과 고독, 그것을 느낄 수밖에 없는 까닭은 추사처럼 화자 역시 '겨울'의 한가운데에 있기 때문이다. 그 겨울은 썩지 않는 마음, 온전한 '자유'를 '검디검은 시간의 땟물'로 얼룩지게 하고, 서슬 퍼런 영혼을 서서히 소모되게 한다. 그리하여 서릿발 같은 마음은 바르게, 빛나게, 고르게 지켜지지 못한다. 결국 시인은 추사의 대정 유배시절을 빌어 당대의 현실과 자신의 마음을 드러내고 있다. '세한도'가 그러하듯 화자의 계절은 온통 겨울이며, 겨울 내내 온몸으로 슬픔과 고독을 맛보면서 그 겨울을 견디어 내야 한다는 것이다.

초기시에 나타나는 이런 측면을 두고, 앞서 인용한 「모자를 벗고」라는 시와의 차이점이 과연 무엇인가 반문할 수 있을 것이다. 이 시를 앞의 시와 비교할 때, 그 차이는 뚜렷하다. 비유를 해 보자. 가람 이병기 시인이 난초 연작을 쓸 때, 그는 난초의 생리와 시조의 미학을 꿰뚫고 연작을 썼다. 따라서 그 연작은 가람의 삶이자 사상이면서 난초의 생리이자 사상이고, 나아가 가람과 난초가 합일되어 빚어진 하나의 사상, 혹은 정신일 것이다. 그렇지 않은 경우는 무엇일까. 난초를 두고, 난초의 생리나 그 본질에 대한 천착 없이 난초의 현상적 측면에 주목하면서 그 난초에 자신의 처지를 빗대는 경우가 아니겠는가. 전자의 경우에 해당하는 것이 「모자를 벗고」라면, 후자의 경우에 해당하는 것이 「근황」일 것이다.

그러니까 초기시에서 추사는 선비정신의 시적 구현을 위한 한 방편으로 자리 잡고 있다. 이는 초기 시편들에서 추사가 조선시대의 다른 사물들, 가령 앞서 인용한 '이조' 연작 등과 등가로 자리매김하고 있다는 점을 통해 확인할 수 있다.


## 3. 부끄러움의 근원적 자리

선비정신에 대한 지향, 그 지향적 매개체로서의 '이조'와 '붓'과 '벼루'와 '추사'가 갖는 시적 의미는 무엇일까. 그 해답을 시인의 고향에 대한 기억으로부터 유추할 수 있다. 시인은 할아버지에게서 『격몽요결』을 배우던 그 고향으로 돌아가지 못한다. 왜인가.

『노래여 노래여』에 실린 「그곳이 참하 꿈엔들 잊힐 리야」와 「三月里」 등의 시편에서는 고향에 돌아가지 못하는 화자의 모습이 등장한다.


(i)
돌아가야 한다
해마다 나고 죽은 풀잎들이
잔잔하게 깔아 놓은 낱낱의 말을 들으러
피가 도는 짐승이듯
눈물 글썽이며 나를 맞아 줄
산이며 들이며 옛날의 초가집이며
붉게 타오르다가는 잿빛으로 식어 가는
저녁 놀의 울음 섞인 말을 들으러
지금은 떨어져 땅에 묻히었으나
구름을 새어나오는 달빛에 몸을 가리고
어스름 때의 신작로를 따라나오던
사랑하는 여자의 가졌던 말을
끝내 홀로 가지고 간 말을 들으러
그러면 나이 먹지 않은 나의 마을은
옛 모습 그대로 나를 받으며
커단 손바닥으로 얼굴을 닦아 주고
잊었던 말들을 모두 찾아 줄
슬픔의 땅, 나의 리야잔으로.
　　　　　　　—「그곳이 참하 꿈엔들 잊힐 리야」 전문,『노래여 노래여』


(ii)
솜구름 몇 낱 띄운
차고 맑은 샘물이듯
가슴에 고이고 넘쳐서
흐르고 흐른다.

풀밭을 지나서 풀밭
눈보라를 뚫고 눈보라
어디서 萬歲 소리 같은 것이
烽火불 같은 것이
나를 부르고
나를 태워도
흙빛깔 그대로
봄, 여름, 가을, 겨울
봄, 여름, 가을, 겨울
컹 컹 컹 내 돌아가지 못한
또 한 해.

                                 — 「三月里」 전문, 『노래여 노래여』

    충청남도 당진군 송산면 삼월리, 그곳이 시인의 고향이다. 화자는 고향에 돌아가지 못하고 있다. 「그곳이 참하 꿈엔들 잊힐 리야」에서 화자는 지금은 잊어버렸으나, 고향에 가면 풀잎들이, 산과 들과 초가집과 저녁놀이 '잊었던 말들'을 찾게 해 줄 것이라고 생각하면서도 지금 그곳에 가지 못하고 있다. 「三月里」에서도 마찬가지이다. 가슴에 고이고 넘치도록 고향을 생각하지만 고향에 돌아가지 못하고 있다. 고향은 만세소리가 들리는 환희의 순간에도, 봉화불이 오르는 위기의 순간에도 늘 변함없이 '흙빛깔'의 모습을 하고 있다. 역사의 소용돌이 속에 삶이 회오리쳐도 고향은 끝끝내 변함없이 나를 기다려 주고 있을 것이라는 믿음, 그러하기에 잊지 못하는 그곳인 것이다. 그렇지만 돌아가고 싶어도 가지 못하는 곳이 되었다. 그 까닭은 화자의 기억 속에 내재하고 있는, 아버지와 관련된 유년의 아픈 기억 때문이다. 앞서 언급했던 대담에서 그 까닭을 짐작해 볼 수 있다.

    나의 아버지는 동네 사람들이 사상가라고 불렀지요. 일제 강점기에 사회주의 운동과 독립운동은 하나로 묶여졌었는데요, 아버지는 해방 전후에 감옥에 드나드시느

라 나는 얼굴도 모르고 자랐지요. 반면에 할아버지는 절대 우익이었어요. 전쟁이 일
어나고 7월인가 아버지 심부름으로 재너머 친구 아버지에게 가니 인민공화국 국기
를 꺼내 주었어요. 며칠 지나지 않아 고향 당진 마을에 인공기가 올라갔어요. 인공
치하가 돼가고 우리 집은 위험한 상황에 놓이게 되었어요. 조부모님은 덕산으로 피
하고, 아버지는 지하 운동의 본거지였던 온양으로 가셨지요. 제일여관에서 구두와
겨울옷을 보내라는 9월의 편지를 끝으로 연락이 끊겼어요. (중략)

   아버지의 실종은 어머니의 당장 살길을 막막하게 했어요. 아흔 하나까지 사시다
작년에 돌아가셨는데…… 어머니의 땀과 눈물을 잊지 못해요. 겨울이면 홍시처럼
빠알갛게 익은 언 볼과 청솔가지를 태워 군불을 피울 때 나는 매운 연기는 지금 세
대들이 체험하는 '퓨전문화'의 시각으로는 상상할 수 없는 상처와 아픔입니다. (허
금주 대담, 앞의 글, 222~223쪽)


   여러 지면을 통해 밝혀진 이근배 시인의 개인사는 암울했던 역사의 편린을
짐작하게 한다. 한학자로서 동리의 유림으로 칭송받았던 할아버지에 대한 기
억과, 일제 치하에서는 독립운동가였고 해방 이후에는 좌익사상가로서 활동
했던 아버지에 대한 기억을 『노래여 노래여』의 여러 시편에 담아내었는데, 이
들을 지배하는 슬픔의 정조는 아버지에 대한 기억과 밀접하게 맞물려 있다.
시인은 화자의 목소리에 자신의 슬픔을 담아내기도 하였지만, 가령 앞서 언급
한 시편들에서처럼 자신의 슬픔이면서도 아버지가 가졌을 법한 슬픔을 화자
의 목소리에 담아 시로 형상화하기도 하였다. 즉 이들 시편들은 시인 자신이
고향에 가지 못하는 것에 대한 이야기이면서 동시에 인공 치하에서 실종된 아
버지가 가고 싶어 했을 고향에 대한 이야기이기도 한 것이다.


   어머니가 매던 김밭의
   어머니가 흘린 땀이 자라서
   꽃이 된 것아
   너는 思想을 모른다
   어머니가 思想家의 아내가 되어서

잠 못 드는 平生인 것을 모른다
초가집이 섰던 자리에는
내 幼年에 날아오던
돌멩이만 남고
荒漠하구나
울음으로도 다 채우지 못하는
내가 자란 마을에 피어난
너 여리운 풀은.

　　　　　　　　　—「냉이꽃」전문,『노래여 노래여』

　고향의 유년은 집으로 날아오던 돌멩이와 어머니가 밭에서 흘리던 땀으로
얼룩져 있다. 아버지에 대한 기억에 또렷이 각인된 이미지가 있다면 바로 이
러한 것일 것이다.『노래여 노래여』에서 '아버지'를 직접적으로 언급하고 있
지는 않으나, 대개의 시편들에서 슬픔의 정조와 추운 겨울, 어머니의 고생스
러움 등의 내용으로 가득한 이미지들이 아버지의 자취와 흔적을 떠올리게 한
다. 시인은 그러한 아버지로부터 비롯된 유년기의 커다란 트라우마로부터 결
코 자유롭지 못하다.

내가 문을 잠그는 버릇은
문을 잠그며
빗장이 헐겁다고 생각하는 버릇은
한밤중 누가 문을 두드리고
문짝이 떨어져서
쏟아져 들어온 電池 불빛에
눈을 못 뜨던 버릇은
머리맡에 펼쳐진 공책에
검은 발자국이 찍히고
낯선 사람들이 돌아간 뒤

겨울 문풍지처럼 떨며

새우잠을 자던 버릇은

자다가도 문득문득 잠이 깨던 버릇은

내가 자라서도

죽을 때까지도 영영 버릴 수 없는

문을 못 믿는 이 버릇은.

— 「門」 전문, 『노래여 노래여』

　위의 시를 보면 시인의 트라우마가 얼마나 큰 것인가를 짐작할 수 있다. 문, 전지 불빛, 검은 발자국 등은 모두 시인이 어릴 적 상처로부터 결코 쉽게 벗어날 수 없으리라는 것을 짐작할 수 있게 한다. 시인은 대담에서 아버지의 얼굴도 모르고 자랐다고 고백하고 있지만 아버지의 실종과 그 이후 겪었을 법한 시달림들은 시인에게 커다란 트라우마로 자리 잡았을 것이다. 등단 직후 시인의 시에서 조국의 현실상황에 대한 관심이 팽배했던 것은 그 트라우마에 대한 방어적 태도라고 할 수 있다. 조국의 현실에 대한 비판은 당대 군사독재정권에 대한 비판이 되면서 동시에, 유년 시절의 기억 속에 남아 있는 아버지의 모습과 자신을 동일화할 수 있는 방식이 되어 주었다. 하지만 그것이 유년 시절 집으로 날아들던 돌멩이에 대한 상처까지도 치유해 주지는 못한다.

　그것을 극복하는 방식이 바로 할아버지로 표상되는 선비정신이다. 그 안에서는 좌익과 우익이라는 이념의 경계가 존재하지 않는다. 좌익사상가이지만 독립투사이기도 한 아버지, 그럼에도 불구하고 좌익사상가라는 이름으로 단죄된 아버지, 그 아버지로 인해 받아야 했던 상처를 치유해 준 것은 할아버지였고, 한학이었고, 선비의 사상이었다. 그 사상을 시화하는 매개항이 처음에는 '李朝' 연작으로 나타났던 것이고, 이후 '벼루'와 추사에 대한 관심으로 변화한 것이다.

　시인은 『사람들이 새가 되고 싶은 까닭을 안다』에 이르러 추사를 전면에 내세우면서 '부끄러움'을 느낀다. '부끄러움'을 느끼는 자리에서 되돌아보았을 때 조국, 李朝, 벼루, 추사 등은 단지 '모자'였을 뿐이다. 말하자면 조국에 대한 열정이나, 벼루와 추사에 대한 관심은 아버지로 인한 정신적 외상을 극복하기 위해 세워진 방어적 구조물이었던 셈이다. 시인은 비로소 그것들에 대한 관심이 어떠한 목적을 위해, 가령 아버지와 관련된 트라우마로부터 벗어나기 위한 방편으로 자리 잡고 있었다는 것을 깨달은 것이다. 그 순간, 부끄러움이 온다. 그리고 부끄러움은 시인으로 하여금 모든 것을 고백하게 한다.

2004년에 출간된 『사람들이 새가 되고 싶은 까닭을 안다』에서는 조국에 대한 관심이 사라지고, 대신 고향, 가족 이야기가 전면에 노출되면서, 고백의 색채를 띠게 된다. 이러한 퇴행 속에서 시인은 다시 '자기(self)'를 재정립해야 하는 상황에 놓인다. 자신이 지각한 실재적 자기와 이상적 자기 사이에서 괴리가 일어나게 된 것이다. 시에 대한 부끄러움이 표면에 노출되기 시작하는 것도 그 때문이다.

그리하여 시인은 아버지와, 할아버지와, 어머니를 모두 시 속에 담아낸다. 그리고 벼루와 추사에 대한 그동안의 관심을 돌이켜보기 시작한다. 어떠한 거짓도, 속임수도, 목적도 있어서는 안 되었다. 부끄럽지 않기 위하여, 다시 시를 쓰기 위하여. 그 첫 걸음에 해당하는 것이 「할아버지께 올리는 글월―벼루 읽기」이다.

"저놈은 즈이 애비를 꼭 닮았어!"

한학도 높으셨고 당진 고을이 내세우는 유림이셨던 할아버지는
큰손자인 저를 꾸짖을 때 하시는 말씀이셨지만
저는 속으로 그 말씀이 어찌나 기뻤던지요
일제 때는 나라를 되찾아보겠다고
해방이 되고서는 좋은 세상 만들어 보겠다고
감옥을 드나들며 처자식을 돌볼 줄 모르던
할아버지의 큰아들인 저의 애비가
어린 나이에도 몹시 자랑스러웠으니까요
제가 애비를 닮았다고요?

그랬으면 사람 꼴이 되었을 텐데

아무리 돌아봐도 저는 애비의 발뒤꿈치도 못 따라가는 것을 알기에

애비를 닮았다는 말씀은

제게는 오히려 분에 넘치는 칭찬으로만 들렸습니다

할아버지는 애비가 돌보지 않는 식구들은 다 모른 체하시면서

저만 데려다가 품속에 키우시며

똥오줌도 못 가리는 제게

글을 읽히시고 붓을 쥐어 주셨지요

사랑방 문갑 위에

먹물이 마르지 않던 남포석 벼루와

조선백자 산수문 연적이 지금도 눈에 선합니다

지난달에는 사촌 아우들 근춘이, 근성이, 근원이와

삽다리 꽃산 선영의 묘역을 새로 단장하면서

할아버지의 산소 바로 밑에

인공 때 집을 나간 뒤 생사를 모르는 애비와

올해 미수米壽가 된 에미의 무덤까지 만들어 놓았습니다

에미가 할아버지 할머니 계신 꽃산을 오르는 날

할아버지가 쓰시던 같은 남포석 벼루 하나 골라서

애비를 따르는 제 마음을 제 손으로 새겨

지석誌石으로 묻을 것입니다

할아버지, 그 날 꼭 듣고 싶은 꾸중이 있습니다

"저놈 즈이 애비를 꼭 닮았어!"라는.

　　　—「할아버지께 올리는 글월—벼루읽기」전문, 『사람들이 새가 되고 싶은 까닭을 안다』

하나의 시편에서 할아버지와 아버지와 벼루가 동시에 용해되고 있다는 점
에서 이 시는 '시를 위한 부끄러움'의 첫 내딛음이라 할 수 있다. 그렇지만 이
부끄러움은 오랫동안 먹을 갈아본 일이 없는 벼루를 적셔 줄 만큼 충분한 것
으로 느껴지지 않는다. 아버지는 과연 화자에게 자랑스러운 사람이기만 했는

가, 가령 고생하는 가족들을 보면서 아버지에 대한 원망이나 분노와 같은 감정을 느낀 적이 없었을까. 그것이 아니라면 그러한 감정들이 모두 삭거나 승화되어 버렸기 때문일까. 그런 아쉬움이 남아 있긴 하지만, 그러나 이전의 시편들과 비교할 때, 이 시는 '부끄러움의 미학'의 첫 자리에 놓일 수 있음은 분명하다.

문득, 추사가 아들 상우에게 보낸 편지의 내용이 떠오른다. 난을 그리는 법을 물어오는 상우에게 추사는 다음과 같이 말한다.

난초를 그릴 때는 자기의 마음을 속이지 않는 데서부터 시작해야 한다. 잎 하나, 꽃술 하나라도 마음속에 부끄러움이 없게 된 뒤에야 남에게 보여줄 만하다. 열 개의 눈이 보고 열 개의 손이 지적하는 것과 같으니 마음은 두렵도다. 이 작은 기예도 반드시 생각을 진실하게 하고 마음을 바르게 하는 데서 출발해야 비로소 시작의 기본을 얻게 될 것이다. (『국역완당전집2』, 임정기 역, 민족문화추진회, 1995)

"마음을 속이지 않는 것", 그것이 '부끄러움의 미학'을 완성할 수 있는 바탕이 된다는 것인데, 「할아버지께 올리는 글월—벼루 읽기」에 깃든 시인의 마음이 곧 그런 마음 아니겠는가.


## 4. 다시, 시를 위한 부끄러움을 잃지 않기 위하여

추사는 "나는 칠십년 동안 벼루 열 개를 구멍을 내고 천 개의 붓을 몽당하게 닳게 했다"라고 말하였다. 그는 71세의 나이로 죽기 직전까지 붓을 놓지 않는다. 봉은사의 화엄경이 완성되던 때, 혼신의 힘을 다하여 '板殿'이라는 현판의 글씨를 써 주고 며칠 후 세상을 떠난다. 죽기 직전 혼신의 힘을 다하여 완성한 글이라는 점에서 이를 두고 진정한 의미에서의 '절필(絶筆)'이라고 할 수 있다.

「서법연구」에서 시인은 추사의 봉은사 '판전'을 두고 "볼 줄도 쓸 줄도 모르는 채 치매로 사는 제가 부끄럽습니다"라고 하면서, 자신은 아직 붓을 잡는 법을 알지 못한다고 고백하고 있다. 그동안 시인은 추사를 언급하는 시편들을 써 왔지만, 그것은 추사를 진정으로 알지 못한 것이었고, 또 추사의 사상의 본질로까지 나아간 것이 아니었다. 그 깨달음에서 부끄러움이 생겨나는 것이다. 이 부끄러움에서 촉발되어 시인은 다시 대정으로 향한다.

다시 대정(大靜)에 가서
추사(秋史)를 만나고 싶다

아홉 해 유배살이
벼루를 바닥 내던

바다를 온통 물들이던
그 먹빛에 젖고 싶다

획 하나 읽을 줄도
모르는 까막눈이

저 높은 신필(神筆)을
어찌 넘겨나 볼 것인가

세한도(歲寒圖)에 지지 않는 슬픔
또 어찌 헤아리며

사랑도 스무 해쯤
파지(破紙)를 내다보면

어느 날 붓이 서서

가는 길을 찾아질까

부작란 한 잎이라도
틔울 날이 있을까

—「부작란(不作蘭)—벼루읽기」 전문, 『달은 해를 물고』

추사의 '不二禪蘭'을 보면서 시인은 추사가 스무 해 동안 난을 그리지 않다가 다시 붓을 들어 '불이선란'을 그렸다던 일을 떠올린다. 추사가 그 그림에 만족하여 여백의 세 공간을 자신의 글로써 채운 것은 널리 알려져 있다. 난을 그릴 때는 법도에 치우치면 그림을 그리는 것으로 떨어지고, 가슴 속에 청고하고 고아한 뜻과 문자향(文字香), 서권기(書卷氣)가 없으면 난초를 그리는 법을 얻을 수 없다고 하였다. 너무 법도에 치우쳐도, 혹은 작가의 개성이 드러나지 않아도 도달하기 어려운 경지임에는 틀림없다. 시인은 추사의 난초 그림에서 그러한 것이 조화를 이루어 도달한 경지를 바라보고 있다. 그리고 시인 역시 자신의 시를 통해 그것에 도달하고자 한다.

시인은 추사의 '불이선란'의 경지를 바라보며,「절필」을 이야기한다. '세한도'와 '불이선란', 그리고 '판전'으로 이어지는 추사의 '신필'을 보면서 시인은 추사처럼, 그러면서도 추사에 얽매이지 않고 자신의 개성을 드러낼 수 있는 시를 쓰는 법을 찾고자 절치부심한다.「절필」은 그 방법을 터득하고자 하는 시인의 절규이자 몸부림이다.

아직 밖은 매운 바람일 때
하늘의 창을 열고
흰 불꽃을 터뜨리는
목련의 한 획,
또는
봄밤을 밝혀 지새우고는
그 쏟아낸 血痕을 지워가는

벚꽃의 산화散華,
소리를 내지르며 달려드는
단풍으로 알몸을 태우는
설악雪嶽의 물소리,
오오 꺾어 봤으면
그것들처럼 한 번
짐승스럽게 꺾어 봤으면
이 무딘 사랑의
붓대.

　　　　　　　　—「절필絶筆」 전문, 『사람들이 새가 되고 싶은 까닭을 안다』


　「절필」은 추사의 '판전'을 언급하고 있지는 않지만, 그 마지막 혼신의 힘을 다하여 붓을 들었던 '절필'을 향한 송가이자 헌사이고, 혼신의 힘을 다하여 시를 위해 자신을 불사르겠다는 시인의 초발심이다. 매운 바람이 가득한 대지에 봄을 알리는 하늘을 열 되, 그 흔적마저 남김없이 산화하여 종당에는 높은 산을 따라 흘러내리는 물이 되어 그 자비로움을 세상으로 널리 전파시키는 것, 그러한 자연을 닮은 시를 쓰는 것, 그것이 시인 자신의 절필이 되기를 간구하고 있는 것이다.

　시인의 '모자 벗기'가 이쯤 되어야, 난초를 그리는 데 붓을 세 번 꺾는 삼전법(三轉法)의 묘미를 맛보았다 할 수 있지 않을까. 시인 나름의 시세계가 펼쳐지는 가운데 추사의 모습이 비춰지니, 비로소 추사의 묘경에서 자유로워진 듯한 시인의 모습이 보이는 듯하다.

# 은빛 도정이 빛나는, 사리의 시학: 허영자

## 1. 시는 '사리'다

여기, 詩를 '사리'라고 말하는 시인이 있다. '사리'라고 말하는 순간 고요한 법당에 앉아 있을 고승의 모습이 떠오르고, 뒤이어 산사의 절경과 가슴을 울리는 목탁소리와 은은한 풍경소리가 환청처럼 메아리친다. 산사의 시원한 바람이 수목의 향그러운 냄새를 실어 나른다. 이토록 안온하고 아련한 풍광. 그 고즈넉함 뒤에 숨겨진 소리 없는 처절한 몸부림. 인간이 본래적으로 가질 수밖에 없는 욕망의 들끓음. 그 욕망들을 자극하는 세속의 유혹과 싸우면서 구도에 정진하는 수도승. 제 안의 부처를 찾기 위해 몸을 괴롭히는 수행을 하거나, 혹은 제 몸을 소신함으로써 공양하고자 하는 수도승.

고통스러운 수행을 해온 고승이 입적하고 다비식이 이루어지려는 순간, 그 순간으로 '사리'의 상상력은 우리를 인도한다. 얼마마한 고통을 감내한 다음에라야 사리가 만들어지는 것일까.

어떤
요염한
유혹의 눈짓에도
홀려오지 않는다

심장의 피

간의 기름을
졸이고 태우는

그 처절하고
다함 없는
봉헌의 불꽃 속에

비로소 현신現身하는
한 점
빛나는
사리舍利.

—「시詩」 전문, 『목마른 꿈으로써』

　허영자 시인은 시를 두고 가슴 속 고통스러운 언어로 만들어지는 '사리'와
도 같다고 한다. 시가 사리와 같다고 말할 때, 시인이 도달한 경지는 어디일
까. 고승이 남긴 사리처럼, 허영자 시인의 시도 시인의 가슴 속에 쌓인 슬픔과
울분, 분노와 공포, 즐거움과 기쁨, 외로움과 고독 등이 삶을 통째로 집어삼킬
듯 회오리치다가, 길고도 고통스러운 수행의 끝에 서늘하게 가라앉아 빛나는
결정체로 토해진 것일까? 그렇다면 그런 시야말로 최상급의 명품이 아닐 수
없다.
　허영자 시인은 1962년 박목월 시인의 추천으로 《현대문학》에 등단한 이후
지금까지 『가슴엔 듯 눈엔 듯』(중앙문화사, 1966), 『친전』(문완사, 1971), 『어여쁨
이야 어찌 꽃뿐이랴』(범우사, 1977), 『빈 들판을 걸어가면』(열음사, 1984), 『조용
한 슬픔』(문학세계사, 1990), 『기타를 치는 집시의 노래』(미래문화사, 1995), 『목마
른 꿈으로써』(마을, 1997), 『은銀의 무게만큼』(마을, 2007) 등 8권의 시집과 시조
집 『소멸의 기쁨』(문학수첩, 2003), 그리고 다수의 수필집을 간행해 왔다.
　허영자 시인의 시세계에서 두드러지는 것은 육체와 영혼의 대비이다. 이러
한 상반된 대립관계는 계절을 배경으로 한다. 가령, 육체성이 강조된 경우 사

랑에 빠진 처녀가 시적 화자로 등장하는데 시적 화자의 내면은 봄이나 여름과 같은 계절과 조응한다. 반대로 영혼성이 강조된 경우 가을을 배경으로 하여 지난 삶에 대해 부끄러움과 죄의식을 느끼고 참회하면서 존재의 본질을 맑게 드러내고자 한다.

그런데 이러한 경향은 동시적으로 나타나기보다는 순차적이고도 단계적으로 펼쳐진다. 처음에는 부정하였던 것을 나중에는 긍정하고, 이를 바탕으로 질적인 변용을 이뤄내고 있는 것이 허영자 시세계의 중요한 특질이다. 시에 드러나 있는 시인의 인식은 긍정과 부정의 변증법적 승화를 통해 더욱 삶의 본질에 근접해 간다. 그리하여 시인은 존재에 대한 깊이 있는 사유를 바탕으로 하여 현존에 대한 상반된 인식을 아우르는 존재론의 핵심, 그 궁극의 지점에 도달하고 있다.

그래서 허영자의 시는 육체와 영혼의 대비적 상관관계를 통해 존재론의 핵심에 도달하고 있다, 라고 말할 수 있다. 최근에 발표된『은의 무게만큼』은 시인의 시혼이 담긴 시집이라 해도 과언이 아닐 것이다. 지금까지 시인의 삶의 경험이 집약된 총체, 시인의 봉헌물로서 이 시집을 읽어야 한다. 도대체 '은의 무게' 란 무엇을 말하고 있는지, 그리고 시인이 '은의 무게' 에 도달하기까지 어떠한 변모의 과정을 거쳐 왔는지 그 존재론적 도정에 주목하면서 사리에 값하는 시인의 시를 음미해 보자.


## 2. '무녀' 의 사랑 같은 가혹한 생명력

봄이나 여름을 노래하는 시편들에서 종종 사랑에 빠진 처녀와 조우하게 된다. 허영자 시인에게 있어 봄은 사랑을 갈급하는 계절이다. 천지의 곳곳은 꿈틀거리는 생명력으로 가득 차 있다. 대지의 곳곳에는 일곱 빛깔의 화려한 색으로 물든 꽃들이 피어나고, 겨우내 잎 떨어져 앙상하게 도사린 나무에도 새 잎이 돋아나고 있다. 봄날의 자연은 그러한 생명력으로 꿈틀거린다. 시인은 그러한 생명력 가득 넘치는 자연의 봄날에서 사랑에 빠진 처녀를 보고, 사랑의 정염에 휩싸인 처녀에게서 녹음 가득한 여름을 본다. 시인이 봄과 여름에서 사랑을 간취해내는 까닭은 그 두 시상이 갖는 본질적인 유사성, 즉 끝없이 차오르는 원시적 생명성에 기인한다. 시인은 '옹달 속에 갇힌 혼'들이나 '몰래 숨긴 사랑'도 춤추고 가슴 설레게 만드는 계절이 바로 봄이라고 파악한다.

먹어도 먹어도
배고픈 시장기

죽은 나무도 생피 붙을 듯
죄스런 봄날

피여, 피여
파아랗게 얼어붙은
물고기의 피

새로 한 번만
몸을 풀어라

새로 한 번만
미쳐라 달쳐라.

— 「봄」전문,『친전』

　시적 화자가 소원하는 것은 봄이 그 생명력을 마음껏 펼쳐주는 것이다. 춘삼월 보릿고개에 주린 배를 움켜 쥔 화자의 눈에 자연의 생명력은 더디기만 하다. 푸릇한 보리가 빨리 익어야 한없는 시장기를 면하겠는데, 그것이 익으려면 아직 멀어 보인다. 그래서 화자는 자꾸 재촉한다. 다시 한 번 그 다함없는 생명력을 발동시켜 저 보리를 빨리 익혀주기를 말이다. 그런데, 자꾸 재촉하는 화자의 언사가 심상치 않다. "몸을 풀어라"라거나 "미쳐라 달쳐라"라고 말한다. 화자는 자연에게 생명력을 발산하라고 요구하고 있으나, 그 발화는 마치 누군가를 향해 자신의 사랑을 갈구하고 있는 것처럼 여겨진다.

바로 여기에 계절을 노래하는 시의 묘미가 있다. 대지의 생명력은 사랑에 대한 갈급과 유사하다. 한없는 사랑의 요구와 그 열정 속으로 사랑하는 사람과 함께 빠져들고자 하는 것이 그것이다. 그렇게 본다면 위 시에 나타나는 사랑은 자연의 원시적 생명력과 닿아 있는 것으로 파악할 수 있다. 가령, 「봄날에」에서 "춘삼월 보릿고개 위에/우리 사랑은 숨도 가쁜 한 고비"를 맞이한다. 그런데 이러한 상황을 화자는 신명나는 한바탕 놀이로 넘어서고자 한다. "일곱 색깔 무지개로 뻗치는/물빛 고운 진초록 반호장//내 니 앞에 춤을 추는/가슴 높이 뛰는/신명난 처녀"는 사랑에 빠진 처녀이면서 동시에 온 들판을 화려한 빛깔로 수놓은 꽃들, 즉 대지의 원시적 생명력의 은유가 된다.

봄 지나 여름이 와도 사랑은 식지 않는다. 봄에 시작된 디오니소스적 축제는 여름까지도 이어진다. 들판이 푸른 녹음으로 물들 듯 더 왕성하게 사랑은 타오르고 생명력도 절정에 달한다. 여름의 역동성은 봄의 생명력을 능가할 지경이다. 여름은 접신한 무당이 "가슴 불꽃을 온통 내쏟아/쨍쨍한 목소리의 노래를 부르"고, "미쳐나는 춤/시퍼런 칼춤을/전신만신으로/또 춤추"(「녹음」)는 계절이고, 상처마다 진물이 흐르는 "진문둥이"(「녹음천지」)가 되는 계절이다. 여름의 녹음은 "비릿내 도는 화냥기"가 칠칠 흘러내리듯 푸른색으로 물들어 있다.

화자는 육체의 열기에 경도되며, 주체할 수 없을 정도로 그 열기가 만들어 내는 사랑 속에 몰두해 있다. 시인은 그러한 처녀의 모습을 '무당'에 비유한다. 사랑에 빠진 처녀가 마치 신의 부름을 받아 접신하는 상태에 있는 무녀와도 같다고 보는 시인의 생각에서 두 가지 전제를 읽어낼 수 있다.

하나는 신의 부름을 거부할 수 없듯 사랑에 빠지게 된 운명을 거역할 수 없다는 것이다. "석 달 열흘 모진 추위/둘치같이 앉은 혼"(「꽃 피는 날」)까지도 불러낼 수 있을 정도이다. 그래서 "가슴 불꽃을 온통 내쏟아/쨍쨍한 목소리의 노래를 부르리라"고, "미쳐나는 춤/시퍼런 칼춤을/전신만신으로/또 춤추리라"(「녹음」)고 다짐한다.

화자는 임과의 사랑에 몰두해 있으며, 사랑에 빠진 자신을 부정하지도 않는다. 그 사랑을 통해 화자는 자연의 생명력과 일체가 된 상태에서 자신의 왕국을 꿈꾸기를 멈추지 않는다. 사랑이 육체적인 사랑에 몰두한 것으로, 그리고 생명력이 가득한 꿈틀거림, 즉 동적인 것으로 읽히는 까닭은 그 때문이다.

다른 하나는 '무녀'의 신분 그 자체에 있다. 무녀는 세속적인 일상을 영위할 수 없는 존재이다. 신에게 자신을 바쳐야 하는 무녀에게 다른 선택의 가능성은 주어지지 않는다. 그저 신을 향해 자신의 한 몸을 바쳐야 할 뿐이다. 그것을 "무거운 운명"(「친전」)이라고 명명할 수 있을까. 그런 의미에서 '진문둥이'나 '젊은 정부'나 '둘치', '막달라 마리아'는 다른 사람들과 같은 방식으로 사랑이나 일상적 삶을 영위하기 어렵다. 어쩌면 이들에게는 살아 있다는 것 자체가 가혹한 운명일지 모른다. 하지만 이들이 원하고 바라는 것은 그리 어려운 것이 아니다. 이들은 다만 자연과 동화되어 그 생명력의 한 표현으로서 살아가기를 바랄 뿐이다.


흐르는 바람으로
가락을 빚는 그 사람

아 나는
얼마나를

그 창조의 가슴과 손으로
하늘에 사무치는
주문이고 싶으랴

봄날 아침
문을 여는 꽃
죄없이 웃는 혼령이고 싶으랴.
　　　　　　　　　　　　　　　　　　—「피리」전문, 『가슴엔 듯 눈엔 듯』

시적 화자가 지향하고자 하는 바는 "흐르는 바람"과 같은 자연에 동화되는 삶이고, "죄없이 웃는 혼령"이 될 수 있는 삶이고, 그러한 삶을 살아가는 이들로 가득한 왕국이다. 그러나 그것이 불가능해 보이는 상황에서 화자는 절망하고 좌절할 수밖에 없다.

어이하리까 꽃이 집니다
물불 가리지 말고 그냥 뛰어들 것을…… 그 몰약의 내음새에 영영 취해 자빠질 것을……

꽃이 집니다
아, 참으로 잘못하였습니다
긴 머리 풀어 눈물로 발 씻어드리며 종살이라도 하올 것을…… 아니 아니 눈 먼 창기라도 되올 것을……

꽃이 집니다
분별과 형식의 싸늘한 주렴 너머 소리없이 한 왕국이 재 되어 삭아내립니다
―「낙화」전문, 『어여쁨이야 어찌 꽃뿐이랴』

'낙화'의 상황으로부터 사랑과의 유사성을 찾아내고자 하는 시인의 의도에는 거역할 수 없는 불가항력과, 이루어질 수 없는 사랑이라는 불가능성이 깔려 있다. 화자는 사랑을 통해 자연의 용솟음치는 생명력 안으로 자신을 내던져두고 그 안에 동화됨으로써 자신의 왕국을 꿈꾼다. 그러나 그것은 불가능하다. "분별과 형식의 싸늘한 주렴"이 그것을 방해하기 때문이다. 분별이 발동하여, 꽃의 향기에 취하듯 사랑에 빠져들지 못하고 그것을 경계하였고, 형식이 발동하여 사랑에 자신을 내어 던지지 못하고 명분과 실리를 따지려 들었다. 그래서 임을 향한 사랑은 이루어지지 못하고 만다. 존재의 본질을 보지 못하고 겉모습에 매달려 판단하는 한, 그리고 사랑의 명분과 그 사랑으로 인해 자신이 얻을 수 있는 것이 무엇인가를 따져 묻는 한, 사랑은 결코 이루어지기 어렵다.

## 3. 존재의 변성을 향한 영혼의 담금질

이제 봄과 여름에 걸친 디오니소스적 축제는 끝나고 아폴론적인 이성과 절제가 화자의 영혼을 지배하기 시작하는 가을로 접어든다. 가을을 다루고 있는 시편들에서 화자의 육체와 영혼이 나누어지는 것을 발견할 수 있다. 한 마음으로 사랑을 갈구하던 몸과 영혼은 '분별과 형식'의 잣대에 가로막혀, 육체로서의 몸의 열기를 영혼의 싸늘함으로 다스리지 않으면 안 되는 상황에 놓이게 된 것이다. 그런데 영혼은 아직 '분별과 형식'에 젖어 있다. 자본주의 하에서 배태된 물질문명이 인간의 삶을 지배하고, 인간이 갖고 있던 고귀한 정신적 가치가 황폐화되면서 영혼마저 물질적 가치에 사로잡혀 타락한 상태, 그것이 바로 '분별과 형식'에 사로잡힌 인간인 것이다. 이러한 속박으로부터 벗어나 진정한 아폴론적 이성과 절제 아래 영혼을 위치시켜 놓기 위해서는 먼저 육체의 열기부터 다스리지 않으면 안 된다.

> 이 맑은 가을 햇살 속에선
> 누구도 어쩔 수 없다
> 그냥 나이 먹고 철이 들 수밖에는
>
> 젊은 날
> 떫고 비리던 내 피도
> 저 붉은 단감으로 익을 수밖에는……
>
> ─「감」 전문, 『친전』

아직 철도 들지 않고, 성숙하지 않아 유치한 상태에 있는 화자에게 필요한 것은 무엇일까. 무엇보다 시간일 것이다. 그렇지만 그저 시간이 흘러가는 대로 자신을 방치하는 것이 아니라 그 시간 동안 '맑은 가을 햇살'처럼 자신의 영혼을 담금질해야 한다. 그리하여 오곡백과를 익게 함으로써 제 생명의 본질을 스스로 드러낼 수 있도록 이끌고, 그럼으로써 살아 있는 모든 생명체가 풍요로울 수 있도록 베풀어야 한다.

　임과의 이별이 「감」에서처럼 어쩔 수 없이 받아들여야 하는 상황이라면, 자연의 원시적 생명력에 동화되고자 했던 지향성을 어떠한 방식으로든 승화시키지 않으면 안 된다. 원시적 생명력이 지배하는 육체의 열기도 다스리면서 자연과 동화될 수 있는 삶의 방식을 찾아야 하는 것이다.

　　불길 속에
　　머리칼 풀면
　　사내를 호리는
　　야차 같은 계집

　　그 불길 다스려 다스려
　　슬프도록 소슬한 몸은
　　현신하옵신 관음보살님
　　―이조 항아리.

―「백자」 전문, 『친전』

　이 장면을 두고 뭐라 말할 수 있을까. 육체의 열기와 영혼의 절제, 디오니소스적 축제와 아폴론적 이성, 창녀와 성자, 뜨거움과 차가움 등과 같은 상반되는 심상이 먼저 눈에 들어온다. 그런데 이러한 단순 대비적인 심상만으로 설명하기 어려운 것이 이 시에 내포되어 있다. 존재의 본질로 보자면 '백자'는 '흙'과 같다. 그렇지만 백자는 흙의 한 존재형식이다. 그러니까 같으면서도 다른 존재란 말이다. 창녀와 성자도 그러한 방식으로 이해할 수 있다. 사내를 호리는 야차 같은 계집일지라도 그 기질을 다스리고 또 다스린다면 제 안의 부처를 이루어낼 수 있다는 것이다. 흙에서 백자로 그 존재가 변성하는 일은 창녀가 성자가 되는 일과 같고, 그 모든 변성은 내 안의 부처를 이루는 것에 비견된다.

　존재를 담금질하는 것은 이와 같다. 그 담금질이 처절하고도 고통스러운 것으로 다가오면서도 말로는 다 표현하기 어려울 정도의 아름다움과 감동을 전해준다. 왜일까. 아마도 그것이 시인 스스로 자신의 삶을 담금질하는 과정에서 배태되었기 때문이 아닐까. 시인의 수많은 절창 가운데 이 주제를 다루는 시편들이 많은 까닭도 이로써 능히 짐작할 수 있을 것이다.

휘발유 같은
여자이고 싶다

무게를 느끼지 않게
가벼운 영혼

뜨겁고도 위험한
가연성의 가슴

한 올 찌꺼기 남지 않는
순연한 휘발

정녕 그런
액체 같은
연인이고 싶다.

—「휘발유」 전문, 『빈 들판을 걸어가면』

존재의 담금질과 관련된 시편들에는 '~이고 싶다'라거나 '~하고 싶었는지 모른다', '~하리라' 등과 같은 어휘들이 빈번하게 사용된다. 이러한 어휘는 과거의 자신 혹은 현재의 자신이 그러하지 못하다는 것을 말해주는 동시에, 미래에는 그렇게 되고 싶다는 의지를 표현해 준다. 그 어조에서 느낄 수 있는 것은 과거와 현재의 자신에 대한 부정이다. 봄과 여름을 담아낸 초기의 시편들에서처럼 존재감이 강렬하게 각인될 수 있을 만큼 무게를 갖고 있던 동적인 육체는 부정된다. 대신 광물질적인 심상을 통해 존재의 변성을 꾀하는 영혼의 담금질을 긍정한다. 그 결과 보다 정적인 이미지가 강조된다.

원시의 숲에 타는
야성의 불길

황홀히
너를 사를 때까지

새까만 숯으로
태울 때까지

가만히
바라보리라

마침내
너

하이얀 재로
사윌 때까지.

— 「열모」 부분, 『빈 들판을 걸어가면』

　이 시에는 타고 있는 '너'(대상)와 그것을 바라보는 '나'(화자)가 등장한다. 화자는 타고 있는 대상을 '너'로 명명한다. 그런데 그렇게 명명된 '너'는 화자 자신처럼 보이기도 한다. 과거의 자신, 즉 부정하고 싶은 자신의 과거 모습이 투영되어 있는 것이 바로 '너'이다. 화자는 원시적 생명력에 경도되어 사랑의 황홀경에 흠뻑 취해 있는 과거 자신의 모습을 부정하고 태워버리고자 한다. 그리하여 '하이얀' 재로 남게 된 것 속에서 자신의 진정성을 발견하고자 한다. 이러한 상황은 앞서 언급한 「휘발유」에서 "한 올 찌꺼기 남지 않는/순연한 휘발"을 염원하는 화자의 상태와 동일하다. 그러한 태도는 "네 영혼과/육신의/끝없는 갈증이/마침내/천 길 벼랑에 이마를 짓찧고/희디흰 포말로 부서지는/마조히즘의 절정"(「파도」)으로 그려지기도 한다. 이와 같은 방식으로 화자는 육체의 열기에 경도된 상황에서 벗어나 존재의 변성을 꾀한다.


## 4. 맑게 트이는 영혼의 눈

시인은 자연으로부터 삶의 방식을 배운다. 앞서 보았듯 시인이 지향하는 세계는 자연의 순리에 따르며 그와 하나가 되는 삶이다. 육체의 열기를 다스리는 방법도, 그리고 영혼을 맑게 가꾸는 방법도 모두 저 거대한 창조주, 자연의 손길을 떠나서는 얻을 수 없다. 허영자 시인의 시에서 자연이 늘 인간의 존재론에 앞서 지표가 되어주면서, 분열된 몸과 영혼을 이어주는 거멀못 역할을 해주는 까닭이 여기에 있다.

시인은 가을에 부끄러움과 죄의식이 만연한 것을 본다. '마조히즘의 절정'에 도달함으로써 육체의 열기를 다스릴 수 있게 되자 비로소 영혼의 눈이 트이게 된 까닭이다. 사랑하는 임과 이별을 하게 되면 어찌해야 할까. 아마도 처음에는 사랑하는 임을 떠나보내게 한 자신에게 화가 나 자학할 것이다. 내가 무엇을 잘못하였는가, 라고 자탄하고 자학하다 보면 도리 없이 사랑했던 사람을 미워하기도 할 것이다. 그러면서 한편으로는 지금도 사랑하는 임이지 않은가하고 다시 아련해지기 마련이다. 다시 만나지 못할 임을 그리워하는 마음은 그 불가항력의 상황과 맞물려 더욱 강렬해지면서 지난날의 자신에 대한 부끄러움과 죄의식을 가중시킨다. 이를 두고 시인은 꽃처럼 살지 못하고, 또 잎처럼 지지 못한다면 그 삶은 '두엄더미'에 지나지 않는다(「두엄」)고 말한다. 또 지난날을 부끄럽다고 말하면서 '참회'(「가을 VII」)한다. 여기에서 읽을 수 있는 것은 '사랑'에 자신의 전 존재를 내어 던지지 못한 것에 대한 후회이다. 그 일은 '슬프고 부끄러운' 일이며, '비굴'한 태도(「흰 수건」)와 다름없다. 시인은 그러한 상태를 '자홀의 눈먼 안개'(「안개」)에 비유한다. 그렇게 깨달음으로써 화자는 비로소 영혼이 눈을 뜨는 것을 경험한다.

맑고 싸늘한
가을하늘 아래
앙상히 가지만 남은 나무여

부끄러워라
무거운 살의 욕망
걷잡을 수 없는 피의 열기

모두 떨구고 나면
내게도 저런
정갈한 뼈다귀가 드러날 것인가

아니 드러날 뼈다귀가
정녕 있을 것인가 없을 것인가.

　　　　　　　　　　　—「정갈한 뼈」 전문, 『목마른 꿈으로써』

화사한
거짓 웃음
거짓말
거짓 사랑은 썩고

가을에는
까맣게 익은
고독한 혼의
씨앗만 남는다.

　　　　　　　　　　　—「씨앗」 부분, 『목마른 꿈으로써』

시인은 앙상한 나뭇가지에서 '정갈한 뼈다귀'를 간취하고, 과육의 씨앗에서 '고독한 혼'을 읽어낸다. 그것을 존재의 본질, 핵심이자 정수라고 말할 수 있지 않을까. 이 시편들에서도 역시 대립적인 심상을 발견할 수 있다. 그런데 자세히 들여다보면, 상반되는 심상의 대립보다는 자연의 흐름 가운데 나타나는 변화의 과정이 강조되고 있다는 것을 알게 된다. 봄, 여름 지나 가을이 오면, 이라는 전제가 깔려 있는 것이다. "가을이여/트여오는/영혼의 눈이여"(「가을 편지」)라거나, "불길 스러져 재로 날리고/피는 또 물처럼/희어지겠지"(「여름 가고 가을 오면」), "벌레 먹은 잎새도/가을에 물들면/눈부신 단풍으로 탄다"(「그 회초리질도」) 등은 모두 여름의 불길이나 열정이 스러지는 가을에 존재의 본질이 맑게 드러난다는 것을 노래한다. 그렇지만 화자는 자신의 현존재가 그렇게 될 수 있을 거라 확신하지 못한다. 다만 그렇게 되고자 할 따름이라는 것을 노래하고 있는 것이다.

여전히 현존재에게 있어 과거와 현재는 부정된다. 영혼이야말로 존재의 핵심이자 본질이라는 생각에는 변함이 없다. 그래서 여전히 육체와 영혼은 대립적 심상으로 그려지고 계절의 변화에 따른 자연의 특질을 내세우는 방식이 유효하게 작동한다. 그런데 과연 과거와 현재의 자신을 부정하고 고귀한 영혼을 담금질하는 것이 존재의 본질에 도달하는 유일한 길이 될까. 허방을 딛고 구르고 넘어지고 깨지는 그 과정에서 상처받고 고통스러워하는 인간이야말로 존재의 본모습이 아니겠는가. 그 쓰라린 경험들 하나하나가 존재를 위한 집적물이 된다. 그 어느 것 하나 소중하지 않은 것이 있을까.


## 5. 몸의 말, 영혼의 말


그래서 『은의 무게만큼』은 중요하다. 자홀에서 깨어난 영혼이 도달하게 된 자리, 그 자리에서 시인은 육체와 영혼을 따로 분리해 바라보지 않는다. 무엇이 더욱 본질이고, 고결한 것이라고 말하지도 않는다. 그저 그 둘은 하나였음을, 그리고 삶은 그 둘의 조화로움 속에서 제 진정한 가치를 일구어낼 수 있게 된다는 것을 말할 뿐이다.

그런데 이 자리에 도달하기 전, 시인은 시간에 대한 중요한 인식의 전환을 보여준다. 아마도 이순을 앞둔 시점이 아닐까 한다. 그 시기를 시인은 '인생의 가을'(「무제L」)이라 명명한다. 『기타를 치는 집시의 노래』를 들여다보면, 부재, 텅 빈 공허, 사라져버린 지난날, 청춘 등의 시어가 제명으로 혹은 시어로 사용되고 있는 것을 발견할 수 있다. 그러나 이러한 명명 이면에는 지금까지 부정적으로 여기던 지나간 삶을 질적으로 변용시키는 긍정적 시선이 작동하고 있다.

가령, 「공의로움」에서는 소나무와 양귀비를 대비시켜 각각 '청정하고 긴 시간에 순명'하고, '짧으나 뜨거운 순간에 순명'하는 것으로 인식하고 있으나, 그렇다고 해서 '내 청춘 양귀비 사랑'을 부정해야 할 것으로 인식하지 않는다. "뉘우침도/원망도 없어라"라고 말할 뿐이다. 그리고 「부재」에서는,

> 한 마당
> 그득히
> 부신 햇빛 속에
>
> 흰 서답만
> 푸르게
> 바래이고 있었다.
>
> ─「부재」 부분, 『기타를 치는 집시의 노래』

라고 하면서 텅 빈 공허와 스러져 가는 생명력이 자아내는 쓸쓸함을 그려낸다. 빨래의 의미를 지니고 있으면서, 일부 지역에서는 여성이 달거리를 할 때 사용하는 흰 천을 의미하기도 하는 '흰 서답'은 잠정적으로 전제되어 있는 붉은 빛에서 흰 빛으로, 그리고 푸른 빛으로 바래간다. 그와 동시에 여성으로서의 생명력도 점차 스러져 간다. '서답'의 이미지 안에는 이처럼 여성의 삶과 관련된 긴 시간성이 녹아 있다. 지나간 것들, 사라진 것들에 대한 그리움이 시

에 시간성을 부여한다. 시인은 다시는 돌아오지 않을, 혹은 소유하지 못할 것들을 지금까지 부정하고 외면해 왔으나, 그것들이 모두 소중한 사랑이었고 아름다움이자, 인생의 기쁨이었음을 깨달았다고 고백한다. 그 결과 과거와 현재를 긍정적으로 바라보는 시선이 살아나기 시작한다. 이러한 인식은『은의 무게만큼』에서 더욱 적극적인 것으로 변화한다.

(i)
들판에 봄꽃 더미더미
열에 들뜬 육신을
물끄러미 내려다보고 있는 영혼

지향 없는 방황의 길 따라
눈서리 뙤약볕의 노숙에
참 많이도 초췌하였구나
집이라면 낡은 집
옷이라면 남루
누추한 삶의 족적이 부끄럽구나

비로소 영혼이 육신을 바라보는 시간
연민으로 내가 나를 바라보는 시간
어쩐지 죄스럽고 미안한 시간.

— 「병」 전문, 『은의 무게만큼』

(ii)
한 벌뿐인
내 모직 외투를
좀이 갉아먹었다

이상하다
내게는 입성이 되는 것이
네게는 먹이가 되다니……

외투에 구멍을 내고서야
나의 눈 나의 영혼은
한 살 더 나이를 먹는구나.

　　　　　　　　—「성숙」 전문,『은의 무게만큼』

　(i)에서 영혼은 육체에 연민을 느끼고 죄스러워한다. 초췌해진 육체를 보면서 연민을 느끼는 화자의 모습은, 열에 들떠 황홀경으로 치닫는 육체성을 부정하는 이전의 화자와 너무 다르다. 육체성을 부정하고 자신을 가학하지 않으면서 자신의 현존재를 긍정도 부정도 하지 않고 그 자체를 자신의 본 모습으로 받아들이고 있을 뿐이다. 육체를 배제하고 영혼 홀로 고귀하다고 말하는 것도 실은 현존재의 부정에 다름 아니다. 둘 다의 모습을 긍정하고 받아들일 때 비로소 존재는 하나가 되어 보다 완전해 질 수 있다. 이 완전성은 운명을 거스르지 못하는 불완전한 존재로서의 자신을 자각하고 그것을 치열하게 극복하려는 과정에서 존재의 본질에 다가선 시인만이 향유할 수 있는 영역이다.
　비록 화자는 '정갈한 뼈다귀'를 지향해 왔으나, "세상살이에 지쳐/고단한 나의 영혼/간사스럽고 비굴해/그만 무릎 꿇으려 할 때"도 있고, "자잘한 일에 울고 웃는/소인배 되어/얼굴 붉히고 다툼질할 때"도 있으며, "나날이 쌓이는 아집과 노욕"을 일삼을 때도 있다는 것을 알게 되었을 때, 그 영혼이 얼마나 때 묻고 더러워지기 쉬운 것인가를 깨닫는다(「내 속에」). 그 결과 화자는 고결한 영혼에 대해 집착하면서도 무거운 살의 욕망을 부정하지 않게 된다. 그저 자신의 몸을 따라 영혼이, 또 영혼을 따라 몸이 함께 움직이는 것을 좇을 뿐이다. 그러한 모습을 (ii)에서 발견할 수 있다. "내게는 입성이 되는 것이/네게는 먹이가 되"기도 한다는 깨달음은 영혼의 시야가 확장되었음을 알려준다. 영혼의 담금질만으로 도달하기 어려운 시선의 전환인 것이다. 「몸의 말씀」에서 화자는 '몸의 말'에 대한 의미를 새롭게 받아들인다. '몸의 말'은 또한 영혼의 말이 되기도 하는 것이다. 그래서 시인은 이제 다음과 같이 노래한다.

> 머리카락에
> 은발銀髮 늘어가니
> 은의 무게만큼
> 나
> 고개를 숙이리.
>
> —「은발」전문, 『은의 무게만큼』

은발은 영혼의 나이를 뜻하기도 하고, 혹은 육체의 나이를 뜻하기도 한다. 이제 그 둘은 서로 다른 것이 아닌 하나가 되었다. 더 이상 자학함으로써 육체를 부정하지도 않고, 또 미래의 어떤 상을 막연히 꿈꾸지도 않는다. 다만 스스로에게 약속하고 다짐할 뿐이다. 삶이란, 그리고 사랑이란 어쩌면 이와 같은 것인지도 모른다. 넘치지도, 모자라지도 않게 숙이는 몸을 따라 영혼도 숙이고, 영혼의 안내에 따라 몸이 따르는 그것. 시인은 이제 자연의 이법 안에, 정중동으로 존재하는 법을 터득한 것이 아닐까.

허영자 시인이 현재 도달한 경지는 무척이나 고귀한 깨달음을 우리에게 던져준다. 시인은 한결같이 인간의 보편적 존재론을 끊임없이 탐구해 왔다는 점에서 누구도 넘볼 수 없는 시적 위상을 갖는다. 그러면서 허영자 시인의 시가 풍겨내는 또다른 참맛은 고도의 절제미가 시의 언어들을 팽팽하게 조이고 있는 데서도 우러난다. 그래서 시인의 말처럼, 허영자의 시편들은 '사리'와 같이, 삶과 인생과 인간존재에 대한 고행과 해탈의 결과로 맺어진 응결체로 한껏 빛을 발하고 있다. 그 아름답게 빛나는 사리는 고통의 바다에서 상처받고 지친 우리들 영혼을 따뜻하게 위로하고 포근하게 보듬어준다.

# 배밀이 하듯, 한없이 낮은 자세로, 온몸을 열어: 신달자

## 1. 일필휘지를 향한 배밀이

'낮아져라, 낮아져라, 한없이 낮은 자세로 세상을 보아라.' 낮아지겠다는 말은 누구나 할 수 있다. 그렇지만 낮아지는 일은, 낮은 자세로 세상을 보는 일은 그리 쉬운 일이 아니다. 그러하기에 한없이 낮은 자세로 세상을 보는 이를 이야기할 때면 흔히 종교인, 구도자를 떠올리게 된다. 낮은 자세로 보는 세상은 행복이나 즐거움보다는 슬픔이나 고통이 더 많기 마련이다. 거듭되는 실패가 있고, 생의 좌절이 있고, 비극적인 운명이 있고, 배신과 절규, 비통과 억울함이 있다. 구도자들은 그러한 세상의 고뇌를 제 것처럼 받아들이고 그것을 풀어내기 위해 자신의 모든 삶을 바친다.

신달자는 《유심》에 「종이」 연작시를 연재하였다. 그 중에서 한 편을 음미해보자. 아마 이 시는 구도자로서 그가 도달한 시의 현재를 가장 잘 보여줄 것이다.

> 눈송이 하나가 히말라야 등허리를 어루만진다
> 닿았는가
> 새끼 거미 한 마리가 우주의 귀밑머리를 잡아 늘이고 있다
> 닿았는가
> 딱따구리가 지구의 이마를 쪼아 붉은 꽃 한 송이를 피웠다 하자
> 닿았는가
> 거짓과 야로를 모조리 두들겨 납작 엎드리게 하면

그 먼 길 들 수 있을 것인가

입은 닫고 귀는 열어

귀는 닫고 눈은 열어

낮게

낮게

엎드려

눈은 닫고 배꼽을 열어

일필휘지를 향해

배밀이라도 한다면.
　　　　　　　　　—「성소(聖所)」 전문, 「종이」 연작, 《유심》, 2010. 3/4월호

　이 시를 통해 시에 대한 시인의 생각을 읽을 수 있다. 시인은 시 쓰는 일을 성소를 향해 가는 구도자의 길에 비유하고 있다. 그러면서 시는 어떻게 쓰는 가와 관련하여 낮게 엎드려 배밀이를 해야 한다고 말하고 있다. 첫 연을 보자. "눈송이 하나가 히말라야 등허리를 어루만진다", "새끼 거미 한 마리가 우주 의 귀밑머리를 잡아 늘이고 있다", "딱따구리가 지구의 이마를 쪼아 붉은 꽃 한 송이를 피웠다 하자" 등의 시적 전언이 갖는 의미는 무엇일까. 이들 전언들 은 일반적인 시 독법으로 접근할 때 그 의미 파악이 매우 힘들다. 시인은 지금 시에 대한 자신의 생각을 교묘하게 시적 전언의 형식을 빌려 표현하고 있다. 곧 위의 세 가지 시적 전언은 시인이 생각하는 세 가지 시의 모습을 함의하고

있다. "눈송이와 히말라야 등허리"를 연결하는 시, "거미와 우주의 귀밑머리"를 연결하는 시, "딱따구리와 붉은 꽃 한 송이"를 연결하는 시, 그런 시들이 있다는 것이다. 시인은 그런 시들에 대해 딴죽을 걸고 있다.

"피웠다 하자/닿았는가"가 그것이다. 여기 붉은 꽃 한 송이가 피어 있다. 이 것을 보고 딱따구리가 지구의 이마를 쪼아 피워냈다고 한다면 그것을 일러 진 정한 시라고 할 수 있을까. '딱따구리'와 '지구의 이마'와 '붉은 꽃 한 송이' 라는 이질적인 이미지의 중첩과 병치가 이루어지는 시. 우리는 그런 시들을 서정시라는 이름으로 자주 접한다. 그리고 그런 시를 창조해내는 시인의 비약 적 인식과 기발한 표현에 놀라기도 한다. 그러나 시인은 그런 시들, 즉 '딱따 구리가 대지를 쪼아 붉은 꽃을 피게 하였다'는 식의 표현으로 자연의 은폐된 본질을 현현할 수 있다는 것에 딴죽을 걸고 있다. 시인은 '~치자면/닿았는 가'라는 가정과 의문의 표현을 통해 그런 류의 서정시는 진정한 시가 될 수 없 다는 것을 강조하고 있다. 그 다음에 이어지는 행을 보자. 거짓과 야로를 모조 리 두들겨 납작 엎드리게 하는 시는 현실비판적인 시일 것이다. 이러한 시에 대해서도 시인은 앞의 서정시와 마찬가지의 태도를 취하고 있다.

시인의 생각처럼, 서정시도, 혹은 현실비판적인 내용을 담고 있는 시도 모 두 진정한 시가 되기 어렵다면, 도대체 어떠한 시가 진정성을 띨 수 있다는 것 인가. 시인은 그 진정성이 시의 내용이나 기교에서가 아니라 시인의 태도에서 나온다고 말한다. 배밀이를 하라, 그것이 시인의 전언이다. 갓 태어난 아이가 말도 배우기 전에 자신의 몸을 가누면서 처음으로 하는 것이 배밀이다. 다리 에 힘이 없는 갓난아이가 자신의 힘을 다해 바닥을 기어 다니는 것을 보고 시 인은 그것에서 경배하는 한 구도자의 모습을 떠올린 듯하다. 그런데 여기에 또 하나의 요구가 있다. 입을 닫고, 귀를 열어, 귀는 닫고, 눈은 열어, 눈은 닫 고, 배꼽을 열라는 것이다. 곧 가장 낮은 구도자의 자세로 온몸의 감관을 열어 세상과 새롭게 소통하라는 것, 시인은 진정한 시를 위한 자신의 방식을 이렇 게 언급하고 있다. 신달자 시인의 일필휘지를 향한 배밀이, 이제 그 안으로 들 어가 볼 차례다.

## 2. 입을 닫아라

입을 닫아라, 그것이 시인의 첫 번째 요구이다. 입을 닫는다는 것은 침묵하겠다는 의지의 표현이다. 「오래 말하는 사이」에서 시인은 진정한 말이 사라진 시대의 말에 대해 이야기한다.

> 말로 살림을 차린 우리
> 말로 고층 집을 지은 우리
> 말로 예닐곱 아이를 낳은 우리
> 그럼에도 우리 사이 왠지 너무 가볍고 헐렁하다
> 가슴에선 가끔 무너지는 소리 들린다
> 말할수록 간절한 것들
> 뭉쳐 돌이 되어 서로 부딪친다
> 돌밭 넓다
> 살은 달아나고 뼈는 우두둑 일어서는
> 우리들의 고단한 대화
> 허방을 꽉 메우는 진정한 말의
> 비밀 번호를 우리는 서로 모른다
> ─「오래 말하는 사이」 부분,『오래 말하는 사이』, 민음사, 2004

말은 타자와의 소통을 위한 도구이다. 그런데 시인은 말을 할수록 "아직 목마르고", 사이가 "가볍고 헐렁하다"고 느낀다. "말할수록 간절한 것들"이 아직 남아 있는 것이다. 그것은 너와 나 사이에 "진정한 말"이 사라졌기 때문이다. 나의 생각은 말이 되어 나가는 순간 허공 속으로 흩어진다. 그래서 상대에게 오롯이 전달되지 못한다. 말로는 무엇이든 할 수 있으나 그런 말이 가득할수록 가슴은 더 공허하고 텅 비어 간다. 정작 진정한 말은 두려움 속에 은폐되고 뭉치고, 부딪쳐 소통되지 않는다.

시인이 하고 싶었던 말은 무엇이었을까. 그것은 말이 되어 나오지 않는 말,

혹은 타자에게 가 닿지 못하는 말이다. 그것은 겉으로는 참고 견디지만 속으로는 끓어오르는 것이 있는 고단한 삶에 대한 것, 또 한편으로는 눈물이 쏙 빠지도록 힘겨운 육체적 통증에 대한 것(「아침 강」)과 관련이 있다. 시인은 자신의 그런 말들에 대한 대답을 구하고자 한다. 말하지 않아도 자신의 몸과 눈물과 마음을 모두 보듬어 이해해 줄 수 있는 말은,

> 동틀 녘 열 길 우물 속에서 길어 올리는
> 외할머니 두레박에 어리는 첫 햇살 섞인 말
> (중략)
> 단 한 알의 돌마저 고르는
> 어머니의 수천 번의 키질 끝에 눈송이 같은
> 하얀 쌀밥 위에 따스한 김으로 오르는 말
> —「말을 찾아서」 부분, 『오래 말하는 사이』

이다. "천 날 기원이 깃든 속 깊은 겹겹의 그 말들"(「말을 찾아서」)이 진정한 말인 것이다. 그러나 너와 나의 오래된 사이에 오가는 말에는 그런 것이 없다. 그것은 그런 말로 담아낼 수 있는 것이 아니기 때문이다. 시인은 진정한 말을 찾아 한겨울 모든 것이 꽁꽁 얼어붙은 오대산으로 간다. 그리고 그곳에서 바람소리조차 얼어붙은 침묵을 만난다. 「침묵피정 1」, 「침묵피정 3」, 「침묵의 계단」 등 일련의 시들은 오대산에서 배운 침묵을 이야기한다.

> 천 년 넘은 수도원 같다
> 나는 오대산 국립공원 팻말 앞에
> 말과 소리를 벗어놓고 걸었다
> 한 걸음에 벗고
> 두 걸음에 다시 벗었을 때
> 드디어 자신보다 큰 결의 하나
> 시선 주는 쪽으로 스며 섞인다

무슨 저리도 지독한 맹세를 하는지
산도 물도 계곡도 절간도
꽝꽝 열 손가락 깍지를 끼고 있다

　　　　　　　—「침묵피정 1」 부분, 『오래 말하는 사이』

　「침묵피정 1」에서, 시인은 "천 년 넘은 수도원"같은 오대산에서 "말과 소리
를 벗어놓고 걸"어가면서 꽝꽝 얼어붙은 산과 물과 계곡과 절간을 본다. 마치
"깍지를 끼고" 있는 듯한 오대산의 정경에서 "섬뜩한 고립", "섬광처럼 번뜩
이며 깊어지고/깊을수록 스르르 안이 넓"어지는 고요를 본다. 결의와 맹세를
자연의 침묵 속에서 발견하는 것이다.


　창으로 비치는 여름 들판의
　튼튼하게 익어 있는 옥수수와 수수깡들이
　내 몸속으로 쑥쑥 들어오고 있었다
　나무마다 비릿하게
　하얀 수액을 풀어놓는
　여름의 왁자한 음욕이 싫어
　침묵 속으로 들어간 나는
　침묵의 내 몸 읽기에 그만 들켜
　쩌렁쩌렁 소리가 울리며
　침묵 안으로 통과하지 못했다
　모두 버렸다고 고백했는데
　침묵은 눈감고도 나를 알고 있었다
　덕지덕지 시퍼런 욕망을 온몸에 달고
　씩씩거리는 여름 나무들 속에
　입만 다물고 활짝 가슴을 열고
　숨차게 서 있는 나를

침묵은 표정 없이 고개를 젓고 있었다

침묵의 손이 차갑게 문을 걸고

나는 어두운 외곽 도로에 서 있었다

몸을 버리지 않고서는 닿지 못할

저 먼 침묵의 집

— 「침묵피정 3」 부분, 『오래 말하는 사이』

　시인은 자연의 침묵 속에서 옥수수, 수수깡, 여름 나무 등과 교감을 하고자 한다. 그러나 침묵은 고개를 저으면서 이를 거부한다. 시인은 그것이 자신의 몸에 덕지덕지 붙어 있는 시퍼런 욕망 때문임을 깨닫는다. 시퍼런 욕망을 온몸에 달고 입만 다물고 활짝 가슴을 열고 있는 상태는 진정한 침묵이 아니라는 것이다. 진정한 침묵은 무엇인가. 묵상과 기도를 통해 그리스도를 영접하고자 하는 '피정'이라는 시어에 주목하자. 여기에서 '침묵피정'은 말을 하지 않고 내 안으로 침잠해 들어가 내 안의 '나'와 대면하는 일이 주가 될 것이다. 그런데 저 깊숙한 '나'를 만나러 가는 길에서도 여전히 떨치지 못하는 것이 하나 있다. 세속의 욕망으로 더럽혀진 몸이 그것이다. 몸을 비우는 일은 말을 버리는 일과도 같다. 텅 비고 공허한 말을 버리는 것처럼 내 몸 안에 가득한 세상의 추한 욕망들을 버려야 진정한 침묵에 도달할 수 있다. 그럴 때 자연의 숨찬 생명의 몸짓과 교감할 수 있으며, 그렇게 교감하는 '나'야말로 내가 진정 되찾아야 할 내 안의 '나'인 것이다.

한 번은 지상의 관계를 놓아버리고

오르고 싶었던 정상

태초의 산이

태초의 강과 바다가

태어난 알몸의 몸으로 살아 있는

쉿!

눈으로도 말하지 마

사람의 기척으로도 사라지고 마는

저 귀 멍멍한 높이에서

말의 그림자까지 완연 지우고

다시 한 발 오르면

내가 태어나기 전의 풀들 반짝이고

어디에도 열리는 문이 있어

그 문 너머 옷 입지 않은

아담과 이브도 있어

　　　　　　　　　—「침묵의 계단」 부분,『오래 말하는 사이』

　"망설이고 머뭇거리던 세상 소음들"을 털어내고, "말의 그림자까지 완연 지우고" 나면 드디어 태초의 산과 강과 바다가 알몸을 드러낸다. 그리고 그곳에 알몸으로 서 있는 아담과 이브가 존재한다. 그곳에 도달하기 위해서는 말의 그림자마저 버려야 한다. 말의 욕망들이 각인된 몸, 말의 질서에 의해 단련되고 익숙해져서 혼곤하게 녹아들었던 몸을 새롭게 깨워야 한다. 그래야 비로소 태고의 문을 넘어 사람의 때가 묻지 않은 '알' 몸의 자연과 만날 수 있다. 말의 지배에서 자유로운 몸, 그러면서도 자연과 교감할 수 있는 몸이 되기 위해 시인은 우선 '침묵'을 요구했던 것이다. 입을 닫는 일이 바로 그것이다.


## 3. 귀를 열어라

　입을 닫았으니 이제 귀를 열 차례다. 귀를 열고 세상의 소리를 들어야 한다. 시인에게 들리는 세상의 소리는 무엇일까. 희망과 즐거움과 행복으로 가득한 소리보다 어둡고 음울하고 슬프고 고통스러운 소리들이 더 많이 들려오는 듯하다. 그런 소리를 들을 수 있는 이유는 시인의 생이 고단하였던 까닭이다. 고단한 생, '벼랑 위의 생'이라고 일컬어 말했던 그 생을 온몸으로 감당해 내었던 시인에게 그 소리들은 낯설지 않다. 들을 수 있는 귀가 있기 때문이다. 아

니, 그런 고통스런 소리들을 듣고 그것을 이해하고 감싸 안는 아름다운 마음
이 있기 때문이다.

'벼랑 위의 생'을 감당해야 하는 것은 비단 시인의 일만은 아니다. 그것은
'사막'보다 더 극한 상황을 살아가는 도시의 '낙타'들, 그들의 삶이기도 하다.
시인은 그들의 삶을 향해 귀를 연다.

> 테헤란로에 오아시스가 있다고
> 선인장이 바람에게 들었다고
> 슬그머니 낙타에게 말해 주었다나
> 아무래도 낙타는
> 길을 잘못 들어섰나 보다
> 테헤란로에는 전광판에
> 미인이 물을 마시는 광고만 나올 뿐
> 샘물을 통으로 사버린 부자들이
> 빌딩을 비우고 인적 드물다
>
> — 「낙타」 부분, 『오래 말하는 사이』

시인은 「낙타」에서 사막에 빗대어 도시를 이야기한다. 서울 한복판에 오아
시스가 있다면 그곳은 과연 어디일까. "강남구 테헤란로"일까, 아니면 "검찰
청"일까. '낙타'는 도시의 어디에서도 오아시스를 발견하지 못한다. 낙타가
찾는 오아시스는 생명의 물로 가득한 곳인데, 도시인들이 말하는 오아시스는
부(富)와 명예와 권력을 얻을 수 있는 곳이기 때문이다. 낙타가 구하는 오아시
스는 그 모든 것과 거리가 멀다. "태양의 살점이 녹아나는 사막"도 거뜬하게
걸어왔던 낙타는 '눈물' 없이 도시를 견디지 못한다. 당연히 낙타가 찾는 오
아시스는 서울, 그 어디에도 없다. 오아시스라고 말해지는 것이 있을 뿐이다.
그것을 진정한 오아시스라고 혼동한다면 채워도, 채워도 끝이 없는 갈증 속에
시달리다 삶을 마감하게 될 것이 분명하다.

(i)

치명적인 파산, 돌이킬 수 없는 작파라고 할까.

아버지의 젊음 아버지의 부 아버지의 명예는

딱 예순에서 작살이 나고 말았다

여자를 좋아하고 노래를 좋아하고 바둑을 좋아했던 남자

주색잡기에서 주만 빼면 되는 남자

바둑의 묘수에서 한순간 길이 확 어그러지기 시작했다

바둑판 밖으로 바둑알이 떨어져 내리기 시작한 것이다

여자가 달아나고 젊음이 달아나고 명예가 주저앉고

노래도 문을 닫고 아버지의 그 호령하던 사나이의 무기도 고개를 숙였다.

아버지가 사라졌다. 대접이 사라졌다. 공경도 사라졌다 존경은 쑥밭이 되었다. 아버지의 피를 반납하고 싶은 아들도 있었다.

아버지는 오십 권의 일기장 속으로 몸을 숨겼다.

— 「아버지」 부분, 「종이」 연작, 《유심》, 2010. 1/2월호

(ii)

궁궐 같은 기와집이 빚에 넘어가고

어머니는 수면제 30알을 털어 넣고 자살을 기도했다

(중략)

어머니의 각혈 같은 울음이 그치고

비수를 쥔 듯 연필 하나 쥐고 종이 하나 달라고 보채셨는데

낫 놓고 기역 자도 모르는 문맹으로 피를 찍듯 가 나 다를 연습해서는

삼 년 만에 딱 한 장 딸에게 쓴 편지

"내 말 잇지마라라 주글대까지 공부하거라 돈 버러라

에미갓지 살지 마라라 행복하여라"

종이 위에 쏟은 어머니의 비릿한 각혈 한 덩어리

지금도 뜨뜻하고 물컹하게

종이에 살아 있는 액자 속의 유서.

— 「각혈」 부분, 「종이」 연작, 《유심》, 2010. 1/2월호

(i)에서 부와 명예와 여자를 좋아했던 아버지는 그 모든 것을 잃고, 살아도 산목숨이 아닌 삶을 연명한다. (ii)에서 명예도 뭣도 없었던 어머니는 궁궐 같은 기와집을 잃고 자살을 기도한다. 아버지와 어머니 모두 도시인들이 말하는 오아시스에 사로잡혀 있었던 것이다. 그것에 모든 삶을 바쳤던 통한이 아버지의 일기장에, 그리고 어머니의 유서에 가득 남아 있다. 생을 파탄으로 몰고 간 운명에 대한 원망으로 남은 생을 살다 갔을 어머니의 삶이 담긴 유서. 그 유서를 액자로 만들어 간직해 온 시인, 시인은 그 유서를 보면서 어머니의 삶을 되풀이하지 말자고 다짐했을 것이다. 그러나 시인 역시 그러한 삶으로부터 자유로워지지 못한다.

(i) 내 몸에 내 살이 되어버린/우박 한 알/몇 번의 봄도 다녀갔지만 녹지 못하고/매운 고집처럼 버티고 있는/서늘한 냉소/얼음 박힌 눈으로 보는 세상은 늘 겨울/나는 콜록거리며 겨울 거리를 헤매고/얼음판이 되어가는 내 몸을/저 들판의 얼음 위에 누워/차라리 더 꽁꽁 얼어 입 다물게 하고 싶었다

— 「얼음 덩어리」 부분, 『오래 말하는 사이』

(ii) 사나운 소 한 마리 몰고/여기까지 왔다/소몰이 끈이 너덜너덜 닳았다/골짝마다 난장 쳤다/손목 휘어지도록 잡아끌고 왔다/뿔이 허공을 치받을 때마다/뼈가 패었다/마음의 뿌리가 잘린 채 다 드러났다/징그럽게 뒤틀리고 꼬였다/생을 패대기쳤다

— 「소」 부분, 『열애』, 민음사, 2007

(iii) 내 등에 세상의 바다가 다 올려져 있더군/몇 만 겹줄을 벗겨 내도 꼼짝 않는 바다/바다를 건너와서도 내려지지 않았다/시퍼렇게 시퍼렇게 바다를 걸어 내어/지상의 돛으로나 우뚝 세우고 싶은/내 몸에 파고든 저 진초록 문신.

— 「등 푸른 여자」 부분, 『열애』

(iv) 너무 늦게 왔다//정선 몰운대 죽은 소나무/내 발길 닿자/드디어 마지막 유언 같은 한마디 던진다/발 아래는 늘 벼랑이라고/몸서리치며 울부짖는 나에게/몇몇백 년/벼랑 위에 살다 벼랑 위에서/죽은 소나무는/내게/자신의 위태로운 평화를 보여주고 싶었나 봐/죽음도 하나의 삶이라고/하나의 경건한 침묵이라고 말하고 서 있는/정선 몰운대 죽은 소나무/서 있는 나무 시체는/죽음을 딛고 서서/따뜻하고 깊은 목

숨으로/내 마음에 돌아와/앞으로 다시 몇몇백 년/벼랑 위의 생을 다짐하고 있다.

　　　　　　　　　　　　　　　　　　—「벼랑 위의 생」 전문, 『열애』

　시인에게 생은 "우박 한 알"마저 살처럼 박혀버린 겨울(i)이고, 사나운 소에 살과 뼈와 마음의 뿌리까지 질질 끌리는 것(ii)이고, 결코 벗겨낼 수 없는 세상의 바다를 등에 지고 있는 것(iii)이고, 늘 발아래 벼랑을 두고 걸어야 하는 것(iv)이다. 가혹한 시련이 끊임없이 밀어닥치는 치가 떨리도록 잔인한 운명에 시달리면서 늘 곁에 죽음을 두고 살아왔던 것이다.

　그러나 시인은 그러한 상황에 결코 타협하거나 굴복당하지 않는다. 초인적인 의지와 강인한 인내로 삶을 버티어 낸다. 그럴 수 있었던 까닭은 얼음 속에 "따뜻한 눈물 한 방울"이 남아 있어 봄을 기다리고 있었기 때문이고(i), 시인이 뼈가 패는 아픔을 견디는 동안 세월이 사나운 소를 잠재웠기 때문(ii)이다. 죽음조차 두려워하지 않고 오히려 그것을 경건한 침묵이자, 삶의 또 다른 모습으로 받아들일 수 있었기에 버틸 수 있었던 것이다.

　그러한 시인이기에 세상의 소리를 듣는 귀는 남다르다. 「저 거리의 암자」에서 시인은 세상을 향해 활짝 귀를 열어 놓는다. 그리고 도시의 낙타들을 따뜻하게 다독인다.

　　거리의 어둠이 짙을수록
　　진탕으로 울화가 짙은 사내들이
　　해고된 직장을 마시고 단칸방의 갈증을 마십니다
　　젓가락으로 집던 산 낙지가 꿈틀 상 위에 떨어져
　　온몸으로 문자를 쓰지만 아무도 읽어 내지 못합니다
　　답답한 것이 산 낙지뿐입니까
　　어쩌다 생의 절반을 속임수에 팔아 버린 여자도
　　서울을 통째로 마시다가 속이 뒤집혀 욕을 게워 냅니다
　　비워진 소주병이 놓인 플라스틱 작은 상이 휘청거립니다
　　마음도 다리도 휘청거리는 밤거리에서

조금씩 비워지는
잘 익은 감빛 포장마차는 한 채의 묵묵한 암자입니다
새벽이 오면
포장마차 주인은 밤새 지은 암자를 거둬 냅니다
손님이나 주인 모두 하룻밤의 수행이 끝났습니다
잠을 설치며 속을 졸이던 대모산의 조바심도
가라앉기 시작합니다
거리의 암자를 가슴으로 옮기는 데
속을 쓸어내리는 하룻밤이 걸렸습니다
금강경 한 페이지가 겨우 넘어갑니다.

—「저 거리의 암자」부분, 『열애』

　사막보다 더 황량한 도시, 그 도시의 낙타가 울분을 토해 내는 곳이 포장마차이다. 시인은 이 포장마차를 거리의 암자라고 명명한다. 도시의 하루하루는 고행의 연속이다. 직장에서 해고되고, 아무리 애를 써봐도 단칸방에서 벗어나기 힘들며, 시골에서 서울로 올라온 여자는 속임수에 넘어가 생의 절반을 고되게 살아야 했다. 내일은 또 오늘과 같은 내용의 고행들이 기다리고 있을 것이다. 누군가는 해고되고, 누군가는 서울에 속아 인생의 꿈을 날려버린 것에 울분을 토하고 울화를 게워낼 것이다. 그 모든 것이 늘 반복되는 하루치의 고행이다. 인생은 고해라고 했던가, 생을 살아가는 모든 이들은 그 하루치의 고행을 반복한다.
　고행의 번뇌를 털어내는 일은 포장마차 안에서 이루어진다. 세상을 향한 울분과 분노, 포장마차는 그 모든 이들의 잡다한 번뇌를 묵묵히 받아들인다. 마치 대모산의 어느 암자에서 중생의 번뇌를 구제하기 위해 고행하고 있을 수도승의 마음과 같다. 대모산은 그 포장마차까지 가슴에 품으며 고되었을 하루치의 수행을 마친 중생의 번뇌를 묵묵히 다독인다. 새벽, 거리의 암자인 포장마차가 거두어지는 시간, 대모산의 어느 암자에서 흘러나오는 스님의 금강경 읽는 소리와 목탁소리가 이들의 남은 번뇌마저 다독이는 듯하다. 오늘은 또 오늘 하루치의 수행이 시작될 것이다. 시인은 그 모든 것을 묵묵히 듣고 서 있다. 그에게 들리는 소리는 두 짝의 귀가 아니라, 마음 저 깊은 곳의 이해와 연민에 바탕을 둔 마음의 귀에서 걸러진다. 처절하게 운명과 싸우고, 극한의 상황을 견디어 내었던 시인의 귀가 아니었던가. 그의 귀에는 술을 마시고 욕을 게우는 일이 추태와 난장이 아니라, 힘든 생을 다독거리는 수행으로 들려오는 것이다.

## 4. 눈을 열고 배꼽의 생명력을 품으면

입을 닫고, 귀를 열었으니, 이제 눈을 열어야 한다고 시인은 말한다. 시인이 말하는 눈은 마음의 눈과 관련이 있다. 문명의 이기에 기대어 살아가는 삶은 삶의 수단과 목적을 황금만능의 풍조로 획일화시키는 비인간적인 삶이다. 그런 삶에 길들여진 눈이 아니라, 자연으로부터 인간다운 삶을 깨우치는 것, 그것이 마음의 눈이 갖는 핵심이다.

(i) 비밀번호를 누르면 스르르 문이 열리는/최신식 문/그것도 촌스럽다며 지문만 슬쩍 대면 네 네 네 하며/자르르 열리는 최고급 문/그것도 번거롭다며 「나야」 목소리만 감지해도/이제는 제왕의 문처럼 문이 열린다/그렇지 이제는 문앞에 주인이 서면/냄새를 훅하고 맡는 순간에 철커덕 문이 열리는/날이 바로 내일이지//그러나 나는 그 우둔한 것이 좋다/피로에 지친 손으로 벨을 누르면/얼른 달려와 미소로 열어주는/사람의 목소리와 사람의 손으로 반기는 따뜻한 문/그것도 아니라면/아예 정강이 밑까지만 가린 밤낮 열어두는/외갓집 정 깊은 사립문이거나.

— 「아날로그」 전문, 「종이」 연작, 《유심》, 2010. 1/2월호

(ii) 얘야/인터넷에 들어가려면/부적처럼 종이 한 장/들고 가거라/유혹이 번창하는/홍등가를 지나거든/게놈의 유전자에/발목이 잡히거든/봇물처럼 쏟아지는/전자파에 눈이 멀거든/괴물, 수렁 거친 바람을/만나거든/칼칼하게 일어서는/종이의 목소리에 귀 기울여라

— 「부적」 부분, 「종이」 연작, 《유심》, 2010. 1/2월호

굳이 쇠로 된 열쇠를 가지고 다니지 않아도 번호만 기억한다면 문을 열 수 있다는 디지털 시대에 살면서 대부분의 사람들은 최신식, 최고급의 시스템을 누리며 제왕처럼 사는 삶(i)을 꿈꾼다. 많은 것을 기계의 손을 빌어 해결하고, 그렇게 편리해진 것을 행복하고 좋은 것이라 오인하는 것이다. 그러나 그들이 꿈꾸는 제왕 같은 삶에는 인간다운 것이 없다. 그로 인해 무엇을 잃어버렸는지를 알아차리기에는 몸이 너무 둔해져 버렸다. 편리함에 익숙해져버린 둔한 몸 때문에 마비된 마음의 눈은 제왕의 삶이 자신의 정신마저 옭아매고, 지배하려는 것을 간파하지 못한다.

인터넷(ii)이 새로운 놀이문화로 자리 잡은 지 오래이지만, 그 가상공간에서 나를 잃어버릴 수 있다는 것을, 그곳에는 타인과의 끈끈한 관계가 없고, 허황한 유혹으로 가득하다는 것을 쉽게 인지하기는 어렵다. 그곳에는 각종 온라인 게임과 동영상 파일들과, 홍등가를 방불케 하는 포르노까지도 올라와 있어 눈을 어지럽게 한다. 가상의 세계인지 현실의 세계인지도 구분이 어려울 만큼 그 세상은 현실의 세계보다 더 리얼하고 흥미진진하다. 그 가상의 세계에서는 실제 자신의 모습과 전혀 다른 아바타를 통해 자신의 분신 역할을 하게 하기도 한다. 가상이 지배하는 공간에서 실제의 나는 온데간데없다.

시인은 문명의 이기로 점철된 현대사회를 지켜보며 '나'를 찾을 것, 인간다움을 찾을 것을 힘겹게 외치고 있다. 아무도 들어주지 않아도, 허공의 메아리로 흩어져 버려도, 모두가 외면해도 시인은 결코 인간다움을 향한 마음의 눈뜨기를 포기하지 않는다. 기계문명이나 가상현실의 세계의 매력은 마력에 가깝다. 좀 더 편리하고, 좀 더 쉬운 방법으로 살아가는 것은 몸이 먼저 반응하고 즐거워한다. 본능적으로 그 마력에 빠져드는 것을 어떻게 경계할 수 있을까.


그제는 속초 바다와 저녁 겸상을 했다 밥상에 바다 속사정 많이도 올라와 있었다
무슨 할 말이 그리도 많은지 싱싱할수록 쫄깃한 물결이 오래 입 안에 메아리쳤다
얼마나 파도쳤는지 한입 가득 들어오는 날것들 쫀득쫀득하게 찰지다 바다는 외곬으로 같은 말만 되풀이하느라 다른 말을 다 잊어버렸나 상 위에서도 이빨 사이에서도 철썩 그 한 마디만 되풀이했다 나는 바다의 속만 파먹었다 파도의 아픈 발자국이 우

둘우둘 씹혔다 바다가 무거워 허리가 반으로 접힌 붉은 새우는 내 시선이 포개져 더 오므라진다 냅다 입으로 넣어 버렸다

　어제는 설악산과 저녁 겸상을 했다 밥상에는 구구절절한 산속 사연들이 올라와 있었다

　명산의 갈비뼈를 거쳐 여기까지 온 풋것들 저마다 접시 위에서 차분히 고개 숙이고 있다 비닐하우스에서 고속으로 몸을 키우지 않고 서서히 자연의 속도로 하늘의 질서를 잘 견디어 온 귀빈들 그 몸속에 폭풍도 천둥도 뙤약볕도 폭설의 수난도 곰삭은 속도로 서서히 안으로 껴안아 온 것 본다 두 번 생을 살더라도 따라갈 수 없는 필요한 잠언들 잎으로 열매로 뿌리로 낱낱이 접시에 싱싱하게 누워 있다 다 견딘 자의 묵묵한 겸손이 산나물 잎 잎에 배어 있다 입에 넣지 않고 바라만 봐도 산 하나 먹은 것 같다

　오늘은 백담사와 저녁 겸상을 했다 상이 비어 있었다.
― 「사막의 성찬」 전문, 『열애』

'비닐하우스에서 고속으로 몸을 키운' 것과 '서서히 자연의 속도로 하늘의 질서를 잘 견디어 온 귀빈'이 대비되고 있다. 전자가 문명의 이기와 관련된 것이라면, 후자는 자연의 질서와 관련된 것이다. 인간은 인간의 삶의 편리함만을 위해 문명을 만들어왔다. 그 과정에서 자연을 얼마나 황폐화시키고 파괴했는가를 깨닫지 못하고 있다. 그렇게 인간으로부터 이용만 당하는 자연이건만, 자연은 여전히 늘 그 자리에서 창조주인 하늘의 질서를 묵묵히 실현하고 있다.

　시인은 바다와 산과 겸상을 하면서 바다의 날것들과 산의 풋것들을 통해 그러한 자연의 깊은 '잠언'을 깨닫는다. 생의 고단함이 그대로 묻어 있는 바다의 날것들을 입으로 음미하면서 '철썩' 그 한마디밖에 하지 못하는 바다의 속사정을 맛본다. 그래서 "파도의 아픈 발자국"을 느끼고, "바다가 무거워 허리가 반으로 접힌" 바다생물의 고충을 이해한다. 아픈 생의 상처를 지닌 사람에게는 다른 사람들의 생의 무게가 가히 짐작되는 것이다. 그리고 시인은 산으

로 간다. 산의 풋것들을 통해, 그들이 자연의 질서에 순응하면서, 폭풍과 천둥과 뙤약볕과 폭설의 수난을 견디어 오면서 생을 얼마나 단련시켰는지를 감지한다. 그렇게 단련된 자신을 오롯이 남에게 내어주는 것, 그것은 하늘의 질서에 따르는 "다 견딘 자의 묵묵한 겸손"에 다름 아니다.

'자연의 속도로 하늘의 질서'를 따르면서, 온갖 생의 고통을 이겨내고 겸손하게 자신의 모든 것을 내어줄 수 있는 삶, 그 삶이야말로 시인이 자연으로부터 깨달은 진정 인간다운 삶이다. 문명의 이기가 지배하는 비인간적인 사회에서 창조주의 섭리를 구현하는 삶을 지향하는 마음, 그런 마음의 눈이야말로 시인이 도달한 세 번째 영역이다. 세속적인 욕망을 비우고 자연의 깊은 잠언을 통해 얻게 된 '마음의 눈뜨기'는 '배꼽을 여는 일'로 심화 확장된다. '배꼽을 여는 일'은 창조주의 섭리를 현현하기 위해 자연의 원초적 생명력과 교감하고자 하는 것으로 구체화된다.

내 몸속에 아직 절개되지 않은/숨은 우주 하나/생명이 자라지 못하는/폐가로 문닫은 지 오래/은총의 껍데기로 말문 닫은 지도 오래/너무 고요해 내 몸속에 있는지/배꼽 주변을 손으로 더듬어본다//숨결 들리지 않는/무인도의 둥지로 밀려나/아무도 찾지 않는 인적 없는 집/내 배는 너무 낮고 기억력도 희미하다//그러나/자궁은 이제 궁궐은 아니지만/결코 양보할 수 없는 그 자리에/늠름히 있어/옛 추억이나 더듬는 과거는 아니다/먼지 같은 남자의 시한부 씨앗 하나를/생명으로 키운 나는 창조주//지금 어둠 속에 고요히 어둠으로 접혀 있지만/그 명예는 아름답다/너무 오래 불러주지 않아/대답을 잃어버린/몸 중에 가장 눈부신/오오 눈부신⋯⋯.
— 「생명의 집」 전문, 『오래 말하는 사이』

문명의 이기의 입장에서 볼 때 폐경기를 지난 여성의 자궁은 쓸모없는 것일지도 모른다. 시인 역시 마음의 눈을 뜨기 전에는 그런 논리에 길들여져 자신의 아기집을 잊고 있었다. 그러나 마음의 눈을 뜨면서 잊고 있던 아기집의 위대성을 새삼 깨닫는다. 생명을 낳아 기르는 것은 여성이 할 수 있는 가장 숭고한 일이다. 그것은 모든 것을 파괴하고 황폐화시키는 소비의 질서가 아니라

자연을 창조한 창조주의 섭리와 맞닿아 있다. 모성애야말로 창조주의 섭리가
현현된 가장 숭고한 사랑이 아니겠는가. 그러기에 여성의 자궁이야말로 정말,
가장 눈부신, 아름다운 것이 아닐 수 없다. 불러주지 않아 어둠 속에 잊힌 채
로 있지만 그 명예는 아직도 유효하다. 아니 가장 아름다운 명예이다. 몸 중에
가장 눈부신 곳, 그곳의 존재를 확인하는 순간 시인은 다시 새로운 생명을 잉
태하고자 한다. 그러나 그 생명체는 '먼지 같은 남자의 시한부 씨앗'이 아니
다. 창조주의 섭리를 온 몸으로 잉태하고자 하는 것이다.

무슨 저런 짐승이 있을까/초록의 몸이 무거워/뒤뚱거리며 누운 저 여름 짐승/숨
쉴 때마다 온 산이 들썩들썩하다/몸의 깊은 곳에서 뿜어져 나오는/화끈거리는 기운
/내 몸이 뜨끈뜨끈하다/삼천 여자를 데리고 놀고 있는가/씩씩거리며 숨을 헐떡이는
/발작 광기를/절정으로 뿜어 대는/저 사내/알몸인데도 자꾸 벗고 싶어서/사내는 검
푸른 근육을 출렁거리고 있다/이상하다/뜨겁게 달아오른 천지 녹음/그런 광란의 현
장을 바라보고 있을 뿐인데/나 갑자기 수태할 것 같다/그 푸른 동굴 속에서/나 알몸
으로 누워 산을 받아들이면/산 하나 품어 나오리/바다와 강이 하늘이 땅이 산이 모
여/초록의 물결로 넘실거리다가/불끈 일어서는 저 거인/누가 엉덩이를 치받는지 다
시 꿈틀한다/바람 불 때마다 푸른 불이 번져 나간다.

—「저 산의 녹음」 전문, 『열애』

창조주의 질서 그 끝자락의 터럭 한 올 만큼일지언정, 그 질서의 섭리를 본
능적으로 발산하는 배꼽의 생명력은 자연과 능히 교감한다. 꿈틀거리는 자연
의 욕동과 질펀한 녹음을 보고 있노라면 이미 폐가가 되어버린 배꼽 저 안쪽
의 생명의 집이 다시 되살아나는 것이다. 그래서 온몸으로 자연과 교감하면서
자연의 아이를 수태하고, 산 하나를 낳겠다고 시인은 이야기한다. 뜨거운 태
양의 열기로 가득한 여름 한낮, 아침 한나절만에 지난밤보다 불쑥 무성해지고
짙어지는 여름의 녹음, 바람이 불 때마다 풍겨오는 습기를 머금은 나무의 냄
새, 무겁게 뒤채는 푸른 잎들이 온 산을 들썩거린다. 이 광경을 두고 시인은
삼천 여자를 데리고 놀고 있는 거인 같은 사내를 연상한다. 귀를 열고, 눈을

열고, 배꼽까지 열어 온몸의 감관을 다해 산과 교감을 시도하고, 그 결과 산이 푸른 거인으로 화해 시인과 만날 수 있게 되는 것이다.


## 5. 한 줌도 되지 않는, 그 시를 위하여

그리하여 시인은 배꼽의 생명력을 품고 다시 시로 되돌아온다. 이제 신달자 시인은 창조주의 섭리를 현현하기 위해 그 섭리를 담은 말과 귀와 눈으로 낮게 엎드려 배밀이를 하면서 시를 쓴다. 그러기에 그의 시에는 때로는 자연의 원초적 생명력과 교감하는 황홀한 장면이 연출되고, 때로는 비인간적인 사회와 그 양태에 대한 신랄한 비판이 가해진다. 다음 시를 보자.

  60생의 세월을/종이에 담았습니다/보시는 대로/자연의 사계절을 남김없이 담았습니다/21세기 시대의 풍조를 따라/아프리카 미국 프랑스도/꼬치꼬치 새겼습니다/사노라면 인기척도 필요한 것이어서/60년 넘게 만나 온 사람들의/연민과 굴욕과 황홀/덜렁 나자빠지게 하는 배신도/진하게 수놓았습니다/흰 눈물에서 잿빛 눈물로 짙어져/상기 푸르게 빛나는 초록 눈물에서/심장처럼 붉은 눈물을 혀로 핥으며 연명하는/늙은 외로움도 이미 홀랑 엎은 지 오래입니다/들키면 간단치 않을 소요가 일/애인의 혼을 빼 서슴없이 던져 넣었습니다/안 되는 일이지만/발 들여 놓지 않은 미래도 슬쩍 집어넣어 버렸지요/물론 보이지 않는 신의 말씀도/줄줄 흘러 넘치게 쌓았습니다//황당하여라/아직 바닥도 채우지 못한/이 한 장의 종이.
  —「대우주」 전문, 「종이」 연작, 《유심》, 2010. 1/2월호

  60생의 세월을 종이에 담아 보았으나 바닥도 채우지 못했다는 시인의 솔직한 고백 뒤에는 자신의 부족함에 대한 성찰이 놓여 있다. 거대한 대우주 안에서 자신은 하나의 티끌조차도 되지 않음을 시인하고 있다. 이래 뵈도 환갑이 넘었다, 라고 말하는 시인은 아직 바닥도 채우지 못한 자신의 삶, 혹은 시인의 삶을 되돌아보며 '황당하다'는 표현으로 반응한다. 시에, 육십 평생과 그 삶

을 살아오는 동안에 경험했던 모든 일들과, 알고 있고, 이러할 것이라고 꿈꾸
어왔던 세계까지 모조리 쏟아 부었건만, 한 줌도 채 되지 않는다는 것을 솔직
하게 고백하는 것은 쉽지 않은 일이다. 시인은 왜 이런 고백을 하는 것일까.
다음 시를 보면, 그 답이 무엇인가를 알 수 있을 것이다.

상징적으로
천만 마리의 새들이 그 안으로 들어갔다. 흔적없다. 얇다
상징적으로
천만 톤의 바위들이 그 안으로 굴러 들어갔다. 사라졌다. 얇다.
상징적으로
펄떡거리는 물고기들이 바다까지 끌고 그 안으로 흘러 들어갔다. 엎드렸다. 얇다.
상징적으로
한 마을의 사람들이 통째로 폭우에 휩쓸려 그 안으로 빨려 들어갔다. 고요하다.
얇다
상징적으로
바짝 얇고 바짝 마른 고요 속에서
상징적으로
그 새들과 바위들과 물고기와 사람들의 소리를
살려내라고 아우성을 이빨로 물어뜯으라고
내 앞에 자각의 총을 겨누며 눈 떠 있는
종이 한 장.
　　　　　　　　　　　　　—「상징」 전문, 「종이」 연작, 《유심》, 2010. 1/2월호

'상징적으로'라는 표현이 일종의 추임새처럼 반복되고 있다. 시란 '상징'을
내재하고 있을 수밖에 없다는 것을 누구도 의심하지 않는다. 그런데 왜 시인
은 '상징적으로'라는 말을 추임새처럼 내세웠는가. 이 시를 읽어 내려가다 보
면 시인이 습관처럼 상징을 행해왔다고 스스로를 자책하는 것을 느낄 수 있
다. 시인은 새들을, 바위들을, 물고기들을, 사람들을 그저 상징적 시어로 썼을

뿐, 그들의 아우성을, 존재감을, 본질을 뼛속 깊이 공감하고 교감하지 못했다는 것이다. 시인은 지난 세월 동안 그런 시를 써 왔다. 그리고 그런 시에 대해 앞에서 본 시 「성소」에서 딴죽을 걸면서 비판을 하고 있다. 말하자면 「성소」는 '상징적'으로 써 온 자신의 시에 대한 비판이면서 동시에 시세계의 질적 전환을 알리는 시편이라 할 수 있다.

자신의 시에 대한 솔직한 자책과 고백은 아무나 할 수 있는 것이 아니다. 그것은 강퍅한 삶을 살아오면서 그 모든 고통과 번뇌를 이겨내고, 결국에는 세속에 찌든 몸과 욕망으로부터 벗어나 자연의 원초적 생명과 교감을 하는 '배밀이' 단계로까지 나아간 시인만이 할 수 있는 고백인 것이다. 그러한 고백은 현 단계 한국 시단에서 중요한 의미를 내포하고 있다. 지금까지 자주 접하지 못했던 시편들, 곧 자연의 생명과 온몸으로 교감을 하고 그 희열과 환희를 그려내는 아름답고 황홀한 시편들을 만날 수 있게 되었다는 점에서 특히 그러하다.

빛나는 깨달음은 늘 나중에 온다. 그렇지만 깨달음 자체가 빛나는 것은 아니다. 그 길로 인도하는 과정이 아름답기 때문에 빛나는 것일 뿐이다. 시인은 어제도 오늘도 내일도 한 편의 시를 쓸 것이다. 시시포스가 바위를 밀어 올리듯 시인은 갓난아이처럼 낮게 엎드려 온몸의 감각을 열고 배밀이를 하고 있을 것이다. 앞으로 시인의 배밀이는 더 고되어질 것이고, 그만큼 시인의 시는 더욱 새로워지고 아름다워지지 않겠는가. 그래서 시인의 다음 시를 기다리는 일은 무척이나 행복한 일이다.

# '창(窓)' 너머로 트이는 영혼의 눈: 강우식

## 1. 창 너머의 시학

시인 강우식은 '물의 시인'으로 알려져 있다. 강원도 바닷가에서 나고 자란 그에게 그런 호칭은 제법 잘 어울린다. 강우식의 시에서 '물'은 '바다'이면서, '강'이고, '눈'이자 '비'이며, 인간의 '체액'이자, 나무의 '수액'이 되기도 한다. 그래서 그의 시는 '물'이 빚어내는 생명력으로 가득하다. 생명이 비롯되는 근원으로서의 '물'에 대한 시인의 관심은 남녀 간의 사랑에서 출발하지만, 그것에 머물지 않고 모성의 지고한 사랑을 거쳐 '바다'와 같은 원초적 자연의 거대한 생명력으로 이어진다. 이러한 과정은 끊임없는 순환을 거치면서 확장되고 심화된다.

그런데, '물의 시인'이라는 호칭이 강우식의 시를 충분히 담아낼 수 있는 그릇이 되어줄 수 있을까. 아마도 그런 규정으로는 그의 시가 갖는 풍부한 함의를 절반 정도밖에 설명해주지 못할 것이다. 그가 치열하게 살아왔던 1960년대 이후의 사회에 대한 그의 관심은 '물의 시인'이라는 칭호 안에 온전히 담기지 않는다. 생명력조차 말라버린 암울한 시대의 비뚤어진 역사를, 그리고 불모의 땅에 한포기 마른 들풀로 살아가야 했던 민초들의 삶을 결코 외면하지 않았던 그였기 때문이다.

그렇다면 '물'과 시인이 인식하고 있었던 '현실'과의 관련성 속에서 그 해답의 실마리를 찾아야 한다. 그 두 가지의 대상이 만나 일으키는 변주 속에서 강우식의 시세계는 역동성을 획득하게 된다. 『백담사 근일』(『강우식 시전집』II, 고요아침, 2007)에 실린 「창」은 그 여정 속으로 이끄는 하나의 '문'처럼 보인다.

한쪽 창에는
한 여자를 물이 되어 흐르게 녹여준
한 사내의 알몸 반신이 훤히 보이고
(인생이란 그런 게 아니지)

안 보이는 창틀 밑 절벽에서는
숯 덩어리 같은
사내의 하체를 붙잡고 늘어진
여자의 갈망이 춤을 추고 있다.
(인생이란 그렇기도 한 것이지)

또 한쪽 창은
문 열어둔 채 모두가 외출이다.
풍경은 없다.
하늘을 너무 닮은 바다만이
큰 몸을 자유자재로 출입하다
때로는 파랗게 기절한다.

텅 빈 것과
있는 것의
보이는 절망과
안 보이는 사물의
틈에 주저앉은

이미 창을 열 수도
닫을 수도 없게
밑창 드러난

그리고 끝이 없는

이 마지막 한 줄의 시와 같은

그저 아카시아꽃의

비릿한 바람 냄새만 맡는,

한 줄기 비가 느닷없이 습격해서

잎새들의

샤워 소리를 듣고 싶은…….

ㅡ「창」 전문, 『강우식 시전집』 II

  여기 창이 하나 있다. 이 창에서 무엇을 떠올릴 수 있을까. 창의 안쪽에 누 군가가 있을 수도 있고, 혹은 없을 수도 있다. 아니면 누군가가 있으나 눈에 보이지 않는 것일 수도 있다. 시인의 시선은 바로 그러한 모든 것을 포착하는 자리에 놓여 있다.

  그래서 시인은 두 개의 창을 상정한다. 하나는 사람이 있는 창이고, 다른 하 나는 텅 빈 창이다. 사람이 있는 창을 시인은 '풍경'이라 한다. 그 풍경 안에 는 사내의 반신 알몸이 보인다. 그리고 보이지 않지만 그 안에는 여자의 갈망 이 있을 것이라고 생각한다. 반면에 텅 빈 창을 두고 시인은 '풍경은 없다'고 말한다. 그곳에는 '하늘을 닮은 바다'만이 출입한다고 한다. 여기에서 시인이 간취하는 것은 세 가지이다. '있는 것의 보이는 절망', '안 보이는 사물의 틈', '텅 빈 것'이 그것이다.

  시인이 간취한 이 세 가지야말로 시인의 시세계의 흐름을 표상하는 것에 다 름 아니다. 그 흐름을 따라가다 보면, 그곳에서 비가 몰고 오는 비릿한 바람 냄새와 샤워 소리처럼 떨어지는 혼곤한 빗소리를 듣게 될 것이다.


## 2. 고독한 운명의 굴레

  1966년에 《현대문학》에 「4행시초(四行詩抄)」로 등단한 후 시인은 『4행시초』

(현암사, 1974)와 역시 4행의 형식을 유지하고 있는 『꽃을 꺾기 시작하면서』(문학예술사, 1979)를 출간한다. 그러면서 틈틈이 쓴 장시들을 묶어 『고려의 눈보라』(창작과비평사, 1977)에 상재한다. 뿐만 아니라 그는 시극에도 도전한다. 『벌거숭이의 방문』(문장사, 1983)이 그것이다. 시인의 관심은 단시에서 연작시, 그리고 시극을 넘나든다. 4행시라는 형식이 결코 시단에 있어서는 익숙한 것이 아니었다. 그런데 그는 이에 만족하지 않고 더 적극적으로 형식실험에 도전한다.

강우식 시의 화자는 마음과 몸을 나누며 얼크러져 살기를 희구한다. 갓 스물의 청춘도 있고, 아내를 두고 여자를 넘보는 사내도 있으며, 마흔이 다 된 창녀도 있다. 이들을 지배하는 것은 몸의 욕망이다. 그렇지만 몸의 욕망은 생명력 가득한 욕동이다. 시인은 그러한 욕동을 결코 타기해야 하는 추잡한 몸부림으로 여기지 않는다. 달은 "계집년들의 배때기라도 올라타듯" 뜨고, 꽃은 "열댓살씩되는 처녀애들/속가랑이 벌리듯" 편다. 아지랑이는 "춘삼월 버들개지 같은 가시내의/하이얀 발가락 속틈 사이로/간지럽게 핥고" 있으며, 오월 바람은 "달싹거리는 혓바닥으로 핥는" 것 같다고 말한다. 달디단 사랑의 희열, 이별의 속병도 모두 꽃이 피고, 꽃이 지는 일과 다르지 않다는 것이다. 그러한 시인에게 삶은

> 계집을 만나 한 십년쯤 살아오듯이
> 하찮은 일에도 내 살 섞어온 탓일라.
> 연줄 같은 목숨에도 인이 박혀서
> 마약도 아닌데 못 끊으며 사는 요즘.
>
> —「4행시초—백」 전문, 『4행시초』

과도 같다. 그렇지만 살을 섞으며 계집과 살아가는 삶은 단순히 몸의 욕망으로 가득하기만 한 것은 아니다.

> 고향의 땅뙈기도 다 팔아 먹고

막판에 계집을 조선호텔 근처로 내보냈다.
병들어 길게 누워 있는 내 몸뚱어리
그대 버릴 수 없는 국토 같으냐.

—「4행시초—백서른둘」 전문, 『4행시초』

이 시에서 계집과 사내의 모습은 민초와 민족(국가)으로 확장된다. 여기에서는 병든 몸뚱어리, 그리고 성적 노리개로 전락한 저주받은 운명, 그 굴레에서 벗어날 수 없는 민초들의 삶에 대한 인식이 돋보인다. 「탈춤고」 연작에서 시인은 민초의 운명을 "그저 외딴 섬처럼/파랗게 질려 있거나/천천 만만겹으로 찢기는/파도의 아픔/비늘 돋친 한 마리 배암이나 되어/그저 꿈틀댈 수밖에 없는/이 서러운 피"라고 파악한다. 그렇게 보자면 삶은 "이 무슨 변인가"라고 탄식할 일들의 연속이기도 하다.

이러한 인식은 시인을 사회와 역사에 대한 관심으로 이끌게 마련이다. 시인은 4행시의 형식 안에 주체하기 어려울 만큼 끓어오르는 몸의 욕망을 담아내면서도 한편으로 연작시의 형식 속에 역사와 사회의 현실을 차가운 시선으로 직시하고자 했다. 4행시 안에 그러한 인식을 담아내기 어렵다고 판단해서였을까, 시인은 4행시 대신 연작시에 그 내용을 담아내고자 하였다. 『고려의 눈보라』는 그렇게 만들어졌다. 그렇지만 시인의 의도가 사건의 서술을 통해 내용을 전달하는 방향으로 치우칠수록 시의 함축성과 긴장감이 떨어지는 결과를 낳게 되었다. 그럼에도 불구하고 시인은 이러한 시도를 통해서 고독한 운명의 굴레에서 벗어나려는 몸부림을 더 강렬하게 품을 수 있게 되었다. 『꽃을 꺾기 시작하면서』에서는 4행시의 시형을 고수하고 있지만 『4행시초』와는 달리 몸의 욕망에 대한 강렬한 지향과 역사와 사회의 현실에 대한 시인의 각성이 뒤섞여 나타난다.

냉병과 임질에 특효약이라는 이 풀들을 찾아
내 계집의 병을 고치려 쓸쓸히 헤매던 산 속.
어디선가 냉초잎처럼 흔들리며 들려오는

육자배기 한 자락의 울음고비여.

— 「냉초」 전문, 『꽃을 꺾기 시작하면서』

어디선가 육자배기 한 자락이 들려온다. 그 노랫가락은 가슴을 더욱 절절하게, 운명의 굴레를 더욱 처절한 것으로 이끈다. 그러면서 한편으로 그 노랫가락은 가슴에 품은 한을 삭여주기도 하는 것이다. 따뜻하게 감싸주었던 고향이며, 아내가 기다리고 있을 집으로 화자를 이끌어준다. '봄', '집', '고향'은 고독한 운명의 굴레를 짊어지기 이전의 상태, 혹은 그 운명의 정체를 모른 채로 충일감을 느끼던 때로 안내한다.

적설의 허벅지 양다리 사잇길
눈은 내려서 고독한데 이런 날에
내 집은, 내 계집은 월경을 한다.
들어갈 수 없는 집이어서 더욱 꽃다이 타는 빛.

— 「에델바이스」 전문, 『꽃을 꺾기 시작하면서』

그러나 그곳은 "돌아갈 수 없"는 곳이다. 따라서 '봄', '집', '고향'에 대한 갈구는 더 강해지는 반면에 고독에서 벗어날 수 있는 가능성은 차단된다. 『물의 혼』(예전사, 1986)은 그 인식이 심화된 자리에 놓인다. "수백 개의 팬지꽃으로 멍들고/입가에 흐르는 피 바닷물로 씻으며 흐느끼며/곱사등 계집 하나가 파도에 꺾이어/파랗게 질린 곱사등 해안을 가고 있"(「몸뚱어리는」)다. 화자는 아이를 생산한 여자의 살이 튼 아랫배에서나 생명력으로 가득한 "고향바다의 물결"을 잠시 맛볼 수 있을 뿐이다.

## 3. 사랑을 향한 갈구

고독한 운명의 굴레를 짊어져야 하는 곳은 파도에 흔들리는 바다뿐만 아니라 온 세상으로 확장된다. 눈은 온 세상을 뒤덮어 옴짝달싹 하지 못하도록 한다. 현재는 폭설이 내린 겨울과도 같은데, 화자는 '집'이 있는 '고향'에서 '봄'을 맞이할 수 있을까. 다른 방도가 있지 않으면 안 된다. 운명의 수락을 강요하는 비극적인 현실이 '눈'이라면 화자는 '눈'을 녹일 수 있는 방법을 찾아야 하는 것이다. 『설연집(雪戀集)』(청맥, 1988)에는 '봄'을 맞이하려는 고독한 자의 몸부림이 가득하다.

> 누군가 몇 억만 평의 하늘의 배꽃밭을 흔들었다.
> 지상은 겨울, 하늘 나라엔 봄이 한창이다.
> 가슴에 불길 지글지글 타 지귀 된 사내.
> 얼은 강줄기 따라 세상 밖으로 가고 있다.
>
> ─「아흔 수」전문, 『설연집(雪戀集)』

선덕여왕을 사랑한 지귀, 그 뜨거운 사랑이라면 사내를 "얼은 강줄기" 너머에 있는 "세상 밖"으로 이끌 수 있다. 그래서 지상은 아직 겨울이지만, 봄이 한창인 배꽃 만발한 "하늘"로 갈 수 있게 된다. 엄혹한 현실을 뜨거운 사랑으로 이겨낼 수 있다면 '눈'은 운명의 수락을 강요하는 비극적인 현실이 아닌 '배꽃'이 될 수도 있는 것이다. 그렇지만 뜨거운 사랑은 몸의 욕망만으로 가득한 상태를 말하고 있지 않다.

> 먹고자고 자고먹는 것만이 다일 수 있으랴
> 사랑이여, 폭설로 갇힌 겨울이면
> 누에고치의 집 짓고 나는 꿈을 꾼다.
> 봄여자 흰 비단끈 하나 찾아 풀 때까지……
>
> ─「쉰다섯 수」전문, 『설연집(雪戀集)』

먹고 자기만 하는, 사육되는 가축과도 다르지 않은 그 상태에서라면 고독한 운명의 굴레에서 벗어나는 길은 요원하다. '사랑'이란 벌레 먹지 않은 영혼에서 움트는 것이다. 나비처럼 날아갈 수 있도록 준비를 하지 않으면 안 된다. 그것은 일종의 '꿈꾸기'이다. 꿈을 꾸는 일은 눈에 보이지는 않지만 마음속에 가득 차오르는 갈망과도 같아서 삶을 빛나게 한다. 따라서 깨어 있는 영혼으로 사랑하고, 꿈을 꾸어야 하는 것이다. 그럴 때 비로소 '눈'을 녹일 수 있고, 그리하여 '눈'을 '배꽃'으로 탈바꿈시킬 수 있게 되는 것이다. 그렇다면 어떻게 해야 깨어 있는 영혼에 도달할 수 있게 될까.

## 4. 트여오는 영혼의 눈과 본질 인식

고독한 운명의 굴레에서 벗어나는 일, 그것이 과연 사랑하고 꿈꾸는 일로 가능할까. 고독한 운명의 굴레는 사랑하는 사람과 이별하게 되는 아픔이면서, 역사의 희생물로 전락하는 민초의 한이기도 하며, 태어나서 죽을 수밖에 없는 인간의 숙명적인 한계이기도 한 까닭이다. 결국 영혼의 교감으로 사랑하고 꿈꾸어야 했다. 몸의 사랑을 넘어서, 사랑의 대상을 자연의 삼라만상으로 확장하고 교감할 때 비로소 '봄'으로 가는 길이 가능해진다는 생각을 『어머니의 물감상자』(창작과비평사, 1995) 이후의 시집에서 발견할 수 있다.

먼저, 붉게 물든 단풍을 보며, 떨어진 낙엽을 보며 화자는 인간에게 주어진 운명을 처절하게 자각한다.

판을 쓸며
돌이 굴러 떨어지는
소리를 듣는다.

집들이 허물어지고
비인 들판이
보이기 시작한다.

첩을 두고 하던
두 집 살림도

놓는 돌 하나에 따라
움직이던
마음도

한 판 승부의
세월도
모다 지나가는 바람이구나.

마음 속에 두었던
돌 하나마저도
쓸어버리고

어차피 우리는
비인 들판으로 남아야 할
목숨이거늘.

판을 쓸며
눈 준 창 밖에
낙엽이 진다.

— 「판을 쓸며」 전문

　'돌'을 버리자 '집'들이 허물어지고, '비인 들판'이 보인다고 하였다. 그 말
은 아집과 욕심을 비우면 헛된 욕망의 성채가 무너지고, '색즉시공, 공즉시
색'과 같은 자연의 이법에 가까이 갈 수 있다는 것을 의미한다.
　「만공사 풍경 단음」에서 시인은 그 이법에 대해 이렇게 말한다. "스님,/만공

께 이 풍경은 무엇인지요." "풍경 속에 산이 걸리면/산이 변하고/노을도 노랫마디로 퍼지나니//보는 것과 듣는 것을/같이 이루는 것이지요." 화자는 또 다음과 같이 묻는다. "만공, 하옵시면 풍경 하나라도/보고 듣는 것을 함께 이루면/성불도 가능하온지요." "허허―/스님들도 불경 깨우치다/긴긴 겨울밤이, 사는 것만큼이나/지루하고 출출하면//어떤 스님은 처마끝 풍경에 이르러서/어릴 때 먹던 붕어빵으로/입맛 다시고/다른 스님은/비릿한 생선맛으로도/어정대기도 하고//또 그것들을 그냥 목구멍으로 넘길 수 없어/달랑달랑 소리로 잡숫는/시늉도 내지요.//보고 듣는 것이 하나가 아니면/어찌 저 풍경이/풍경 밖의 것이 되리오."

'보는 것과 듣는 것을 같이 이루어야 한다. 그리고 보고 듣는 것이 하나가 되면 풍경이 풍경 밖의 것이 될 수 있다'는 것이 불교에서 말하는 이법이다. 그렇다면 시인은 아직 자연을 '보는 눈'만 터득했을 뿐이다. 아직 시인은 "봄이면 싹 틔우고/가을이면 잎 질줄 아는"(「산아 산아 부르면서」) 인식에 도달하지 못했다. 자연의 본질에 대한 인식을 바탕으로 현실을 영혼의 눈으로 파악할 수 있을 때 비로소 '보는 것＝듣는 것'이 될 수 있다. 그것은 '사물(자연)'을 보고 그 본질을 파악하고, 삶 속에서 그 본질이 현현되어 있음을 깨달았을 때 가능한 일이다.

1.

탄저균 분말의 눈이 내린다. 보잉 747기가 쌍둥이 빌딩으로 들어간다. 쌍둥이 빌딩도 보잉 747기도 불이 된다. 빌딩은 비행장도 격납고도 아니다. 6천명의 인명이 사라진 뒤에는 6만명도 넘는 생명이 있을 것이다. 그리고 돌림병처럼 탄저균 분말이 나돌았다. 세계가 하얗게 숨을 죽인다. 마약 밀매범들은 흰가루를 팔 수 없어 굴뚝 뒤에 숨고 중독된 사람들은 탄저의 분말 같은 출처없는 비밀에 희열한다. 흰색의 공포는 탄저균 분말도 마약가루도 눈송이들도 모두 같은 색깔이라는 데 있다.

2.

눈은 내리는데

삼각지 로터리 평양 곱창집 석쇠에서는
곱창들이 뒤틀려 타며
인육냄새를 풍긴다
술꾼들의 잔인한 무의식이 그 곳에 있다
한 여자가 머리에 인 흰 눈을 털면서 들어온다
노오란 실국화의 머리올이 드러난다
부분 염색을 넘어 전체 염색인데도
나의 감성은 구토를 모른다
어느새 나도 염색된 백성이기 때문이다
잠시 나는 한 잔 술에 취해
탄저균이 아닌 희망을 보낼 우체국을 떠올린다
자연에는 우체국이 없다
몇 천만 대의 에어컨에서 강풍을 보내듯
눈보라가 휩쓴다
나는 이제 그 무엇도 두렵지 않도록 늙고
슬프게도 동상 들고 염색될 것이다.

─「노인일기 18─염색」 전문

'흰 색의 공포', 그 안에는 많은 의미가 담겨 있다. 그것은 탄저균, 마약이면
서, 눈이기도 하고, 염색하지 않으면 안 되는 머리칼의 흰색이기도 하다. 화자
는 탄저균과 마약에서 눈이 온 세상을 덮는 것처럼 세상을 지배하고 마비시키
는 공포의 이데올로기를 본다. 탄저균과 마약은 죽음과 쾌락의 양 극단을 오
간다. 그것이 동일한 흰 가루로 취급됨으로써 둘 다 공포를 조장하는 대상이
되기에 이른다. 그리고 화자는 살아온 날보다 살날이 많지 않다는 '늙음'의
상징적인 징표를 흰 머리칼에서 간취하면서, 늙음에 대한 공포가 탄저균과 마
약이 유발하는 공포의 이데올로기처럼 여겨지고 있다는 것을 간파한다.
　"술꾼의 잔인한 무의식"이 인육 냄새를 풍기는 곱창을 자연스레 받아들이듯
화자의 무의식 역시 그러한 이데올로기에 "슬프게도 동상 들고 염색될 것"이

라는 사실을 인정한다. 아마도 화자의 흰 머리칼은 까만 염색물이 들 것이다. 그렇지만 화자는 눈보라가 걷히고 나면 '공포'의 뒤에 '희망'이 찾아올 것을 안다. 그 앎이야말로 "그 무엇도 두렵지 않도록 늙"는 일이 아닐까.

　그리하여 강우식의 시는 "있는 것의 보이는 절망"을 거쳐 "안 보이는 사물의 틈"새를 밀고 들어가 "텅 빈 것"과 조우한다. 몸의 욕망에서 우러나오는 생명력, 그것이 불모의 땅에서 힘을 잃게 되자 고독한 운명의 굴레에 갇힌 인간 존재의 숙명을 자각한다. 그러면서 다시 '봄'과 같은 생명력을 얻고자 '사랑'을 갈구한다. 그렇지만 그 '사랑'은 몸의 사랑이 아니다. 누군가의 갈망이 하나의 육체, 하나의 대상 안에 머물러 있는 한 그 사랑으로 '봄'에 도달할 수 없는 것이다. 깨어 있는 영혼으로 현실을 품을 때 비로소 '봄'은 다가올 수 있다. 시인 강우식의 시선은 이미 '창' 너머 보이지 않는 곳에 도달해 있다. 그곳에서 그는 봄의 소리를 듣고, 그 향기를 맡을 수 있을 것이다.